INDEPENDENCIA

colección andanzas

JAVIER CERCAS
INDEPENDENCIA
Terra Alta II

TUSQUETS
EDITORES

Obra editada en colaboración con Editorial Planeta – España

© 2021, Javier Cercas

© Tusquets Editores, S.A.- Barcelona, España

Derechos reservados

© 2021, Editorial Planeta Mexicana, S.A. de C.V.
Bajo el sello editorial TUSQUETS M.R.
Avenida Presidente Masarik núm. 111,
Piso 2, Polanco V Sección, Miguel Hidalgo
C.P. 11560, Ciudad de México
www.planetadelibros.com.mx

Diseño de la colección: Guillemot-Navares

Primera edición impresa en España: marzo de 2021
ISBN: 978-84-9066-929-7

Primera edición impresa en México: marzo de 2021
ISBN: 978-607-07-7510-9

Impreso en los talleres de Litográfica Ingramex, S.A. de C.V.
Centeno núm. 162-1, colonia Granjas Esmeralda, Ciudad de México
Impreso en México –*Printed in Mexico*

Índice

Para Raül Cercas y Mercè Mas, mi Terra Alta

Melchor irrumpió en el local y, abriéndose paso entre los clientes, se dirigió a la barra, se sentó en un taburete y pidió un whisky. El camarero lo miró como si fuera un extraterrestre.

—¿Qué haces aquí? —preguntó.

—Tranquilo —contestó Melchor—. Vengo en son de paz.

—¿En son de paz?

—Eso es. Me vas a poner el whisky, ¿sí o no?

El camarero tardó en contestar.

—¿Solo o con hielo?

—Solo.

Eran más de las tres de la madrugada, pero el sitio todavía estaba bastante concurrido. Varias chicas bailaban desnudas o semidesnudas en la pasarela iluminada que recorría el centro de la sala principal, acribilladas por luces estroboscópicas, mientras algunos hombres las observaban con ojos hambrientos; aquí y allá, otras chicas, solas, en parejas o en grupos, aguardaban la llegada de los últimos clientes. O el final de la noche. Por los altavoces sonaba *Like a Virgin*, una vieja canción de Madonna.

—Si no lo veo, no lo creo —oyó Melchor a su espalda.

Mientras el camarero le servía el whisky, el hombre que acababa de hablar se sentó en un taburete junto al policía. Era un mulato vestido de oscuro, calvo y fortachón, de no menos de dos metros de altura. Melchor dio un largo trago a su bebida y el mulato la señaló.

—¿Has dejado la Coca-Cola?

—Sí —contestó Melchor—. Estoy de celebración.

El mulato mostró una doble hilera de dientes blanquísimos.

—¿No me digas? —preguntó—. ¿Y qué celebras? ¿Que el juez nos dio la razón y te dejó con el culo al aire?

—El juez no os dio la razón, capullo —le corrigió Melchor—. Sólo dijo que no había pruebas contra vosotros. Pero no te preocupes, ya las encontraré. Ponme otro whisky.

El camarero, que no se había apartado de ellos y conservaba la botella en las manos, volvió a servirle. Sin dejar de sonreír, el mulato hizo girar su taburete hasta dar la espalda a la barra y, con los codos apoyados en esta, se quedó observando a las bailarinas de la pasarela. Melchor bebió otro sorbo de whisky.

—¿Sabes por qué me gusta tanto este sitio? —preguntó.

El mulato no dijo nada. Melchor volvió a llevarse el vaso a los labios.

—Porque me recuerda mi infancia —dijo, después de tragar—. Mi madre era puta, ¿sabes? Así que yo me crie en sitios como este, rodeado de putas como ellas y de macarras como tú. Eso es lo que estoy celebrando: volver a casa.

La canción de Madonna se acababa, y la carcajada del mulato resonó con escándalo en el silencio creciente del prostíbulo. En los altavoces, Rosalía sustituyó enseguida a Madonna, y dos o tres chicas se movilizaron para bailar entre los clientes y las compañeras. El mulato apoyó una manaza en el hombro de Melchor.

—Así me gusta, poli —dijo—. Hay que saber perder. —Se puso en pie y, guiñándole un ojo al camarero y señalando a Melchor, añadió—: Invita la casa.

Melchor continuó bebiendo sin levantar la vista de su vaso y, aunque todas las chicas le conocían, ninguna se acercó a él. Cuando pidió el tercer whisky, sin embargo, una de ellas tomó asiento a su lado. Era española, morena, madura, entrada en carnes, y llevaba un corsé negro con los pechos al aire. Le pasó una mano por el cuello y pidió una copa de cava. El camarero le advirtió a Melchor:

—Las copas de las chicas no entran en la invitación.

Melchor hizo un gesto de asentimiento y el camarero sirvió el cava. Bebieron aguardando a que el mozo se alejase de ellos. Cuando fue a servir al otro extremo de la barra, Melchor preguntó:

—¿Seguimos adelante?

—Claro —contestó ella.

—¿Seguro? —insistió Melchor—. Si nos cogen, tendrás problemas.

La mujer compuso una mueca de indiferencia.

—Yo no me arrugo, nene.

Melchor asintió sin mirarla.

—De acuerdo —dijo—. Vamos a esperar un rato. Cuando me veas subir, te vas con ellas. Dejas abierta la puerta y les dices que iré enseguida.

—Están muy asustadas. ¿Quieres que me quede hasta que llegues?

—No. Tranquilízalas. Diles que no pasará nada. Diles que iré enseguida. Y luego abres las otras dos puertas, las del balcón, y te vas a tu casa o te vuelves aquí. No, mejor vete a tu casa. —Se detuvo un momento—. ¿Lo has entendido?

—Sí.

Melchor volvió a asentir, pero esta vez la miró.

—Ten cuidado —dijo ella.

—Tú también —dijo Melchor.

La mujer se levantó de su taburete y, dejando la copa mediada en la barra, se alejó de él.

Melchor siguió bebiendo sin hablar con nadie salvo con el camarero, sin levantarse salvo para orinar. Cuando el local se hallaba ya casi vacío, volvió a aparecer el mulato, que al verle sonrió con disgusto.

—¿Todavía estás aquí? —preguntó.

—Lleva seis whiskies —respondió por él el camarero—. Lástima que no fueran Coca-Colas: estaría muerto.

—Necesito ver a tu jefe —anunció Melchor.

El mulato arrugó el ceño; su sonrisa había desaparecido de golpe, engullida por la carnosidad malva de los labios.

—No está.

Melchor chasqueó la lengua.

—¿Te crees que soy tonto? Claro que está. No se va hasta que cerráis: no vaya a ser que le robéis la cartera.

El mulato le observó con una mezcla de curiosidad y de recelo.

—¿Para qué quieres ver al jefe?

—Eso a ti no te importa.

—Claro que me importa.

—Dice que viene en son de paz —terció el camarero.

La mirada del mulato brincó del camarero a Melchor y de Melchor al camarero, que finalmente se encogió de hombros.

—Quiero pedirle disculpas —dijo Melchor—. Por el juicio. Por las molestias. En fin, ya sabes.

El mulato pareció relajarse.

—Claro. Me parece bien. Pero para eso no hace falta que le veas. Yo se lo diré: date por disculpado.

—También quiero hacerle una propuesta.

El mulato volvió a ponerse en guardia.

—¿Qué propuesta?

—Eso sí que no te lo voy a decir.

—Entonces olvídate de hablar con él.

—Como quieras. Pero la propuesta es buena, le interesará. —Miró al camarero y añadió—: No creo que le guste enterarse de que no me dejaste que se la contara.

Ahora el mulato pareció dudar; volvió a mirar al camarero y, escrutando a Melchor, después de unos segundos se alejó un poco, lo justo para hablar por teléfono sin riesgo de que le escucharan. Cuando acabó la llamada, con un gesto desganado le indicó al policía que le siguiera.

Cruzaron la pista desierta, subieron dos pisos por unas estrechas escaleras y, al llegar al segundo descansillo, el mulato le abrió una puerta y le invitó a pasar. Al otro lado le aguardaba el despacho del jefe, que no se levantó al ver entrar a Melchor. Tampoco le tendió la mano. Estaba sentado detrás de una mesa un poco desvencijada, con las manos a la vista y un brillo burlón en los ojos.

—¿Por qué no me has dicho que estabas aquí? —preguntó, indicándole una butaca ante él—. Hubiera bajado a saludarte.

Melchor no se sentó. El jefe era un hombre laboriosamente apuesto, de unos cincuenta años, con el pelo engominado, la barba meticulosa y entreverada de canas, las manos hirvientes de anillos; iba en mangas de camisa, llevaba tirantes y lucía un collar de plata en el pecho, con un gran medallón dorado. Se llamaba Eugenio Fernández, pero, por razones que Melchor ignoraba, todo el mundo le conocía como Papá Moon.

—Me han dicho que quieres disculparte —añadió—. También me han dicho que has estado ahogando las penas en whisky. Bien hecho. De todos modos, yo ya te advertí que te estabas metiendo en un lío. Es la ventaja de vivir en una democracia, chaval: aquí todos somos inocentes hasta que se demuestre lo contrario. Incluido yo, que no leo libros, como tú. Pero hasta ahí llego. ¿No piensas sentarte?

15

Melchor no contestó. Papá Moon interrogó con la mirada al mulato, que estaba a la espalda del policía, y que se encogió de hombros. Detrás de él había una lámpara de pie encendida, y delante, sobre la mesa del despacho, un flexo; ambos iluminaban tenuemente la estancia. Encastrado en la pared del fondo, frente a la mesa del despacho, un televisor de plasma retransmitía con el volumen muy bajo un partido de baloncesto de la liga norteamericana.

—¿No vas a decir nada? —volvió a preguntar Papá Moon.

—Tengo que hacerte una propuesta —dijo por fin Melchor.

—Es lo que me ha dicho Samuel —dijo Papá Moon. Hizo girar un poco la silla en que estaba sentado y abrió unos brazos acogedores—. Soy todo oídos.

Melchor se volvió un instante hacia el mulato y luego otra vez hacia el jefe.

—No te preocupes —intentó tranquilizarle Papá Moon—. Puedes decir lo que quieras: Samuel es de toda confianza.

Melchor no apartó la mirada de Papá Moon, que tras un par de segundos suspiró y, moviendo levemente la cabeza, le indicó al mulato que se marchase. Tras dudar un momento, el mulato registró a Melchor, que le dejó hacer: no iba armado; sólo llevaba un par de esposas en los bolsillos. Luego preguntó:

—¿Está seguro, jefe?

Papá Moon asintió.

—Vete cerrando —ordenó—. Yo bajo enseguida.

De mala gana, el matón salió y cerró la puerta tras él.

—Bueno. —El jefe se retrepó en su sillón—. Tú dirás.

Melchor dio dos pasos hacia delante, apoyó los nudillos en la mesa del despacho y, estirando su tronco sobre ella, se acercó mucho a Papá Moon, como si quisiera susurrarle algo.

—Se trata de las niñas —anunció.

El jefe puso cara de aburrimiento.

—¿Todavía estás con eso?

Melchor se quedó mirándolo. Papá Moon preguntó:

—¿Qué pasa con las niñas? —Hubo otro silencio, hasta que en la cara del hombre empezó a abrirse paso una sonrisa cómplice—. Acabáramos —dijo—. A ti también te gustan, ¿verdad?

Iba a añadir algo, pero no pudo: Melchor le pegó un cabezazo seco en la frente y, sin darle tiempo a reaccionar, le agarró de la nuca y estrelló su cráneo contra la mesa, que crujió como si se hubiese roto. Luego rodeó la mesa, cogiéndole del cuello le levantó y volvió a pegarle, primero un puñetazo en el estómago y luego una patada en los testículos. Papá Moon cayó al suelo con un alarido.

—No grites —le advirtió Melchor: le había agarrado el collar de plata y tiraba de él apretándole contra la nuez de Adán, como si quisiera ahogarlo—. Si vuelves a gritar, te parto el alma.

Papá Moon estaba arrodillado, buscando aire que respirar.

—¿Te has vuelto loco? —alcanzó a gemir, colorado como un tomate.

Melchor volvió a golpearle la cabeza, esta vez contra el costado de la mesa, lo abofeteó, con la misma mano con que sostenía el collar le aferró los dos brazos y se los retorció a la espalda mientras con la otra mano le registraba hasta encontrar su móvil. Lo destrozó contra el suelo.

—¿Dónde tienes la pistola? —preguntó.

—Me vas a romper el brazo.

—He dicho que dónde tienes la pistola.

—¿Qué pistola?

Ahora la cara de Papá Moon fue a estamparse contra el suelo. Cuando Melchor volvió a levantársela, un reguero de sangre le bajaba por la nariz y le mojaba la barba. Melchor repitió la pregunta. El jefe la contestó y, sin soltarlo, Melchor abrió un cajón, sacó la pistola y se cercioró de que tenía el cargador lleno. Luego obligó a levantarse a Papá Moon.

—Esta vez se te ha ido la olla, poli —alcanzó a rezongar—. Aquí se acabó tu carrera.

Melchor le retorció con más fuerza el brazo y le puso el cañón de la pistola en la mandíbula.

—Luego hablaremos de eso, jefe —dijo—. Ahora vamos a salir de aquí y tú vas a portarte de puta madre. —Luego le advirtió, moviendo la pistola contra él—: Si pegas un grito, esto se dispara. Si haces cualquier tontería, esto se dispara. ¿Queda claro? —Papá Moon guardó silencio. Melchor volvió a retorcerle el brazo y el hombre asintió—. Muy bien —dijo Melchor—. Andando.

Pegados uno al otro, salieron del despacho de Papá Moon, bajaron las escaleras que había subido antes Melchor y, en el primer descansillo, el policía entreabrió una puerta y se asomó al otro lado. Allí había una especie de balcón, en realidad un pasillo exterior que recorría la fachada del prostíbulo y desde el cual se veía la entrada y el aparcamiento, donde aún quedaban varios coches. Caminaron a toda prisa por el balcón, dejaron atrás una escalera que bajaba hacia el aparcamiento y, al final, Melchor volvió a entreabrir otra puerta y volvió a cerciorarse de que no había nadie al otro lado. Hecho esto, abrió del todo la puerta y se internaron por otro pasillo, este interior e iluminado con una luz cruda, al que daban una serie de puertas, de algunas de las cuales salían voces, ruidos, alguna risa. Melchor abrió la última puerta. Dentro aguardaban tres adolescentes: dos de ellas estaban acurrucadas en una cama y la otra de pie en medio de la habitación; las tres eran negras como la hulla y miraban a los recién llegados con ojos de expectación y de pánico. Melchor cerró la puerta a su espalda, paseó la mirada por las tres y les preguntó si estaban preparadas.

Sólo la que ya estaba de pie asintió, pero las otras dos se levantaron de inmediato. Melchor conocía a las tres. Habían nacido en Lagos, Nigeria, y sus historias no diferían en lo esencial. Las tres habían llegado a Madrid años atrás, huyendo de la miseria y con la promesa de que en España podrían estudiar. Allí les arrebataron el pasaporte y el móvil, les prohibieron ponerse en contacto con su familia y salir a la calle, les reclamaron sesenta mil euros por los gastos de viaje y, para aterrorizarlas, las sometieron a un ritual consistente en cortarles las uñas y el pelo, en afeitarles el sexo y las axilas y en forzarlas a beber un brebaje alucinógeno. A partir de entonces las obligaron a prostituirse. Fue así como empezaron un periplo por clubs de alterne de media España, en los que trabajaban de cinco de la tarde a cuatro de la madrugada con el fin de pagar la deuda que, en teoría, habían contraído con la organización que en la práctica las tenía secuestradas. Un periplo con el que Melchor había resuelto terminar allí, aquella noche.

Obligó a Papá Moon a sentarse en el suelo, junto a la cama de las adolescentes, sacó sus esposas y con una de ellas le ató la muñeca derecha a una pata de la cama y con la otra le ató la muñeca izquierda a la otra pata.

—Te has vuelto loco, poli. —Papá Moon habló con toda la rabia sorda que la paliza le había insuflado—. Esta la vas a pagar.

Fue lo último que dijo: Melchor le taponó la boca con un pañuelo y se lo metió hasta la garganta. Las tres adolescentes observaban la operación desde la puerta del cuarto, temblando de miedo.

—Ahora escúchame con atención, pedazo de mierda —le dijo Melchor, en cuclillas frente a Papá Moon—. No pudo ser por las buenas, así que será por las malas. A estas niñas me las voy a llevar. Ni se te ocurra volver a traer otras. Y ni se te ocurra denunciarme. ¿Sabes lo que pasará si me denuncias? Atiende bien, porque sólo te lo voy a decir una vez. Si me denuncias quemaré este garito. Mataré a tus hijos y a tu mujer. Mataré a tu familia entera. Y luego te mataré a ti. Eso es lo que pasará. Lo has entendido, ¿verdad? —En los ojos de Papá Moon la rabia se había transformado en un miedo animal, incontrolado. Melchor le acercó todavía más la cara para añadir—: Dime, lo has entendido, ¿sí o no? —Papá Moon movió arriba y abajo la cabeza; Melchor le dio una palmadita satisfecha en la cara y dijo—: Estupendo.

Se levantó y se volvió hacia las chicas. El efecto del whisky se le había pasado; tenía la mente despejada, y se sentía ligero y feliz.

—¿Listas? —preguntó.

Las tres asintieron. Se llamaban Alika, Joy y Doris. Alika y Joy tenían diecisiete años; Doris, dieciocho. Parecían haberse uniformado para tomar parte en una carrera popular o en una manifestación política: camiseta oscura, vaqueros baratos y zapatillas de deporte. Las tres lo miraban con ojos grandes, implorantes y asustados, como si un meteorito estuviera a punto de caer sobre el prostíbulo y sólo él pudiera salvarlas de la catástrofe. Melchor entreabrió la puerta, se cercioró de que no había nadie en el pasillo, se encajó la pistola en la cintura y cogió de las manos a Alika y a Joy, que eran las más pequeñas.

—Tranquilas —les dijo—. No os separéis de mí y todo saldrá bien. —Terminó de abrir la puerta y añadió—: Vamos allá.

Primera parte

1

Melchor renueva el agua del jarrón, cambia un ramo de flores marchitas por otro de flores frescas y limpia con un paño la lápida, donde se lee: «Olga Ribera, Gandesa, 1978-2021». Luego, como cada sábado por la mañana desde hace cuatro años (salvo cuando tiene guardia), se pasa un rato allí, ante la tumba de su mujer, hablándole de Cosette y comentando los escasos acontecimientos de la semana.

El cementerio está recostado en la falda de una colina, a las afueras de Gandesa, y Melchor sólo oye el piar de los pájaros y, de vez en cuando, el motor remoto de un coche que serpentea en dirección a Vilalba dels Arcs y la sierra de La Fatarella, cuya cresta se recorta a su izquierda, contra el cielo inmaculadamente azul, erizada de blancos molinos de viento que giran con morosidad en la calidez inmóvil de la mañana de julio.

Transcurrida media hora, Melchor se cuelga su zurrón en bandolera y se aleja de la tumba. Pasa junto al panteón de la familia Adell, un suntuoso cenotafio de mármol negro jaspeado de blanco, y sube por una callecita estrecha, sombreada de cipreses y flanqueada de túmulos. Al salir del cementerio toma un camino de tierra y, poco después, desemboca en la rotonda que conduce al interior de Gandesa. En el centro de la rotonda, sentada en unos escalones bajo una cruz de piedra, reconoce sin sorpresa a Rosa Adell.

—Estaba pensando que no voy nunca al cementerio —lo saluda la mujer.

Melchor termina de acercarse. Rosa viste una blusa azul oscuro, sin mangas, unos pantalones marrones muy finos y unas sandalias que dejan al descubierto unos pies pequeños, con las uñas pintadas de rojo. Melchor no puede ver sus ojos: unas gafas negras se los ocultan.

—Y eso que tengo enterrada ahí a mi familia entera —añade Rosa—. ¿Debería sentirme mal?

Recordando el mausoleo de los Adell, Melchor contesta:

—Pésimo.

—¿Hablas en serio?

—No. Lo que hay ahí dentro ya no tiene nada que ver con tus padres.

—¿Y con Olga?

—Tampoco.

—¿Entonces por qué vas tú?

Melchor se encoge de hombros. Rosa Adell se queda mirándole un momento, hasta que hace un mohín perplejo y, sacudiéndose el polvo de los pantalones, se pone en pie.

—¿Dónde está Cosette? —pregunta.

—En la piscina. —Melchor señala vagamente un edificio que se levanta a unos cincuenta metros, entre el cuartel de bomberos y el pabellón de deportes—. Sale a las doce.

Rosa consulta su reloj.

—Justo el tiempo de tomar un café.

Se dirigen hacia el hotel Piqué bajando por la avenida Joan Perucho. Caminan en silencio, como si la quemazón progresiva del sol los disuadiera de hablar, y en silencio pasan frente al instituto de enseñanza media Terra Alta y al falso neoclasicismo de la fachada del juzgado comarcal.

En los últimos meses los dos se han visto a menudo, a veces por pura casualidad, otras veces por casualidades no tan

24

puras, siempre o casi siempre provocadas por Rosa, que ha adoptado la costumbre de esperarlo cada sábado por la mañana a la salida del cementerio. Como todo el mundo, Rosa ignora el verdadero papel desempeñado por Melchor en la resolución del caso Adell, que cuatro años atrás sacudió la eterna somnolencia de la Terra Alta y desde entonces mantiene en la cárcel a Albert Ferrer, su exmarido, y a Ernest Salom, excaporal de policía, amigo íntimo de Ferrer y compañero de Melchor en la comisaría de Gandesa, el primero condenado por inducción al asesinato del matrimonio Adell y su criada rumana, el segundo por complicidad en el asesinato y encubrimiento del crimen. Y, aunque es verdad que Rosa intuyó desde muy pronto que la versión oficial de los hechos no se ajustaba del todo a la realidad, y que Melchor ocultaba cosas (o eso es lo que a su vez intuía el propio Melchor), lo cierto es que nunca se ha animado a interrogarlo al respecto. De hecho, no suelen hablar sobre ese asunto, pese a que se conocieron gracias a él, y casi nada de lo que Melchor sabe sobre las reacciones que provocó en Rosa y las consecuencias que le ha acarreado lo sabe por ella. Lo que Melchor sabe, en realidad, es poco y disperso: que Rosa no ha vuelto a ver a su exmarido desde el juicio que se instruyó contra él, por ejemplo; o que sus cuatro hijas, conscientes de que fue su padre quien encargó el asesinato de sus abuelos maternos, han repudiado a su progenitor. Por lo demás, Rosa Adell vive sola en la masía cercana a Corbera d'Ebre que cuatro años atrás compartía con Albert Ferrer —sus cuatro hijas trabajan o estudian ahora en Barcelona—, y ha intentado o intenta todavía sobreponerse al asesinato de sus padres y a la condena de su marido consagrándose en cuerpo y alma a liderar el imperio empresarial levantado de la nada por su padre, con Gráficas Adell a la cabeza. Trabaja mucho, viaja mucho y pasa algunos fines de semana en Barcelona, con sus hijas, pero de un tiempo a esta parte, cuando se queda en la Terra Alta, acaba llamando por teléfono a Melchor o, últimamente, yéndolo a buscar a la salida del cementerio.

Dejan a su derecha la estación de autobuses, cruzan la carretera y la explanada de tierra que se abre ante el hotel Piqué y entran en la cafetería, ocupada a esa hora por un grupo de turistas que alborota en la barra, por una pareja de ciclistas y otra de ancianos. Rosa se sienta a una mesa, junto a un ventanal que da al aparcamiento, mientras Melchor aguarda su turno en la barra; cuando por fin consigue que le atiendan, lleva sus dos cafés a la mesa.

—Me han dicho que os van bien las cosas —comenta Melchor, sentándose frente a Rosa.

En el bullicio de la cafetería inundada de sol, la mujer se ha quitado las gafas oscuras y mira al policía con sus ojos marrones, serenos y ovalados, mientras remueve el café.

—Las noticias vuelan en la Terra Alta —constata—. ¿Ya te ha llegado lo de Medellín?

Melchor asiente.

—La idea fue del señor Grau —dice Rosa, intentando quitarse importancia: una sombra de carmín brilla en sus labios carnosos—. Colombia es un país que funciona como un tiro, ideal para invertir, y montar una fábrica allí nos va de maravilla. Además, Medellín es una ciudad estupenda.

—¿Qué tal está?

—¿Medellín?

—El señor Grau. Hace tiempo que no le veo.

Rosa Adell entrecierra los ojos, esboza una media sonrisa y da un sorbo de café.

—Viejo —dice sin melancolía—. Pero ahí sigue, al pie del cañón. La verdad es que no sé qué haría sin él.

Melchor vuelve a asentir. Acaba de cruzar por su cabeza la imagen del sempiterno gerente de Gráficas Adell: un anciano férreo, pálido, culto y miope, de cuerpo escuálido, pelo escaso y sagacidad probada en los negocios, que, a sus noventa años, siempre impecablemente vestido y cada vez más cargado de espaldas, sigue acudiendo a diario a su despacho en el polígono industrial La Plana, a las afueras de Gandesa, y llevando el timón del buque insignia del imperio Adell. Por un momento recuerda también, con asombro, que aquel dechado de probidad empresarial y lealtad personal al hombre para el que trabajó durante toda su vida había sido, asimismo, mientras él y Salom investigaban el caso Adell a las órdenes del subinspector Gomà, el primer sospechoso del asesinato de los padres de Rosa.

—Pues deberías empezar a pensarlo —le aconseja Melchor.

—Ya lo sé —admite Rosa, atisbando más allá del ventanal. En el aparcamiento del hotel, protegidos del sol bajo un techo de cañas, apenas hay estacionados un par de coches y una furgoneta de reparto; el tráfico en la entrada de Gandesa es mínimo—. Por cierto —se vuelve de repente hacia Melchor—, hoy el señor Grau viene a comer a mi casa. ¿Por qué no nos acompañáis tú y Cosette? Estoy seguro de que le encantará comer con vosotros.

—Gracias, pero no puedo. Hemos quedado en ver una película en casa. Además —añade, palmeando su zurrón, que ha colgado de un brazo de la silla al sentarse—, esta tarde tengo trabajo. —Rosa mira el zurrón y luego mira a Melchor, que aclara—: Son manuscritos del concurso literario.

La mujer sonríe abiertamente: una sonrisa ancha, burlona, luminosa.

—Así que al final te han convencido de que seas jurado.

Melchor aparta la vista de ella, pero no encuentra un lugar donde posarla.

—Por lo visto no había alternativa y... — Azorado, cons-

ciente de que la frase se encamina en la dirección equivoca-
da, empieza otra—. Y eso no es lo peor.

—Ah, ¿no?

—No. Lo peor es que tengo que pronunciar un discurso en la ceremonia de entrega de premios. Me han pedido
que diga unas palabras sobre la lectura. O sobre la literatura.
O sobre las novelas que me gustan. Algo así.

—Es una idea bonita.

—Preciosa. Sólo que yo no he pronunciado un discurso
en mi vida.

—No me digas que tienes miedo.

Melchor se vuelve otra vez hacia Rosa.

—Miedo no —confiesa—. Pánico.

Ella se ríe de buena gana.

—No seas tonto, poli —dice—. Lo harás de maravilla.

—Claro.

—Hablo en serio. ¿Quieres que te ayude a prepararlo?

En los ojos de Melchor reluce por un instante una chispa
de esperanza, que se apaga en cuanto cree comprender que,
a pesar de sus protestas de seriedad, su amiga bromea.

Antes de que Rosa pueda asegurarle que no bromea, Melchor se levanta a pedir otros dos cafés. Al cabo de un momento regresa con ellos y, aunque se niega en redondo a volver
al asunto del discurso, durante un rato hablan del certamen
literario. Lo organizan la biblioteca y el instituto, e integran
el jurado dos profesores, un poeta local, la directora de la
biblioteca y Melchor; la entrega de premios está prevista para
principios de septiembre, durante la ceremonia de inaugu-
ración del curso académico. Melchor comenta un relato de
ciencia ficción que acaba de leer y que le ha gustado mucho;
le resume el argumento a Rosa, quien —pese a no ser aficionada a la ciencia ficción, ni siquiera demasiado aficionada
a la literatura— se muestra de acuerdo con él. También ha-

blan de una propuesta que le ha hecho a Rosa el alcalde de Gandesa, para que amplíe la fábrica principal de Gráficas Adell en La Plana, y de un viaje de trabajo que tiene pendiente a la filial de Timişoara, en Rumanía. Luego discuten los planes que cada uno ha hecho para las vacaciones: Rosa piensa llevarse a sus cuatro hijas de viaje por Estados Unidos durante dos semanas, y Melchor, a principios de agosto, tiene intención de hacer lo mismo que el verano anterior, cuando pasó unos días con Cosette en Molina de Segura, Murcia, alojados en casa de la última amiga de su madre, Carmen Lucas, y de su marido Pepe.

—Os vais a morir de calor —predice Rosa.

—El año pasado lo pasamos muy bien —replica Melchor—. ¿Sabes lo que más le gustó a Cosette? Que todas sus amigas la llamaban Cosé.

Todavía se está riendo Rosa cuando suena el teléfono de Melchor, que verifica quién es y lo deja sonar.

—¿No vas a responder? —pregunta Rosa.

—Es Vivales. Ya le llamaré más tarde. —Ahora es Melchor quien consulta su reloj—. Cosette debe de estar a punto de terminar. ¿Nos vamos?

Rosa Adell no sabe de Domingo Vivales mucho más de lo que sabe de Carmen y Pepe. Melchor se lo presentó hace un tiempo, durante una de sus visitas a Gandesa, pero ella no acaba de entender cuál es la relación que une a aquellos dos hombres de edades tan dispares que muy bien podrían ser padre e hijo. De hecho, casi lo único que sabe del abogado es que, igual que Carmen Lucas, era amigo de su madre, y que Melchor heredó aquella amistad como quien hereda un inmueble. El policía no le ha contado más; ella, por su parte, tampoco pregunta, porque la primera regla no escrita de su amistad consiste en la obligación de administrar con sumo cuidado sus mutuas intimidades.

Mientras Rosa paga las cuatro consumiciones —he ahí otra regla no escrita de su amistad: siempre o casi siempre es ella quien paga—, un wasap tintinea en el móvil de Melchor. Es el sargento Blai, que ya no es sargento sino inspector y no está destinado en la Terra Alta sino en la central del cuerpo, en el complejo Egara, a las afueras de Sabadell. «¿Qué pasa, españolazo?», escribe Blai. «¿Dónde paras?» «En el hotel Piqué», contesta Melchor. «¿Echando un polvo con una titi?», vuelve a escribir Blai. «Je, je, es broma. Estoy en casa de mis suegros, tendríamos que vernos cuanto antes. Esta tarde.»

—Tranquilo —dice Rosa Adell, reuniéndose con Melchor a la puerta del hotel mientras se cala las gafas de sol—. Contesta a quien tengas que contestar.

Cruzan la explanada de tierra y, mientras aguardan a atravesar la carretera, Melchor escribe en su móvil: «No puedo». «No me jodas, tío, ¿ya no quieres cuentas con los amigos?», contesta de inmediato Blai, que enseguida vuelve a escribir: «Va en serio. Tenemos que hablar. Es urgente». Están desandando la avenida Joan Perucho bajo el sol candente del mediodía.

—¿Del trabajo? —inquiere Rosa Adell.

Melchor contesta que sí.

—Yo el fin de semana dejo el móvil del trabajo en la oficina —admite Rosa—. ¿Es importante?

—Seguro que no, pero lo parece.

Al llegar a la altura del juzgado, Melchor escribe otra vez: «Te llamo luego». «No tardes», le contesta Blai. «A las siete tengo festorrón familiar. Deberíamos vernos antes.» La respuesta de Melchor es un emoticono que muestra un puño amarillo con el pulgar levantado.

Cuando levanta la vista de su móvil, Rosa Adell acaba de abrir la puerta de su coche.

—¿Estás seguro de que no queréis comer en casa? —insiste ella.

—Seguro. Dale recuerdos de mi parte al señor Grau.

Se despiden con dos besos en las mejillas.

Hay cambio de planes. Al salir de la piscina municipal, Cosette le pide permiso para comer en casa de su amiga Elisa Climent y pasar la tarde con ella, y Melchor, después de hablar con la madre de la amiga y de negociar con Cosette, acaba accediendo. «A las seis voy a buscarte», la previene. Apenas se queda solo se le ocurre que puede llamar a Rosa Adell y comer con ella y el señor Grau, pero enseguida descarta la idea y echa a andar hacia la plaza. Pasa allí el resto de la mañana, sentado en la terraza del bar, bebiendo Coca-Cola y leyendo varios de los relatos presentados al concurso literario: marca con un signo – los que le gustan poco o no le gustan, con un signo + los que le gustan más y con dos signos + los que más le gustan, para volver a leerlos al final y elegir entre ellos los ganadores.

Sobre las dos de la tarde se marcha a casa. Al llegar se prepara una ensalada con queso y frutos secos y un bistec a la plancha y se los come sentado en la cocina, empujándolos con la tercera Coca-Cola del sábado mientras de vez en cuando espía el asiento vacío al otro lado de la mesa, donde acostumbraba a sentarse Olga.

Cuatro años han transcurrido desde la tarde en que murió atropellada por un automóvil que Albert Ferrer había alquilado la víspera en Tortosa. Este, según aseguró durante los interrogatorios policiales y la vista oral del juicio del caso Adell, no había buscado matarla sino sólo intimidar a Melchor, obligarle a abandonar de una vez la investigación del asesinato de sus suegros, que se había empeñado por su cuenta y riesgo en proseguir pese a que el caso ya estaba oficialmente cerrado. Fuera como fuese, apenas ha pasado un solo día desde la muerte de Olga sin que Melchor se acuerde de ella. Cuando eso ocurre, cuando olvida por un tiempo a su mujer, se siente mal, aunque no sabe por qué. Ha intentado reconstruir con detalle neurótico, semana a semana, día a día, hora a hora, minuto a minuto, los tres años y medio vividos con su esposa, pero no lo ha logrado, y por momentos abriga un sentimiento contradictorio en relación con aquella época feliz en que, tras llegar a la Terra Alta, conocer a Olga y enamorarse de ella, se casaron y tuvieron a Cosette: por una parte, le parece algo del todo irreal, como si, más que haberlo vivido, lo hubiera visto en una película o lo hubiera soñado; por otra, le parece que es la única cosa real que le ha ocurrido, que nunca le ha ocurrido nada tan real como su vida con Olga. Al principio, después de la muerte de su mujer, se preguntaba a todas horas qué hubiera dicho ella de esto, aquello y lo de más allá, pero al cabo de un tiempo consiguió evadirse de esa tortura irracional. En cambio, sigue siendo incapaz de hablar de ella con nadie, ni siquiera con Cosette, y, cuando la niña le pregunta por su madre, de quien apenas guarda recuerdos, no sabe qué responderle y contesta con evasivas.

Los primeros tiempos sin Olga fueron muy duros. No conseguía quitarse su muerte de la cabeza; tampoco, dejar de sentir que le había fallado a su mujer: en alguna parte leyó que, mientras dura el remordimiento, dura la culpa, y a él los remordimientos seguían carcomiéndolo por dentro. Ambas cosas explican que al cabo de unos meses tomara la determinación de alejarse de la Terra Alta, con la esperanza de que abandonar aquel lugar que gracias a Olga había convertido en su patria le ayudase a superar su muerte. Para entonces hacía ya cinco años de los atentados islamistas de 2017, muchos de sus compañeros sabían que había sido él quien había abatido a tiros a cuatro terroristas en Cambrils y sus mandos eran conscientes de que, como mínimo en el interior del cuerpo, se había convertido en un símbolo; así que, valiéndose por vez primera de su posición de privilegio, llamó al comisario Fuster y le pidió el traslado.

La reacción de Fuster fue la esperada. El comisario no le preguntó por qué quería cambiar de destino; sólo adónde quería cambiar. Melchor, previsiblemente, contestó que a Barcelona. Previsiblemente porque, a pesar de llevar tanto tiempo alejado de la capital, él sabía que esta seguía siendo su casa: nunca había vivido fuera de allí hasta que, tras los atentados, le destinaron a la Terra Alta con el fin de protegerlo de posibles represalias islamistas. En Barcelona, además, tenía a Vivales, que había sido un apoyo constante desde la muerte de su madre y que, estaba seguro, le ayudaría a criar a Cosette. «¿Quieres seguir en investigación criminal?», le preguntó Fuster, igual de solícito que siempre. «No sé hacer otra cosa», contestó Melchor. «Pues estás de suerte», lo felicitó el comisario. «Acabo de hablar con el jefe de la DIC y me ha dicho que en Secuestros y Extorsiones están en cuadro. ¿Qué te parece la idea de venirte aquí, a Egara?» «Estupenda», dijo Melchor, tan impaciente por salir de la Terra Alta que hubiera aceptado el peor trabajo en la peor covachuela de la peor comisaría. «Ojo», le advirtió Fuster. «No esperes un chollo. La unidad es muy exigente. No te aburrirás, aprenderás mucho; pero trabajarás como un negro.» «Perfecto», dijo él.

Hablaba en serio: Melchor pensaba que la inactividad relativa y la placidez rural de la comisaría de la Terra Alta, que tanto bien le había hecho años atrás, cuando Olga estaba viva, ahora le estaba matando; asimismo pensaba que, cuanto más absorbente fuera su trabajo, mucho mejor para él. Por otra parte, Melchor sabía que Cosette era una niña llena de curiosidad y de energía, pero adaptable, y que la muerte de Olga, lejos de volverla pusilánime, había endurecido su carácter. De modo que, aunque el arraigo de Cosette en la Terra Alta era tan profundo como el suyo y quizá de entrada no le apeteciera abandonar la comarca, estaba convencido de que viviría como una aventura el cambio de lugar y de colegio, la novedad de la capital y el desafío de hacer nuevas amigas; también estaba seguro de que le encantaría tener más cerca a Vivales.

La Unidad Central de Secuestros y Extorsiones estaba integrada en el Área Central de Investigación de Personas, que dependía a su vez de la División de Investigación Criminal (DIC), y, cuando Melchor se incorporó a ella, comprendió que el comisario Fuster no hablaba menos en serio que él. De lo que no le había avisado Fuster, en cambio, era de que, además de ser una unidad exigente, Secuestros y Extorsiones era una unidad singular. En aquella época estaba integrada por doce personas, nueve hombres y tres mujeres que trabajaban a las órdenes del sargento Vàzquez, un cuarentón rapado, musculoso e hiperactivo, con aire de bulldog y fama de policía rectilíneo y peleón. Era verdad que Vàzquez siempre estaba quejándose a sus superiores del déficit de efectivos de su unidad, pero se quejaba con motivo: no en vano Secuestros y Extorsiones trabajaba veinticuatro horas al día, durante todo el año y en todo el territorio catalán. Sin embargo, lo que la volvía singular —lo que le exigía no operar como ninguna otra, no parecerse a ninguna otra— era su obligación de ser la unidad más discreta del cuerpo; la reserva era en efecto la clave de su eficacia: lo primero que aprendió Melchor al integrarse en Secuestros y Extorsiones fue que, cuanta menos gente supiera que estaban tratando de resolver un caso, más posibilidades tenían de resolverlo. También convertía en singular a la unidad el alto grado de especialización de sus miembros, cosa que obligó a Melchor a especializarse a marchas forzadas. Durante los primeros meses destinado allí realizó cuatro cursos: uno de negociador, otro de secuestros, otro de crimen organizado y otro de investigación avanzada. Eran cursos exclusivos, en los que sólo podía inscribirse personal muy selecto (miembros de la propia unidad o de unidades similares de la Guardia Civil, la Policía Nacional y la Ertzaintza vasca), en los que se exigía guardar el secreto de lo que allí se explicaba y en los que, para evitar filtraciones, ni siquiera se entregaba documentación escrita. «Si los malos se enteran de cómo los combatimos, se jodió el invento», solía avisar Vàzquez a quien se disponía a asistir a un cursillo. «De modo que, fuera de aquí, ni pío de lo que aprendas allí. Como dijo no sé qué sabio, el silencio es invencible.»

Durante meses, Melchor disfrutó de su nuevo destino. Trabajaba mucho, cuidaba de Cosette, leía novelas y hablaba con Vivales (que le ayudaba a cuidar de Cosette). Seguía siendo un lector encarnizado, pero ahora dividía sus lecturas entre sus propias novelas y las que, antes de dormirse, le leía a su hija. Quien por lo demás se aclimató a la capital con la entusiasta facilidad que él había previsto. Por supuesto, Melchor sabía que la niña echaba de menos la Terra Alta, pero nunca se lo oyó decir; también él, a veces, la echaba de menos. Además, al cabo de poco tiempo entendió que, por mucho que trabajase, por muy lejos que quedase la Terra Alta, no iba a conseguir quitarse de la cabeza la muerte de Olga, y acabó aceptando que iba a tener que convivir de por vida con ese recuerdo envenenado.

Para su sorpresa, el regreso a Barcelona despertó otro recuerdo, no menos venenoso, que había permanecido aletargado durante años: el recuerdo del asesinato de su madre. Mientras vivía en la Terra Alta pensaba de vez en cuando en ella, pero nunca o casi nunca en su muerte; el motivo de esa bendita omisión era probablemente que, después de haberse pasado años intentando de manera obsesiva resolver aquel crimen a su aire, a ratos perdidos y violando algunas de las normas más elementales de la investigación policial, justo antes de instalarse en la comarca había averiguado por azar que la mujer que acompañaba a su madre en aquella noche fatídica se llamaba Carmen Lucas, la había localizado en una pedanía de la huerta murciana, había viajado hasta allí y la había interrogado durante dos días sin obtener una sola pista que pudiera conducir a los asesinos, todo lo cual había terminado persuadiéndolo de que el crimen nunca se aclararía. Ahora, en cambio, su recuerdo estaba otra vez allí, ígneo y tenaz, igual que si volver a Barcelona significase volver a toparse con él y con todos los atroces recuerdos prestados que asociaba con él: el recuerdo de su madre prostituyéndose en los alrededores del Camp Nou, junto a Carmen Lucas y sus compañeras de infortunio; el recuerdo de un BMW marrón o un Volkswagen oscuro o un Skoda negro, según fuera el testigo consultado, en el que su madre primero se negó a meterse tras una negociación frustrada con sus ocupantes («Una panda de niños bien que han salido a divertirse con el coche de papá», le había dicho a Carmen) y en el que más tarde, impulsada por la desesperación de una noche sin clientes, aceptó subirse; el recuerdo del cadáver de su madre encontrado al amanecer del día siguiente en un descampado de la Sagrera, en Sant Andreu, con el cráneo destrozado a pedradas. Todos esos recuerdos parciales configuraban un único recuerdo lacerante que ahora regresó con fuerza, igual que si un rincón inexpugnable de Melchor todavía no hubiese podido aceptar que aquel remoto asesinato quedase impune. En resumen: había escapado de la Terra Alta huyendo de un crimen resuelto, y en Barcelona le habían atrapado dos, uno resuelto y el otro irresuelto.

Cuando comprendió que, por mucho que quisiera deshacerse de sus peores recuerdos, sus peores recuerdos no querían deshacerse de él, decidió regresar a la Terra Alta. Aguardó a pedir el traslado hasta que terminase el curso escolar, lo que coincidió en el tiempo con un hecho que, en la práctica, desintegró la unidad de Secuestros y Extorsiones.

Fue el rapto de la hija de un narco venezolano que residía con su familia en un chalet de Ampuriabrava, un pueblo de mar cercano a la frontera francesa. La víctima había sido secuestrada por una banda rival, a la que el venezolano había intentado estafar, y que le exigía por su liberación una suma de dinero que en modo alguno se hallaba en condiciones de reunir. Durante meses, la unidad al completo trabajó en el caso, con Vàzquez como negociador principal entre narcos. Fue una negociación áspera, compleja y nerviosa, durante la cual el narco venezolano recibió en su casa, uno tras otro, tres deditos cortados de su hija, que acababa de cumplir cinco años. Por fin, Vàzquez creyó localizar a la niña en un almacén de las afueras de Molins de Rei y armó un dispositivo de rescate integrado por ochenta personas, incluidos guardias civiles y policías nacionales. La operación fracasó. Hubo tres detenidos y un muerto, pero no consiguieron salvar a la hija del narco, y el recuerdo más vívido que Melchor conservaba de aquel día era la imagen de Vàzquez sentado sobre un charco de sangre en el suelo de cemento del almacén, con la cabeza seccionada de la niña en el regazo y los ojos desorbitados, temblando y chillando como un poseso.

Hubo que arrancarle la cabeza de las manos, y aquel mismo día Vàzquez fue ingresado en un hospital del que sólo salió al cabo de una semana, aunque no para regresar a Se-

37

cuestros y Extorsiones sino para que lo destinaran a petición propia a la comisaría de la Seu d'Urgell, en el Pirineo de Lérida, de donde era natural. Todo esto lo fue sabiendo poco a poco Melchor, de vuelta ya en la Terra Alta. No volvió a moverse de allí en los años siguientes, durante los cuales se dedicó a su hija y a su trabajo en la comisaría. Ocupaba su abundante tiempo libre en echar una mano en la biblioteca donde había trabajado Olga y en estudiar el grado de Información y Documentación en la Universitat Oberta de Catalunya; también, por supuesto, en leer novelas, aunque desde la muerte de Olga había evitado releer *Los miserables,* que hasta entonces había sido, además de su novela favorita, el espejo en que se miraba y el arma con que se defendía de las ofensas de la vida. Había sido incapaz, en cambio, de quitarse otro vicio, este más o menos secreto. No fallaba: individuo denunciado por pegar a una mujer en la Terra Alta, individuo que se llevaba una paliza que, al menos en comisaría, todo el mundo sabía quién le había pegado, y que a todo el mundo le obligaba a hacer la vista gorda.

Al terminar de comer lava los platos, se prepara un café y sigue leyendo manuscritos sentado en el sofá del comedor. A las cinco, con puntualidad profesional, aparece el inspector Blai.

—Estas tías de la Terra Alta son la hostia —es lo primero que dice, acaloradamente, al irrumpir en casa de Melchor—. No hay manera de arrancarlas de aquí.

Se trata del mismo lamento que Melchor le ha oído proferir mil veces al antiguo jefe de la Unidad de Investigación de la Terra Alta desde que se marchó a Barcelona: que su mujer no se acostumbra a vivir lejos de allí y que, por esa razón, cada fin de semana la familia vuelve a casa de sus padres, en La Pobla de Massaluca. Melchor le ofrece a su amigo un café. Blai lo acepta y, mientras Melchor empieza a prepararlo, sigue quejándose, con el peso de su corpachón recostado contra el marco de la puerta de la cocina.

—Me paso la semana trabajando como un negro y, en cuanto llega el fin de semana, móntate en el coche y juégate el tipo por estas carreteras dejadas de la mano de Dios para llegar cuanto antes a la Terra Alta, igual que si se acabara el mundo. Y luego, en vez de descansar como la gente, ahí me tienes otra vez el sábado y el domingo, sierra arriba sierra abajo, para que los chavales conozcan la tierra de su madre y no pierdan sus raíces. Me cago en las putas raíces: cuando vivíamos aquí, a todos nos la soplaban las raíces, empezando por mi mujer. Y eso sin contar con que estoy chupando suegros que te cagas, claro. De los chavales ni te cuento: están insoportables. Por cierto, ¿dónde anda Cosette?

—En casa de una amiga.

—¿Está bien?

—Muy bien.

—¿Y tú?

—Yo también.

—Venga, tío, dame una buena noticia, anda. Dime que te has agenciado una novia. Alégrame el día, que buena falta me hace. Eso sí, te voy a regalar un consejo: si te echas una novia, que no sea de la Terra Alta. Luego no hay manera de sacarlas de aquí.

—Lo que deberías hacer es volver —le aconseja Melchor—. Por cierto, te habrás enterado de que estamos sin jefe desde mayo, ¿no?

—¿Que si me he enterado?

La cafetera acaba de moler el café con un crujido de gravilla triturada y, antes de presionar un botón parpadeante para que el líquido empiece a manar de dos tubitos de acero inoxidable, Melchor se vuelve hacia Blai, que se ha acercado a él.

—¿Me guardas un secreto? —pregunta el inspector.

Melchor acaba de leer una novela de G.K. Chesterton en la que un personaje le hace a otro esa misma pregunta y el otro responde: «Si tú no eres capaz de guardar ese secreto, ¿cómo quieres que te lo guarde yo?». Pero no quiere irritar a su amigo, así que contesta:

—Claro.

—Me han ofrecido el puesto a mí.

—¿De jefe de la comisaría?

Blai asiente con una expresión apesadumbrada. Melchor pregunta:

—¿Y qué has contestado?

—¿Qué quieres que conteste? —bufa el otro, gesticulando—. Con el trabajo que me ha costado salir de este agujero...

Es verdad. Dos años y medio atrás, siendo todavía sargento y jefe de la Unidad de Investigación de la Terra Alta, Blai aprobó unas oposiciones a inspector a las que se había presentado por consejo de sus superiores. Estos consideraban que el cuerpo podía beneficiarse de la aureola de as de la investigación criminal que lo rodeaba, gracias a sus numerosas intervenciones en las radios y los platós televisivos a raíz de la resolución del caso Adell, de la que la opinión pública le hacía responsable; y es que ni Blai ni nadie en la comisaría de la Terra Alta tuvo el menor interés en desmontar la versión oficial del caso, según la cual había sido él y no Melchor quien lo había resuelto. Al principio, este equívoco incomodó un poco a Melchor, porque pensaba que en su fuero interno Blai se consideraría un impostor; pero dejó de preocuparse en cuanto comprendió que, después de contar innumerables ve-

40

ces en público, con pelos y señales, cómo había solucionado el caso Adell, su antiguo jefe había olvidado por completo la realidad y, salvo cuando recordaba el caso a solas con Melchor, parecía convencido de que en efecto había sido él y no Melchor quien había identificado a los responsables del triple asesinato.

Blai insiste en que su amigo le guarde el secreto que acababa de confiarle («Hazme ese favor, ¿eh, españolazo? Tú no sabes cómo es mi mujer: si se entera de que he rechazado ese cargo, me corta los huevos») y sigue despotricando de su vida a horcajadas entre Barcelona y la Terra Alta. Hasta que, una vez que Melchor le entrega su taza de café y le señala la silla de Olga, se sienta y pregunta:

—¿Sabes lo único que me compensa un poco de tanta mierda?

Melchor adivina la respuesta porque conoce a su antiguo jefe tan bien como su antiguo jefe le conoce a él.

—¿Qué? —pregunta, no obstante.

Lo que alivia a Blai de sus contratiempos familiares no es, según sabe Melchor, que los mandamases que le animaron a presentarse a la oposición y le prometieron entre dientes su ayuda cumplieran su palabra y le ascendieran a inspector; tampoco el hecho de haber obtenido ese ascenso saltándose un peldaño del escalafón y sin pasar por el grado intermedio de subinspector; ni siquiera que, pese a aquel enchufe escandaloso, él no haya tardado en demostrar que, fueran cuales fuesen sus auténticos méritos, es un profesional competente y merecía la promoción, hasta el punto de que no mucho después de que lo ascendieran recibió el encargo de dirigir el Área Central de Investigación de Personas y fue destinado a la central de Egara, donde siempre había soñado con trabajar, porque es el lugar donde se dispone de todos los recursos y se toman todas las decisiones relevantes.

41

No: la compensación de Blai es otra.

—Cruzarme cada día con Gomà —proclama en efecto el inspector, y se lleva la taza a los labios, menos pendiente de saborear el café que de la frase que acaba de pronunciar. Los dos policías se han sentado frente a frente, a cada extremo de una mesa donde quedan varios ingredientes del desayuno habitual de Cosette: un cartón de cereales Kellogg's y un paquete de tortitas de maíz con chocolate anunciadas por un cocinero televisivo. Todavía con la taza en la mano, Blai pone cara de felicidad—. Rozarme con él por los pasillos, encontrármelo en las reuniones, tomarme un café a su lado —enumera—. Dios, qué gustazo. Quién se lo iba a decir hace cuatro años a ese chuleta, ¿eh? ¿Quién le iba a decir que el mismo sargento al que apartó de mala manera del caso Adell, para disfrutar él solito la gloria del triunfo, sería ahora su superior en Egara y él seguiría siendo un puto subinspector, porque cateó las mismas oposiciones que yo aprobé? ¿Y quién le iba a decir que eso le pasaría precisamente por apartarme del caso Adell, porque él fue incapaz de resolverlo y tuve que ser yo quien sacase las castañas del fuego? Claro, claro, ya sé que dirás que a mí no me han ascendido sólo por resolver el caso Adell, que antes del caso Adell yo ya había hecho méritos suficientes para ser inspector, pero... Hay que ver las vueltas que da la vida, ¿eh, españolazo? Y, por cierto, ¿te has enterado de lo de Salom?

Melchor levanta la vista de la mesa, cubierta por un hule a cuadros, y escruta a Blai.

—No sé nada de Salom —reconoce.

Blai no parece sorprenderse; se toma el café de un trago y deja la taza en el platillo. Está a punto de cumplir medio siglo de edad y, aunque no luce un solo pelo en el cráneo, su cuerpo sin grasa y su musculatura de adicto al gimnasio hacen que aparente diez o quince años menos; mide metro noventa, gasta ropa deportiva muy ceñida y sus ojos azules se clavan sin contemplaciones en su interlocutor.

—Al final no fuiste a verle a Quatre Camins, ¿verdad? —pregunta.

Melchor niega con la cabeza.

—No deberías ser rencoroso. Al fin y al cabo, fue tu mejor amigo.

—No soy rencoroso. Simplemente no tengo nada que decirle.

—Pues él sí tenía algo que decirte a ti. Por eso me pidió que fueras. Creo que quería disculparse.

—Ya se disculpó.

—Quería disculparse de verdad. Está arrepentido. —Blai hace una pausa un poco teatral—. Todos cometemos errores, ¿no?

Melchor sonríe.

—¿Vas a soltarme un sermón?

—Vete a cagar, españolazo.

Melchor deja la sonrisa flotando en sus labios mientras los dos hombres se observan un segundo. Voces agudas de niños llegan en ese momento de la calle Costumà, y Melchor se pregunta si Blai ha querido verle con aquella urgencia sólo para hablar del antiguo caporal.

—¿Qué ha pasado con Salom? —pregunta.

—Nada —contesta el inspector—. El otro día me encontré con la juez de vigilancia penitenciaria que se encarga de él y me dijo que le han rebajado otra vez la condena. Dentro de un par de años estará en la calle. Quizá antes.

Las voces de los niños se han apagado, y un silencio embarazoso se adueña de la cocina.

—Me alegro por él —dice Melchor—. Y por sus hijas.

—¿Las ves?

—De vez en cuando, sobre todo a Claudia. Da clase en

el instituto. —Tras una pausa, añade—: Pero ninguna de las dos me saluda.

Blai suspira, mueve a un lado y a otro la cabeza, chasquea la lengua.

—Normal, ¿no crees? —reflexiona. Súbitamente, las voces de los niños vuelven a animar el sopor de la tarde—. Su madre muerta, su padre en la cárcel y todos sus sueños en el cubo de la basura. Con veintitantos años. Es la historia de siempre en la Terra Alta, por eso quise largarme de aquí... Les han jodido la vida.

—Se la jodimos nosotros. O acabamos de jodérsela.

—Y una mierda. El que se la jodió fue su padre, por hacer lo que no debía.

—Puede ser, pero quienes lo empapelamos fuimos nosotros. Además, lo que hizo lo hizo por ellas. Y tú y yo lo sabemos.

—¿El qué? ¿Ayudar a ese descerebrado de Ferrer a matar a los Adell? ¿Eso lo hizo por sus hijas? ¡Anda ya, hombre! Lo hizo porque le salió de la bola, porque la codicia rompe el saco, o como se diga.

—Hace un minuto estabas defendiéndolo.

—Una cosa es defenderlo y otra decir que no es responsable de sus actos. Mira, yo no sé por qué hizo lo que hizo, pero el caso es que lo hizo. Me parece bien que se arrepienta, pero lo hizo. Y punto. —Un poco airado, Blai desvía la vista de Melchor; pero enseguida vuelve a mirarle, de repente curioso—: Oye, tú no te habrás arrepentido de empapelarlo, ¿verdad?

Con un ademán de desaliento, Melchor arrima contra la pared el cartón de Kellogg's y se levanta.

—Déjate de tanto arrepentimiento —le ruega—. ¿Otro café?

Blai asiente y Melchor pone otra vez la cafetera en marcha. Mientras la cocina vuelve a llenarse con una crepitación de granos molidos, Melchor se pregunta si Blai estará inquieto por la salida de la cárcel de Salom.

—¿Era eso lo que tenías tanta prisa por contarme? —pregunta.

—No —dice con una voz distinta el inspector, levantándose de nuevo y dando unos pasos por la cocina—. He venido porque tengo un problema.

Melchor deja que la cafetera termine de moler el café, coloca una taza bajo los dos tubitos de acero, pulsa el botón luminoso y de los dos tubitos brotan sendos chorros de líquido oscuro.

—¿Qué problema? —pregunta sin volverse.

—Te lo cuento si me prometes echarme una mano.

Los dos tubitos dejan de manar, Melchor quita la taza mediada de café, coloca en su lugar una taza vacía y presiona de nuevo el botón.

—¿Quieres que te eche una mano en un caso?

—Eso es.

—¿Quieres que vuelva a Secuestros y Extorsiones?

—Sí. Sólo unos días, lo suficiente para resolver el asunto.

En la cocina se hace otra vez el silencio, esta vez poblado por el zumbido electrónico de la cafetera, que continúa dispensando café. Hace rato que no se oyen las voces de los niños.

—No te voy a ayudar —dice Melchor—. Estoy de retirada. Además, ya no conozco a nadie allí.

—Te equivocas. Vàzquez ha vuelto.

Melchor se gira hacia él enarcando una ceja inquisitiva.

—Hace casi un año —explica Blai—. El nuevo comisario de Investigación Criminal le convenció. No fue tan difícil: parece que en la Seu d'Urgell se aburría a muerte.

—No me lo habías dicho.

—No me lo habías preguntado.

Melchor hace un gesto difuso de aprobación y da la espalda otra vez al inspector.

—Bueno, me alegro, porque eso significa que no me necesitas —razona—. Vàzquez es muy bueno.

—Ya lo sé, pero está como una puta cabra. Tú le conoces: va a su bola. No me puedo fiar de él, al menos en este caso. Por eso te necesito a ti.

—Olvídate.

—Será por poco tiempo, con algo de suerte en una semana liquidamos el asunto. Además, ya le he dicho a Vàzquez que vendrás. Está encantado.

—Pues le has mentido.

—No me jodas, españolazo.

—No te jodo. Pero no insistas: búscate a otro.

Blai protesta, maldice, resopla. El café ha dejado de manar de nuevo, y Melchor lleva unos segundos ofreciéndole la taza mediada a su compañero, que no parece dispuesto a cogerla, como si esa negativa fuera el emblema de otra: la negativa a dar por perdida la disputa. Por fin, parece rendirse, coge la taza, da un sorbo, luego otro; al final pregunta:

—¿Qué es eso de que estás de retirada? —Su tono desenvuelto no engaña a Melchor: Blai no se ha rendido; sólo ha cambiado de estrategia—. ¿Te piensas jubilar o qué?

También con su taza en la mano, Melchor replica:

—Más o menos. En cuanto abran una plaza en la biblioteca, me presento y dejo la comisaría.

Blai mira a Melchor como si acabara de comunicarle que va a someterse a una operación de cambio de sexo.

—¿Pero tú estás zumbado o qué?

Melchor se toma de un solo trago el café, deja la taza en el fregadero y desconecta la cafetera.

—Creí que te había dicho que estaba estudiando biblioteconomía en la UOC.

—Sí, pero...

—En realidad, ni siquiera me hace falta terminar la carrera. Bueno, sólo para ser director de una biblioteca. Así que, en cuanto salga una plaza de ayudante de bibliotecario, me presento. Ganaré menos que en comisaría, pero será suficiente. Cosette y yo nos apañamos con poco.

Blai sigue boquiabierto.

—Me estás tomando el pelo, ¿verdad?

—No —dice Melchor.

Ahora, en la expresión de Blai el fastidio se suma a la incredulidad.

—Te has vuelto loco, tío —sentencia, meneando la cabeza—. ¿Bibliotecario, tú? ¿En qué demonios estás pensando? ¿En sustituir a Olga o qué?

—Claro que no —responde Melchor—. ¿Cómo se te ocurre?

—Perdóname que te lo recuerde, chaval —prosigue Blai, igual que si no hubiese oído a su amigo—. Pero tu mujer está muerta, murió hace cuatro años, entérate de una vez, que ya va siendo hora. —Aunque Melchor quiere intervenir, no puede; Blai está embalado—: Además, te vas a ahogar fuera de la comisaría. Una cosa es ayudar de vez en cuando en la biblioteca y otra es pasarte el día entero allí, ordenando libros, atendiendo a viejos, leyéndoles cuentos a los niños y llevando novelas en un carretón a la piscina, a ver si les entran ganas de leer a unos adolescentes que no piensan más que en follar, te lo digo yo, que tengo a unos cuantos en casa. En fin, eso no lo aguantas tú ni una semana. Como que me llamo Blai. ¡Pero si eres el poli más poli que he visto en mi puta vida, hombre!

—Ya no —consigue intercalar Melchor—. Eso era antes.

—Ah, ¿sí? ¿Qué pasa, que ahora la vocación se cura con el tiempo, como la conjuntivitis?

—La vocación es un cuento, Blai.

—Sí. Y una polla como una olla.

De pie junto a la encimera de mármol de la cocina, los dos policías se sostienen un momento la mirada. Blai tiene los puños crispados, los antebrazos temblorosos y la mandíbula a punto de estallar, como de costumbre cuando se inflama. Por su parte, Melchor siente lo que tarde o temprano acaba sintiendo cada vez que, de un tiempo a esta parte, conversa con el antiguo jefe de la Unidad de Investigación de la Terra Alta: que echa de menos sus berrinches.

—Tómate el café, anda —le pide—. Que se te va a enfriar.

Frustrado y a regañadientes, sin saber qué añadir a su reprimenda, Blai se toma el café, y Melchor mira el reloj con forma de manzana colgado en la pared de la cocina. Son más de las seis.

—Voy a buscar a Cosette —anuncia—. ¿Me acompañas?

Blai agarra a Melchor de un brazo.

—¿Sabes por qué necesito que me ayudes?

El café no ha relajado a Blai: su mano es una garra.

—Porque no me fío de nadie —se contesta a sí mismo, buscando con angustia los ojos de Melchor—. Mucho Egara, mucho Egara, pero aquello está lleno de pijos y de figurines; policías de verdad, pocos. Además, lo que me han encargado es un caso importante. Importante no, excepcional. Y yo necesito con urgencia resolver un caso excepcional. Mis jefes empiezan a pensar que se equivocaron conmigo. No lo dicen, pero yo lo sé, estas cosas se notan, Melchor, es como cuando tu mujer te la pega con otro. Empiezan a preguntarse si lo del caso Adell no fue una pura carambola, si yo no seré un bluf. Estoy preocupado, lo entiendes, ¿verdad?

—Pues no deberías estarlo —opina Melchor.

De golpe la mirada de Blai se transforma: ya no es de angustia sino de curiosidad; de genuina curiosidad.

—¿Tú crees? —pregunta.

—Claro —responde Melchor—. Siempre has sido un policía muy bueno.

El elogio infla a Blai como un pavo, pero intenta disimular.

—Ya, ya —dice.

Melchor comprende que la vanidad de su amigo no ha tenido suficiente; también, que nunca lo tendrá.

—Además —añade, resuelto a no inflarla más, o a pincharla—, si te echan de Egara ya puedes volver aquí. Y se acabaron los problemas familiares.

Como si acabara de recibir una descarga eléctrica, Blai suelta el brazo de Melchor, que sonríe con los ojos, pero no con los labios.

—¿Sabes lo que te digo, españolazo? —pregunta el antiguo jefe de la Unidad de Investigación de la Terra Alta, volviendo a sacudir la cabeza y a chasquear la lengua—. Que el día menos pensado te voy a partir la cara.

Los dos hombres salen juntos a la calle Costumà, donde no queda rastro de los niños. Desafiando la canícula estival, se dirigen hacia la iglesia sin toparse con nadie, cruzan la plaza, bordean la rotonda de la Farola y siguen por la avenida de Catalunya. Han retomado vagamente la conversación sobre Secuestros y Extorsiones, porque Melchor ha preguntado por Vàzquez.

—Es una dinamo —le define Blai, para preguntar a continuación—: ¿En tu época se pasaba el día cagándose en todo porque le faltaba gente?

—Sí —contesta Melchor.

—Pues ahora también —dice Blai.

Poco antes de llegar al hotel Piqué doblan a la derecha. El teléfono de Melchor vuelve a sonar: otra vez Vivales. Melchor tampoco lo coge y, cuando ya están a punto de llegar a casa de Elisa Climent, Blai vuelve a la carga y le pregunta, en un tono de ofendida incredulidad, si de verdad no va a echarle una mano. A Melchor no le extraña: ha trabajado lo suficiente a las órdenes de Blai para tener la certeza de que, si el inspector todavía está allí, acompañándolo a buscar a Cosette, es porque confía en su capacidad de chantaje o sus dotes de persuasión, porque sigue sin darse por vencido. Se han parado bajo el toldo de una tienda de comestibles abierta.

—Es el último favor que te pido —insiste Blai, y su voz suena demasiado estridente en el silencio sabatino de las calles vaciadas por el bochorno—. El último. Piensa que también será tu último caso de verdad, si es que lo de la biblioteca va en serio. Te vienes unos días en comisión de servicio a Barcelona, con Cosette, y luego vuelves y te quedas con tus viejos y tus niños.

Melchor piensa que Blai no está diciendo ninguna insensatez, que no le está pidiendo nada del otro mundo. En los ojos de su amigo hay un brillo de súplica.

—¿Ni siquiera tienes curiosidad por saber de qué se trata?

—¿De qué se trata?

Apenas se oye formular esa pregunta, Melchor sabe que se ha equivocado, pero no encuentra la manera de retirarla, o no quiere hacerlo. Tampoco puede, porque Blai se apresura a anunciar:

—Están chantajeando a la alcaldesa de Barcelona.

Son poco más de las seis cuando ambos recogen a Cosette en casa de Elisa Climent. Blai los acompaña de vuelta al centro: tiene el coche aparcado cerca de la plaza, junto al Ayuntamiento. Allí se despiden de él, y, al llegar a casa, Cosette se pone a ver una película en la televisión; entretanto, Melchor prepara la cena. Mientras cenan terminan de ver la película, que trata de unos niños que crean una banda de rock and roll con la maestra de su escuela rural, triunfan en el negocio de la música, se decepcionan de él, se pelean entre ellos, se reconcilian y acaban volviendo a su pueblo, donde los aguarda la maestra de su escuela, que allí sigue, dando clase a sus antiguos compañeros. Cuando acaba la película, recogen los platos y los llevan a la cocina.

Melchor friega y enjuaga la vajilla mientras su hija se desnuda en su dormitorio, se pone el camisón y se mete en la cama. Una vez que acaba de arreglar la cocina, Melchor se tumba junto a Cosette y, como cada noche, le lee un rato. Llevan unos días con *Miguel Strogoff*, la novela de Julio Verne, y han llegado al episodio en que el correo del zar —que viaja hacia Irkutsk bajo la falsa identidad del comerciante Nicolás Korpanoff con la misión de poner en guardia al gobernador, el hermano del zar, de la traición del excoronel Iván Ogareff— se encuentra con su madre en Omsk, su ciudad natal, tras haber conocido a Nadia Fedor y haberse enamorado de ella. La historia tiene por completo absorbida a Cosette, pero, al terminar un capítulo, la niña reconoce:

—Hay una cosa que no entiendo, papá.

—¿Qué cosa?

—Si es tan peligroso llegar a Irkutsk y avisar al hermano del zar, ¿por qué lo hace Miguel?

—Porque es su deber: el zar se lo ha encargado.

—Eso ya lo sé. No soy tonta. Pero es una misión muy peligrosa. Los tártaros pueden cogerle, y si le cogen le matarán. ¿Por qué no se marcha con Nadia y con su madre y se casa con Nadia?

—Porque no puede.

—¿Por qué no puede?

—Porque no. Cada uno tiene que hacer lo que tiene que

hacer. Y Miguel es el correo del zar y tiene que entregar ese mensaje a su hermano.

—Sí, pero ¿por qué tiene que entregárselo Miguel? ¿Por qué no puede hacerlo otro?

—Ya te lo he dicho: porque el zar se lo ha encargado a él.

—¿Y por qué se lo ha encargado a él?

Melchor reflexiona, tratando de no impacientarse. No es la primera conversación de este tipo que mantienen. Antes de tener una hija, él había oído que los niños hacen preguntas incómodas, pero sólo al tenerla descubrió que esas preguntas eran las mejores y las más difíciles de contestar. Tras varios segundos arriesga una respuesta:

—Porque Miguel es el mejor correo que tiene.

—¿Tú crees que Miguel es el mejor correo del zar?

—Claro. Si no, ¿por qué le habría encargado a él esa misión?

Cosette se queda pensativa, como si sintiera que el argumento de su padre es endeble; en todo caso, no parece que termine de convencerla. Melchor se dispone a proseguir con la lectura, pero se contiene. Nota el cuerpo de su hija junto a él, tibio y familiar, y ve el perfil de su carita bronceada recortándose contra la blancura de la pared. Cosette se vuelve hacia Melchor y lo mira con sus grandes ojos castaños.

—A lo mejor es que nadie quería hacerlo —aventura.

—¿Llevar el mensaje?

La niña asiente.

—Puede ser —conviene su padre—. Y, si no lleva el mensaje Miguel, no lo lleva nadie. Y, si no lo lleva nadie, ganan los malos. Y no vas a querer que ganen los malos, ¿verdad?

Cosette mueve a uno y otro lado la cabeza, con un énfasis escandalizado. Tras unos segundos retoma el interrogatorio:

—¿Por eso te hiciste tú policía? ¿Para que no ganen los malos?

Pillado de nuevo a contrapié, Melchor recuerda a Javert, el policía inflexible que inflexiblemente persigue a Jean Valjean a lo largo de *Los miserables,* y recuerda también que la novela de Victor Hugo despertó en él, cuando por vez primera la leyó, siendo todavía un muchacho encerrado en la cárcel de Quatre Camins, un furioso deseo de ser policía, para encontrar a los asesinos de su madre. Recuerda asimismo un remoto baño lustral en el amanecer veraniego de la Barceloneta, después de que un magnate mexicano nacido en la Terra Alta le revelara, a lo largo de una madrugada eterna, las razones por las que, con la ayuda de Albert Ferrer y de Salom, había encargado el asesinato de Francisco Adell; y recuerda que a la mañana siguiente sintió disolverse en el agua helada del Mediterráneo el fantasma de Javert, igual que si fuera el fantasma del padre que nunca conoció. Ahora la pregunta de su hija le obliga a preguntarse si Javert ha desaparecido realmente para él, si realmente ya no existe aquel padre ilusorio, si aquella tarde ha sido sincero con Blai cuando le ha dicho que la vocación es una patraña y que ya no se siente policía.

—Más o menos —contesta Melchor.

Cosette ha dejado de mirarle. Ahora mira al vacío.

—¿Y si un día te pillan los malos? —pregunta.

—No me van a pillar —dice Melchor. Y coge la mano de Cosette, un puñado de huesecitos envueltos en carne aterciopelada—. Además, dentro de poco dejaré de ser policía y trabajaré en la biblioteca.

—¿Como mamá?

—Exacto.

—Pero, si tú dejas de ser policía, los malos pueden ganar. —Hace una pausa y añade—: ¿Ya no te importa que ganen?

—Claro que me importa. Pero no ganarán: hay policías muy buenos. Blai, por ejemplo.

—Ya lo sé —dice Cosette, volviéndose de nuevo hacia él—. Pero tú eres el mejor.

Su hija lo observa con una gravedad casi adulta.

—Anda ya —replica Melchor—. No seas pelota.

Cosette tarda un segundo en reírse; luego pide a su padre que le lea otro capítulo de *Miguel Strogoff*. Melchor accede, y al terminar anuncia que por aquella noche se ha acabado la lectura. Cosette le pide otra cosa: que siga a su lado mientras se duerme. Melchor vuelve a transigir y apaga la luz. Casi a oscuras, con la habitación apenas iluminada por el tenue resplandor que llega del pasillo, permanecen un rato el uno junto al otro, cogidos de la mano, auscultando en silencio los rumores que llegan del pueblo. Cosette mantiene todavía los ojos abiertos cuando Melchor le pregunta en un susurro si le gustaría pasar unos días en Barcelona.

—¿En casa de Vivales? —murmura ella.

—Si nos invita...

—Guay.

Es la última palabra que la niña pronuncia aquella noche. Melchor no quiere que se haga ilusiones en vano, así que le falta tiempo para advertirle que aquello todavía no es seguro, pero su hija ya ha empezado a deslizarse hacia el sueño y él comprende que no ha oído su advertencia o que la ha oído envuelta de una bruma indescifrable, y que lo más seguro es que, en su fuero interno, haya convertido la posibilidad en un hecho.

Cuando se cerciora de que Cosette se ha dormido, Melchor suelta con cuidado su mano, se levanta sin que gima el colchón y, entrecerrando la puerta del dormitorio, se dirige al comedor. Durante un rato intenta leer en el sofá —*La ilustre casa de Ramires,* de Eça de Queirós—, pero apenas logra concentrarse, y al final termina llamando por teléfono a Vivales, que no le contesta. Un minuto después, el picapleitos le devuelve la llamada con la pregunta de rigor, formulada con su voz de cazalla y tabaco:

—¿Todo controlado?

Melchor contesta que sí. Oye al fondo un estruendo profundo, poderoso y sincopado de local nocturno.

—¿Dónde estás? —pregunta a su vez.

—Aquí —contesta Vivales—. Tomando una copa. Espera un momento. —Melchor aguarda unos segundos—. Ya está. —El ruido ha cesado: es evidente que, esté donde esté, Vivales ha salido a la calle—. ¿Cómo va la cosa? Te he estado llamando todo el día.

—Ya lo sé.

—¿Tienes por ahí a la niña? Dile que se ponga, anda.

—Está dormida. ¿Sabes la hora que es?

No hay respuesta.

—¿Vivales? —pregunta Melchor.

—Espera otro momento, hazme el favor.

Confusamente oye algo que al principio le parece un diálogo civilizado, más tarde una discusión subida de tono y al final una bronca de borrachos, todo ello culminado por una suerte de ladrido humano.

—Disculpa, Melchor —vuelve a ponerse Vivales—. ¿Qué me estabas diciendo?

—¿Qué ha pasado? —pregunta a su vez Melchor.

—Nada —contesta Vivales, de mala gana—. El amo del garito, el muy finolis, que va y me viene con el cuento de que no se pueden sacar las copas a la calle. No te jode. Le he amenazado con meterle un pleito. Barcelona se está poniendo insoportable, chico: tan sucia como Nápoles y tan puritana como Ginebra. En resumen, lo peor de cada casa. ¿De qué estábamos hablando?

—De nada —dice Melchor—. Pero he pensado una cosa.

¿Qué te parecería si Cosette y yo pasáramos unos días en tu casa?

—Eso ni se pregunta, hombre. ¿Cuándo venís?

—Todavía no es seguro. Además, no sería por mucho tiempo.

—El que haga falta. Me duele la boca de decirte que mi casa es la tuya. Además, con la excusa de que estáis aquí aprovecharé para tomarme unos días libres: estoy hasta los mismísimos huevos de trabajar.

—No lo hagas por nosotros.

—Nada de por vosotros. Lo hago por mí.

—Gracias. Dime otra cosa. ¿Conoces a alguien en el Ayuntamiento?

—¿En el Ayuntamiento? ¿Pero tú por quién me has tomado, chaval? Yo sólo me trato con gente honrada, y es más fácil encontrar una puta virgen que un hombre honrado en el Ayuntamiento.

—No me refiero a los políticos, Vivales. Bueno, no sólo. También me interesan los funcionarios, gente que trabaje para la institución...

—Ah, bueno. Ahí no deja de haber mucho ladrón y mucho sinvergüenza, pero también está mi amigo Manel Puig.

—¿Puig?

—El tipo al que pusiste un ojo a la funerala mientras montaba guardia a la puerta de mi casa el día que viniste a buscar a Cosette, cuando se acabó el caso Adell. ¿Te acuerdas de él?

—Claro que me acuerdo. Eres tú el que no se acuerda de que nos vimos no hace mucho en tu casa, con el otro... ¿Cómo se llama?

—Chicho Campà.

—Eso. Aunque no sabía que Puig trabajaba en el Ayuntamiento.

—No trabaja ahí. Pero es arquitecto, y de vez en cuando su estudio hace proyectos para ellos.

—¿Y conoce a la alcaldesa?

—No tengo ni idea. ¿Por qué no se lo preguntas tú? ¿Quieres que monte una cena con él para celebrar que venís a Barcelona?

—Eso sería perfecto. Y dile a Campà que se apunte también.

—No hace falta. Esos dos van siempre juntos, como Ortega y Gasset.

—¿Quién?

—Nada. Entonces, ¿cuándo os espero?

—Pronto. A lo mejor mañana por la tarde nos tienes ahí. Te llamo en cuanto lo sepa.

—Joder, qué buena noticia, chaval. Ahora mismo me casco un pelotazo para celebrarla. Abur.

2

—Los tres son sobre todo unos hijos de papá. Unos hijos de puta también, desde luego, pero sobre todo unos hijos de papá. Nacieron así y se morirán así... La gente rica es de otra especie. ¿Nunca has oído decir eso? Bueno, pues es la verdad. Te lo digo yo. El mundo se divide en dos clases de personas: los ricos y todos los demás, incluidos aquellos que aspiran a ser ricos, que son la mayoría. Aquí donde me tienes, yo fui uno de ellos.

»Mi padre decía que Cataluña siempre ha estado en manos de un puñado de familias. Ellos mandaban antes del franquismo, mandaron durante el franquismo, mandan después del franquismo y mandarán cuando tú y yo estemos muertos y enterrados... El dinero es una cosa mágica, una cosa inmortal y trascendente. El dinero es la hostia. Es algo muchísimo más fuerte que el poder, porque el poder depende de él, y además sobrevive a todo, empezando por los cambios de poder. Bueno, pues mis tres amigos pertenecen a ese puñado de familias catalanas. Por eso yo me empeñé en ser amigo suyo. Y por eso me doy asco... ¿Seguro que no quieres un poco de whisky?

—Seguro. Continúa.

—Continúo... Aunque, bien pensado, no sé si debería. En realidad, no sé por qué hago esto. No sé qué voy a sacar en limpio...

—Claro que lo sabes. Hemos hecho un trato.

—¿De verdad vas a ayudarme?

—Ya te he dicho que sí. Te he dicho que haré lo que pueda.

—¿Qué te interesa de ellos? ¿Por dónde empezamos?

—Eso también te lo he dicho: empieza por el principio. ¿Cuándo los conociste?

—¿Cuándo los conocí...? Hace muchos años, en Esade, la escuela de negocios adonde la élite catalana manda a sus cachorros para que aprendan cómo se hace el dinero. Y cómo se conserva... Los tres se conocían de antes, claro, en realidad se conocían de toda la vida, porque el puñado de familias que mandan en Cataluña se conoce de toda la vida. Casas y Vidal vivían muy cerca, en la avenida Pearson. Rosell también vivía por Pedralbes, no recuerdo exactamente dónde, no fui mucho a su casa, mucho menos en todo caso que a la de los otros... Sea como sea, los tres habían coincidido desde niños por todas partes, en el Club de Tenis Barcelona, que queda cerca de donde vivían, o en la Cerdanya, que era adonde iban en navidades y en verano. Los tres tienen la misma edad, nacieron el mismo año, el mismo que yo, y habían sido alumnos de Aula, otra escuela de élite. Y los tres tenían montones de hermanos y hermanas; yo en cambio soy hijo único... Ninguno de los tres era un gran estudiante, eso es verdad, pero Casas y Vidal leían bastante y son inteligentes, incluso muy inteligentes, cosa que nunca se ha podido decir de Rosell, que ha acabado en política porque la familia lo consideraba demasiado torpe para los negocios.

—Vidal también es político.

—Sí, pero él no se metió en política porque no le quedara otro remedio, como Rosell. Se metió porque quiso, o sea, porque enseguida entendió que la política es una extensión de los negocios... Así es como ha entendido esta gente siempre la política. Aunque no lo diga así.

—¿Y Casas?

—Casas es distinto... Si la pregunta es si él también está metido en política, la respuesta es sí. Pero está metido a su modo, de otra manera, porque Casas siempre ha pensado que es preferible hacer política sin mancharse las manos... En la sombra... A través de otro...

—¿Te refieres a la alcaldesa?

—Hasta que se separó de ella, sí.

—¿Eso lo deduces tú o te lo dijo él?

—Me lo dijo él. La última vez que nos vimos, en un restaurante que se llama Santa Clara, precisamente cuando no hacía mucho que se había separado de la alcaldesa.

—Casas me contó que vosotros no os veíais desde la universidad.

—Pues te mintió. Luego te hablaré de esa comida, te interesará... Aquel día Casas me dijo una cosa que se me quedó grabada. Me dijo que, en el mundo de hoy, lo que te distingue, lo que te da poder, no es salir en los medios, sino no salir, y que por eso la gente que manda de verdad no debe salir en ninguna parte... «Hay que quedarse en una posición discreta, en la penumbra, en un segundo plano», me dijo. «Que sean los pobres desgraciados que no pueden elegir los que salgan en los periódicos y en la tele, los que dejen que los focos los achicharren. Nosotros, mientras tanto, a lo nuestro...» Listo el cabrón, ¿verdad?

—Puede ser... Pero, dime, ¿qué hacías tú en Esade?

—¿Qué iba a hacer? Lo mismo que ellos: aprender cómo se hacen los negocios, cómo se amasa la pasta, cómo se hace uno rico.

—Pero tú no eras rico.

—Más a mi favor: ya te he dicho que aspiraba a ser rico,

así que tenía que aprender a serlo. Y mi padre también quería que fuese rico. Él, sobre todo... En fin, ya sabes cómo son los padres... ¿Tienes hijos?

—Una hija.

—¿Cómo se llama?

—Cosette.

—¿Cosette? ¿Tu mujer es francesa?

—No. Volvamos a lo nuestro. Me estabas hablando de tu padre, aunque no sé si tu padre tiene mucho que ver...

—Tiene todo que ver.

—Entonces continúa.

—Murió hace unos años, quizá si no hubiese muerto... Mi padre y yo tuvimos una relación especial, o quizá no tan especial, el caso es que siempre nos quisimos de verdad, él quería que yo fuera rico y tuviera lo mejor, que llevara una vida como la que él no había podido llevar, es lo que quieren todos los padres, supongo, pero yo creo que él lo quería más, aspiraba a que yo formara parte de esa élite catalana que estaba fuera de su alcance, ese puñado de familias que odiaba y admiraba al mismo tiempo... Por eso hizo todo lo posible por convencerme de que me matriculara en Esade, y por eso me dejé convencer. Por eso y porque yo sí era un buen estudiante, no había estudiado en Aula sino en la Salle Bonanova, que no es un colegio elitista pero sí es un buen colegio, mis profesores y mis compañeros esperaban lo mejor de mí, todo el mundo esperaba lo mejor de mí, y aquí me tienes, en este rincón del mundo, escondido como una alimaña... Me alegro de que mi padre no haya visto esto.

—Me estabas diciendo que él es importante en esta historia.

—Y es verdad... Mi padre quería que mi vida fuera mejor que la suya, como te digo, pero al final no ha sido así, al final su vida ha sido mejor que la mía. Mucho mejor... O por lo menos lo fue durante años. Luego...

»Era un hombre especial, mi padre... En América hubieran dicho que era un *self-made man,* un hombre hecho a sí mismo, esa cosa que tanto admiran los norteamericanos y que a nosotros nos parece tan ridícula o tan mentirosa, ¿verdad? Tan falsa y tan cursi... Era pobre, eso sí es verdad, quiero decir que nació en una familia pobre. Pobrísima, más bien... De niño emigró a Cataluña con mis abuelos, que en Albacete no tenían donde caerse muertos, y al final de la dictadura y durante la Transición estuvo metido en las luchas obreras de Hospitalet. Esa fue la mejor época de su vida, es lo que siempre decía... Y yo le creo. Entonces todavía era joven, y además estaba el romanticismo de la militancia clandestina, las asambleas prohibidas en sótanos llenos de humo, las carreras delante de la policía franquista, todos los clichés de la época, que resulta que son verdad, porque mi padre los vivió. Luego, cuando conoció a mi madre y nací yo, entró en la política sindical y ocupó cargos en la UGT, cargos cada vez más importantes, hasta que en los años noventa fue diputado en el Parlamento catalán. Diputado por el Partido Socialista... Estuvo allí ocho años, dos legislaturas, y se hizo muy conocido como azote de la corrupción. Así es como cavó su tumba.

»¿Qué tendrá de malo hacerse conocido como azote de la corrupción?, te preguntarás. Nada, en teoría, pero en la práctica... Mira, aquella era una época en la que, allí, en Cataluña, nadie hablaba de ese tema. Entonces todos los periodistas, todo el mundo político y económico sabía que el gobierno autonómico estaba hasta arriba de mierda, pero nadie o casi nadie decía nada... El error de mi padre fue atreverse a decirlo. Eso lo convirtió en una persona controvertida, con muchos partidarios y muchos detractores, con fama de justiciero.

Y con muchos enemigos. Y eso le acarreó también muchos problemas... Para empezar, con su propio partido, en parte porque no veían clara su estrategia y pensaban que era una especie de kamikaze, y en parte porque tenían miedo de que sus denuncias acabaran salpicándoles a ellos también... El caso es que, cuando yo empecé a estudiar en Esade, los socialistas catalanes se lo quitaron de en medio, le pegaron una patada hacia arriba y lo mandaron a Madrid. A lo mejor por eso estaba tan obsesionado con que yo aprendiera a ganar dinero y me arrimara a la élite. Porque acababa de descubrir que no es que el dinero sea una forma del poder. Es que es el poder. Y porque también había descubierto que sin dinero sólo se puede ser un esclavo... Pero me estoy desviando de nuestro asunto, ¿no?

—Sí. Aún no me has contado cómo conociste a tus amigos.

—Si te refieres a cómo empecé a hablar con ellos y tal, a cómo nos hicimos amigos, la verdad es que no lo recuerdo exactamente... Lo que sí recuerdo es que, en cuanto empezaron las clases en Esade, me llamaron la atención. A mí y a todo el mundo... Yo al principio no sabía quiénes eran, claro, no sabía que formaban parte del famoso puñado de familias de las que hablaba mi padre, pero me fijé en ellos porque siempre iban juntos, porque a veces faltaban a clase y, sobre todo, porque a todas horas se estaban riendo, como si se burlasen de todo el mundo o como si fumasen marihuana sin parar. Y también me fijé en ellos porque en aquel ambiente de Esade, tan correcto, tan formal, los tres vestían de cualquier manera, con un aire entre hippie y rockero: llevaban el pelo largo, ropa holgada, zapatillas de deporte, cosas así... Y todo eso llamaba la atención en un curso donde abundaban los hijos de empresarios de provincias, chavales callados y formalitos que dormían en la residencia de la escuela o en pisos alquilados de Sant Cugat... Y, ahora que lo pienso, a lo mejor eso era precisamente lo que nos unía en aquella casa, a mis tres amigos y a mí: que los cuatro estábamos un poco fuera de lugar, que éramos unos desplazados, que ni ellos ni yo encajábamos con nuestros compañeros, aunque ellos no encajasen por arriba y yo no encajase por abajo, ellos por exceso y yo por defecto. No sé si me explico...

—Perfectamente.

—Así que debí de acercarme a los tres poco a poco, porque yo era bastante tímido y no tenía mucha facilidad para hacer amigos. Además, ninguno de los tres parecía muy interesado en lo que hacíamos o dejábamos de hacer sus compañeros, la verdad es que se relacionaban muy poco con nosotros, era como si estuvieran blindados o como si no nos necesitaran... Un día le conté a mi padre que iban a mi curso. Yo creo que esperaba que él se alegrase o que pareciese impresionado, pero ni pareció impresionado ni se alegró, en realidad se limitó a hablarme, de una manera bastante fría, bastante aséptica, de sus familias, de las fortunas y los privilegios y los chanchullos y las barbaridades y las martingalas de sus familias. Y al final me dijo una frase que se me quedó grabada: «Arrímate a los buenos y serás uno de ellos»... No sé de dónde la sacó, no sé si era de cosecha propia o la había leído en alguna parte, pero yo la interpreté como su forma de animarme a que me hiciera amigo de mis nuevos compañeros, aunque ahora ya no estoy tan seguro, quizá había allí una advertencia o un sarcasmo que entonces se me escapó... Otra cosa que se me ha quedado grabada es la primera vez que salimos los cuatro juntos... ¿Te lo cuento?

—Claro.

—Fue también la primera vez que entré en casa de Vidal. Nos habían encargado hacer juntos un trabajo en una asignatura que se llamaba Matemáticas Aplicadas a la Gestión, y quedamos allí para terminarlo. Era un sábado por la tarde, lo recuerdo muy bien porque el lunes teníamos que entregar el trabajo, pero sobre todo por lo que pasó al final, eso no voy a olvidarlo nunca, fue como mi bautismo de fuego, ahí fue cuando realmente empezó nuestra amistad, o lo que fuese, y también cuando me di cuenta de qué clase de gente era... Aunque también lo recuerdo porque durante aquellas horas tuve muchas veces la impresión de haber entrado en otra dimensión, una dimensión que yo ni siquiera sabía que existía...

»El caso es que aquel sábado me presenté a primera hora de la tarde en su casa, una torre de tres plantas rodeada por una verja de hierro cubierta de hiedra. A través de la verja se veía un jardín que me pareció descuidado, con el tiempo supe que era un jardín inglés... Llamé al timbre, la verja se abrió, recorrí un sendero de tierra y me topé con un hombre vestido de uniforme y guantes blancos que me pareció un mayordomo, y que en realidad era el chófer del padre de Vidal. Le pregunté por mi compañero y el hombre me dio unas cuantas indicaciones. Un poco intimidado, crucé un gran vestíbulo, subí dos tramos de escalinatas, caminé por un corredor y, cuando ya me había perdido, aparecieron dos gemelas de doce o trece años. Eran las hermanas pequeñas de Vidal... Les pregunté por su hermano y me contestaron entre risitas: "¿Tito? Está en su habitación". Y me indicaron la última puerta de otro corredor.

»Llamé a la puerta, pero nadie me contestó... Volví a llamar con el mismo resultado, y, cuando ya iba a irme por donde había venido, se abrió la puerta de al lado y apareció el abuelo de Vidal, un anciano con batín y babuchas, que arrastraba los pies. El viejo ni siquiera se fijó en mí, de modo que antes de que se fuera le llamé y le pregunté por su nieto, aunque yo entonces no sabía que era su nieto... Tuve que hacerle la pregunta dos o tres veces, hasta que me indicó por señas la puerta a la que yo estaba llamando. Pensé que me animaba a entrar por las buenas, entré sin llamar y allí estaba Vidal, sentado en la cama de su dormitorio, con las piernas cruzadas y unos cascos puestos. No se los quitó al verme, pero me indicó por signos que esperara a que acabase la canción que estaba escuchando.

»Esperé... Vidal se movía en la cama al ritmo de la música que salía de un equipo espectacular, nunca había visto algo parecido salvo en una discoteca o un bar musical, y yo miraba la leonera de adolescente que tenía a mi alrededor, un dormitorio iluminado por una ventana que daba a una parte del jardín trasero donde se veían una pérgola y un bosquecillo de pinos, un cuadrado muy grande, con el techo muy alto, que mostraba todos los signos exteriores de una riqueza sólida y antigua, aunque intentara disimularlos o no darles importancia, o precisamente por eso, la magia y la inmortalidad del dinero resaltan todavía más si se intentan esconder, los auténticos ricos nunca hacen ostentación de su riqueza... En cuanto se terminó la canción que estaba escuchando, Vidal se quitó de un tirón los cascos y saltó de la cama, se disculpó y me dijo el título de la canción y el nombre de un grupo que yo no había oído nunca. Durante un rato estuvimos hablando de música, que para Vidal era casi lo mismo que hablar de rock and roll, y yo intenté parecer menos ignorante de lo que era, creo que con poco éxito... Luego Vidal preguntó: "Bueno, ¿vamos al tajo?".

»A Vidal se le daban bien las matemáticas y tenía unos buenos fundamentos, no hay nada como haber ido a una escuela de élite para tener unos buenos fundamentos. Así que, aunque había faltado algunas veces a clase, no estaba muy retrasado y terminamos el trabajo antes de lo previsto. Entonces anuncié que me marchaba... Vidal me preguntó:

"¿Tienes prisa? ¿Has quedado con alguien?". Le dije la verdad: que no había quedado con nadie, que no tenía ningún plan para aquel sábado. Y esperé con toda mi alma que me contestara lo que me contestó: "Entonces, ¿por qué no te quedas?".

»Pasamos el resto de la tarde escuchando música y hablando, aunque sólo estuvimos a solas un rato, hasta que apareció Rosell. Luego apareció Casas... Ninguno de los dos se extrañó de que yo estuviera allí, de modo que pensé que Vidal les había advertido, que los dos habían ido a su casa sabiendo que yo estaría con él. Sigo pensándolo ahora... Lo que quiero decir es que no creo que aquello fuera una casualidad, sino que estaba planeado. Que fue algo parecido a una encerrona: los tres me eligieron para hacer lo que necesitaban que hiciera, pensaron que era el compañero o el ayudante ideal para ellos, la persona perfecta, estoy seguro de que saltaban a la vista las ganas que tenía de ser su amigo y el hecho de que, para serlo, estaba dispuesto a hacer lo que fuese. Y a callarme luego.

»Si eso es de verdad lo que pensaron, fue un acierto. Vaya que si lo fue...

» Hacia las nueve o nueve y media, cuando dejamos la casa de Vidal, los tres insistieron en que les acompañase a picar algo. Fuimos al Jumilla, en la calle Artesa de Segre, cerca del paseo de la Bonanova... De esa primera cena recuerdo sobre todo tres cosas. La primera es lo bien que me sentí con ellos, porque eran quienes eran o los hijos de quienes eran, pero sobre todo porque yo era un chaval inseguro, un manojo de nervios, y aquellos tres tipos de mi edad se comportaban como si tuvieran una confianza absoluta en sí mismos, como si pudieran hacer lo que les daba la gana o como si fueran los dueños y señores de Barcelona, así que a su lado mi inseguridad y mi nerviosismo parecían evaporarse. La segunda cosa que recuerdo es que confirmé algo que ya había intuido a simple vista, algo que cualquiera adivinaba por poco que se fijase en ellos, y es que Casas y Vidal eran los dos gallitos del trío, no sólo los más listos sino los que llevaban la voz cantante, aquella noche también descubrí que se picaban sin parar y con cualquier excusa y que disfrutaban como locos compitiendo entre ellos, como si trataran de demostrar a todas horas quién era el más gracioso, el más ingenioso, el más chulo y el que más cosas sabía, mientras que Rosell era sólo un comparsa, el espectador que cualquier pareja artística necesita para que su espectáculo se convierta en espectáculo... Y la tercera cosa que recuerdo es la que más me sorprendió, y es que en un determinado momento se pusieron a hablar de política... Me sorprendió el qué y también me sorprendió el cómo. El qué porque en aquella época la gente de mi edad no estaba politizada, y mucho menos los estudiantes de Esade, que sólo parecían interesados en hacer pasta. Y el cómo porque, bueno, yo había oído hablar mucho de política a mi padre y a sus compañeros de partido y sus amigos, pero nunca había oído hablar de política así, como lo hacían aquellos tres, que era como ellos habían oído hacerlo siempre, supongo, como debían de hacerlo sus familias.

—¿Cómo?

—No lo sé... Con una ironía despectiva. Con una pasión helada. Algo así... Como si la lucha política les interesara, pero no les fuera nada en ella. Como si les provocara el tipo de curiosidad que puede sentir un aristócrata por sus siervos o un depredador por sus víctimas... En fin, el caso es que en algún momento, mientras Casas y Vidal hablaban de política, les conté quién era mi padre. Era inevitable, supongo, y la noticia me convirtió durante unos minutos en el centro de la conversación. Ellos sabían quién era mi padre, claro, en aquel momento todo el mundo en Cataluña sabía quién era mi padre porque su nombre estaba siempre en los periódicos, pero nunca se les había ocurrido relacionarlo conmigo... Me preguntaron por él, por sus denuncias de corrupción, por su traslado a Madrid, por todo, y cuando se cansaron de preguntar y terminó la cena nos fuimos al Up&Down, aquella discoteca que había en la Diagonal...

—La discoteca pija.

—Esa fama tuvo hasta que la cerraron... Yo había oído hablar mucho de ella, pero nunca la había pisado. Para mis amigos, de eso me di cuenta enseguida, estar allí era como estar en su casa, mejor que estar en su casa, porque en el Up&Down no tenían que dar explicaciones a sus familias... Yo en cambio me sentía como un pez fuera del agua, y al cabo de un rato decidí largarme. Y ya estaba a punto de salir cuando Casas se plantó a mi lado, me agarró por un brazo y me preguntó adónde iba. «A casa», le contesté. Él se rio. Había bebido bastante, pero Casas no necesitaba beber para reírse por cualquier cosa, creo que ya te lo he dicho... Me dijo: «No te vayas. Todavía es muy pronto». Le contesté que no era tan pronto y que tenía que marcharme. Casas insistió en que me quedara. «No seas tonto», me dijo, encantadoramente: cuando quiere, te lo aseguro, Casas puede ser encantador... Y luego añadió: «Quédate. Ahora empieza lo bueno».

»Pensé que era una manera de hablar, pero su insistencia debió de halagarme, debió de hacerme sentir importante, porque me quedé. Enseguida descubrí que no era una manera de hablar... Poco después dejamos el Up&Down, cogimos el coche y salimos de Barcelona en dirección al aeropuerto. Pregunté adónde íbamos y me contestaron que no me preocupase, que ya lo vería. Yo no estaba preocupado sino intrigado, en realidad no me importaba continuar con la farra, más bien al contrario, pero no dije nada... Media hora más

69

tarde llegamos a Viladecans, nos metimos en un polígono industrial y aparcamos a la vista de una multitud apelotonada delante de una enorme nave industrial con un gran letrero en la puerta, donde se leía: SOUVENIR. Era otra discoteca, en realidad discoteca y *after hours,* quizá también hayas oído hablar de ella, fue muy famosa en su época...

»Entramos después de hacer cola un rato. El local estaba tan abarrotado que enseguida volví a perder a mis amigos. Pensé que no se marcharían sin mí y no me dejarían tirado de madrugada en aquel andurrial, así que no me molesté en buscarlos, fui a la barra, pedí una cerveza y me puse a contemplar el hormigueo histérico de la pista, que hervía de gente bailando en aquella oscuridad acribillada por chorros de luz de todos los colores... No sé cuánto tiempo pasé allí solo, pero al cabo de un rato apareció Vidal, pidió una cerveza y se quedó a mi lado. Nos hablábamos de vez en cuando al oído, era la única forma de entendernos en medio de aquel estruendo... Luego llegaron Casas y Rosell. Los acompañaba una chica. Me acuerdo muy bien de ella: era morena, bajita, de rasgos aindiados, con un buen cuerpo y bastante guapa. No me dijeron su nombre, pero Vidal le pidió un combinado en la barra. Mientras se lo daban, Casas y la chica se estaban besando y Vidal aprovechó para dejar caer en el combinado una pastilla de Rohypnol triturada... Eso lo sé ahora, claro, entonces sólo noté que Vidal conservaba demasiado tiempo el vaso con la bebida en las manos, quizá que hacía algo raro con él. Cuando Casas y la chica dejaron de besarse, Vidal le entregó el combinado a la chica, que no paraba de sonreír, parecía feliz de estar con nosotros, y, al terminar de beberse el combinado, Casas se la volvió a llevar a la pista, Vidal y Rosell los siguieron y los cuatro estuvieron bailando otro rato, aunque ahora conseguí no perderlos de vista y tenerlos más o menos controlados a distancia... Hasta que, al cabo de un rato, no mucho, volvieron a la barra con la chica y me dijeron por señas que era hora de largarse.

»Montamos otra vez en el coche. Conducía Vidal, igual que antes, pero ahora era yo quien lo acompañaba en el asiento del copiloto; la chica iba detrás, encogida entre Casas y Rosell... Yo los espiaba de cuando en cuando por el espejo retrovisor, y alguna vez me pareció que, además de besar a Casas, la chica también besaba a Rosell o Rosell la obligaba a besarle, aunque enseguida pensé que me había confundido... Volvimos a entrar en Barcelona y, mientras subíamos hacia la parte alta, le pedí a Vidal que me dejara junto a una boca de metro. Él no me contestó, parecía demasiado concentrado en la canción que sonaba en el coche, y aproveché una pausa de la música para preguntarle adónde íbamos. Me contestó que a terminar la noche. Me dijo: "Te gustará. Ya lo verás". O algo así...

»El sitio donde acabamos era un local de un viejo edificio de la familia Casas. Estaba en León XIII, una calle paralela a la avenida Tibidabo, muy cerca ya de la Ronda de Dalt, y nadie lo usaba salvo ellos tres, aunque esto sólo lo supe más tarde... Aparcamos en un jardín lleno de malas hierbas, y lo primero que noté al salir del coche fue que la chica caminaba haciendo eses. Subimos unas escaleras, entramos en aquel caserón que a ratos parecía una antigua fábrica con muchas naves y a ratos un palacio abandonado a toda prisa, y cruzamos casi a oscuras varias salas: algunas estaban casi vacías, otras estaban llenas de muebles viejos y cachivaches... Hasta que por fin llegamos a un cuarto que daba la impresión de estar habitado, como mínimo alguien parecía hacer vida allí, o hacerla de vez en cuando. Era relativamente pequeño, sin ventanas, pero con dos lámparas que daban una luz cremosa. Tenía el suelo cubierto de colchones, colchonetas y cojines, y las paredes empapeladas de pósters de rockeros y estrellas de cine... La chica se dejó caer en un colchón, o la tiraron, se reía y murmuraba frases incomprensibles y noté que hablaba con acento latinoamericano (colombiano o peruano o ecuatoriano). Vidal y Rosell se dejaron caer con ella, y Casas volvió a cogerme de un brazo y me pidió que le acompañara.

»Le seguí por un pasillo hasta un cuarto más pequeño todavía, con aspecto de haber sido una despensa o quizá el dormitorio de una criada; allí sólo había un trípode con una cámara de vídeo enfocada hacia la pared del fondo. El cuarto tenía las paredes descascaradas y llenas de lamparones de humedad, una bombilla encendida colgaba del techo y el aire olía a una mezcla de polvo, de encierro y de moho... Casas señaló la cámara y me dijo: "Vamos a hacer una peli. Nosotros somos los actores y tú eres el director. Bueno, el director y el cámara. ¿Qué te parece?". Como no sabía qué decir, sonreí, seguramente pensé que estaba bromeando... "¿Una peli?", pregunté. "Eso es", respondió. "No puede ser más fácil. Sólo tienes que grabar todo lo que veas." El aparato tenía el visor pegado a un boquete abierto en la pared, y Casas se acercó a él y me enseñó cómo funcionaba. Cuando terminó su explicación, preguntó: "Sencillo, ¿verdad?". Contesté que sí y pregunté qué era lo que iba a pasar al otro lado de la pared, qué era lo que iba a grabar. "Es una sorpresa", me contestó. "Tú graba y olvídate del resto." Fue lo que hice. No pedí más explicaciones. No pregunté más... Es lo que ellos habían previsto, ahora no tengo la menor duda. Los tres debían de pensar que yo estaba demasiado encantado de codearme con ellos para rechazar su encargo o para pedir explicaciones, debían de pensar que yo tenía demasiadas ganas de hacerme su amigo y de entrar en su mundo mágico de dinero y poder para negarme a nada que me pidiesen... Y acertaban, claro. Ese es el efecto que tiene el dinero sobre muchas personas: las vuelve serviles. Casas, Vidal y Rosell lo sabían desde que nacieron, lo sabían sin necesidad de que nadie se lo enseñase, y estoy seguro de que por eso me invitaron a salir con ellos aquella noche. Porque habían leído en mi cara que yo era una de esas personas. Y sabían que podían usarme...

»El caso es que me quedé solo en aquel cuarto y cumplí a rajatabla con el encargo que me habían hecho... No te voy a contar lo que grabé porque puedes imaginártelo. A la pobre chica le hicieron de todo. Al principio yo creía que ella era consciente de lo que estaba pasando, y hasta hice lo posible por pensar que lo aceptaba, que lo disfrutaba incluso, pero era difícil mantener mucho tiempo esa ilusión y, cuando terminó todo, no me quedó más remedio que aceptar la evidencia, y es que acababa de asistir a una violación en toda regla... Y que no había movido un dedo por evitarla.

»No protesté... Me limité a fingir que no había pasado lo que había pasado. A la chica la dejamos en uno de los callejones que desemboca en el paseo de la Bonanova... Estaba consciente y lloraba... Yo me despedí de mis amigos en la parada del metro de Reina Elisenda. Amanecía, y antes de entrar en mi casa vomité... "Arrímate a los buenos y serás uno de ellos", hubiera podido pensar mientras vomitaba. Pero bastante tenía con vomitar.

»Aquella noche lo cambió todo. A partir de entonces el trío de amigos se convirtió en un cuarteto, o eso pareció durante los dos años y medio que siguieron... O eso quise creer... Naturalmente, ahora sé que es falso y que en el fondo nunca me consideraron su amigo. ¿Por qué iban a hacerlo, si ellos son de otra especie? Pero da igual... Como te digo, a partir de entonces las cosas fueron distintas, y nos convertimos en inseparables. Mi padre lo supo enseguida. No sé si estaba feliz o no, pero siempre he pensado que aquella debió de ser la mejor época de su vida: él en el Congreso de los Diputados, en Madrid, en el centro del poder político, y su hijo en Esade, codeándose a diario con la élite catalana, con los hijos del puñado de familias que mandan aquí... ¿Qué más podía esperar un Ramírez de Albacete que no hacía mucho había llegado a Hospitalet con una mano en cada huevo?

—Me estabas diciendo que te volviste inseparable de tus amigos. ¿Qué significa eso?

—Que íbamos y veníamos juntos de Esade. Que yo intentaba confundirme con ellos, hablar como ellos, vestir como ellos, hasta reír como ellos... Lo único que no hacía como ellos era pasar de los estudios. Yo seguí siendo un buen estudiante, no faltaba nunca a clase, cosa que a ellos les venía muy bien, porque les dejaba mis apuntes, les explicaba lo que no entendían, les conseguía los libros que necesitaban y consultaba o investigaba o preguntaba por ellos. A cambio salíamos juntos casi todos los sábados por la noche.

—¿A cambio?

—Ya te lo he dicho, supongo que yo sentía que el pago por hacer todo lo que hacía por ellos era ser su amigo, salir con ellos los sábados por la noche y tal... Es asqueroso, pero es así.

—¿Y hacíais lo mismo que la primera vez?

—¿Los sábados? Más o menos... Quedábamos en casa de Vidal o de Casas, bajábamos a cenar al Jumilla o al Bar Bero o al Flash-Flash, pasábamos un rato en el Up&Down y de madrugada nos íbamos a discotecas o bares de las afueras. O del casco antiguo.

—¿Siempre terminabais la noche cogiendo a alguna chica y llevándola al local de León XIII?

—No siempre.

—¿De qué dependía?

—De que nos apeteciera... Y de que las chicas se dejaran cazar, claro. Como te puedes imaginar, no siempre fue tan fácil como aquella primera noche.

—¿Participabas tú en la caza? Directamente, quiero decir.

—Cuando se terciaba.

—¿Y en las violaciones?

—Nosotros las llamábamos orgías.

—Has sido tú el que las ha llamado así.

—Porque es lo que eran.

—¿Participabas en las violaciones?

—A veces.

—Y eso que te repugnaban...

—Sí. Pero uno se acostumbra a todo, incluso a lo que le repugna. Esa es la verdad.

—¿Quién grababa?

—La mayor parte de las veces, yo... En realidad, casi siempre.

—¿Y las chicas?

—¿Qué pasa con las chicas?

—¿Eran conscientes de lo que pasaba?

—¿De que las estábamos grabando? Claro que no.

—¿Y de que las estabais violando?

—No siempre... Piensa en la del primer día. Esa, después de tomarse el Rohypnol, no se enteró de mucho. A lo mejor no se enteró de nada, al menos hasta que ya era tarde. Eso era lo habitual, aunque de todo hubo... Algunas sí se enteraban, y a veces hasta empezaban pasándolo bien, pero, cuando la cosa se ponía bronca, se resistían con uñas y dientes, y entonces lo pasaban mal... A veces, muy mal... Otras se resistían desde el principio. Y también estaban aquellas que, en cuanto se daban cuenta de dónde se habían metido, se dejaban hacer o incluso intentaban hacernos creer que estaban disfrutando, porque intuían que resistirse era peligroso y que así no les haríamos daño... La mayoría eran chicas humildes, obreras, criadas y camareras, cosas así, jóvenes y no tan jóvenes, la mayor parte inmigrantes, muchachas que salían a bailar el sábado por la noche y que se quedaban embelesadas con nosotros, para ellas debíamos de ser como príncipes azules a punto de rescatarlas de su vida miserable... O algo por el estilo.

—Hay una cosa que no entiendo.

—¿Cuál?

—¿Ninguna os denunció?

—¿Cómo quieres que nos denunciasen...? ¿No te he dicho que la mitad, más de la mitad, no sabía que las estábamos violando?

—¿Y la otra mitad?

—Tenían demasiado miedo para denunciarnos. A algunas las amenazábamos antes de soltarlas, pero con la mayoría ni siquiera hacía falta, se habían dado cuenta ellas solas de cómo las gastábamos, de que si nos denunciaban serían ellas las que se meterían en un lío... Ya te he dicho que esa era la mentalidad de mis amigos: ellos eran los dueños y señores de Barcelona, podían hacer lo que les daba la gana, disfrutaban de una impunidad total. Eso es lo que pensaban, y tenían razón... La prueba es que ni una sola de aquellas mujeres nos denunció.

—Dime otra cosa: ¿grababais todas las violaciones?

—Casi todas. Si no, el asunto perdía su gracia... Por lo menos, parte de su gracia.

—¿Y qué hacíais con lo que grababais?

—Lo guardábamos allí mismo, en León XIII. Y, de tanto en tanto, cuando teníamos tiempo y nos apetecía, lo veíamos. Normalmente, en La Pleta de Bolvir.

—¿La Pleta de Bolvir?

—El sitio más pijo de la Cerdanya. La familia de Vidal tiene una casita muy cerca, en plena montaña. O la tenía...

No queda lejos de aquí, al lado de Puigcerdà, durante años había sido un picadero del padre de Vidal. Eso contaba él. Sea como sea, ya había dejado de usarla, o quizá es que se la dejaba a su hijo, el caso es que estaba libre y nosotros íbamos de vez en cuando, algunos fines de semana... Era casi una cabaña, aunque estaba llena de lujos, entre ellos una gran pantalla donde podíamos ver los vídeos. A veces dedicábamos noches enteras a verlos. Allí... En medio de ninguna parte... Los cuatro solos... Rodeados de nieve... Qué locura, ¿no?

—¿Y uno de esos vídeos es el de la alcaldesa?

—Claro.

3

Melchor se identifica en el cuerpo de guardia y, una vez que levantan la barrera de acceso y le franquean la entrada, estaciona en el aparcamiento, baja del coche y se encamina hacia la fachada de vidrio y acero del vasto complejo que alberga el cuartel general de los Mossos d'Esquadra.

Es lunes. Dos días atrás, Blai le había contado en la Terra Alta que aquella misma mañana el comisario Vinebre, flamante jefe del cuerpo, le había llamado por teléfono para anunciarle que estaban amenazando a la alcaldesa de Barcelona con divulgar una grabación de contenido sexual y que, si ella no quería que se divulgase, debía desembolsar trescientos mil euros. Blai sospechaba que la noticia procedía del consejero de Justicia del gobierno autonómico, quien, según era público y notorio, mantenía una buena relación con la alcaldesa, aunque ambos militasen en partidos rivales. El detalle, sea como sea, era accesorio. Lo esencial era que Vinebre le había encargado el caso a Blai y le había urgido a que lo resolviese cuanto antes y con la mayor discreción posible. Blai le había contado también a Melchor que iba a asignar el trabajo a la Unidad de Secuestros y Extorsiones, y que quería que el jefe de la Unidad, el sargento Vàzquez, lo llevase personalmente; pero había insistido en que no confiaba del todo en el sargento. «Ya lo conoces», dijo.

«Va a la suya. Además, ahora mismo está muy liado con el secuestro de la mujer de un traficante, en Santa Coloma de Gramenet. Una historia que, entre nosotros, pinta mal.» Por eso recurría a Melchor, aseguró Blai: para que marcase de cerca a Vàzquez, para que se asegurara de que se tomaba el asunto con la máxima seriedad, para que le mantuviese informado. Por lo demás, había insistido en que el caso era fundamental, en que no podía fiarse de nadie en Egara y en que necesitaba a Melchor. Este no le había dicho que sí de inmediato; pero el antiguo jefe de la Unidad de Investigación de la Terra Alta dedujo que su respuesta iba a ser afirmativa en cuanto le prometió que se lo pensaría, y que a la mañana siguiente le diría algo.

No se equivocó.

Dos compañeros de la Unidad Central de Estupefacientes con los que trabajó años atrás, durante su estancia en Egara, saludan a Melchor mientras cruza el patio interior que separa los cuatro edificios del complejo, unidos por pasarelas interiores y separados por zonas verdes cuajadas de césped, setos y árboles. Los compañeros le preguntan si está de regreso en la central y Melchor contesta que no, que sólo ha vuelto en comisión de servicio y que su estancia no se prolongará mucho tiempo. Luego sube hasta el despacho de Blai, que se halla al lado de la Unidad Central de Secuestros y Extorsiones; junto a la puerta, un letrero anuncia: JEFE DEL ÁREA CENTRAL DE INVESTIGACIÓN DE PERSONAS. La puerta está entreabierta; Melchor la empuja: sentado a su mesa de despacho, Blai habla por un teléfono fijo.

—Hablando del rey de Roma —anuncia, y le señala a Melchor una mesa de reuniones—. No se preocupe, señor comisario: enseguida va para allá. ¿Se le ofrece alguna otra cosa?

Mientras Blai continúa al teléfono, Melchor permanece de pie en medio del despacho. Es mucho más amplio que el que Blai solía ocupar en la comisaría de la Terra Alta, y está como Melchor lo recordaba: las dos grandes mesas —una de despacho y la otra de reuniones—, los archivadores metálicos, los cuadros un poco anodinos colgados de los tabiques y el gran ventanal que da al patio interior del complejo, por el que entra a raudales una luz veraniega; el único detalle que Blai parece haber añadido a aquella decoración intercambiable es una fotografía suya junto a su mujer y sus cuatro hijos, todos sonrientes y vestidos de excursionistas, con un fondo inconfundible de roquedales de la Terra Alta.

Melchor se queda contemplando la fotografía familiar mientras Blai continúa al teléfono.

—Aquí en Egara las noticias vuelan —dice el inspector en cuanto cuelga—. ¿Sabes quién era? —Se levanta de su asiento y se dirige hacia Melchor—. El comisario Fuster.

Fuster fue el mando que, en agosto de 2017, tras los atentados islamistas de Barcelona y Cambrils, se encargó de velar por la seguridad de Melchor, amenazada a causa del papel que había desempeñado en aquel episodio. Fue Fuster quien le sugirió que se ocultase por un tiempo en la Terra Alta y quien, desde entonces, de manera periódica, se había interesado por su situación. Ahora, sin embargo, hace tiempo que los dos hombres no hablan, y ello pese a que en los últimos años algunos políticos y medios de comunicación alertan de continuo contra el recrudecimiento del islamismo radical en Cataluña.

—¿Todavía está en Información? —inquiere Melchor.

—Quieto como un clavo —contesta Blai—. Se ha enterado de que has llegado. No sé quién se lo ha dicho, yo no, desde luego. Vete a verle cuando acabemos: quiere hablar contigo. —Toma a Melchor por los hombros—. ¿Te he dado ya las gracias por venir? —Antes de que el otro pueda contestar, añade—: Y, por cierto, ¿dónde has dejado a Cosette?

—Con Vivales —responde Melchor—. Nos hemos instalado en su casa. Llegamos anoche, Vivales ya le ha encontrado un casal de verano. Mañana empieza.

—Estupendo. —Se sientan a la mesa de reuniones—. Ya verás: esto serán como unas vacaciones para ella. Y para ti también. Tanta Terra Alta tanta Terra Alta..., pero si no es más que un pedregal, coño. Además, apuesto a que este asunto lo liquidamos en dos patadas.

—Miedo me das, Blai —oye Melchor a su espalda—. ¿Qué es lo que vamos a liquidar en dos patadas?

Ha reconocido la voz del sargento Vàzquez y, cuando él se vuelve, el jefe de Secuestros y Extorsiones no puede ocultar su sorpresa.

—Vaya, vaya, vaya —repite Vàzquez—, pero ¿qué hace aquí el héroe de Cambrils?

El sargento abandona sobre la mesa el casco de la moto y los dos hombres se abrazan. Mientras siente contra su cuerpo la musculatura marmórea de Vàzquez, Melchor revive la imagen del sargento sentado sobre un charco de sangre en el suelo del almacén de Molins de Rei, con la cabeza amputada de la hija del narco venezolano en su regazo, la ropa teñida de sangre y los ojos desorbitados, gritando como un orate. Cuando se separa del sargento, Melchor ya ha comprendido que, el sábado, Blai le engañó, y que no ha avisado a Vàzquez de su reincorporación temporal. Blai debe de adivinarle el pensamiento, porque se apresura a aclarar al recién llegado:

—Melchor ha venido a echarnos una mano.

—¡Aleluya! —exclama Vàzquez, depositando también sobre la mesa el macuto que lleva al hombro. Al menos físicamente, en aquellos cuatro años apenas ha cambiado: luce el mismo aire feroz de bulldog y el mismo pelo al cero; tampoco ha cambiado su atuendo deportivo: vaqueros raídos, camiseta azul, zapatillas de deporte—. Buena falta nos hace: tengo un lío del copón y no damos abasto. —Dirigiéndose a Melchor, prosigue—: Extrañabas el rock and roll, ¿eh, cabronazo? Es lo que yo digo siempre: esto nuestro es droga dura. ¿Cuándo empiezas?

—Ahora mismo —contesta por él Blai—. Pero no se quedará mucho tiempo. Ha venido en comisión de servicio.

La mirada de Vàzquez brinca con desconcierto del uno al otro, hasta que Blai le ruega:

—Siéntate, por favor.

Se sientan los tres. El sargento dispone ante él, sobre la mesa y en paralelo, sus dos móviles, y el inspector le resume la situación: la alcaldesa de Barcelona está siendo víctima de una sextorsion, que es como se conoce el chantaje sexual en el argot de la Unidad; la amenazan con hacer público un vídeo comprometedor; los chantajistas le exigen trescientos mil euros a cambio de no difundir las imágenes; el comisario Vinebre le ha encargado resolver el caso. Vàzquez escucha con atención a Blai, mientras de vez en cuando espía sus móviles, que no paran de vibrar sin que él responda: se limita a verificar de un vistazo quién llama o escribe. Melchor nota que al sargento le tiembla el labio inferior, y que su expresión se vuelve agria por momentos. Cuando Blai termina de hablar, Vàzquez masculla:

—Mal rollo. —Mueve la cabeza a un lado y a otro—. Cuando hay políticos de por medio, muy mal rollo.

—Ya lo sé —asiente Blai.

—Esa gente está llena de mierda —afirma Vàzquez—. Y miente más que alienta.

—Precisamente por eso tenemos que llevar el caso nosotros —argumenta Blai, cargándose de razón—. Es lo que habrá pensado el jefe. Y no se equivoca. Esto no pueden llevarlo desde una comisaría.

—No sé por qué no —replica el sargento—. Y, si no pueden, que lo lleven los Vidal Boys.

—¿Quiénes son los Vidal Boys? —pregunta Melchor.

—¿No me digas que no han llegado noticias de los Vidal Boys a la Terra Alta? —se sorprende Vàzquez, o finge sorprenderse—. ¡No sabes lo bien que vivías, tío! Estoy por decirte que te vuelvas echando hostias.

—Los Vidal Boys son la guardia pretoriana que se han montado en el Ayuntamiento con gente de la Urbana —explica Blai, haciendo gala de un espíritu didáctico que no le recordaba Melchor—. La ha montado el primer teniente de alcalde, el segundo de la alcaldesa. Enric Vidal, se llama. Por eso los conocen como los Vidal Boys. Informan sólo a Vidal y hacen lo que él manda, incluidas cosas poco claras.

—¿Poco claras? —sonríe sarcásticamente Vàzquez—. ¡Cosas oscurísimas! Pura basura. —Se vuelve hacia Melchor—. Esa gente son las cloacas del Ayuntamiento, chaval. Lo sabe todo el mundo, pero no hay quien se atreva a toserles. Menuda panda.

—Vidal ha juntado a lo peorcito de cada casa —suspira Blai, ecuánime y cariacontecido—. De todos modos, un asunto así no les toca llevarlo a ellos.

—No te jode —replica el sargento—. Como si los Vidal Boys sólo llevasen lo que les toca.

—Lo más probable es que haya que judicializarlo —insiste en razonar Blai—. Y ellos no son policía judicial.

Vàzquez emite una especie de graznido sardónico.

—Como si les importase mucho —objeta—. De todos modos, no veo por qué Vinebre ha tenido que encargártelo a ti, ni por qué tienes tú que encargármelo. ¿Porque es la alcaldesa? Por mí, como si es el dalái lama. Tengo cosas mucho más urgentes que hacer, lo sabes tú mejor que nadie. ¿Se las has contado a Melchor? ¿Le has contado lo de la mujer del chorizo de Santa Coloma? Eso puede estallarnos en las manos en cualquier momento, y yo no pienso dejar que pase. —Sofocado, con una vena colérica latiéndole en el cuello, Vàzquez se pone en pie con su casco y su macuto—. Eso es lo que hay, jefe. Si la alcaldesa se dejó grabar follando con un pollo que ahora quiere sacarle la sangre, que se joda. Haber tenido más cuidado, coño.

Blai se vuelve hacia Melchor mientras el sargento se cuelga el macuto al hombro. Su expresión, transparente, dice: «¿Lo ves?»; o quizá: «Te lo advertí».

—Vàzquez —dice Blai con suavidad.

El aludido se da la vuelta, expectante.

—Dentro de una hora tenemos una cita en el Ayuntamiento —le notifica mansamente Blai, consultando su reloj—. Vamos a ir a ver a la alcaldesa los tres: tú, Melchor y yo. Yo iré porque me lo ha pedido el jefe. Para tranquilizarla, para que vea que nos tomamos en serio su problema. Porque nos lo vamos a tomar en serio. La prueba es que el caso lo vas a llevar tú. Personalmente. No hace falta que dejes todo lo demás, pero vas a ser el negociador principal; Melchor será el secundario. Quiero que resolvamos esto cuanto antes. Y que me tengas informado al minuto. —Por fin levanta la vista hacia al sargento y añade—: Está claro, ¿verdad?

—Me cago en mis muertos —reniega Vàzquez en el pasillo, abriendo la puerta de la oficina de Secuestros y Extorsiones—. Mira que caerme a mí este marrón, con los que ya tengo encima... Como mínimo podía haberte encargado a ti que hicieras de investigador principal.

—Lo hago si quieres —se ofrece Melchor, admirado de lo mucho que han mejorado las dotes de mando de Blai desde que trabaja en Egara.

—No —se corrige de inmediato Vàzquez, sin acabar de entrar en el despacho—. Tú llevas demasiado tiempo fuera. Lo haré yo, por lo menos de entrada. Luego igual te lo paso a ti, con la condición de que Blai no se entere. —Melchor señala vagamente el otro extremo del pasillo y hace el gesto de encaminarse hacia allí. Extrañado, el sargento pregunta—: ¿Adónde vas? ¿No empezabas ahora?

—Me ha llamado el comisario Fuster. Quiere hablar conmigo.

El sargento parece extrañarse.

—¿Todavía están con lo de Cambrils?

—No lo sé. —Melchor se encoge de hombros—. Luego te cuento.

El despacho de Fuster se halla en la última planta del edificio, muy cerca del despacho del jefe del cuerpo, y Melchor apenas tiene necesidad de esperar a que el comisario le reciba. Lo hace dándole un apretón de manos con una alegría que a Melchor no le parece impostada.

—Dígame, Marín, ¿cuándo ha llegado?

—A Barcelona, ayer. A Egara, hace media hora.

—Me han dicho que viene en comisión de servicio.

—Así es.

—¿Le ha traído Blai?

Melchor dice que sí.

—Tome asiento, por favor.

No se sientan a la mesa del despacho, sino en un tresillo de cuero. Cuando Melchor lo conoció a finales del verano de 2017, en aquel mismo despacho, Fuster era un joven comisario recién ascendido al máximo rango del escalafón; ahora es un veterano, más antiguo que casi todos sus colegas, empezando por el jefe del cuerpo. Su aspecto físico, sin embargo, no difiere en lo esencial: ni ha ganado peso ni ha perdido pelo, ese pelo crespo, duro, rojizo y pegado al cráneo, que apenas necesita peinarse; la edad tampoco ha erosionado ni su cordialidad ni su dinamismo. Ahora, viéndole cruzar las piernas frente a él, a Melchor se le ocurre de golpe que Fuster le ha convocado para hablar del chantaje a la alcaldesa.

No es así. De hecho, el comisario ni siquiera le pregunta por el motivo de su presencia en la central, e inicia sin más prolegómenos el discurso que, con mínimas variaciones, le inflige cada vez que se encuentran: le asegura que sigue siendo un símbolo vital para el cuerpo, le recuerda que allí le tiene para lo que necesite, le repite que no debe confiarse.

—¿Cuánto tiempo ha pasado desde los atentados? —se pregunta Fuster, acariciándose su barbita de chivo—. ¿Ocho, nueve años? No importa. En el cuerpo mucha gente sabe ya quién es usted y qué hizo, y, si su cara se hiciera pública, al día siguiente estaría su foto en todas las webs yihadistas y usted se convertiría en un objetivo. Qué digo un objetivo: se convertiría en un trofeo. Es verdad que ahora mismo no hay ninguna razón para pensar que corra usted peligro, pero tenga por seguro que los yihadistas no le han olvidado.

—Pensaba que el riesgo islamista era mayor ahora que hace cinco o seis años.

Una mueca descreída arruga la cara del comisario.

—Es lo que dicen algunos políticos.

—Por ejemplo —apunta Melchor—, la alcaldesa de Barcelona.

—Por ejemplo.

—¿Y no es verdad?

—No, que nosotros sepamos. Al contrario. Nunca en los últimos años ha habido menos inmigración musulmana en

Cataluña. Y nunca hemos tenido menos indicios de actividad islamista. Y la que tenemos está controlada.

—¿Entonces?

El comisario pestañea varias veces y vuelve a torcer el gesto, aunque, más que descreimiento, esta vez expresa indiferencia.

—Cosas de la política —dice. Pero se apresura a añadir—: Lo cual no significa que no pueda aparecer un lobo solitario y armarla... Además, Barcelona no es la Terra Alta. Allí sigue habiendo pocos musulmanes; aquí hay muchísimos. Por eso he querido hablar con usted en cuanto supe que volvía. ¿Quiere que le pongamos protección? ¿Quiere que se la pongamos a su hija?

—Acaba de decirme que no hay peligro.

—No me haga decir lo que no he dicho —le corrige el comisario—. Lo que he dicho es que el peligro es menor que nunca desde 2017. No que no lo haya. También le he dicho que Barcelona no es la Terra Alta y que no puedo asegurar su seguridad al cien por cien. Eso es lo que le he dicho. Qué me dice usted, ¿le ponemos protección o no?

Melchor reflexiona un momento. Se dice que lo que Fuster acaba de explicarle no es en efecto muy distinto a lo que le explicó años atrás, cuando volvió a Barcelona huyendo de la Terra Alta o del fantasma de Olga en la Terra Alta, y que no hay ninguna razón para darle una respuesta distinta.

—No es necesario —contesta.

El comisario hace un ademán de aquiescencia y, apoyando las manos en las rodillas, se levanta.

—Como quiera. —Se estrechan las manos—. La verdad es que ya me imaginaba que me diría eso. Pero, por lo menos mientras esté en Barcelona, hágame un favor: tenga cuidado.

No ha salido Melchor al pasillo cuando oye a su espalda:

—Por cierto, Marín.

Se vuelve. Fuster se halla todavía de pie junto a su mesa, pero ahora sus facciones revelan contrariedad o embarazo, como si estuviera esforzándose por seleccionar las palabras que debe pronunciar a continuación.

—Le habrán dicho ya lo de la novela, ¿no? —pregunta al fin.

Melchor tarda en contestar.

—¿La novela? ¿Qué novela?

—La que habla de usted. —Durante un par de segundos eternos, los dos policías permanecen en silencio—. *Terra Alta,* se titula. El autor se llama Javier Cercas.

Aunque Melchor ha oído hablar de una novela que lleva ese título, no la ha leído —Melchor no lee novedades literarias— y no acaba de entender. El comisario trata de explicárselo, pero su explicación es confusa, y Melchor sólo alcanza a discernir, mientras le abruma la sensación de que ya ha vivido aquel instante, o de que lo ha soñado, que se ha convertido en el protagonista de una novela titulada *Terra Alta*.

—Mi mujer la ha leído —añade Fuster, quizá porque no sabe qué añadir—. Dice que no está mal.

Melchor reconoce que no sabe nada del asunto, y los dos hombres vuelven a mirarse en silencio sin saber qué decirse, presas de la perplejidad, hasta que, alzando las cejas y curvando los labios, el comisario se despide otra vez:

—En fin, lo dicho. Ándese con cuidado.

La oficina de la Unidad Central de Secuestros y Extorsiones tampoco ha cambiado mucho desde la época en que trabajó allí, salvo por las personas que, en medio de la atmósfera febril de costumbre, se afanan aporreando teclados de ordenador, escuchando teléfonos intervenidos, navegando por internet, estudiando documentos, llamando por teléfono o hablando entre sí. Es una gran sala rectangular al fondo de la cual se esconde el despacho acristalado de Vàzquez, con su mesa, su ordenador y sus archivadores metálicos; el resto es un espacio iluminado por un ventanal apaisado, con las paredes forradas de diagramas arbóreos y fotografías de criminales y sospechosos, donde en aquel momento se sientan ante sus ordenadores cuatro hombres y una mujer, tres de ellos con los cascos puestos. Vàzquez sale de su cuchitril al encuentro de Melchor mientras llama la atención de todos, que suspenden al instante su actividad. Cinco pares de ojos se clavan en ambos hombres.

—Este pollo se llama Melchor Marín —anuncia el sargento en medio del súbito silencio, señalando al recién llegado con un gesto del pulgar—. Habréis oído hablar de él. Trabajó aquí hace unos años. ¿Cuántos?

—Dos y pico —calcula en voz alta Melchor.

—Dos y pico —acepta Vàzquez—. Vuelve para echarnos un cable, que falta nos hace. Es bueno; un tocapelotas de mucho cuidado, pero bueno. Eso sí, no os fieis de él: viene de la Terra Alta, igual que Blai. Esa gente son peor que los Corleone.

Hay sonrisas, cabeceos de aprobación, murmullos, y, mientras Vàzquez regresa a su guarida, los cinco compañeros se acercan a Melchor, le dan la bienvenida y, uno tras otro, se presentan: Roig, Cortabarría, González, Torrent, Estellés. Luego Melchor entra en el despacho de Vàzquez, que le indica un asiento.

—Te voy a poner al día —anuncia.

Sin más preámbulos, el sargento empieza a detallar los casos que la unidad tiene entre manos. El principal, le advierte de entrada, es un ajuste de cuentas por drogas en el que llevan semanas empantanados: el secuestro de la esposa de un traficante de cocaína de origen árabe, residente en Santa Coloma de Gramenet; además del caso principal, es el que más le preocupa y en el cual ha concentrado la mayor parte de la energía de la Unidad, entre otras razones porque, después de llevar un tiempo en contacto con los secuestradores, siente que la negociación está a punto de decantarse. Vàzquez también le ofrece pormenores de otras investigaciones en curso, entre ellas varios casos de extorsión, le habla de teléfonos pinchados, de vigilancias, de seguimientos y de un puñado de agentes de otras unidades a quienes en aquel momento tiene bajo su mando, colaborando con la suya.

—Eso es más o menos lo que hay —concluye Vàzquez, al cabo de casi tres cuartos de hora—. Si quieres más detalles, búscate la vida. De todos modos, tú de momento no te apartes de lo de la alcaldesa, que para eso has venido, ¿no? —Melchor no responde, y a Vázquez se le escapa una media sonrisa—. Y hablando de la alcaldesa. —Consulta la hora en uno de sus móviles y, golpeando con la mano un brazo de su silla, se pone en pie—. Vámonos ya. Blai debe de estar esperándonos.

Son ellos los que tienen que esperar a Blai, a las puertas del garaje. Cuando por fin llega, los tres se montan en un Seat León y parten hacia Barcelona. Conduce Blai, Vàzquez va a su lado y Melchor detrás. El antiguo jefe de la Unidad de Investigación de la Terra Alta acaba de salir de una reunión con los otros jefes de área de la DIC, la División de Investigación Criminal. Cuenta que la ha convocado el intendente en jefe, que en el cónclave se han abordado los problemas de personal y que el jefe ha prometido que a principios de otoño se cubrirán las plazas vacantes, tres de ellas adscritas a Secuestros y Extorsiones.

—A ver si esta vez es verdad —rezonga Vàzquez—. Cuando volví a Egara me prometisteis...

—Yo no te prometí nada —lo corta Blai.

—Me lo prometió el comisario —replica Vàzquez.

—Yo no soy el comisario —constata Blai—. Y no sé por qué siempre tienes que estar quejándote tanto.

—Porque me sale de los huevos.

Sin incomodarse lo más mínimo, como si le resbalaran los desplantes del sargento, Blai informa a Melchor de que el intendente reestructuró hace unos meses la DIC y de que, de resultas de ello, él tiene ahora bajo su mando, además de la unidad de Vàzquez, otras cinco: la de Personas Desaparecidas, la de Delitos Informáticos, la de Consumo, la de Homicidios y Delitos Sexuales y la de Grupos Juveniles Organizados. Luego le pregunta a Vàzquez cómo evoluciona el secuestro de la esposa del traficante de Santa Coloma.

—Como el culo —responde el sargento.

Vàzquez le explica a su jefe inmediato lo que minutos antes, en su oficina, le ha explicado a Melchor: que están casi seguros de que, aunque quien encargó el secuestro era un árabe —probablemente un familiar de la secuestrada—, todos o casi todos los que tienen bajo custodia a la víctima son rumanos. Blai le pregunta por qué está tan seguro de eso; Vàzquez se lo explica: le habla de una conversación telefónica captada al azar y de un grupo de WhatsApp, le habla de acentos, de alusiones, de faltas de ortografía. Luego le asegura que el árabe es muy duro negociando.

—Un verdadero hijo de puta —sostiene—. Los rumanos son otra cosa.

—¿Otra cosa? —inquiere Blai.

—Más flexibles —aclara Vàzquez—. Para mí que sólo quieren la pasta, quitarse el paquete de encima y abrirse cuanto antes.

—*Divide et impera* —cita Blai— O sea: olvídate del moro y negocia con los otros.

—¿Y qué te crees que estamos haciendo? —pregunta Vàzquez—. Atacar por ahí, tratar de ablandar a los rumanos. Son el eslabón más débil de la cadena. En cuanto los pillemos, vamos a por el malo de verdad. Esa es la idea.

—Me parece un plan de primera.

—Y lo es, si tuviera gente con que ejecutarlo. Pero, como no la tengo, porque la mitad anda por ahí trabajando en tonterías, es un plan como el culo.

—Supongo que entre las tonterías incluirás el chantaje a la alcaldesa.

—A ti qué te parece.

El tráfico en la Meridiana es fluido, pero se atasca en cuanto doblan en dirección al centro por la calle Aragón. Sólo al torcer hacia el mar por Pau Claris vuelven a circular sin problemas. Al final dejan el coche en un aparcamiento subterráneo cercano a la plaza de Sant Jaume, que está en obras: un gran andamio donde hormiguea una cuadrilla de albañiles cubre por completo la fachada del palacio de la Generalitat, sometida a labores de rehabilitación desde hace meses. En la puerta principal del edificio viejo del Ayuntamiento tienen que identificarse, declarar adónde se dirigen y pasar un control de seguridad.

—Esto deberíamos de habérnoslo ahorrado —gruñe Vàzquez—. Como alguien nos eche el ojo, estamos jodidos.

Mientras suben desde el patio de carruajes hacia la galería gótica por una solemne escalinata de piedra, Blai se muestra de acuerdo con el sargento, pero explica que la alcaldesa sólo ha accedido a concederles unos minutos allí. El sargento vuelve a resoplar:

—De puta madre.

Una secretaria les anuncia que su anfitriona les atenderá en unos minutos y los acompaña a un salón. Cuando la mujer los deja solos, Blai y Vàzquez toman asiento en un sofá y se ponen a escribir en sus móviles. Melchor permanece de pie. Se hallan en una estancia majestuosa iluminada por arañas de cristal y lámparas de pie con pantallas color crema, cuyas ventanas no dejan pasar un solo rayo de luz; el suelo es de parqué, y las paredes y el techo, revestidos de madera y ornados con molduras doradas, exhiben grandes frescos con escenas bíblicas donde dominan, relucientes, los colores azul y rojo. En el centro, sobre una alfombra escarlata, hay una mesita de madera, dos sillones de escay y dos sofás, uno de los cuales ocupan el sargento y el inspector. Melchor se fija en el fresco que ilustra la bóveda. Tiene forma de medallón y representa a una mujer desnuda de cintura para arriba, sentada en una nube algodonosa, con un minúsculo bergantín en su regazo. A su alrededor pululan otras mujeres; también hay amorcillos, gaviotas. Acurrucado en un rincón del fresco, casi oculto tras unas rocas, un hombre semejante a un sátiro sopla un cuerno, rodeado de otros hombres; parece estar anunciando el asalto inminente a la mujer semidesnuda. La imagen trae a la cabeza de Melchor el chantaje a la alcaldesa; un segundo después, el asesinato de su madre. Una bola de angustia le tapona de inmediato la garganta.

En aquel momento se abre la puerta del salón e irrumpe la alcaldesa. Blai y Vàzquez se ponen en pie y le estrechan la mano; Melchor también la saluda.

—Gracias por venir —dice la mujer, ocupando un sillón y dejando encima de la mesa un sobre de papel manila y un maletín tamaño ordenador, de cuero gris y asas negras. Blai y Vàzquez vuelven a sentarse; Melchor se sienta frente a ellos—. Tengo algo de prisa, así que no podré estar mucho tiempo con ustedes. De todos modos, tampoco hay mucho de que hablar.

Sin perder un segundo, la alcaldesa coge el sobre de papel manila y se lo alarga al inspector, quien, antes de tocarlo, se enfunda unos guantes de goma. Mientras Blai saca un papel del sobre y lo lee, Melchor se concentra en dominar su angustia y en observar a la alcaldesa. Es una mujer de unos cuarenta años, alta, corpulenta, de ojos verdes y facciones finas y escarpadas, y Melchor siente teniéndola cerca lo mismo que siente cada vez que la ve por televisión: que es una de esas mujeres a las que hay que mirar con esmero para descubrir su belleza. Aunque también siente algo en parte contradictorio con lo anterior, y es que aquella mujer inquieta y urgente, que manosea sin parar sus dedos recién salidos de la manicura, no guarda a simple vista mucha relación con la política rebosante de aplomo que, al menos desde que llegó a la alcaldía, parece monopolizar los medios de comunicación catalanes (y que, a juzgar por los resultados electorales que cosecha, oculta con éxito su altivez natural tras un despliegue incansable de sonrisas). Lleva los labios y las uñas pintados de rojo y viste un ajustado traje de chaqueta color gris oscuro, una camisa blanca que marca sus pechos colmados y unos elegantes zapatos de tacón grises.

Cuando Blai levanta la vista del papel, la alcaldesa coge el maletín y, antes de que el inspector alcance a pronunciar una palabra, se lo alarga.

—Ahí tiene el dinero —dice—. Pague a esa gente y que me dejen en paz.

Blai no toca el maletín.

—¿Cuándo recibió esto? —pregunta, blandiendo el papel.

La alcaldesa parece no entender. El inspector repite la pregunta.

—El viernes —contesta la mujer.

—¿Dónde lo recibió?

—Aquí. En la alcaldía.

—¿Venía en este mismo sobre?

—Sí.

—¿Quién lo ha tocado?

—No lo sé. Yo. Mi secretaria. Creo que nadie más. ¿Por qué lo pregunta?

Blai vuelve a blandir el papel, en esta ocasión junto a su sobre.

—La próxima vez que reciba otra cosa así, no tarde tanto en ponerse en contacto con nosotros —responde—. Mejor dicho: llámenos enseguida.

—No habrá próxima vez —dice la alcaldesa. Deja de manosearse los dedos, enarbola hacia el inspector el maletín y añade—: Quiero que paguen y que acaben cuanto antes con este asunto.

El inspector se queda mirando a su interlocutora sin coger el maletín. Tras un segundo de extrañeza, la mujer se vuelve hacia Vàzquez y más tarde hacia Melchor, buscando en los ojos de ambos la explicación que no encuentra en los de Blai. La bola de angustia empieza a disolverse en la garganta de Melchor mientras él trata de concentrarse en el diálogo que está presenciando.

—Me parece que no ha entendido bien su situación, señora Oliver —dice Blai: abandona el sobre y el papel encima de la mesa y se quita los guantes—. Si paga usted el dinero que le piden, lo más probable es que le pidan más. Y más todavía si vuelve a pagar. De hecho, ya ha pagado alguna vez, ¿verdad? —La alcaldesa no responde; ha dejado de ofrecerle el maletín al inspector, y le escucha con una atención recelosa—. Mire —continúa Blai—, ahora mismo no tiene usted ninguna garantía de que el extorsionador tenga lo que dice que tiene, ni de que se lo vaya a dar si le paga, y de que no siga extorsionándola hasta el día del juicio. Así que lo mejor es que no pague.

—¿Y entonces qué hago? —pregunta la alcaldesa.

—Ponerse en nuestras manos —contesta el inspector—. Hacer lo que le digamos, confiar en nosotros. —Sin mirarlo, señala a Vàzquez, que, a su lado, sostiene el papel con los guantes puestos y los cinco sentidos concentrados en la lectura—. A usted es la primera vez que le pasa una cosa así, pero el sargento se enfrenta a diario a casos como el suyo. Déjenos trabajar, háganos caso, confíe en nosotros. No se preocupe y todo saldrá bien.

Ahora es la alcaldesa quien se queda mirando a Blai: salta a la vista que está aquilatando sus palabras. Por su parte, Vàzquez le ha entregado el mensaje del chantajista a Melchor, que también se ha puesto sus guantes. Es un papel doblado por la mitad, tamaño folio; en la mitad superior se lee, escrito a mano, con un bolígrafo y en letras mayúsculas:

YA VISTE EN GAVÀ LO QUE PASA POR HACER EL TONTO. NO LO VUELVAS A HACER. SI NO QUIERES QUE TODO EL MUNDO VEA LA GRABACIÓN, PÁGANOS TRESCIENTOS MIL EUROS EN MONEROS. AHÍ VA EL NÚMERO DE CUENTA DONDE DEBES HACER EL INGRESO:

4GdoN7NCTi8a5gZug7PrwZNKjvHFmKeV11L6pNJPgj5Q NEHsN6eeX3DaAQFwZ1ufD4LYZKArktt113W7QjWvQ7C WGQvrZnnmQ5ZHduiH.

CUANDO RECIBAMOS EL DINERO TE DEVOLVEMOS LA GRABACIÓN. Y AQUÍ PAZ Y DESPUÉS GLORIA. ESO SI NO VUELVES A HACER EL TONTO Y NO HABLAS CON NADIE. EMPEZANDO POR LA POLICÍA. QUEDAS ADVERTIDA.

—¿Y qué pasa si no sale bien? —inquiere la alcaldesa—. ¿Qué pasa si cumplen su amenaza?

—No la cumplirán —contesta Blai—. Ellos no quieren difundir la grabación. Lo que quieren es su dinero: por eso se han puesto en contacto con usted. Y usted quiere la grabación, para que la dejen en paz. Así que ellos tienen lo que usted quiere y usted tiene lo que ellos quieren. Lo cual significa que están ustedes obligados a entenderse. Es decir, que están obligados a negociar. Me explico, ¿verdad?

Mientras poco a poco domina la angustia, Melchor comprende que, aunque Blai se explica, la alcaldesa no acaba de entender. Junto al inspector, Vàzquez reprime a ojos vista su impaciencia, deseoso de intervenir; sujeta los dos móviles sobre sus muslos, que no dejan de temblar, igual que las aletas de su nariz; los músculos de la mandíbula parecen a punto de estallarle. Aprovechando el desconcierto de la alcaldesa, Blai insiste:

—Déjeme que le sea franco. Usted, su problema, ya lo tiene. El problema es que hizo lo que hizo y que se dejó grabar. Eso no podemos arreglarlo nosotros. Ni nosotros, ni nadie. Quiero decir que, ceda o no ceda a la extorsión, pague o no pague lo que le piden, los extorsionadores pueden en cualquier momento hacer pública esa grabación. En cualquier momento significa en cualquier momento. Ahora mismo. Mientras estamos hablando. La cagada, si me permite la expresión, ya está hecha. Ahora lo que tiene usted que decidir es si intenta arreglarla con las personas que saben arreglarla o no. Y las personas que saben arreglarla somos nosotros. Nadie más. Nosotros hemos resuelto cientos, miles de casos como el suyo, tenemos el culo pelado de hacerlo, somos los mejores, tenemos un ciento por ciento de efectividad. No es por alardear: es así. Pero, si quiere que solucionemos su problema, tiene que hacernos caso, tiene que confiar en nosotros a ciegas. Si lo hace, el sargento Vàzquez montará un grupo de investigación, trabajará en su problema, recogerá pruebas, averiguaremos quiénes son los malos, los cogeremos y pagarán por lo que han hecho. No le quepa duda. Si hace lo que le decimos, solucionará su problema; si no, no lo solucionará: lo multiplicará. Usted elige.

Un silencio sólido sigue al ultimátum de Blai. Todavía con el maletín del dinero en la mano, la alcaldesa parece tratar de asimilar lo que acaba de oír, la vista fija en el inspector y los labios arrugados y endurecidos por la reflexión. Es evidente que está mucho más tranquila que cuando entró. De golpe aparta la vista hacia la puerta del salón, como si esperara a alguien o alguien acabara de entrar, pero enseguida se vuelve otra vez hacia Blai, suspira hondo y, haciendo un mohín anuente, abandona el maletín al pie de la mesita.

—Está bien —concede—. Ustedes dirán.

Blai no tiene necesidad de darle la palabra a Vàzquez, que deja sus dos teléfonos sobre la mesita y, en tono pedagógico, empieza:

—De entrada, lo más importante es que haga lo que le ha dicho el inspector. Confiar en nosotros. En nosotros y en nadie más. Nadie debe enterarse de que estamos trabajando en este asunto, nadie debe enterarse de que la estamos asesorando. Eso es lo principal. ¿Sabe por qué? —La alcaldesa le escucha sin parpadear y sin recostarse en el sofá—. Porque el secreto es nuestra principal herramienta de trabajo. Cuanta menos gente sepa lo que le está pasando, mejor. Y ahora dígame: ¿quién sabe lo que le está pasando?

—Nadie, que yo sepa. Bueno, sí, Gubau, el consejero de Justicia. Es amigo mío. Fue él quien habló con el comisario Vinebre.

—Aparte del consejero y el comisario.

—Nadie.

—¿Está segura?

—Sí.

Vàzquez observa un segundo a la alcaldesa; luego se vuelve hacia su jefe, como si pidiera explicaciones, y chasquea la lengua, fastidiado. «Mal empezamos», parece decir.

—Es mejor que nos cuente la verdad —interviene el inspector—. Si nos miente, no podremos ayudarla. —Abre una pausa mínima para que la alcaldesa reflexione, y prosigue—. Díganos: ¿quién más lo sabe? ¿Qué pasó en Gavà? ¿Por qué dice el mensaje que hizo usted el tonto? Ya ha pagado otra vez, ¿verdad?

Acaban de llamar a la puerta; sin apartar la vista de Blai, la alcaldesa da permiso para que entren. Es su secretaria, que anuncia que la están esperando en su despacho. Transcurridos un par de segundos, durante los cuales no hay reacción de la alcaldesa, esta se vuelve hacia su secretaria y le pregunta si pueden aplazar unos minutos la reunión. La secretaria dice que sí.

—Contraté una agencia de detectives —confiesa la alcaldesa, una vez que su secretaria ha cerrado la puerta—. Se llama Sayén. Me dijeron que es buena.

—Es mala —sentencia Vàzquez—. Pero las hay peores.

—El caso es que no salió bien —reconoce la alcaldesa.

Blai pregunta qué ocurrió y la mujer se lo cuenta. Lo que cuenta es que semanas atrás, cuando recibió el primer mensaje, sin consultarlo con nadie decidió acudir al despacho de detectives. Cuenta que en aquel mensaje inicial los extorsionadores pedían que les pagase trescientos mil euros por no divulgar la grabación, que debía pagarlos en billetes de cincuenta, que ella personalmente debía depositarlos, un día concreto, al atardecer, en un punto concreto de la playa de Gavà, muy cerca de la orilla, donde encontraría una fiambrera en la cual los extorsionadores dejarían, a cambio del dinero, la grabación. Cuenta que, siguiendo instrucciones de los detectives, hizo lo que le pedían los extorsionadores y que, tras dejar el dinero en la fiambrera que encontró en la playa, los detectives permanecieron al acecho, a la espera de que los delincuentes recogieran el dinero, para poder atraparlos. Cuenta que los detectives aguardaron durante horas, que pasó la noche y la madrugada sin que nadie hiciera acto de presencia, y que, al amanecer, cuando el sol iluminó la playa, la fiambrera había desaparecido.

—Se la había llevado un submarinista —adivina Blai—. La fiambrera estaba atada a una cuerda y el submarinista tiró de la cuerda desde el mar.

La alcaldesa mira boquiabierta al inspector.

—¿Cómo lo sabe? —pregunta.

—Porque es un truco más viejo que el mear —contesta Vàzquez—. Le aseguro una cosa: a esos pardillos se la pegaron, pero a nosotros no nos la pegan.

—¿Ve como tiene que darnos un voto de confianza? —remacha Blai.

Tras un momento de titubeo, la alcaldesa cabecea afirmativamente, mientras Melchor siente que, aunque la bola de angustia no se ha disuelto del todo, el mal momento queda atrás; el recuerdo recobrado de su madre o del asesinato de su madre, sin embargo, sigue allí.

—Ya se lo he dado —asegura la alcaldesa—. Dígame qué es lo que quieren que haga.

—Cuatro cosas —se apresura a precisar Vàzquez mostrando cuatro dedos enérgicos: todos los de la mano derecha, salvo el pulgar—. Dos ya se las hemos dicho. La primera —con la mano izquierda se coge el meñique—, fiarse de nosotros y sólo de nosotros. La segunda —se coge el anular—, no decirle nada a nadie. Estas dos son las básicas.

—¿Cuál es la tercera?

—Tragarse el miedo —responde Vàzquez, cogiéndose el dedo corazón—. El chantaje se basa en intimidar a la víctima. Los extorsionadores quieren que tenga usted miedo, quieren meterle presión y aislarla para que pierda los nervios, para que se ofusque y no pueda pensar y haga lo que ellos quieren que haga. Y no me diga que no tiene miedo. —Vàzquez se adelanta a la objeción de la alcaldesa: no ha soltado el dedo, pero ya no lo exhibe con énfasis—. Porque sabemos que lo tiene. Si no lo tuviera, no habría acudido a nosotros. Si no lo tuviera, no sería valiente: sería temeraria. Y usted no es temeraria, ¿verdad?

La alcaldesa escudriña a Vàzquez mientras parece buscar una contestación, y Melchor piensa que la mujer acaba de darse cuenta de que el sargento es más inteligente de lo que creía.

—Continúe —dice.

—Tragarse el miedo —repite el sargento, volviendo a mostrar el dedo corazón—. Eso es lo que tiene que hacer. Y, cuando se ponga nerviosa, cuando note que el miedo está a punto de dominarla y que puede hacer una tontería, llámeme. De ahora en adelante seré su confesor, su confidente, su ángel de la guarda. —Señala a Melchor y añade—: Si no me encuentra a mí, llame a mi compañero. Tome nota. —Los tres intercambian sus números de teléfono—. Llámeme cuando me necesite. No se corte: estaré disponible para usted las veinticuatro horas del día. ¿De acuerdo?

La alcaldesa asiente.

—¿Qué más? —pregunta.

—Falta una cosa —dice Vàzquez—. La cuarta y la más importante. —Se coge el dedo índice y estira los labios en una sonrisa ladina—. Tenemos que bailar.

La cara de la alcaldesa refleja un desconcierto total.

—¿Bailar? —pregunta.

—El baile de la negociación —aclara el sargento—. Hay que bailarlo. Se lo ha dicho antes el inspector: su extorsionador está obligado a entenderse con usted, porque tiene algo que a usted le interesa mucho, y sabe que usted está dispuesta a pagar por eso que él tiene. Por lo tanto, si es verdad que quiere cobrar, tendrá que hacer cosas para conseguirlo. Y al hacerlas se moverá. Y al moverse cometerá errores. Y al cometer errores dejará pistas. Y por esas pistas le pillaremos. Tenga usted la certeza de eso.

—Claro que también puede ser que el extorsionador se retire —interviene Blai—. Que vea que la cosa se complica, o que tenga miedo, y que deje de extorsionarla.

—¿Y entonces? —pregunta la alcaldesa.

—Entonces se acabó —contesta Blai—. A enemigo que huye, puente de plata. A menos que usted quiera que lo persigamos. Pero, por nuestra parte, lo dicho: se acabó, no vamos a buscarle a usted problemas para pillar al malo. Nosotros estamos para arreglar problemas, no para crearlos.

—Así es —corrobora Vàzquez—. Sólo que a mí me da que este malo no es de los que huyen. No como mínimo sin sacar algo en limpio. No es un aficionado. Lo de Gavà no es cosa de aficionados. —Al lado de Vàzquez, Blai entorna los ojos en un gesto de conformidad—. De modo que tendremos que bailar. Nosotros le meteremos presión al malo, y usted tendrá que aguantarla, para que podamos provocar su fallo. Hay que armarse de paciencia. Si él no se mueve, esperaremos; ya se moverá, ya dirá algo. Esto es una partida de ajedrez, una carrera de fondo, llámelo como quiera. Pero al final el malo se moverá y cometerá un error. Y entonces caerá. No le quepa la menor duda. Porque nosotros somos más listos que él. —Tras una pausa, compone una sonrisa torcida y agrega—: Y, si hace falta, más malos. Lo entiende, ¿verdad?

La alcaldesa asiente de nuevo, insegura al principio, después sin reservas. Luego pregunta como si afirmara, dirigiéndose al inspector:

—¿Esto es todo?

Es Vàzquez quien contesta.

—No —dice—. Esto es sólo el principio.

A partir de ese momento el sargento somete a la alcaldesa a un interrogatorio sistemático, en el que sólo de vez en cuando mete baza Blai, con el fin de corregir o aclarar o matizar o ampliar o puntualizar algún extremo. En cuanto a Melchor, se limita a seguir haciendo lo que ha hecho hasta entonces: observar a la mujer con atención.

Vàzquez le pregunta si conserva el primer mensaje de los extorsionadores; la alcaldesa contesta que no y añade que se deshizo de él enseguida, temerosa de que alguien lo encontrase. Entonces Vàzquez explica que, para ellos, los mensajes del extorsionador constituyen una fuente preciosa de información, y le ruega que intente recordar quién ha tocado el segundo; la alcaldesa contesta que, tal y como le ha dicho al principio a Blai, sólo su secretaria y ella. Vàzquez formula algunas preguntas más sobre los mensajes y después reorienta el interrogatorio hacia el contenido de la grabación con que la están extorsionando, lo que provoca que la alcaldesa vuelva a manosearse los dedos, a estrujarse las manos, a dar signos redoblados de inquietud. En algún momento el sargento le pregunta cómo sabe que la grabación contiene imágenes sexuales, y, después de hacerse repetir la pregunta, la alcaldesa contesta que porque los extorsionadores se lo dijeron en su primer mensaje. Vàzquez le pregunta si tiene alguna idea de qué imágenes puede contener la grabación, a lo que la alcaldesa contesta que no, y luego le pregunta por qué las teme tanto si no sabe cuáles son.

—Precisamente porque no lo sé —contesta la alcaldesa—. Si lo supiese, podría temerlas o no. Como no lo sé, sólo puedo temerlas.

Vàzquez acata con un leve cabeceo la lógica inapelable del razonamiento, y acto seguido le pregunta a la mujer si, antes de que intentaran chantajearla, era consciente de que ese tipo de imágenes suyas existían, y si cabe la posibilidad de que existan otras semejantes; la alcaldesa responde a la primera pregunta que no y a la segunda que no lo sabe. Entonces el sargento ensaya una finta.

—Está separada de su marido, ¿verdad?

En vez de descolocarla, la pregunta parece devolver parte de su aplomo a la alcaldesa, que contesta que sí.

—¿Cuánto hace que se separaron? —pregunta el sargento.

—Oficialmente, poco más de un año —contesta ella.

—¿Qué significa oficialmente?

—Significa que hace poco más de un año que no funcionamos como un matrimonio.

—¿Tiene alguna pareja ahora?

—No.

Vàzquez vuelve a cabecear. En la mesita, cerca del sobre de papel manila, sus dos móviles siguen vibrando de vez en cuando con los mensajes recibidos, pero, demasiado enfrascado en el interrogatorio, el sargento ha dejado de prestarles atención: ya ni siquiera verifica quién le escribe o le llama. Mientras Melchor y Blai intercambian una mirada fugaz, Vàzquez le pregunta a la alcaldesa si cree que las imágenes con que la están chantajeando son de su matrimonio o previas a su matrimonio, y ella le contesta que ya le ha dicho que no lo sabe. Luego el sargento quiere saber si, mientras estaba casada, mantuvo alguna relación extramatrimonial. Un poco molesta (o esa impresión tiene Melchor), la alcaldesa le pregunta a Blai si también debe contestar a eso y, con un gesto vagamente apesadumbrado, el inspector le da a entender que sí. La mujer reflexiona un momento.

—Ninguna —contesta.

Unida a la molestia inicial, a Melchor ese momento de reflexión (o de duda) se le antoja elocuente.

104

—¿Y antes de su matrimonio? —pregunta Vàzquez.

—¿Qué quiere saber sobre lo que pasó antes de mi matrimonio?

—Si tuvo muchas relaciones.

—Alguna. Me casé relativamente tarde.

—¿Eran relaciones normales? Quiero decir...

El sargento no termina su aclaración, y Melchor siente que lo que ha abortado la frase de su compañero es la sonrisa que ronda los labios de la alcaldesa.

—¿Me está preguntando si me he acostado con mujeres? —pregunta ella—. ¿Si he participado en orgías? ¿Eso me está preguntando?

La nuez de Adán baja y sube por el cuello de Vàzquez antes de que este acierte a contestar que sí. La alcaldesa sonríe abiertamente: una sonrisa irónica, casi burlona, pero no agresiva.

—Mire, sargento —dice en un tono distinto, que, con razón o sin ella, Melchor identifica con el que emplea ante los micrófonos de los periodistas—. Yo en mi vida he cometido muchos errores. Muchos. Pero he aprendido de ellos. He evolucionado. A los veinte años era un tipo de persona; ahora soy otro. A los veinte años creía en unas cosas y ahora creo en otras: entonces no creía en el matrimonio, y ahora sí creo en él; entonces no creía en la importancia de la fidelidad conyugal, y ahora sí creo en ella; entonces no creía que el cristianismo fuera importante, y ahora sí creo que lo es, y mucho... Es lo que dijo Keynes: «Cuando los hechos cambian, cambio de opinión. ¿Qué hace usted?». —Tras una pausa, continúa—: Yo he cambiado porque el mundo ha cambiado. La gente que piensa siempre lo mismo no piensa. Y yo pienso mucho, así que he cambiado mucho. Sólo hay una cosa constante en mí: soy una mujer libre. Lo fui de joven y sigo siéndolo ahora, cuando ya no soy tan joven. El espíritu gregario no es mi fuerte. Ni la corrección política. Creo que en mi vida pública he dado muestras sobradas de ello. Por lo demás, déjeme decirle que, a su edad, ya debería usted saber que la normalidad no existe. Es una estafa. En el sexo y en todo lo demás.

Un silencio sólido sigue a estas palabras. La sonrisa ha desaparecido de la cara de la alcaldesa, sustituida por una expresión de dignidad autosatisfecha. El sargento se aclara la garganta.

—¿Interpreto entonces que su respuesta...?

—Interprete lo que quiera.

Uno de los dos móviles de Vàzquez empieza a vibrar, y el otro lo imita enseguida, pero el sargento ni siquiera les echa un vistazo y cambia de tema. Durante un rato interroga a la alcaldesa sobre el dinero del que dispone, sobre sus amigos, sobre sus dos hijas y sobre su exmarido, Daniel Casas, accionista principal y propietario de varias empresas, la más conocida de las cuales es Clave Barcelona, una consultora especializada en mejora de reputación, comunicación corporativa y asesoramiento de empresas privadas del sector tecnológico. Aún no ha concluido el interrogatorio cuando la secretaria vuelve a aparecer y anuncia que la reunión aplazada empieza en cinco minutos, y que no puede retrasarla más.

—Acabo ya —promete Vàzquez, una vez que se ha marchado la secretaria—. Mire, tenemos dos instrumentos para pillar a los malos. El primero es este. —Vuelve a coger el mensaje de los extorsionadores y se lo muestra a la alcaldesa—. Con su permiso, nos lo quedamos. Intentaremos averiguar a quién pertenece la cuenta de moneros y estudiaremos el papel en busca de pistas. Alguna encontraremos.

—¿Y si no encuentran ninguna?

—Para eso tenemos el segundo instrumento. La prueba de posesión.

La alcaldesa arruga el ceño.

—Los malos deben demostrarnos que tienen lo que dicen que tienen —explica Vàzquez—. Me refiero a la grabación, claro. Ellos tienen que demostrarnos que la tienen y usted tiene que pedírsela.

—¿Y cómo se la pido?

—No se preocupe por eso. Si no tiene usted prisa, si tiene paciencia, los malos se pondrán en contacto otra vez con usted. No lo dude.

—¿Por qué está tan seguro?

—Porque, si no se pusieran en contacto con usted, no conseguirían lo que quieren.

—¿Y cómo se pondrán en contacto conmigo?

Vàzquez se encoge de hombros.

—Ah, eso todavía no lo sabemos —reconoce—. Lo único que sabemos es que lo harán. Y que, cuando lo hagan, tendremos más pistas. Y una de esas pistas nos llevará a ellos. Y los pillaremos. Delo por hecho.

El ceño de la alcaldesa se ha vuelto a alisar: las palabras del sargento la han persuadido de nuevo. Melchor y Blai vuelven a intercambiar una mirada fugaz. La alcaldesa pregunta:

—¿Qué tengo que hacer cuando se pongan en contacto conmigo?

—Ponerse en contacto de inmediato con nosotros —contesta Vàzquez.

—¿Y si me llaman por teléfono?

—Entonces la cosa cambia. —El sargento se revuelve en el sofá—. Entonces, lo primero que tiene que hacer es tratar de no ponerse nerviosa. Y, lo segundo, decirle al malo lo siguiente: «Mire, desde hace años hay gente que viene amenazándome con publicar vídeos sexuales en los que salgo yo, bulos como ese circulan a montones, así que no tengo por qué fiarme de que lo de usted no sea uno más. Dígame, ¿cómo puedo saber que tiene usted esa grabación? ¿Cómo sé que puedo confiar en usted? Deme una prueba y accederé a lo que dice, porque sabré que es usted la persona con la que tengo que negociar para arreglar este asunto». En fin, eso o algo parecido a eso, es lo que tiene que decir. En todo caso, algo que obligue al malo a moverse, a ponerse otra vez en contacto con usted y a cometer un error que nos permita pillarlo. ¿Me explico?

La alcaldesa no contesta enseguida; tiene la vista fija en el maletín que descansa en la mesita, junto a los móviles del sargento, con el dinero del rescate.

—Lo que no entiendo es cómo vamos a obligar al extorsionador a ponerse en contacto conmigo —insiste, volviéndose de nuevo hacia Vàzquez.

—Es que no le vamos a obligar. Si no quiere hacerlo, que no lo haga, pero no cobrará un duro más, y, como le ha dicho antes el inspector, a enemigo que huye, puente de plata. Pero, si quiere hacerlo, si quiere ponerse en contacto con usted, y es muy probable que quiera, esperaremos. No hay prisa. Al contrario: tenemos todo el tiempo del mundo, como cantaba no sé quién. Por eso le decía que debe armarse de paciencia. De paciencia y de confianza en nosotros. Esa es la clave.

La alcaldesa parece por fin conformarse, asiente, se ajusta la chaqueta del traje estirándose las solapas con ambas manos y pasea la mirada por los tres policías, como si quisiera asegurarse de que no tienen nada que añadir a lo dicho por el sargento. Está claro que ya no es la mujer aprensiva y fuera de punto que entró en el salón tres cuartos de hora atrás.

—De acuerdo —zanja, cogiendo el maletín del dinero y levantándose de su sillón—. Seguiré al pie de la letra sus instrucciones.

Estrecha la mano de Vàzquez y de Melchor junto a la puerta; cuando le toca el turno a Blai, este retiene la mano de la alcaldesa y aprovecha para hacer lo que suele hacer al final de aquel tipo de entrevistas: recordarle a la víctima lo esencial.

—No hable con nadie —reitera—. No se ponga nerviosa. Llame a mis hombres para lo que necesite. Sobre todo, llámelos si la llaman los extorsionadores, o si se ponen en contacto con usted. Confíe en nosotros y todo saldrá bien.

La alcaldesa vuelve a asegurar que le hará caso, le da las gracias y abre la puerta para salir con ellos; aún no la ha abierto del todo cuando la vuelve a cerrar.

—¿Qué pasa si no pago y dan a conocer el vídeo? —pregunta, otra vez inquieta.

Melchor piensa que lo raro no es que la alcaldesa haga aquella pregunta, sino que no la haya hecho antes. De nuevo es el sargento Vàzquez quien la contesta.

—No lo harán —asegura—. Porque, si lo hacen, no tendrán lo que quieren, que es su dinero. Pero, en el caso improbable de que lo hicieran, siempre se puede contrarrestar la publicación del vídeo.

La expresión de su interlocutora cambia la inquietud por el interés, o por una mezcla de interés y de sorpresa.

—Ah, ¿sí? ¿Cómo?

—De muchas maneras —explica Vàzquez—. Depende de dónde, de cuándo y de quién dé a conocer la grabación. Si es por internet, por ejemplo, se puede contratar a una empresa para que borre contenidos o para que mande el vídeo al infierno de Google y no lo vea nadie. Si se da a conocer a través de la tele, se puede mandar a gente para que ponga en duda la veracidad de las imágenes, gente que diga que el vídeo es falso y cosas así. Ya le digo que depende.

—¿Y eso lo harían ustedes?

Por toda respuesta, Vàzquez suelta una risotada seca y sin alegría.

—¿Cree usted que vamos a dedicar dinero público a eso? —pregunta—. ¿Está de broma o qué?

La alcaldesa pega un respingo.

—Lo que quiere decir el sargento es que nosotros no podemos hacer ese tipo de cosas —explica Blai, acudiendo al rescate—. Nosotros sólo nos dedicamos a perseguir delitos y a proteger a las víctimas. Nada más. Y aquí el delito es la extorsión; lo otro, lo de que la grabaran y ahora den o no den a conocer las imágenes, no podemos ya evitarlo, eso no tiene arreglo, la cagada, como le dije, ya está hecha. Aunque, claro, en caso de que sea necesario podemos aconsejarle sobre los pasos que debe dar para que la difusión de esas imágenes la perjudique lo menos posible. A partir de ahí ya todo dependerá de usted, es decir, de sus recursos. Pero no se preocupe —concluye el inspector, dando por aclarado el malentendido y señalando la salida del salón con una especie de reverencia—. Nada de eso será necesario. Haga lo que le decimos y todo se arreglará.

—Eres un bocazas, Vàzquez —le recrimina Blai—. Eso de que si la alcaldesa estaba de broma o no te lo podías haber ahorrado.

—Lo que nos podíamos haber ahorrado es esta comitiva —replica Vàzquez, abarcándolos a ellos tres con un ademán cáustico—. Ni que fuera la reina de Saba, coño. Además, es verdad que esa tía está zumbada. ¿Pues no se ha creído que vamos a ir por ahí limpiándole la mierda con el dinero del contribuyente?

—No ha pedido nada —le recuerda Blai—. Sólo ha hecho una pregunta.

—Qué pregunta ni qué pregunta —replica Vàzquez—. Una petición en toda regla, eso es lo que ha hecho. Y, por cierto, ¿quién carajo debió de ser la reina de Saba?

Blai desactiva esa pregunta con otra pregunta:

—¿Qué te ha parecido a ti la alcaldesa, Melchor?

Habían salido de la alcaldía, cruzado la plaza de Sant Jaume y bajado al aparcamiento subterráneo sin hablar entre ellos, mientras Blai discutía por teléfono con el jefe del Área Central de Crimen Organizado y Vàzquez tecleaba a velocidad supersónica mensajes de WhatsApp, y sólo han empezado a comentar la entrevista con la alcaldesa al salir en coche a la luz perpendicular del mediodía.

—Bien —responde Melchor. Se incorpora en el asiento trasero, apoya los antebrazos en los asientos delanteros y, observando el tráfico que circula junto a ellos, Vía Layetana arriba, añade—: Pero miente.

—Nos ha jodido —dice Vàzquez—. ¿Tú has visto a algún político decir la verdad?

—¿Cómo sabes que miente? —pregunta Blai, buscando los ojos de su amigo en el retrovisor.

—Porque, en cuanto Vàzquez empezó a hablar de las imágenes del vídeo, se puso más nerviosa de lo que ya estaba. También creo que mintió cuando dijo que no había sido infiel a su marido.

—Puede ser —opina Blai—. De todos modos, a mí me parece que es una mujer que aguanta bien la presión. Una mujer con temple. Es lo que todo el mundo dice de ella, ¿no?

—Todos los clichés son mentira —proclama Vàzquez.

—Todos los clichés tienen una parte de verdad —discrepa Blai—. Si no, no se habrían convertido en clichés.

—No digo que no aguante bien la presión —tercia Melchor—. Sólo digo que su nerviosismo se dispara cuando se habla sobre el vídeo. Me parece que está mintiendo sobre eso. Y sobre lo otro también.

—¿Crees que sabe quién y cuándo la grabó?

—Creo que sabe más de lo que nos ha contado.

—Ahora que lo dices —interviene Vàzquez—. Yo también tuve esa impresión.

—Hay otra cosa que no entiendo —añade Melchor.

—¿Sólo una? —pregunta Vàzquez.

—Si esa mujer es tan libre como dice —razona Melchor—, si le trae sin cuidado la corrección política y todo eso, ¿por qué le preocupa tanto que hagan público un vídeo sexual?

El interrogante queda suspendido unos segundos en el silencio atestado de rumores urbanos que reina en el interior del coche.

—Pues porque no es tan libre como dice —contesta por fin Vàzquez—. ¿No lo habéis visto? Esa tía es todo pose: más falsa que un duro sevillano.

—O porque es verdad que sabe quién y cuándo grabó el vídeo y está segura de que esas imágenes circulando por ahí acabarían con su carrera política —aventura Blai—. A saber. Sea como sea, tienes razón: esto no cuadra ni de coña.

—Tengo una pregunta —dice Vàzquez.

—Dispara —le anima Blai.

—¿Vamos a intervenirle el teléfono?

Blai levanta una mano del volante y corta con ella el aire.

—Olvídate del asunto —dictamina—. No hay juez que te compre eso, como mínimo de momento. Y menos con la alcaldesa de por medio.

Cuando llegan a Egara, Vàzquez convoca una reunión en el despacho de Blai. Asisten todos los efectivos de Secuestros y Extorsiones que en aquel momento se hallan en la oficina: Torrent, González, Cortabarría y Estellés. Blai describe de manera sucinta el caso, y a continuación le cede la palabra a Vàzquez, que, sin dejar de escuchar a su superior, se ha puesto unos guantes, ha sacado de su macuto el sobre con el mensaje del extorsionador y lo ha depositado sobre la mesa, y que sólo tiene tiempo de pronunciar una frase formularia («Bueno, chavales, vamos a picar piedra») antes de que uno de sus dos móviles vuelva a vibrar. Como tiene por costumbre, verifica de una ojeada quién le llama o le escribe; a diferencia de lo que tiene por costumbre, en aquella ocasión coge el aparato y se levanta de la mesa.

—Joder, la reina de Saba —avisa.

La reunión se suspende temporalmente, mientras Vàzquez dialoga con la alcaldesa, o más bien mientras responde a sus preguntas e intenta tranquilizarla. Todos a su alrededor escuchan en silencio, tratando de deducir el contenido de la conversación; como si tratara de evitarlo, Vàzquez camina arriba y abajo por el despacho, desde la puerta hasta el ventanal y desde el ventanal hasta la puerta.

—Está como un flan —informa al colgar el teléfono, con cara de fastidio—. Mucho peor de como la dejamos.

—Lógico —entiende Blai—. En cuanto te quedas a solas, empiezas a darle al coco. ¿Qué te contaba?

—Tonterías. Pero parece que haya oído nuestra conversación en el coche. —Vàzquez vuelve a sentarse a la mesa—. Me ha preguntado si vamos a intervenir su teléfono. Tranquilo: le he dicho que no se preocupe. Que no se lo vamos a intervenir. Que de momento no nos hace falta... Y un cojón de mico. Nos vendría de maravilla.

—Ya te he dicho que te olvides —le recuerda Blai—. Ahora mismo un juez no nos deja hacerlo ni loco. A menos que sea ella la que lo acepte, claro.

—¿Que le pinchemos el teléfono? —replica Vàzquez—. Ni hablar. Pero si precisamente me ha llamado por eso: se-

113

guro que le aterra la posibilidad de que nos enteremos de sus tejemanejes. De eso sí que hay que olvidarse.

—Olvidado —resuelve Blai, que señala a su alrededor y recuerda—: Le estabas diciendo a esta gente que tenía que picar piedra.

—A la fuerza ahorcan —se lamenta Vàzquez. Siempre con los guantes puestos, saca el papel del sobre y lo muestra—. La piedra es esta, o las dos piedras: el sobre y el papel. González, quiero que los de la científica las estudien al milímetro: restos, huellas, ADN, todo. Aparte de los extorsionadores, las únicas personas que han tocado el sobre y el papel son la alcaldesa y su secretaria, así que esta tarde, Ricart, te plantas en el Ayuntamiento y les tomas las huellas y el ADN a la alcaldesa y su secretaria. Acompáñale tú, Cortabarría. Averigua dónde están las cámaras del Ayuntamiento; si no hay ninguna que controle el buzón de correos, hay que poner una allí, por si vuelven a dejar un mensaje. Y otra en casa de la alcaldesa, no vaya a ser que decidan mandar allí el mensaje. También hay que pedirle a la gente del Ayuntamiento todas las grabaciones que hicieron sus cámaras el viernes pasado, que fue el día en que la alcaldesa recibió el sobre. Si hace falta, pide todas las grabaciones de los alrededores del Ayuntamiento, las de ese mismo día, quiero decir, y que Ricart te ayude a revisarlas. A ver si veis algo raro. Y lo primero y más importante. —Vàzquez le alarga el mensaje del extorsionador a un policía corpulento y un poco desaliñado, que oculta su cara de niño tras unas gafas de pasta y una barba boscosa; es el único que ha escuchado a sus jefes de pie, apoyado en un archivador, y antes de coger el papel se calza también unos guantes—. Los extorsionadores quieren que la alcaldesa les pague en moneros. Ahí va el número de cuenta donde debería ingresar los trescientos mil euros. Anótalo, Torrent, y vete a Delitos Económicos y pídeles que averigüen cuanto antes a quién pertenece esa cuenta. Melchor, tú encárgate de redactar el escrito de denuncia. Lúcete, ¿eh? Que el juez se entere de que estás de vuelta. —Vàzquez le da un codazo a Melchor mientras guiña un ojo a la concurrencia—. Por si no lo sabéis, aquí el de la Terra Alta es medio literato, ¿verdad, Melchor?

—¿Qué más? —pregunta Blai, que no está para gracias.

—Por mi parte, nada más —contesta Vàzquez. Mientras se quita los guantes dice—: ¿Alguna pregunta?

—¿Esto tiene prioridad absoluta? —pregunta un tipo rubio, de ojos verdes y aspecto vigoréxico, que luce un labio leporino: es Cortabarría—. Quiero decir que estamos hasta el cuello de trabajo y...

—¿Me lo dices o me lo cuentas? —le ataja Vàzquez—. De prioridad absoluta, nada. Hacéis lo que os he dicho, y, cuando esté hecho, vemos si ha aparecido alguna pista o no. Si aparece, la seguimos; si no, esperamos a que los malos vuelvan a asomar la patita, a ver si entonces hay más suerte. Pero, mientras tanto, nosotros a nuestro rollo, que lo del secuestro de Santa Coloma está calentito, calentito. Esto no deja de ser una mariconada.

—No es ninguna mariconada, Vàzquez —le enmienda con sequedad Blai, y a continuación se dirige a los demás—: Estamos hablando de un chantaje a la alcaldesa de Barcelona, así que poca broma. No digo que dejéis todo lo que tengáis entre manos para dedicaros a esto. Pero prestadle la máxima atención, por favor. Es importante que lo resolvamos cuanto antes. —Blai hace una pausa. Parece irritado de verdad; añade—: No sé si me explico.

Todo el mundo asiente, incluido Vàzquez, que lo hace de mala gana, y Blai da por concluida la reunión («Mañana por la mañana quiero resultados», avisa). Mientras el grupo al completo sale de su despacho, Blai pide a Melchor que se quede, y él se sienta a la mesa de su despacho.

—Este Vàzquez es la hostia —bufa cuando se quedan a solas, reclinándose en su butaca y pasándose una mano por el cráneo rasurado—. ¿Comprendes ahora por qué te necesito aquí?

De pie frente a él, Melchor le dedica una mirada inexpresiva. El antiguo jefe de la Unidad de Investigación de la Terra Alta se incorpora un poco en su butaca y entreabre la boca, como dispuesto a iniciar una explicación; finalmente, sin embargo, renuncia a ella.

—Da igual, españolazo. —Hace el gesto de apartar una mosca con la mano—. Tú no pierdas de vista a Vàzquez y mantenme informado. Confío en ti.

Segunda parte

1

—Bueno —dice a la mañana siguiente el sargento Vàzquez, depositando sus dos móviles sobre su mesa de trabajo y clavando la mirada en González, un treintañero enjuto y con los brazos decorados de tatuajes—, ¿qué hemos averiguado sobre el asunto de la alcaldesa?

Son las diez y en el despacho del jefe de la Unidad Central de Secuestros y Extorsiones hay seis personas: además de González y del propio Vàzquez, están Torrent, Ricart, Roig y Cortabarría; también Melchor: el turno matinal al completo. La estancia es un cuadrilátero de paredes desnudas donde reina el orden maniático de una celda monástica —no hay un papel fuera de sitio, un bolígrafo sin su capucha, ni un lápiz sin afilar—, como si su inquilino fuera un asceta o un fanático consagrado a su dogma; esa es, de hecho, la reputación que aureola al sargento en Egara, donde por lo demás se conoce muy poco de su vida personal. De hecho, Melchor sólo sabe de él que tiene dos hijos adolescentes y que, después de la crisis que dos años y medio atrás deshizo la unidad, acabó con su resistencia psíquica y le mandó de vuelta a la Seu d'Urgell, se ha separado de su mujer y vive solo. Un sol radiante entra por el ventanal e inunda el despacho.

—Nosotros, nada —contesta González—. Los de la científica han estudiado el mensaje de los extorsionadores y sólo han encontrado las huellas de la alcaldesa.

—¿Y en el sobre? —pregunta el sargento.

—Allí había otras dos —apunta Ricart, señalando el informe que tiene ante él—. Pero son de su secretaria y de un conserje.

—Nada más —insiste González—. Ni huellas ni restos ni nada.

—Nosotros tampoco hemos tenido suerte —interviene Cortabarría, antes de que el sargento se lo pida—. No hay cámaras que controlen el buzón del Ayuntamiento, ni la casa de la alcaldesa, pero hemos pedido que las instalen. También pedí las grabaciones que hicieron las cámaras del Ayuntamiento y los alrededores durante las horas en que debieron de dejar el mensaje, y me las repartí con Ricart.

—Ahí no hay nada raro —informa el aludido.

Vàzquez aspira hondo y pronuncia el nombre de Torrent, quien deja de hurgarse con la punta de un índice en la barba mientras examina una libreta y alza la vista hacia el sargento.

—Los de Delitos Económicos sí han averiguado un par de cosas —anuncia.

—Menos mal —espira Vàzquez—. Algo que llevarnos a la boca.

Torrent asiente.

—El código alfanumérico de la cuenta donde los extorsionadores quieren que la alcaldesa ingrese la pasta está adscrito a una tarjeta SIM que lleva el número 696519382 y está hecha a nombre de un tal Farooq Hoque —asegura.

—Un paquistaní —infiere Vàzquez.

—Exacto —dice Torrent.

—¿Tienes su dirección? —pregunta Vàzquez.

Torrent da unas señas del barrio del Raval.

—También he averiguado el código IMEI del teléfono —añade—. Lo compraron en el MediaMarkt de Diagonal Mar.

—Estupendo —lo celebra Vàzquez—. ¿Algo más?

—No han podido identificar la IP del teléfono —se lamenta Torrent.

—¿Por qué? —pregunta Vàzquez.

—Porque esa gente la ha camuflado con una aplicación —responde Torrent—. Se llama Tor. Me explicaron cómo funciona. Es complicado, pero si quieres...

—No hace falta —le corta Vàzquez.

—Me han dicho que pueden intentar identificarla de nuevo —continúa Torrent—. Pero para eso los malos tienen que conectarse otra vez a la cuenta.

—O sea que, si la alcaldesa paga, podemos pillarlos.

—Si la alcaldesa paga y ellos cobran, podemos intentarlo —matiza Torrent—. No es seguro que los pillemos. Por lo visto los tipos son muy buenos. Nada de aficionados. Primera clase. Es lo que dicen los de Delitos Económicos.

Vàzquez se queda observando a Torrent con sus mandíbulas de bulldog latiéndole al unísono; es evidente, sin embargo, que ha dejado de ver a su subordinado. Hay un silencio. Uno de los dos móviles del sargento se pone a vibrar y él parece volver en sí.

—De acuerdo —dice, consultando fugazmente el móvil—. Empecemos por hacerle una visita a nuestro amigo paquistaní. Te ha tocado, Melchor. Vamos a tirar de ese hilo, a ver qué pasa. Los demás esperamos.

Melchor asiente y, con una palmada sobre la mesa, el sargento disuelve la reunión. Torrent arranca una hoja de su libreta y se la entrega a Melchor. Contiene el nombre del paquistaní, su número de teléfono y su dirección: Joaquín Costa 13, bajos; también, un número de IMEI: 36 866906 620391 3.

Mientras Melchor conduce hacia Barcelona, suena el teléfono: es Vivales.

—¿Todo controlado? —pregunta.

Melchor contesta que sí. Hablan de Cosette, que el día anterior ha empezado a asistir a un casal de verano.

—Esa niña no ha salido a su padre —comenta Vivales—. El primer día ya tiene amigas. Pero no te llamaba por eso. Al final Puig y Campà pueden venir a cenar esta noche. ¿Qué tal te va a ti?

—Perfecto.

—Entonces quedamos a las nueve en casa —decide Vivales—. ¿Me encargo yo de ir a buscar a Cosette esta tarde?

—Si puedes, te lo agradecería. Lo más seguro es que yo ande por Barcelona, pero...

—No se hable más. Bueno, tengo que colgar, estoy a punto de entrar en un juicio.

—¿No decías que te ibas a tomar unas vacaciones?

—El lunes empiezo. —Melchor oye que el abogado habla con otra persona: «Ya voy, ya voy»—. Lo dicho, a las nueve en casa.

Deja el coche en un aparcamiento subterráneo junto a la Biblioteca de Catalunya, camina por la calle Hospital y tuerce a la derecha hacia Joaquín Costa. El aire está impregnado de un intenso olor a especias y, a uno y otro lado de la calle, hierve una confusión variopinta de tiendas regentadas por hindúes, paquistaníes, árabes y subsaharianos. Hace siglos que Melchor no pisa el Raval, el antiguo barrio chino, en el corazón de Barcelona. En realidad, nunca lo ha frecuentado mucho, ni siquiera cuando, siendo casi un adolescente, distribuía droga para un cártel de colombianos y de vez en cuando se dejaba caer por allí para supervisar a los camellos que faenaban por la zona. Ahora le chocan la suciedad, el ruido y la saturación de turistas, y se pregunta si el barrio se ha degradado en los últimos tiempos o si todo aquello le sorprende porque, después de tantos años viviendo en la Terra Alta, definitivamente ha dejado de ser un urbanita; también se dice que, durante su airada juventud de delincuente, se habría echado a reír si alguien le hubiera dicho que algún día iba a regresar convertido en policía a aquel laberinto enrevesado de calles estrechas, vetustas y hediondas.

Los bajos del número 13 de Joaquín Costa los ocupa un colmado. Junto a la puerta, casi oculta tras la caja registradora, una anciana sonriente y de tez oscura viste un sari multicolor. La mujer le anima a pasar con una suerte de reverencia, pero Melchor se limita a sacar de un bolsillo una hoja de libreta y a leer en voz alta el nombre que Torrent ha anotado allí. La anciana se vuelve hacia el interior del colmado y, en voz todavía más alta, pronuncia un nombre vagamente parecido a ese. De un extremo abigarrado del local brota una cabeza redonda y afeitada, cuyo propietario cambia unas palabras incomprensibles con la mujer y, mientras Melchor recibe un wasap, que no lee, se llega hasta la entrada con gesto de extrañeza. Es un muchacho de piel tan oscura como la de la anciana, que viste camisa azul, pantalón granate y chanclas playeras. Melchor le pregunta si se llama Farooq Hoque; el muchacho dice que sí y a continuación Melchor le pregunta si su número de móvil es el 696519382. En el gesto del muchacho la extrañeza se troca en inquietud.

—¿Por qué quiere saber eso? —pregunta, en un castellano impecable—. ¿Quién es usted?

Melchor se identifica y mira a la anciana, que junta las palmas de las manos, hace una nueva reverencia y sonríe. El policía deduce que la anciana no ha entendido una palabra y, alargando la mano hacia el muchacho, le pide su teléfono móvil. El muchacho se lo entrega sin vacilar, como si el aparato le quemara.

—Ese número no es el mío —le advierte, sin embargo.

Melchor verifica el número de IMEI del teléfono: el muchacho no miente.

—Alguien está usando tu nombre —explica, devolviéndoselo—. ¿Has perdido alguna vez este teléfono?

Visiblemente aliviado, el muchacho dice que no. Melchor le pregunta entonces si frecuenta algún locutorio, y el muchacho dice que sí y le habla de un local situado hacia el final de calle. Melchor da las gracias al muchacho, cabecea en dirección a la anciana, que sigue sonriendo con expresión beatífica, y se marcha.

Al salir del colmado, Melchor comprueba que el wasap que acaba de recibir es de Rosa Adell. «Hola, me han dicho que estás en Barcelona», reza. «Mañana voy allí por trabajo. ¿Nos vemos para cenar?» Melchor ni siquiera se pregunta cómo se ha enterado Rosa de que está en Barcelona: sabe que en la Terra Alta las noticias vuelan. «Claro», contesta Melchor. «¿A qué hora y dónde?» La respuesta de Rosa le llega cuando ya ha localizado el locutorio. «A las 9.30 en La Dama», dice. «Diagonal, esquina con Enric Granados. ¿Ok?» Melchor contesta de inmediato: «Ok».

El locutorio se llama Internet Begum y está muy cerca de la Ronda de Sant Antoni. Es un local estrecho, alargado y sin ventanas, donde destacan varias cabinas telefónicas, cuatro ordenadores y una fotocopiadora; sólo dos de las cabinas están ocupadas en aquel momento; cuatro personas se sientan ante los ordenadores. Frente a la entrada hay un mostrador, detrás del cual teclea en su teléfono móvil un árabe con barba cerrada de muyahidín, que levanta la cabeza de su pantalla cuando Melchor se acerca.

—¿Hacéis tarjetas SIM? —pregunta Melchor.

—Claro —contesta el muyahidín.

—Me gustaría que me hicierais una a nombre de otra persona.

El muyahidín acaba de teclear, deja el teléfono en el mostrador y observa con interés al recién llegado.

—No me importa pagar —le advierte Melchor—. Tengo dinero.

—Te costará el triple de lo que cuesta una tarjeta normal.

—¿Sólo el triple? —Melchor cambia de tono—: A ver, barbitas, dime a quién le has hecho una tarjeta SIM a nombre de Farooq Hoque.

Saca de nuevo el papel que le entregó Torrent y se lo muestra al muyahidín. Este ni siquiera lo mira.

—¿Eres policía? —pregunta.

—¿A ti qué te parece?

El muyahidín vuelve a coger su teléfono móvil y finge concentrarse en él. En ese momento se acerca al mostrador una mujer con el pelo cubierto por un velo de color morado, que acaba de salir de un locutorio y lleva a un niño de la mano. Melchor le cede su lugar y, mientras ella paga, se da un paseo por el locutorio, al fondo del cual se abre un cubículo donde trabaja, inclinado sobre un ordenador y unos papeles, un hombrón viejo, albino y casi calvo, que ni siquiera repara en él. Cuando la mujer termina de pagar y se va, Melchor vuelve a la entrada.

—¿No te habías largado ya? —le espeta el muyahidín.

Melchor se recuesta en el mostrador.

—¿Puedo preguntarte una cosa?

El otro incrusta la vista en el móvil y no responde. Melchor pregunta con delicadeza:

—A ti no te han pegado nunca un par de hostias, ¿verdad?

Demudado, el barbudo levanta los ojos del teléfono. Ahora es Melchor quien se lo coge y lo aparta hasta un rincón del mostrador, no sin antes haberlo apagado.

—Mira —prosigue, en tono conciliador—, vamos a hacer un trato. Tú me dices a quién le hiciste esa tarjeta SIM y yo no te cierro el negocio ni te meto en el trullo. ¿Qué te parece?

El muyahidín no ha decidido aún su respuesta cuando Melchor oye a su espalda una voz con acento francés.

—¿Hay algún problema, Tammam?

Melchor se da la vuelta y de inmediato reconoce al hombrón albino y casi calvo de la oficina, y un segundo después, con un sobresalto de alegría, reconoce también, bajo sus facciones avejentadas, a Gilles, alias «el Guille», alias «el Francés», el empresario de éxito reconvertido en bibliotecario de la cárcel de Quatre Camins que, más de quince años atrás, cuando Melchor ingresó en aquel centro penitenciario donde el otro llevaba ya un tiempo cumpliendo condena por haber asesinado a martillazos a su mujer y al amante de su mujer, le había transformado sin quererlo en lector impenitente de novelas y le había cambiado para siempre la vida.

—¡Oh, la, la! —exclama el Francés—. No puedo creerlo: ¿a quién tenemos aquí?

—Cuidado, señor Feraud —le advierte el muyahidín—. Es un poli.

Los ojos sin cejas del Francés se estrechan hasta convertirse en dos ranuras.

—¿Un qué? —pregunta, incrédulo.

El muyahidín repite lo que acaba de decir y, sin apartar la vista de su antiguo compañero de encierro, el Francés prorrumpe en una carcajada estruendosa, que desnuda sus dientes de escualo.

—¿Te acuerdas de mí? —pregunta.

Melchor asiente, y los dos hombres se quedan todavía observándose un segundo ante el desconcierto del muyahidín. El Francés viste una camisola blanca y holgada, que disimula su barriga de buda, pero no sus brazos blandos, lechosos, descomunales; también lleva unos pantalones de chándal y unas sandalias de esparto, y, a juzgar por sus ojos enrojecidos, parece fatigado. Debe de tener setenta y tantos años: el paso del tiempo le ha apergaminado un poco la cara, pero no ha encogido su cuerpo.

—Anda, ven, flic —dice mientras toma del brazo a Melchor—. Te invito a un café.

Se dirigen al otro extremo del locutorio, y, nada más entrar en el cubículo, el Francés se afana en preparar dos cafés en una cafetera Nespresso, parloteando alegremente en su español castizo pero empedrado de erres guturales francesas. El cubículo es su oficina, un espacio abigarrado por donde el viejo expresidiario se mueve como un oso inteligente, sin tropezar con nada; está separado del resto del local por una cristalera brumosa, mal iluminado por un flexo y amueblado con una mesa abarrotada de papeles, un vetusto butacón de cuero resquebrajado, un par de sillas de madera y un ordenador portátil cuya pantalla muestra una página Excel. Sobre la mesa, junto al teclado del ordenador y a un par de libretas abiertas por hojas atestadas de números garabateados a mano, hay unas gafas de leer y un trozo de papel de aluminio sembrado de migas.

—Estaba haciendo unas cuentas —dice el Francés, quizá disculpándose por el desorden—. He despedido al contable, era un inútil. Estoy buscando otro, así que trabajo más horas que un reloj. Créeme, chaval: un negocio que no da para levantarse a las once de la mañana no es un negocio.

Le indica una silla a Melchor, le alcanza un café en un vaso de plástico, se prepara otro y, ya con él en la mano, se deja caer en el butacón, que gime bajo sus muchas decenas de kilos como si fuera a desencuadernarse. Durante unos minutos, los dos antiguos presidiarios se ponen al corriente de sus vidas. Melchor es sintético y sólo en parte veraz: cuenta que lleva años viviendo en la Terra Alta y que sólo se halla de paso por Barcelona; pero, cuando el Francés le pregunta cómo y por qué se hizo policía, se encoge de hombros y no cuenta la verdad: que decidió hacerse policía para encontrar a los asesinos de su madre, y que lo decidió porque leyó *Los miserables* mientras ambos cumplían condena en Quatre Camins; tampoco le cuenta al antiguo bibliotecario que esa novela se convirtió en su vademécum vital y le transformó en otra persona, y que él fue el responsable de que la leyese. Bruscamente curioso, el Francés pregunta:

—¿No estarás casado?

Melchor niega con la cabeza.

—Bien hecho —lo felicita el otro, cuya fatiga parece haberse disuelto en la alegría del reencuentro—. Y si cometes la equivocación de casarte, por lo menos no cometas la de divorciarte.

—Estuve casado, pero mi mujer murió —se siente obligado a revelar Melchor.

—Ah, lo siento.

—Tengo una hija: se llama Cosette.

—¿Como la hija de Jean Valjean?

—Exacto.

—¿Y eso?

Melchor vuelve a encogerse de hombros.

—A mi mujer le gustaba *Los miserables* —se limita a decir.

Repantingado en aquel butacón desbordado por su inmensa humanidad, el Francés cabecea con una mezcla de extrañeza y complacencia, y Melchor siente que por momentos no es fácil identificar a aquel setentón cordial con el presidiario huraño, lacónico e intimidante al que conoció en Quatre

Camins, aunque ambos compartan el mismo aire destartalado de cachalote. Por su parte, el Francés refiere que salió en libertad siete años atrás y que, después de pasar una larga temporada en Toulon, su ciudad natal, tratando de buscarse la vida y de reconciliarse con su país (ambas cosas sin demasiado éxito), volvió a Barcelona. Allí trabajó en diversos lugares, incluido aquel locutorio, hasta que consiguió comprárselo a su dueño; ahora tiene tres, el segundo también en el Raval y el tercero en el Poble Sec, además de una tienda de regalos para turistas y chucherías infantiles.

—Estoy volviendo a levantar mi imperio —concluye con un orgullo sin ironía—. El problema es que me divorcié hace casi un año y mi mujer me saca la sangre. Hazme caso, Melchor: no vuelvas a casarte.

El Francés habla a continuación sobre su vida sentimental, al parecer intensa y variada —no fue su mujer quien se divorció de él, sino él quien se divorció de su mujer, para irse a vivir con otra a la que llevaba treinta años y de la que se separó enseguida—, y luego regresa a sus negocios. Aún no ha agotado el tema cuando se levanta para preparar más café. Melchor declina el que le ofrece a él, pero aprovecha la pausa para preguntarle, con la máxima naturalidad, si en su locutorio se falsifican tarjetas SIM.

—Claro —contesta el expresidiario, con la misma naturalidad. Sin verter una sola gota de café, vuelve a desparramarse en el butacón, que casi se eclipsa tras su masa corporal—. Las hago yo, para estas cosas no confío en nadie. Por cada tarjeta falsa cobro el triple que por una normal.

—Me lo ha dicho el tipo de la entrada.

—Es un buen negocio, ¿sabes? —De golpe, el Francés se queda con la palabra en la boca. Luego sonríe, vagamente—. Ah, es verdad, que eres poli.

Sin dejar de sonreír, se toma de un sorbo el café y deja el

vaso en la mesa, sobre el papel de aluminio arrugado y sucio. Cuando vuelve a hablar, ha cambiado la sonrisa por una mueca socarrona.

—Oye, Melchor —dice, mostrándole las palmas de las manos—. No vas a joderme con este asunto, ¿verdad? ¿No irás a hacerle eso a un amigo?

Por toda respuesta, Melchor saca otra vez el papel de Torrent y se lo entrega.

—Claro que no —intenta tranquilizarle—. Sólo quiero que me cuentes a quién le hicisteis una tarjeta SIM con ese nombre.

El Francés coge las gafas de leer, se las calza, lee el papel. Hecho esto, deja otra vez las gafas sobre la mesa, le devuelve el papel a Melchor y se repantinga en su butacón mientras suspira. Luego echa un vistazo fugaz al locutorio a través de la cristalera sucia o empañada, y al final le pregunta a Melchor, con genuina curiosidad:

—¿De verdad me estás pidiendo que me convierta en un chivato?

—Sólo te estoy pidiendo que me des un nombre.

—No me toques los cojones, chaval —suelta el Francés, y Melchor reconoce el tono exacto de las primeras palabras que le oyó pronunciar al viejo en Quatre Camins, la noche en que, recién ingresado él en la cárcel, atajó en seco a dos reclusos que intentaban avasallarlo: «Julián, Manolito, si no os calláis de una vez, os corto los huevos»—. Me estás pidiendo que me convierta en un chivato —insiste el Francés—. Después de haberme pasado doce años en la cárcel... ¿Cuántos años pasaste tú? ¿Dos? ¿Dos y medio?

—Algo más de uno y medio.

—Algo más de uno y medio —refunfuña el Francés y, menos irritado que perplejo, añade como si hablara consigo mismo o con alguien que no está allí—: Doce años aguan-

130

tando el tipo en aquel agujero asqueroso para que ahora venga este pipiolo a pedirme que me baje los pantalones... *Merde, alors!*

Melchor admite para sus adentros que lleva razón el Francés, que ha violado una regla tácita de solidaridad entre reclusos, que ha faltado sin querer a su anfitrión. Pero no le pide disculpas, y ambos hombres permanecen unos segundos en silencio, como dos viejos amigos que no necesitan hablar para estar a gusto juntos. Al cabo de ese lapso de tiempo, Melchor se pone en pie.

—Bueno, tengo que irme —anuncia—. Gracias por el café.

Antes de abrir la puerta de la oficina oye a su espalda:

—¿Sabes por qué no te voy a decir a nombre de quién hice esa tarjeta?

Melchor se da la vuelta.

—Ya me lo has dicho —responde—. Porque tú no eres un chivato.

El Francés le mira como si Melchor hubiera intentado disculparse.

—Aparte —dice.

Melchor no sabe qué contestar.

—Porque si te doy ese nombre correrá la voz —contesta el Francés—. Y, si corre la voz, adiós negocio.

Melchor asiente, aunque está seguro de que su amigo no ha terminado.

—Además —añade en efecto el Francés—, esa persona no ha hecho nada malo.

—¿Estás seguro?

—Completamente. La conozco del barrio.

—¿La gente de este barrio no hace cosas malas?

—Ella no. Ya te digo que la conozco. Créeme. Tú lo sabes igual que yo: lo único bueno que tiene la cárcel es que te enseña a distinguir a los hijos de puta de verdad de los que sólo parecen hijos de puta. Y, aunque hay muchos más hijos de puta fuera de la cárcel que dentro, esa persona no es un hijo de puta.

El argumento, suponiendo que sea un argumento, no convence a Melchor, que sin embargo vuelve a asentir. «Es una mujer», piensa. Aparentemente satisfecho, el Francés se levanta de su butacón con un crujido combinado de articulaciones, de cuero y de madera.

—Vamos —dice—. Te acompaño a la puerta.

Al cruzar frente al mostrador, el muyahidín, que está atendiendo a un poliomielítico sostenido por dos muletas, les lanza una mirada de reojo. Melchor emerge al sol candente de las dos de la tarde mientras el Francés permanece en el umbral del locutorio, con la puerta entreabierta.

—Vuelve cuando quieras —le dice el expresidiario—. Ahora ya sabes dónde encontrarme. —De repente parece vacilar, termina de salir a la calle, cierra la puerta tras él y, en tono confidencial, admite—: Tengo una curiosidad, no me contestes si no quieres. —Melchor le anima a continuar—. ¿Encontraron a los hijos de puta que mataron a tu madre?

La pregunta le pilla por sorpresa y, mientras se sobrepone, el policía recuerda que la única vez que el viejo le visitó en su celda de Quatre Camins fue a raíz del asesinato de su madre; también recuerda las dos únicas frases que le dijo: «Ahora ya eres un hombre, muchacho. Bienvenido al club».

—¿Por qué lo preguntas? —inquiere Melchor.

—¿Los encontraron o no los encontraron?

—No los encontraron.

—¿Y los buscaste?

Melchor tarda un par de segundos en contestar.

—No —miente.

Pero comprende que el Francés no le cree.

Mientras come a solas en un restaurante barato de la calle Pintor Fortuny, frente a un televisor encendido, Melchor piensa que lleva dos días en Barcelona y que es la segunda vez que alguien o algo le recuerda el asesinato de su madre. También piensa en Javert, el policía inflexible que inflexiblemente persigue a Jean Valjean a lo largo de *Los miserables,* y en el Javert que nació en su interior cuando por culpa de el Francés leyó *Los miserables.* Piensa que en algún momento dio por amortizado a ese íntimo Javert, pero lo cierto es que este regresa una y otra vez, furioso, indefectible y obsesivo, tan justiciero como el día en que lo engendró, igual que un alcohólico que recae en su dolencia. Y piensa que, aunque el asesinato de su madre sea un caso cerrado para todo el mundo (incluido él mismo, que hace años renunció a cerrarlo), para el Javert que lleva dentro no lo es, y por eso el azar o la necesidad lo reabren cada vez que regresa a Barcelona, con toda su carga tóxica de culpa y pus y angustia y fetidez.

De este pensamiento ominoso le distrae la comparecencia de la alcaldesa en la televisión. La pantalla la muestra en un aparcamiento, al aire libre, asediada por un bosque impaciente de micrófonos. Habla, pero, en medio del guirigay que reina en el restaurante, su voz resulta inaudible. Sonríe, pero aquella sonrisa se parece muy poco a las que les brindó ayer a Blai, a Vàzquez y a él en el Ayuntamiento: es una sonrisa sin sombra, aplomada y radiante, la sonrisa de una seductora profesional, de la que apenas tuvieron un vislumbre la víspera, cuando aquella mujer era más bien un manojo de nervios. Entonces, como iluminado por un chispazo de lucidez, Melchor se dice que la alcaldesa no es una política: es una actriz. Pero una actriz especial. Aún no ha conseguido definir qué tipo de actriz es cuando su imagen desaparece de la pantalla, sustituida por la de una locutora de noticiario.

Melchor se toma un par de cafés, salda la cuenta y se dirige al MediaMarkt de Diagonal Mar. Allí, en la sección de telefonía móvil, ubicada en el primer piso, consigue averiguar el nombre y la dirección de la persona que compró el teléfono asociado al código IMEI que le ha dado Torrent.

—Lo compraron hace tres semanas —le dice el jefe de sección, entregándole el comprobante de la venta—. El teléfono era de su empresa. Y la dirección también.

El hombre le ofrece a Melchor la posibilidad de revisar la grabación que las cámaras de seguridad hicieron del día en que se compró el móvil, para que trate de identificar al comprador. Pero, después de sopesar el ofrecimiento, el policía decide que puede llevar horas revisar la grabación completa y que mientras tanto puede encontrar en su puesto de trabajo al propietario del teléfono.

—¿Podrían hacerlo ustedes? —le pregunta al encargado.

—Si no queda más remedio... —se resigna el hombre.

Melchor escribe en el comprobante su número de teléfono.

—Háganlo, por favor. —Arranca el trozo de papel donde ha escrito su teléfono y se lo entrega al jefe de sección—. Y, cuando lo encuentren, pónganme un wasap o llámenme a ese número.

En el número 6 de la calle Casp, sede de Radio Barcelona, Melchor pregunta al vigilante de la entrada por Guillem Jarque. El vigilante le pide una identificación, le pregunta si tiene una cita con aquella persona; Melchor contesta que no y muestra su acreditación. El portero echa un vistazo al documento y otro a Melchor. Luego habla por un teléfono fijo.

—Espere ahí un momento, por favor —dice mientras cuelga y le señala el vestíbulo—. Ahora sube.

Diez minutos después, cuando ya se ha cansado de esperar, Melchor le pregunta al vigilante si hay algún problema, y el vigilante le contesta que entre sin más en los estudios y pregunte por Jarque. Siguiendo ese consejo, Melchor cruza un torniquete metálico, baja unas escaleras, abre una puerta y casi se da de manos a bruces con un veinteañero moreno, escuálido, con gafas de pasta y barba de dos días; lleva una camiseta de ZZ Top y se dispone a salir.

—Perdona —se disculpa el tipo: jadea como si viniera corriendo—. ¿Eres tú el poli que me buscaba?

Melchor dice que sí.

—Pasa, pasa —le anima el tipo—. Disculpa que te haya hecho esperar. Es que me he quedado solo y no podía salir. ¿Quieres tomar algo? No tenemos más que agua, pero...

Melchor rechaza el ofrecimiento.

—Sólo quiero hacerle un par de preguntas —añade sin apearle el tratamiento, aunque su interlocutor es más joven que él.

—Claro, claro —asiente el tipo, dominando poco a poco el resuello. Habla muy deprisa, gesticula, pestañea, su cabeza y sus facciones parecen vivir en perpetua agitación—. Adelante, pregunta lo que quieras. No te cortes. ¿Estás trabajando en un caso? ¿Podría preguntarte de qué se trata? No, claro que no. Disculpa. Es que soy periodista, mi trabajo consiste en preguntar.

—El mío también —dice Melchor.

El tipo se ríe de oficio.

—Sí, sí, claro, qué tontería. Discúlpame otra vez. Es que...

Bueno. Empecé a trabajar aquí hace tres semanas, estoy en prácticas, ya sabes cómo son estas cosas Y ahora vienes tú, un poli y... En fin, lo dicho: pregunta lo que quieras.

Melchor le pregunta si hace tres semanas compró un teléfono móvil en el MediaMarkt de Diagonal Mar. El periodista le mira como si acabara de acertar un número de la Bonoloto.

—Joder, tío, ¿cómo lo sabes? Era un móvil estupendo, me lo compré porque el que tenía era una mierda y pensé que, ya que iba a trabajar en una buena radio, tenía que comprarme un buen móvil. Así que...

—¿Dónde lo tiene?

—¿Qué?

—Que dónde tiene el móvil.

—Lo perdí. O me lo robaron.

—¿Lo perdió o se lo robaron?

—Lo perdí.

—¿Denunció la pérdida?

—Claro. Y di de baja el teléfono.

—¿Dónde denunció la pérdida?

—En la comisaría de Sarrià-Sant Gervasi, la que está en Iradier. Perdí el teléfono en la parada de metro del Putxet. ¿Quieres que te cuente cómo lo perdí? —Melchor asiente—. Pues verás. Fue un par de días después de empezar a trabajar aquí. Yo estaba encantado con mi nuevo móvil, la verdad, y, mientras esperaba el metro, me senté en un banco y me puse a mandar mensajes y a leer los periódicos. Hasta que de repente, no sé por qué, dejé el móvil a mi lado, en el banco, debí de acordarme de alguna cosa o algo así. No lo sé. El caso es que llegó el metro y allí se quedó el teléfono, en cuanto arrancó el vagón me di cuenta de lo que había hecho y me cagué en mi puta madre y en toda mi parentela. Así que me bajé en la siguiente estación y volví corriendo; pero, claro: cuando llegué, el móvil ya no estaba. Alguien debió de llevárselo, ya te digo que era nuevo, una virguería de última generación, es normal que se lo quedara el primero que lo encontró, no iban a devolverlo en la comisaría más próxima, en este país somos así... Qué desastre, ¿verdad? Es que pierdo muchas cosas, si hubiera unas Olimpiadas de Perdedores, yo sería candidato seguro a medalla.

—Gracias.

—¿Eso es todo?

Melchor dice que sí y le alarga la mano.

—Vaya, creí que me ibas a preguntar más cosas —reconoce el tipo, estrechándosela—. Puedes preguntarme todo lo que quieras, ¿eh? Ahora tengo un rato libre, y a mí siempre me ha encantado ayudar a la gente. Espero que lo que te he contado te haya sido útil, aunque no sé, yo soy bastante bueno haciendo preguntas, pero muy malo dando respuestas, a los periodistas nos pasa a menudo, supongo que por eso somos periodistas, ¿no? ¿Seguro que no puedes contarme lo que estás investigando?

En cuanto emerge a la calle Casp, Melchor llama a Blai, que no le contesta; después llama a Vàzquez, que está comunicando. Aún no ha llegado a su coche cuando el sargento le devuelve la llamada.

—¿Todo bien? —pregunta Melchor.

—Todo de puta pena —contesta Vàzquez—. El secuestro de la mujer del chorizo de Santa Coloma se complica. Los rumanos se están poniendo nerviosos.

—¿Quieres que os eche una mano?

—No. Tú concéntrate en lo de la alcaldesa, que no para de llamarme. ¡Qué mujer tan plasta, Dios santo! ¿Alguna novedad por ahí?

Melchor le cuenta lo que acaba de contarle Guillem Jarque y le pregunta cuál es la forma más rápida y sencilla de visionar las imágenes de las cámaras que vigilan la estación de metro del Putxet, para tratar de identificar a la persona que se llevó el móvil del periodista.

—¿Sabemos el día y la hora en que el tipo perdió el teléfono? —pregunta Vàzquez.

—Estarán en la denuncia que presentó en la comisaría de Sarrià-Sant Gervasi —conjetura Melchor.

—Entonces lo mejor es que vayas tú mismo allí y revises las imágenes —propone Vàzquez—. Ponme un wasap con el nombre del tipo y ahora mismo llamo para que te las tengan listas. Si no te digo nada es que no hay ningún problema.

—Estupendo —dice Melchor.

—¿Averiguaste algo de la tarjeta SIM?

—El paquistaní del Raval no tenía nada que ver con el asunto —contesta Melchor—. Hicieron la tarjeta a su nombre en un locutorio del barrio.

—¿Y fuiste al locutorio?

—Claro. Intenté sonsacar al encargado metiéndole miedo, pero no hubo nada que hacer.

—No me extraña —se lamenta Vàzquez—. Por la cuenta que les trae, los cabrones de los propietarios eligen de encargados a tipos cada vez más duros.

—Eso me pareció —vuelve a mentir Melchor, recordando al muyahidín—. Un tipo duro.

Aparca en uno de los espacios reservados a los coches patrulla, a la puerta de la comisaría y, después de identificarse en la entrada, le pregunta al agente de guardia si ya han preparado para él unas imágenes que ha solicitado el sargento Vàzquez, de Egara. El agente le mira sin entender, le asegura que no sabe nada y le pide un momento. El momento se prolonga varios minutos, al cabo de los cuales —y de varias llamadas por teléfonos internos—, el agente le comunica a Melchor que las imágenes estarán listas en unos minutos, y le invita a esperar dentro. Melchor contesta que prefiere quedarse en el vestíbulo.

Se sienta en una silla y, de nuevo, espera. Mientras subía desde la calle Casp hasta allí —la comisaría de Iradier está muy cerca ya de la Ronda de Dalt, entre la plaza de Sarrià y la de la Bonanova—, Blai le ha devuelto la llamada y él le ha informado del desarrollo de la investigación. También ha tenido tiempo de hablar con Cosette, que le ha contado con detalle su segundo día de casal; por su parte, él le ha explicado a su hija que aquella noche cenan con Puig y Campà, los amigos de Vivales, y que llegará a casa sobre las nueve. Ahora, mientras aguarda, el policía despacha dos wasaps. Uno dirigido a Vivales, a quien ha olvidado preguntar por teléfono si necesita que compre víveres para la cena. «No hace falta nada», le contesta de inmediato Vivales. «Todo controlado.» El segundo wasap es la respuesta a otro en el que el encargado de la sección de telefonía del MediaMarkt le comunica que ya tiene localizado, en las grabaciones de sus cámaras de seguridad, al comprador del móvil que le interesa. «Muchas gracias por la información», es su respuesta. «Ya no hace falta.»

Son más de las siete cuando un agente de uniforme le anuncia que las imágenes están listas. Melchor le sigue por un pasillo, suben por un ascensor hasta el segundo piso, vuelven a caminar por otro pasillo y entran en un despacho donde aguarda un caporal también uniformado, que saluda a Melchor y le invita a sentarse ante un ordenador cuya pantalla ofrece la imagen congelada de una estación de metro, en una esquina de la cual destaca un reloj digital que señala una

139

hora: las 7.40. Melchor explica al caporal lo que anda buscando y el caporal le muestra cómo acelerar, ralentizar, hacer retroceder y paralizar las imágenes.

—En la denuncia figura que perdieron el teléfono sobre las ocho —comenta el caporal, con el ratón del ordenador en la mano—. Ahí tienes las imágenes desde las siete y cuarenta hasta las ocho y cuarenta. Una hora completa de grabación. Si me necesitas, llámame: estoy en el despacho de al lado.

Melchor da las gracias y, apenas le dejan a solas, pone manos a la obra. La calidad de las imágenes es defectuosa pero suficiente: al menos basta para reconocer a la gente que pulula en ellas. Las examina con atención y, aunque en un par de ocasiones cree reconocer al periodista entre la multitud que baja y sube a los vagones, no lo identifica con certeza hasta las 8.12. A esa hora, justo cuando el metro acaba de absorber a todos los pasajeros que aguardan en el andén y está a punto de partir de nuevo, un hombre con un bolso en bandolera irrumpe a toda prisa en el plano y alcanza a dar una palmada de rabia a la puerta del vagón que se cierra ante él, pero Melchor sólo comprende que es el periodista cuando, tras recuperar el aliento con las manos apoyadas en las rodillas, se sienta en un banco de piedra que sobresale de la pared del andén recién vaciado, saca un teléfono móvil y se pone a leer en él. No se encuentra muy lejos de la cámara, así que se le ve bastante bien. Poco a poco empiezan a afluir pasajeros a la estación, hombres y mujeres solos, parejas o grupos que, al principio, se sitúan lejos del periodista, de pie o sentados. En algún momento, el periodista deja el móvil en el banco, saca de su bolso una agenda, o algo que a Melchor le parece una agenda, y se pone a revisarla. Una anciana se sienta poco después junto a él, al otro lado del lugar en el que descansa el móvil; luego, un par de niños acompañados por su padre se sientan junto a la anciana, y a continuación aparecen varios adolescentes con uniforme y corbata, que permanecen de pie junto al periodista y tapan la visión de su móvil. Melchor intenta verles la cara, pero todos están de espaldas a la cámara y no puede. Más personas arriban a la estación, hasta que, cuando esta hormiguea de gente, por un extremo del plano aparece la máquina del metro seguida por el resto del convoy. En ese instante, el periodista se levanta y, rodeado por los demás pasajeros, sube al metro. Melchor se fija en el banco de piedra: el móvil ha desaparecido. Comprende entonces que el periodista está equivocado y que el móvil no se quedó en el banco, listo para que alguien se lo llevara. El periodista no perdió el móvil: alguien se lo robó.

La pregunta es quién.

Rebobinando, Melchor congela el momento en que el periodista deja el móvil a su lado. Vuelve a ver a la anciana y a la pareja de niños con su padre; ellos no pueden haber sido: no están sentados junto al móvil, sino junto al periodista. Vuelve a ver al grupo de estudiantes. De inmediato le llaman la atención dos detalles en los que no reparó al principio: el primero es que no llegan de la calle, sino del otro extremo del andén; el segundo es que rodean al periodista por el flanco en que el periodista ha dejado el móvil, y que lo hacen sin que el periodista lo advierta, ni él ni nadie a su alrededor, mediante un movimiento envolvente que, por un segundo, a Melchor le parece ensayado. Sigue sin poder verles las caras, o sólo alcanza a vérselas de manera tan borrosa y parcial que le resulta imposible identificarlas, pero está seguro de que han sido ellos. Vuelve a rebobinar, vuelve a ver, inmovilizando la imagen una y otra vez, los pocos minutos que le interesan. Todo en vano.

Se dirige al despacho de al lado, llama a la puerta entreabierta y el caporal, que está tecleando en su ordenador, le indica con un gesto que pase.

—¿Puedo pedirte un último favor? —El caporal asiente—. Quiero que veas una cosa.

Regresan al despacho y Melchor le explica lo que busca y le muestra las imágenes pertinentes. El caporal, un hombre de unos cincuenta años, alto, fornido y de pelo blanquísimo, las examina un par de veces.

—Típico —concluye cuando se da por vencido, incapaz él también de identificar a los estudiantes—. El grupo de niñatos se ha llevado el móvil. Luego se lo rifan o lo venden y se reparten el dinero. Lo hacen de maravilla, parece una coreografía, se ha puesto de moda. Lo único raro es que haya llegado a estos barrios, hasta ahora sólo era cosa de Hospitalet, Santa Coloma y sitios así... En fin, compañero, olvídate del asunto: has pinchado en hueso.

Cuando llega a casa de Vivales son más de las diez. El picapleitos y su amigo del alma Chicho Campà le esperan sentados en la terraza, con la mesa puesta; ambos lucen un mandil blanco en la cintura y llevan una copa de vino en la mano. Melchor se disculpa por el retraso.

—No te preocupes, chaval —lo tranquiliza Campà, dándole un apretón de manos y una palmada efusiva en un hombro—. No hay ninguna prisa.

Melchor pregunta por Cosette y Vivales contesta que ha cenado a las nueve y que, como se caía de sueño, se ha ido a la cama a esperarle.

—Pero a lo mejor todavía la pillas despierta —añade—. Manel le estaba leyendo.

Melchor entra en el dormitorio que comparte con Cosette y ve a su hija en la cama, dormida y tenuemente iluminada por la lámpara de la mesilla de noche. Junto a ella, sentado en un sillón de mimbre, con el traje arrugado y el nudo de la corbata flojo, está Puig, también dormido y con un ejemplar de *Miguel Strogoff* abierto sobre el regazo. Melchor dobla el embozo de las sábanas bajo la barbilla de Cosette, las remete bajo sus pies y luego mece con suavidad a Puig.

—¡Qué! ¡Qué pasa! ¡Qué pasa! —El otro amigo de Vivales pega un respingo y abre los ojos de par en par—. ¿Dónde está la niña?

—Tranquilo. —Melchor le agarra de un brazo—. Soy yo. Cosette está dormida.

Todavía jadeante, Puig parece calmarse, Melchor apaga la lámpara de la mesilla de noche y los dos hombres salen del dormitorio.

—Joder, qué susto me has pegado —dice Puig.

—¿Se ha dormido enseguida?

—¿La niña? —Ahora caminan por un largo pasillo hacia el otro extremo de la casa—. Enseguida y como un angelito. Me ha pedido que le lea un rato, pero en realidad lo que quería era hablar de ti. ¿Sabes lo que me ha dicho?

—¿Qué?

—Que eres como Miguel Strogoff, porque a los dos os persiguen los malos. ¿Qué te parece? —Melchor no dice nada—. También me ha preguntado si creía que los malos te iban a coger.

—¿Eso te ha dicho?

—Palabra por palabra.

—¿Y qué le has contestado?

—¿Qué le voy a contestar?

—No empieces a calentarle la cabeza a Melchor con tus rollos, Manel —le exige Vivales cuando entran en la cocina, donde él y Campà terminan de preparar la cena—. Que aquí se ha venido a comer y a beber, no a tocar los cojones al personal.

—Sólo le estaba hablando de Cosette —se disculpa Puig—. Joder, menudas preguntitas que hace la niña.

—Las preguntas de los niños son las únicas que tienen interés —opina Campà, mientras remueve una salsa de castañas en una sartén—. Todo lo demás es verborrea. ¿Por qué las manzanas se caen de los árboles para abajo y no para arriba? Es la pregunta de un niño, ¿no? Pues ya ves tú el partido que le sacó Newton. Bueno, esto ya está listo.

—¡Todo el mundo a la mesa! —celebra Vivales—. Que hoy Chicho se ha salido. Os lo digo yo, que como pinche no tengo rival.

Campà se ha pasado en efecto la tarde en la cocina de Vivales, preparando la cena, parte de la cual los espera ahora en la mesa de la terraza: tres clases de ensaladas —una de frutos secos y queso, otra de tomates de La Pera, anchoas de L'Escala y aguacates, y otra de endivias al roquefort—, crema de calabaza, dátiles con beicon, caracoles a la llauna y canelones de trufa. No es la primera vez que organizan un banquete como aquel desde que Melchor conoció a Puig y a Campà, un amanecer remoto en que, tras pasarse la noche hablando en una suite del hotel Arts con el magnate mexicano que había encargado el asesinato de los Adell (y de atar así los últimos o penúltimos cabos del caso), fue a recoger a Cosette a aquel mismo piso para llevársela de vuelta a casa y se encontró a los dos viejos camaradas de Vivales montando guardia para proteger a su hija, a quien, tras el asesinato de Olga, Melchor había querido mantener alejada de los peligros de la Terra Alta (o de su propia paranoia). Puig está divorciado, tiene dos hijos ya mayores y es uno de los tres socios de un reputado despacho de arquitectura, Pere Chimal Arquitectos; además, imparte clases como profesor asociado en la Universidad de Lérida y en la Politécnica, lo que le obliga a un frenesí de desplazamientos y le atrae los sarcasmos periódicos

144

de Vivales, que sabe que la universidad apenas le paga y no entiende o dice no entender que trabaje gratis. En cuanto a Campà, es catedrático de Ciencias Políticas en la Universidad Autónoma de Barcelona, solterón impenitente y homosexual secreto: ni él les ha confesado nunca sus inclinaciones eróticas a sus amigos, ni sus amigos se han dado nunca por enterados de ellas. Por lo demás, Puig y Campà son, física y metafísicamente, tan opuestos como el día y la noche, o al menos lo parecen: Campà lleva gafas de miope, es alto, desaliñado y casi igual de corpulento que Vivales —lo que a ambos les valió en la mili el modesto privilegio de ser asignados a la escuadra de gastadores—, y ejerce un escepticismo militante y socarrón, mientras que Puig es bajito, inquieto, escuálido, más bien atildado y fácilmente inflamable. Vivales sostiene que en esas diferencias aparatosas radica el secreto de la amistad de hierro que los une.

Cuando acaban con el primer plato, Campà vuelve a ponerse el mandil y, mientras los demás preparan la mesa para el segundo, termina de cocinar su plato estrella: el solomillo a la salsa de castañas. Los tres han conseguido acostumbrarse a que Melchor coma con Coca-Cola (las primeras veces que le vieron hacerlo, los amigos de Vivales le dieron el pésame), pero ellos riegan la carne con dos botellas de Torres Gran Coronas Reserva. Después preparan café y sacan a la terraza una cafetera llena y un juego de tazas; Vivales deposita también sobre la mesa una caja de Montecristo n.º 4, una botella de Jameson Black Barrel, tres gruesos vasos de whisky y una cubitera repleta de hielo. Mientras sirve el licor, el abogado revela a sus dos compinches la verdadera finalidad de aquel banquete: Melchor está interesado en hablar de la alcaldesa.

—¿De la nuestra? —Buscando la mirada del joven policía entre dos densas bocanadas de humo, Campà se ha quitado de los labios la pipa recién encendida—. ¿De la alcaldesa de Barcelona?

—¿De cuál, si no? —pregunta Vivales, después de paladear el primer trago de whisky y hacer restallar su lengua satisfecha contra el paladar; dirigiéndose a Melchor, añade—: Los dos saben mucho de ella, sobre todo Manel: en su despacho trabajan a menudo con el Ayuntamiento.

—Nosotros sabemos mucho de todo —se ríe Puig, terminando de tomarse su café—. Sobre todo, a partir de la cuarta copa.

Melchor no le ha contado al picapleitos en qué consiste el caso que le ha traído a Barcelona, pero sí ha mencionado que guarda relación con el Ayuntamiento en general y con la alcaldesa en particular, y, aunque esperaba que en algún momento sacase a colación el asunto, también esperaba que lo hiciese de forma más sinuosa o menos directa. Ha cenado en exceso y se siente pesado, físicamente un poco incómodo, pero la noche es fresca y en la terraza de Vivales, acompañado por sus amigos y rodeado de altos edificios y terrazas pobladas por rumores de risas, de música y de conversaciones, todo resulta agradable; de hecho, es como si no estuvieran en el centro de una gran ciudad, sino en la plaza de un pueblo de veraneo. Campà le pregunta a Melchor qué le interesa saber sobre la alcaldesa.

—Me interesa saber qué clase de persona es —contesta Melchor.

—Yo no sé qué clase de persona es —se apresura a explicar Puig—. Pero sí qué clase de político.

—¿Hay diferencia entre las dos cosas? —pregunta Vivales.

—Tienes razón —contesta Puig—. Yo sólo he estado una vez con ella, y ¿sabes lo primero que hizo al saludarme?

—¿Qué? —pregunta Campà, cuya pipa ya funciona a pleno rendimiento, lo que hace que a partir de entonces casi sólo se la quite de la boca para hablar.

—Mirarme el paquete —contesta Puig.

—Menuda decepción debió de llevarse —opina Vivales.

—¿Estás seguro de que no llevabas la bragueta abierta? —vuelve a preguntar Campà.

—Esta tarde, mientras comía, la he visto por televisión —tercia Melchor.

—Apuesto a que era la suya —asevera Puig—. La televisión municipal, quiero decir. Se pasa el día moviendo el culo en ella. Antes, en Barcelona, teníamos una televisión pública manipulada. Ahora tenemos una televisión pública convertida en instrumento de propaganda de la alcaldesa y su camarilla. Aunque quizá no la has visto en la municipal sino en 12TV. Es la televisión de su exmarido: otro órgano de propaganda a su servicio.

—No sé en qué televisión era —reconoce Melchor—. Pero me ha parecido una actriz.

—La clavaste a la primera —le felicita Campà.

—A mí todos los políticos me parecen actores —afirma Vivales.

—Y lo son —dice Campà, dejando su vaso de whisky mediado en la mesa—. Pero no todos son tan buenos como ella. Esa mujer es un camaleón. Si habla en una radio de derechas, parece de derechas; si habla en una radio de izquierdas, parece de izquierdas; y, si habla en una radio mediopensionista, parece mediopensionista. Eso es nuestra alcaldesa: una serie de máscaras. La pregunta es qué hay detrás de todas esas máscaras. Y la respuesta es nada: las máscaras que esconden su cara son su auténtica cara. Esa mujer tiene menos convicciones que un mosquito; en lo único que cree es en acumular poder. Maquiavelo estaría encantado con ella.

—A lo mejor por eso le gusta tanto decir que la derecha y la izquierda no existen —aventura Puig.

—Exacto —asiente Campà—. Quien dice que no existen la derecha y la izquierda es como quien dice que no existen el norte y el sur: o está desorientado o intenta desorientar. Y, en el caso de la alcaldesa, no hay duda: lo que intenta es desorientar. Nunca en mi vida he visto a un político con una habilidad semejante para decir siempre lo que su auditorio está esperando escuchar. Esa mujer sabe lo que la gente quiere antes de que la gente sepa que lo quiere. No tenéis más que ver cómo llegó a la alcaldía.

—¿Cómo llegó? —pregunta Melchor.

Campà se toma unos segundos para contestar, tiempo durante el cual da un par de caladas reflexivas a su pipa. Viste unas bermudas demasiado anchas y una guayabera demasiado estrecha, con varios lamparones de grasa aquí y allá y algunas migajas de pan alojadas en las rugosidades de la barriga.

—Es increíble —empieza, empujando el puente de sus gafas con el dedo corazón—. La gente olvida más deprisa que nunca, quizá porque los periodistas olvidan más deprisa que nunca. Viven al día. No tienen tiempo de mirar atrás, y por eso no entienden lo que pasa delante, ni siquiera lo que pasa delante de sus narices. ¿Cómo es posible que nadie recuerde ya que esta mujer era hace cuatro días el adalid de los refugiados? Y, si alguien se acuerda de eso, peor que peor: ¿cómo es que nadie se lo recuerda, ahora que se ha convertido en el azote de la inmigración? ¿Cómo es que nadie le pregunta por qué ha cambiado? ¿Qué pasó para que esa señora diga sobre este asunto, y sobre tantos otros, exactamente lo contrario de lo que decía hace sólo unos años?

—Joder, es verdad —se asombra Vivales—. Ya no me acordaba.

—Yo tampoco —confiesa Puig: igual que el abogado, tiene el puro en una mano y el whisky en la otra—. Es que parecen dos personas distintas.

—Pues no lo son —afirma Campà—. Son la misma, sólo que dice cosas distintas. O más bien opuestas. ¿Y por qué las dice? —La respuesta de la alcaldesa resuena todavía en el cerebro de Melchor: «Yo he cambiado porque el mundo ha cambiado»—. Porque sabe que la gente quiere oírlas —responde sin embargo Campà, que da otra calada a su pipa y prosigue—: Yo creo que empezó a saberlo después de los atentados islamistas de 2017. Se dice mucho que lo que ha cambiado de arriba abajo Barcelona ha sido el Procés, pero no es verdad. El Procés no ha cambiado casi nada, ni de Barcelona ni de Cataluña ni de ninguna parte: el Procés lo único que hizo fue cambiar algo, muy poquito y muy anecdótico, para que nada esencial cambiase. De eso precisamente se trataba. Para eso lo lanzaron los que aquí han tenido desde siempre la sartén por el mango, usando a la gente como carne de cañón. Pero no: lo que empezó a cambiar de verdad esta ciudad fueron los atentados. Los atentados y la sensación de incertidumbre que les siguió. De repente se empezó a hablar sin parar de asesinatos, de robos y violaciones, como si aquí no los hubiera habido nunca. De repente se empezó a decir que esta era la ciudad más violenta de Europa. De repente empezaron a aparecer patrullas ciudadanas contra la delincuencia. Y, sobre todo, de repente nosotros, que de niños no habíamos visto un árabe ni por el forro, nos dimos cuenta de que estábamos rodeados de árabes. De árabes y de africanos y de chinos y de paquistaníes y de la Biblia en verso. Y nos dimos cuenta también de que no toda esta gente llegaba con ganas de aclimatarse aquí ni estaba dispuesta a bajar la cabeza y a decir sí, bwana, a todo lo que nosotros les mandásemos. ¡Amigo mío...! —Campà echa humo por la boca, bebe un trago de whisky y vuelve a recostarse en su silla con el vaso apoyado en la guayabera salpicada de migas—. Probablemente nadie se dio cuenta de que entonces empezaba un cambio muy profundo en la mentalidad de los barceloneses, un cambio que después, con la crisis del coronavirus, se volvió todavía más evidente... Nadie se dio cuenta salvo esa mujer. La prueba es que seis o siete años después se plantó en la alcaldía con un discurso duro en materia de seguridad, un discurso islamófobo y antiinmigración que pilló a todo el mundo a contrapié, sobre todo porque no parecía lo que era: parecía un discurso progresista pero valiente y políticamente incorrecto, que abogaba por preservar sin complejos la seguridad de los ciudadanos. Y por eso triunfó. Antes hablabais de la televisión municipal, y ahí la tienes cada día difundiendo imágenes de barcos llenos de inmigrantes preparados para invadirnos y atemorizando a la gente con el fantasma de la inmigración masiva. Y ahí tienes también, en la misma tele, en las radios y los periódicos, a los ideólogos a sueldo de la alcaldesa, a los Rabasseda, Boronat y compañía, antiguos radicales izquierdistas o radicales nacionalistas vociferando a diario desde sus púlpitos mediáticos sobre la urgencia de preservar los valores amenazados de la cultura occidental, las raíces cristianas de Europa y no sé cuántas pamplinas más con su cóctel supremacista hecho a base de un poquito de Spengler, un poquito de Huntington y un buen chorro de Camus, el malo, y su teoría de la gran sustitución, dicho sea con el debido respeto a la palabra teoría. En fin, esta mujer supo intuir antes que nadie por dónde irían los tiros y está sabiendo usar muy bien el instrumento de dominio más poderoso que tiene a su alcance un político, que es el miedo.

—Esta mujer y su marido —precisa Puig—. O su exmarido. —Volviéndose hacia Melchor, explica—: Se separaron

150

hará cosa de un año, después de que ella volviera a ganar las elecciones.

—Daniel Casas —dice Vivales—. Así es como se llama. Su familia es una de esas de las que hablaba Chicho, una de las que llevan toda la vida cortando el bacalao. Siempre se ha dicho que era él el cerebro de la carrera de la alcaldesa, que estaba detrás de todas sus decisiones importantes y demás. Y siempre se ha dicho que la alcaldesa era un instrumento suyo. Suyo y de su familia.

—O sea, que si tú tienes razón y la alcaldesa es una actriz —razona Puig—, en esta obra Casas era el empresario y el director de escena. Y la alcaldesa la estrella.

—Te olvidas de un personaje fundamental —le recuerda Campà.

—Tienes razón —reconoce Puig, señalando vagamente a su amigo con la punta incandescente de su Montecristo—. Enric Vidal. Y ese sí que es un personaje.

—¿El primer teniente de alcalde? —pregunta Melchor, que sigue el diálogo con la máxima atención y un punto de asombro.

—El mismo que viste y calza —asiente Campà—. Dicen que él es el poder en la sombra del Ayuntamiento, que es el que manda de verdad. Aunque yo no lo creo.

—¿No? —pregunta Puig, sorprendido.

—No —responde Campà—. Igual que no creo que la alcaldesa sea un instrumento de Casas y su familia, o no más de lo que Casas y su familia son un instrumento de ella. Y lo mismo digo del Ayuntamiento. Allí la que manda es la alcaldesa. Allí y en su partido. No os engañéis. Vidal se cree muy listo, y Casas también, pero la lista de verdad es ella. Tan lista que les hace creer que los listos son ellos, que ellos son los que mandan. Tan lista que sabe hacerse como nadie la tonta. Ella es el verdadero animal político, la que tiene el instinto asesino que tienen los políticos auténticos. No os quepa duda... Ojo, no estoy diciendo que Vidal no pinte nada en el Ayuntamiento, ¿eh? Pinta muchísimo. —Campà apura el whisky y explica—: En el Ayuntamiento de Barcelona, el primer teniente de alcalde siempre había mandado mucho, era la mano derecha del alcalde y la persona que llevaba la maquinaria interna del Ayuntamiento. Ahora eso sigue siendo así, pero corregido y aumentado, entre otras razones porque la alcaldesa le dio desde el principio a Vidal algo que, hasta donde yo sé, no había tenido nunca un primer teniente de alcalde, para poder combatir la psicosis de inseguridad que ella misma había creado y con la que llegó a la alcaldía.

—Te refieres a las competencias de seguridad —conjetura Puig.

—Exacto —contesta Campà—. Pero no es sólo eso. Es que, encima, Vidal ha hecho crecer esa área de una forma monstruosa. Te pongo un ejemplo que te interesará. —Vivales coge la botella de whisky y empieza a rellenar los vasos con espíritu generoso—. Tradicionalmente, la Guardia Urbana tenía un servicio de información muy pequeño. Se encargaba de la seguridad del alcalde y poco más; el resto lo llevabais vosotros, los Mossos. Bueno, pues Vidal ha creado un servicio potentísimo, formado por no se sabe exactamente cuántos policías, en todo caso una auténtica guardia de corps que está a su exclusivo servicio y el de la alcaldesa. Y que se dedica a armar todo tipo de martingalas.

—Los Vidal Boys —apunta Melchor.

—¿También han llegado noticias de sus hazañas a la Terra Alta? —pregunta Vivales, dejando otra vez la botella de whisky en la mesa.

—No —reconoce Melchor—. Pero fue casi de lo primero que me enteré al llegar aquí.

—No me extraña —dice Puig—. Son gente muy poco recomendable, los mamporreros de Vidal, de la alcaldesa y de su marido. Sirven lo mismo para un barrido que para un fregado: pegan palizas, compran policías, jueces y periodistas, preparan dossiers con los trapos sucios de todo quisqui... Así que a ver quién tiene narices de meterse con ellos. El más peligroso es el que los manda, Juan María Lomas se llama, el inspector Lomas, aunque todo el mundo le llama Hematomas, no hace falta que te diga nada más. No sé vosotros, pero yo no le tenía miedo a la policía desde la Transición, y con estos tipos he vuelto a tenérselo.

—Ya sólo te falta saber que Vidal es amigo íntimo de Casas —le advierte Vivales a Melchor—. Con eso cierras el triángulo.

—Se conocen de toda la vida —le informa Puig—. La familia de Vidal es otra de las que siempre han mandado aquí. Por cierto —añade, mirando alternativamente a Campà y a Vivales—, habréis oído lo de que la alcaldesa y él están peleados...

—¿Cómo que si lo hemos oído? —se burla Vivales—. ¡Pero si viene en todos los periódicos!

—Lo que yo he oído decir —explica Puig— es que lo de la separación amistosa entre la alcaldesa y Casas es un cuento chino, que se llevan como el perro y el gato y que ella también se lleva mal con el otro. Tan mal que ya casi no se hablan o sólo se hablan lo indispensable.

—Eso dice todo el mundo —asiente Campà.

—¿Pues sabéis lo que os digo yo? —pregunta Puig—. Que no me lo creo.

Vivales le pregunta por qué.

—Porque son el trío perfecto —contesta Puig, levantándose de la silla con el puro en la mano: se ha quitado la corbata, lleva las mangas de la camisa remangadas y, con los ojos enfebrecidos por el alcohol, suda. Parapetados detrás de sus respectivos whiskies, Vivales y Campà le escuchan con atención—. Vamos a ver. Que Casas y la alcaldesa se separen es normal, lo raro es que hayan estado juntos tanto tiempo, todo el mundo sabía que cada uno tenía sus rollos por su cuenta, sobre todo la alcaldesa...

—No nos vuelvas a salir otra vez con lo de que te miró el paquete —le previene Vivales—. Eso son alucinaciones tuyas, Manel. Que a ti esa tía te pone.

—Sobre todo la alcaldesa —repite Puig, cerrando con fuerza los ojos, como si temiera perder el hilo de su razonamiento; vuelve a abrirlos—. Y eso que ahora predica la castidad, el retorno a la familia tradicional y la necesidad de tener hijos para preservar la civilización cristiana y que los musulmanes no nos invadan y toda esa mierda xenófoba.

—Igual que cuando era activista predicaba el amor libre y alardeaba de sus experiencias homosexuales —complementa su exposición Campà—. Esta mujer ha hecho de su propia vida un argumento político. Antes daba lecciones de moral de izquierdas y ahora de moral de derechas. El caso es dar lecciones de moral.

—Es verdad —acepta Puig—. Pero ahora olvidaos de todo eso y mirad lo que han conseguido en poquísimo tiempo esta mujer y su pareja de socios. Han creado un partido que ha cambiado de pe a pa la política catalana y la agenda de la política española; gobiernan por mayoría absoluta en el Ayuntamiento y todas las encuestas dicen que, si se presentan a las elecciones autonómicas, las ganarán. ¿Alguien da más? ¿Por qué van a pelearse entre ellos? ¿Por qué cambiar lo que funciona, y además funciona de puta madre?

La pregunta queda flotando unos segundos en el aire estival de la terraza mientras Puig deja de gesticular, con la vista fija en Campà.

154

—Porque la política no es como el cálculo de estructuras, amigo Manel —le contesta el interpelado, satisfecho de poder llevarle por fin la contraria—. Si la política fuera racional, tú tendrías razón. Pero no lo es. ¿Te acuerdas de la *hybris*? —Se vuelve hacia Melchor—. ¿Sabes lo que es la *hybris* de los griegos?

—La soberbia que lleva a los hombres a enfrentarse a los dioses —contesta Melchor.

—Más o menos —aprueba Campà—. Y por esa soberbia los dioses los castigan. Eso es lo que pasa en las tragedias griegas y eso es lo que suele pasarles a los políticos cuando llegan al poder, sobre todo si es por mayoría aplastante, como le ha pasado a la alcaldesa.

—Si te he entendido bien —recapitula Puig, todavía en pie y con su puro o con lo que queda de su puro en la mano—, lo que quieres decir es que, por muchos éxitos que haya conseguido la estrella trabajando con el director y empresario, por muy bien que le haya ido gracias a su apoyo, al final lo que quiere es librarse de ellos y de todos los que la han aupado, y montar su propia compañía.

—Me has entendido perfectamente —vuelve a aprobar Campà—. Salvo que tu símil no funciona del todo, porque la alcaldesa no es sólo la estrella de la función. Puede hacérselo creer a todo el mundo, empezando por los periodistas y los analistas políticos. Probablemente se lo hiciera creer a Casas y Vidal, porque le interesaba que se lo creyeran, porque los necesitaba, aunque sólo fuera porque para hacer política se necesita dinero, y ellos y sus familias tenían dinero, mientras que ella no es más que una chica normal y corriente, nacida en una familia trabajadora y criada en La Salut... Pero te repito que esa mujer es mucho más que una actriz, aunque sea una actriz extraordinaria y, si puede y quiere, se los quitará de encima, suponiendo que ellos no la vean venir y se la quiten de encima antes, claro... De todos modos, pensad que esto ha pasado en política desde que el mundo es mundo: un don nadie llega al poder aupado por los poderosos, el poder convierte al don nadie en líder carismático (es lo que hace casi siempre el poder, por muy tonto que sea el don nadie) y el líder carismático se deshace o intenta deshacerse de los poderosos que le auparon. Desde que el mundo es mundo.

Puig se ha sentado sin perder palabra de lo que dice su amigo y, mientras da cuenta de los restos de su whisky y su puro, Campà aduce algunos ejemplos del fenómeno que acababa de describir, unos remotos y otros cercanos. Cuando llega al de Carles Puigdemont, el presidente accidental del gobierno autonómico catalán que en 2017 declaró unilateralmente la independencia de Cataluña, Puig vuelve a intervenir, y al cabo de poco el diálogo desemboca, a través de algún meandro imprevisto, en un debate sobre la calidad de la educación democrática en Cataluña, asunto en el que, para variar, ambos amigos están por completo de acuerdo —ambos la juzgan pésima—, aunque no lo parece, porque Puig se pone en pie varias veces más para enfatizar sus puntos de vista, transpirando a mares y dirigiéndose sobre todo a Campà, que lo mira con una ceja arqueada y la pipa en la boca. Al rato, mientras repone el whisky en los vasos, Vivales media en el calor de la discusión y, señalando a sus dos amigos, le dice al policía:

—No te lo había dicho antes porque me daba vergüenza, pero aquí Ortega y Gasset son dos probos ciudadanos que creen en la democracia.

—¿Y tú no? —pregunta Melchor, que nunca ha oído hablar de política al abogado, salvo para despotricar de los políticos.

Vivales, sorprendido, deja de servir.

—¿Estás de broma o qué? —pregunta a su vez, mirando a Melchor con su cara inconfundible de pedrada—. Pero ¿cómo quieres que crea en un sistema político que le da el derecho de voto a un individuo como yo?

Atónitos, Puig y Campà se observan un segundo entre sí, y al segundo siguiente celebran la ocurrencia de Vivales haciendo chocar sus vasos con una doble carcajada. Vivales se suma al brindis, de mala gana. Puig es el primero en hablar de nuevo.

—Para volver a nuestra alcaldesa —dice en tono reflexivo, como si se le hubiese pasado de golpe el efecto del mucho alcohol trasegado—, yo me vi venir el desastre enseguida. ¿Sabéis cuándo? Cuando llegó al Ayuntamiento y lo primero que hizo fue abolir la ley Colau sobre vivienda. Esa que decía que todo promotor privado debía reservar el treinta por ciento del techo construido para vivienda pública. Yo nunca fui un fan de Ada Colau, que también era una actriz de primera, eso ya lo sabéis; pero lo del treinta por ciento estaba bien hecho. Y, en cuanto esta mujer lo liquidó, me dije: aquí llega una política *business friendly;* o sea, átate los machos que viene un gobierno de ladrones.

—Como ves —Vivales se vuelve de nuevo hacia Melchor—, además de creer en la democracia, Manel es un rojo peligroso.

—¡Y un jamón con chorreras! —se sulfura de nuevo Puig, aferrándose a los brazos de su silla como para refrenar el impulso de abalanzarse sobre el picapleitos—. Rojo sí, y a mucha honra; ahora, lo de peligroso... Pero si sólo soy un puñetero socialdemócrata, hombre, que es lo más inofensivo que se puede ser. Lo que pasa es que, en los tiempos que corren, los socialdemócratas parecemos rojos peligrosos.

—Por una vez, y sin que sirva de precedente, tengo que darle la razón a Manel —intercede Campà, que lleva casi toda la noche dándole la razón a su amigo—. Este Ayuntamiento está gobernado por una banda de ladrones.

—¿Hablas en serio? —pregunta Melchor.

—Completamente —responde Campà—. Antes, en Barcelona, o en Cataluña en general, quien robaba a manos llenas era la Generalitat; ahora también roba el Ayuntamiento. —Como la pipa le ha dejado de humear, saca de alguna parte una suerte de flechita metálica y, usándola a modo de cuchara, empieza a vaciar las cenizas de la cazoleta en el cenicero mientras, dirigiéndose a Melchor, continúa en tono profesoral—: Mira, lo que ha pasado aquí es lo siguiente. Al empezar la democracia, el nacionalismo instauró en Cataluña una cleptocracia clientelar. O sea, el gobierno autonómico robaba a los ciudadanos y el producto del saqueo se lo repartían entre el partido del gobierno y las familias del partido del gobierno, empezando por la familia del presidente. En cuanto al resto del país, a la mitad la compraban a base de favores, prebendas y chantaje sentimental; en fin, la vieja trola: todo por la patria y demás zarandajas. —Termina de escarbar la cazoleta y prosigue—: En cuanto a la otra mitad del país, no se enteraba, o no se quería enterar. La mayoría eran inmigrantes del resto de España y, mientras les estaban vaciando la cartera, creían que el asunto no iba con ellos, que esto de la Generalitat era cosa de los catalanes de pura cepa, que ellos sólo estaban de paso aquí. Menuda cagada... Pero así funcionaban las cosas hasta el Procés, y así siguen funcionando, porque, como te decía, el Procés se organizó precisamente para eso, para que siguieran funcionando de la misma manera. El problema ahora es que el Ayuntamiento también funciona igual.

—¿Antes no funcionaba así? —pregunta Vivales, con una mueca descreída.

—No —contesta Campà, que ha dejado la pipa y el limpiador metálico en la mesa, junto a una bolsa de cuero llena de tabaco y cerrada con un cordón—. O no del todo. Claro que en el Ayuntamiento había corrupción, pero no como la de ahora, que es sistemática y generalizada, como lo fue desde el principio en la Generalitat. Además, la administración municipal había sido siempre bastante competente, y funcionaba bastante bien, pero en muy poco tiempo se ha burocratizado y politizado tanto como la de la Generalitat. O más.

—De eso puedo dar yo testimonio —asegura Puig.

—¿Es verdad lo que dice Vivales? —pregunta Melchor—. ¿Trabajáis mucho con el Ayuntamiento?

—En mi estudio, bastante. La gente nos conoce sobre todo por eso. Hacemos mucha vivienda pública, aunque mucha menos de la que se debería hacer.

—¡No, por piedad! —ruega Vivales, tapándose los oídos con los índices—. Tu sermón sobre la vivienda pública no, por favor. Prefiero perecer en medio de horribles tormentos.

Puig sonríe como un niño sorprendido mientras se atiborra de chucherías.

—Es verdad que el tema me interesa —se disculpa el arquitecto—. De hecho, llevo un montón de años tratando de escribir una tesis doctoral sobre la vivienda pública en la posguerra y...

Vivales lo interrumpe fingiendo que hace un aparte susurrado con Melchor:

—Ahora va a hablar bien de Franco.

—Oye, Chicho, ¿cómo era la frase de Machado? —pregunta Puig; él mismo se responde—: «La verdad es la verdad, dígala Agamenón o su porquero». ¿Era así? —Campà asiente, absorto en la ceremonia de llenar de tabaco la cazoleta de su pipa y encenderla—. Mira —continúa Puig, dirigiéndose otra vez a Melchor—, una cosa que hizo bien la dictadura fue crear vivienda pública. Es la puta verdad, nos guste o no. Creó mucha, y a veces bastante buena. Aquí mismo, en Barcelona. Emigrantes del resto de España, gente miserable que vivía en cuevas, en el Somorrostro o en Montjuïc, pasó a vivir en viviendas. Muy precarias, a veces de muy baja calidad, en entornos inadecuados, pero viviendas, al fin y al cabo. Así salvaron la vida muchos infelices. Y una de las cosas malas que ha hecho la democracia es olvidarse de la vivienda pública. ¡Y eso que el derecho a la vivienda figura en la Constitución, joder! —Puig amenaza con encabritarse de nuevo, pero permanece en su asiento; se ha secado el sudor de la frente y el cuello—. Es muy sencillo, Melchor: en España tenemos una sanidad y una educación pública que funcionan razonablemente bien, pero no tenemos una vivienda pública digna de tal nombre. ¿Qué te parece?

—Muy mal —responde Vivales, con gesto de tedio infinito, derrumbado sobre la mesa y con la mano derecha apoyada en una mejilla.

—¿Y qué es más importante? —vuelve a preguntar Puig—. ¿Curar a la gente y enseñar a leer y a escribir o tener un techo donde protegerte y un sitio donde caerte muerto?

—Tener un sitio donde caerte muerto —repite Vivales, como si estuviera recitando el catecismo católico.

—¿Y por culpa de quién no tenemos en este país una vivienda pública comparable a la sanidad o la educación pública? —pregunta Puig.

—Por culpa del capitalismo salvaje —contesta Vivales—: Es decir, por culpa de los constructores, que sólo piensan en hacer pasta. —El abogado parece despertar de golpe de su letargo memorístico y abre los brazos como si pidiera clemencia—. ¿Ves cómo me sé de pe a pa tu puto sermón comunista sobre la vivienda pública?

—Lamento tener que decir que Manel lleva razón en esto —tercia Campà, cuya pipa vuelve a funcionar a pleno rendimiento—. Que lo de la vivienda pública en este país es una vergüenza lo saben hasta los negros. Pero en el fondo la culpa no es de los constructores. Es de los políticos, que no se atreven a enfrentarse a los constructores, sobre todo porque entre ellos están los bancos, y los partidos están endeudados con los bancos hasta las cejas. ¿Y cómo vas a pararle los pies a alguien al que debes un montón de pasta? ¿Cómo vas a conseguir que te perdone las deudas astronómicas que tienes con él, si no es poniéndole las cosas fáciles y haciéndole favores?

—Otro rojo desenfrenado —se lamenta Vivales—. Aquí el chaval os ha pedido que le habléis de la alcaldesa, no que le contéis cómo se arregla el mundo.

Puig y Campà hacen caso omiso de la reprimenda del abogado y se enzarzan en un abstruso debate sobre la financiación de los partidos políticos, según ambos origen y fin de la corrupción en España —una corrupción sin arreglo, según ambos también, porque sólo podrían arreglarla quienes viven de ella, que son los propios partidos—, hasta que el picapleitos vuelve a llamarlos al orden.

—Repito —le dice a Puig mientras sirve más whisky—. A Melchor lo que le interesa es tu relación con el Ayuntamiento.

—Chicho lo ha resumido antes muy bien —transige Puig, dando un sorbo de Jameson mientras enfoca de nuevo a Melchor—. Lo que ha pasado es que, con esta alcaldesa, el Ayuntamiento ha empezado a funcionar como funcionaba la Generalitat. Casi como funcionaba el franquismo. Mi padre también era arquitecto, y me contaba que en los años sesenta, durante la época del alcalde Porcioles, corría en el oficio un chascarrillo sobre dos técnicos del Ayuntamiento que firmaban las licencias de construcción: «Si quieres construir en las aceras, llama a Soteras / Si quieres construir hoy, llama a Bordoy». —El pareado provoca la risotada de Campà y le arranca una media sonrisa a Vivales—. Ahora no es igual, pero casi. Nosotros, en nuestro despacho, lo vemos a diario. Antes los concursos públicos eran limpios; ahora están amañados: siempre se los llevan los mismos, los amigos de la alcaldesa y sus secuaces, que son los que luego financian su partido. Los cargos de designación política se han multiplicado y los ha venido a ocupar gente incompetente pero fiel a los que mandan, que encima han sustituido a los funcionarios que llevaban el Ayuntamiento, la mayoría gente valiosa. Todo esto no es nostalgia de sesentón, ¿eh, Melchor? Es la pura realidad. El resultado es que el Ayuntamiento está totalmente colapsado, no funciona, y la ciudad se degrada a marchas forzadas. Corrígeme si me equivoco, Chicho.

—No te equivocas —dice Campà, negando con la cabeza mientras se aparta la pipa de los labios—. En política, crear algo que funcione es muy difícil, pero destruirlo es muy fácil. La prueba es que en menos de cuatro años esta gente se ha cargado una cosa que todo el mundo daba por hecho que funcionaba y que, estuviera quien estuviera en el poder, iba a seguir funcionando. Es el problema de la democracia: en cuanto la das por hecha, ya estás poniéndola en peligro.

Vivales sirve el cuarto whisky y, después de que vuelvan al asunto de la corrupción («No toda la culpa es de los políticos», puntualiza Campà. «Por supuesto que no», vuelve a acalorarse Puig. «Es nuestra. En este país, quien paga impuestos pudiendo no pagarlos parece un gilipollas.» «Y lo es», dice Vivales. «No te jode»), la conversación deriva hacia el servicio militar. A Melchor el giro no le pilla por sorpresa: sabe por experiencia que, en aquelarres nocturnos como aquellos, los tres amigos terminan hablando siempre de la época en que se conocieron; también sabe que aquel es el momento de dejarlos a sus anchas.

162

Se despide de ellos, se dirige a su dormitorio, se mete en la cama y se pone a leer relatos del concurso literario del Instituto Terra Alta, aunque se aburre enseguida y coge *La ilustre casa de Ramires*, la novela de Eça de Queirós. Media hora más tarde abandona el libro sobre la mesilla de noche y, tras echar un último vistazo a su hija, que está plácidamente dormida junto a él, apaga la luz

Al cabo de un buen rato continúa dando vueltas sobre el colchón mientras frases e imágenes giran insomnes en su cabeza, retazos inconexos de un día que se resiste con uñas y dientes a terminar, y, cuando ingresa por fin en el duermevela que precede al sueño, vuelven a despertarle voces procedentes del otro extremo de la casa. Se levanta, recorre el pasillo sin dar la luz y se queda a la puerta del comedor, protegido por la oscuridad, espiando la terraza, donde los tres viejos amigos cantan a voz en grito, desafinando sin compasión, indiferentes al silencio que los rodea, Puig y Vivales sentados y cogidos por los hombros, Campà de pie ante ellos, blandiendo su pipa como un director de orquesta blande su batuta. La canción reza:

> Eres alta y delgada,
> como tu madre,
> morená saladá,
> como tu madre.

Melchor siente envidia.

Al otro día se levanta a las siete y cuarto de la mañana y, después de desayunar con Cosette y llevarla en coche al casal (Vivales se ha quedado en la cama, negociando con la resaca), se dirige a Egara. Al pasar frente al despacho de Blai, oye a través de la puerta entreabierta la voz del antiguo jefe de la Unidad de Investigación de la Terra Alta, llama con los nudillos en la puerta y se asoma. Dentro, sentado frente a Blai, está el sargento Vàzquez.

—Pasa —le ordena el inspector—. Llegas justo a tiempo.

Algo malo ha ocurrido: sus dos superiores lo llevan impreso en la cara.

—Anoche me llamó otra vez la alcaldesa —le comunica Vàzquez sin más—. Los malos han vuelto a ponerse en contacto con ella.

—¿Por carta otra vez? —pregunta Melchor.

—No —contesta el sargento—. Esta vez ha sido por teléfono.

—¿Y?

—Ya no sólo quieren dinero.

Melchor espera a que Vàzquez lo suelte. Lo hace Blai:

—Quieren su dimisión.

2

—El vídeo de la alcaldesa debimos de verlo en la cabaña de
La Pleta de Bolvir, allí era donde solíamos ver lo que grabábamos en el local de León XIII... Aunque la verdad es que
yo no recuerdo haberlo visto hasta hace poco. Puede que esté
equivocado, pero no lo recuerdo. De lo que sí estoy seguro
es de que lo de la alcaldesa ocurrió poco antes de que una
cosa hiciera que dejáramos de cazar chicas y de grabarnos con
ellas.

—¿Qué cosa?

—Un incidente... Una cosa que pasó... En fin. En realidad, no tiene nada que ver con lo que estamos hablando.

—¿Tiene que ver contigo y con tus amigos de Esade?

—Sí. Y con las grabaciones del local de León XIII, pero...

—Entonces tiene que ver con lo que estamos hablando.

—No debí haber mencionado eso.

—Quedamos en que me lo contarías todo.

—Te lo contaré, no te preocupes... ¿Seguro que no quieres un poco de whisky?

—Seguro.

—Bueno, pues yo me sirvo un poco más. Y antes de seguir
déjame que te diga una cosa. Una cosa importante... Desde
que llegué aquí me he aficionado a leer, estaba solo y lejos
de Barcelona y sin más visitas que las de Marga, que además

sólo ha venido a verme dos o tres veces, así que prácticamente no he hecho otra cosa que leer, leer y navegar por internet y ver la tele... Bueno, pues hace poco, en una antología de ensayos que compré en un supermercado, leí una frase que me encantó. No recuerdo quién es el autor, pero dice más o menos lo siguiente: «Hay tanta diferencia entre nosotros y nosotros mismos como entre nosotros y los otros». Algo así... ¿Qué te parece? Yo creo que es verdad... Yo creo que eso de la identidad individual es un camelo. Creemos que somos una sola persona, pero somos multitud.

—Más o menos lo mismo me dijo tu mujer.

—¿Herminia? ¿Has hablado con ella?

—Anteayer. Y me dijo algo parecido a lo que acabas de decir tú.

—¿Qué te dijo?

—Que el fracaso te convirtió en otra persona, una persona distinta de la que ella había conocido. Que te envenenó.

—Tiene razón. Herminia casi siempre tiene razón... Lo mire por donde lo mire, yo ya no soy la misma persona que se casó con ella, ni la misma que estudió en Esade y se hizo amigo de Casas, Vidal y Rosell y salía con ellos las noches de los sábados en busca de chicas para llevarlas al local de León XIII... No lo soy. Llevo el mismo nombre y tengo más o menos la misma cara que él, pero no soy la misma persona. Ni yo soy aquel tipo, ni aquel tipo era el que yo había sido hasta entonces, la prueba es que poco después de llegar a Esade abandoné a mis viejos amigos de La Salle y no volví a verlos. Tampoco es que tuviera tantos, pero... En fin. En realidad, yo creo que, en aquella época, en la época de Esade, aspiraba a ser otra persona, quería parecerme a mis nuevos amigos, eso seguro, quería asimilarme a ellos... Lo quería yo o lo quería mi padre y yo lo quería a través de él o él a través de mí... No sé si me explico... Mi pobre padre, que se moría de ganas de que yo formara parte de la élite catalana a la que pertenecían mis amigos de Esade, o eso creía yo, la élite que tenía la magia inmortal y el poder auténtico del dinero, aquella gente que él odiaba y admiraba porque era la única soberana, independiente, los demás éramos sólo una pandilla de esclavos, eso es lo que de ninguna manera quería mi padre, que yo fuera un esclavo como los demás, quería que yo fuera un hombre libre... Lo que intento decirte es que en aquella época yo me sentía en secreto un impostor, también me sentía un canalla, desde luego, pero sobre todo me sentía un impostor, un farsante, por eso ahora me da asco el que yo era, me parece increíble que haya querido serlo, y por eso en el fondo casi me alegro de tener que contarte esta historia que no le he contado a nadie, a ver si así me libro de una puñetera vez del que fui... Por eso y porque es la única posibilidad de que esos hijos de puta paguen por lo que han hecho... Aunque yo sé que es muy difícil.

—Te he dado mi palabra de que haré lo que pueda para que paguen.

—Esa gente nunca paga, siempre se libra, siempre se va de rositas... Es una ley universal.

—Ya veremos... Dime una cosa: ¿en qué año conociste a tus amigos?

—En 2007. Cuando empecé a estudiar en Esade. ¿Por qué?

—Porque los delitos no han prescrito.

—Ojalá paguen por ellos. Ojalá les joda la vida como ellos me la jodieron a mí... Pero no lo creo.

—Ibas a contarme lo que pasó con la alcaldesa. Me habías dicho que fue poco antes de un incidente...

—Sí, debió de ser en otoño del tercer año de carrera, el último que estudié en Esade, en todo caso seguro que fue antes de los exámenes semestrales de diciembre, lo sé porque cuando empezaban los exámenes yo dejaba de salir los fines de semana y me encerraba a estudiar... Mis amigos también se encerraban, y con más razón que yo, porque yo no tenía pendientes asignaturas de los semestres anteriores, pero ellos sí, sobre todo Rosell, que siempre fue el peor estudiante de los tres. Así que todos estaban obligados a estudiar más que yo...

»Para aquella época las costumbres del grupo habían cambiado un poco, me refiero a nuestras costumbres de cazadores de sábado por la noche... Vidal y Rosell tenían novia, dos chicas de buena familia, Carme y Eva se llamaban, las conocían de toda la vida, y las dos solían venir con nosotros a cenar y luego al Sutton, en la calle Tuset, el Up&Down había cerrado el año anterior, cuando nosotros hacíamos segundo. Al salir de la discoteca intentábamos librarnos de ellas, cosa que no siempre era fácil, a veces lo conseguíamos y a veces no... Cuando lo conseguíamos nos íbamos de caza, pero los sitios a los que íbamos ya no eran los mismos. Seguíamos yendo a donde nos parecía más fácil ligar y donde nos sentíamos más seguros, sobre todo las discotecas del extrarradio, pero también habíamos empezado a ir a discotecas, bares musicales y *after hours* del casco antiguo o del centro o del barrio de Gràcia o de Sants, locales que cerraban muy tarde o no cerraban hasta el amanecer o hasta el mediodía siguiente, y donde la clientela era muy distinta a la de las discotecas de la periferia... De aquella noche recuerdo que, después de que Vidal y Rosell dejaran a Carme y Eva en sus casas con alguna excusa, quedamos los cuatro en Bikini, una discoteca de la Diagonal. Allí no cazamos nada, no era un sitio donde fuera fácil cazar, así que fuimos de bar en bar por el casco antiguo, por la plaza del Pi y la plaza Real y la Rambla, y, cuando ya nos habíamos resignado a meternos en la cama de vacío, nos llegamos hasta el Paralelo y entramos a tomar la última copa en un garito que todavía estaba abierto.

»No me preguntes cómo se llamaba porque sólo estuve allí aquella noche y no lo recuerdo... Lo que sí recuerdo es que estaba muy cerca del viejo teatro Arnau y que cuando llegamos tenía las persianas de la puerta a medio bajar. También recuerdo que el local era pequeño y estrecho, que dentro no cabía un alfiler, que la música sonaba a todo volumen... Allí dentro nos juntamos con un grupo de gente, todos o casi todos estudiantes de la Universidad de Barcelona, chavales de clase media, aunque esto sólo lo supimos más tarde. Casas y Vidal le echaron el ojo enseguida a una chica, o quizá fue ella la que les echó el ojo a ellos, el caso es que empezaron a hablar y a coquetear mientras Rosell y yo nos mezclábamos también con el grupo... Era tarde, el local estaba en teoría cerrado, poco a poco los estudiantes empezaron a marcharse y, al cabo de un rato, en el bar casi vacío y sin música ya sólo quedábamos nosotros cuatro, la chica y una amiga suya, otra estudiante que estaba bastante borracha y con la que yo llevaba un rato hablando. Las dos parecían dispuestas a venirse con nosotros, pero ni siquiera nos planteamos esa posibilidad... Nunca nos habíamos llevado dos chicas a la vez al local de León XIII, y con razón: al fin y al cabo, es mucho más difícil dominar a dos mujeres que a una sola.

»Así que hicimos lo que habíamos hecho otras veces en situaciones parecidas... Era una estrategia que teníamos tan bien engrasada que sólo necesitábamos mirarnos para ponerla en práctica. Casas se marchó con la chica y nosotros nos despedimos de su amiga y fuimos en busca del coche. No tuvimos que esperar mucho rato... Enseguida llegaron Casas y su acompañante, que no pareció sorprendida de vernos allí, solos y sin su amiga. Preguntó por ella y le mentimos, le dijimos que habíamos intentado convencerla de que se quedase, pero nos había dicho que se iba a casa porque estaba cansada y mareada, y que ya no daba más de sí. Dicho esto, la chica subió al coche sin hacer más averiguaciones y sin preguntar siquiera adónde íbamos... Hasta aquí, todo fue más o menos normal, más o menos como tantas otras noches, las chicas nunca o casi nunca sospechaban de nosotros, y aquella tampoco tenía ninguna razón para hacerlo. ¿Quién podía imaginar que aquellos cuatro pijos perdidos en el Paralelo, jóvenes, agradables y educados, podían representar un peligro para nadie...?

»Pero lo que ninguno de nosotros podía imaginar es lo que pasó a continuación.

»La chica se comportó con una serenidad absoluta desde que entró en el local de León XIII, o desde que subió con nosotros al coche... Yo al menos la recuerdo así, con un dominio total de sí misma, como si no hubiese bebido una sola copa, o como si no le hubieran hecho ningún efecto las que había bebido.

—¿Habíais echado algo en su bebida?

—No. La idea era echárselo en el local de León XIII y esperar a que hiciera efecto. Era el protocolo que seguíamos cuando las chicas no llegaban allí entregadas o borrachas o drogadas y corríamos el riesgo de que la cosa se complicase... El caso es que, mientras mis amigos daban una vuelta con la chica por el local y preparaban el terreno, yo me escapé hasta mi escondite, y aún no estaba listo para empezar a grabar cuando, mucho antes de lo esperado, ellos entraron en el cuarto con las paredes empapeladas de pósteres de rockeros y estrellas de cine, el cuarto donde grabábamos siempre. No me preguntes por qué tardaron tan poco en aparecer por allí. No lo sé... Lo único que sé es que, según me dijeron luego mis amigos, la chica apenas probó la bebida con Rohypnol que le prepararon. Y tampoco me pidas que entre en detalles sobre lo que pasó luego, juzga por ti mismo cuando veas la grabación, como te decía yo sólo recuerdo haberla visto hace poco y, la verdad, me parece extraña, por un lado es más o menos como las demás grabaciones que hice, quiero decir que es una de esas cosas que da una profunda vergüenza ajena, una de esas cosas que uno preferiría no haber visto nunca porque ensucian al que la ve... Pero, por otro lado, esas imágenes tienen algo raro, una especie de obscenidad o de escarnio o de perversión añadidos, un suplemento penoso de degradación y de indecencia y, a la vez, para qué te voy a mentir, algo excitante, algo tremendamente excitante, aunque a lo mejor sólo lo tienen para mí, no lo sé, el caso es que si tuviera que describir con una sola frase lo que contiene ese vídeo diría que no es la violación de una mujer por tres hombres sino la violación de tres hombres por una mujer... Ya sé que esto suena a disparate, entre otras razones porque en las imágenes no hay ni rastro de violencia, al menos de la violencia que suele asociarse a una violación. Pero tú que eres poli sabes muy bien que, para que haya violación, no hace falta ninguna clase de violencia, basta con que haya intimidación, y ese fue el sentimiento que yo tuve mientras grababa y el mismo que he tenido muchos años después, cuando he visto esas imágenes, o las he vuelto a ver, me refiero al sentimiento de que aquella mujer intimidaba a mis amigos, de que, mientras ella los besaba y los desnudaba y los acariciaba y los chupaba y los animaba a penetrarla, mis amigos estaban paralizados, anonadados, sin saber qué hacer salvo dejarse hacer, salvo disfrutar mansamente de lo que estaban haciendo con ellos, que ni siquiera eran capaces de mirarse entre sí ni de pronunciar una palabra ni casi de moverse sin que ella los guiase, como si estuvieran a punto de caerse a un precipicio o como si fueran tres payasos que se han quedado en blanco sobre un escenario, en plena re-

171

presentación, y que quieren escapar de allí pero no saben cómo hacerlo... En fin, nunca había visto algo parecido, y nunca he vuelto a verlo... Bueno, pues adivina quién era aquella chica.

—No me digas que era la alcaldesa.

—Sorprendido, ¿eh?

—Un poco. ¿Crees que lo que me has contado explica también por qué tiene tanto interés en que nadie vea la grabación?

—No lo sé. Pero, si yo fuera ella, no me gustaría nada que se viese.

—¿Y si fueses alguno de tus amigos? A ellos no parece importarles...

—Si fuera alguno de mis amigos no me gustaría que se viese ninguna de aquellas grabaciones, excepto esa... Esa me daría bastante igual. Ahí ellos quedan como unos peleles, a ratos están como hechizados, pero nada más, ya te digo que parecen víctimas, no verdugos. Lo de ella en cambio es diferente, juzga por ti mismo cuando veas el vídeo, todo lo que yo pueda decirte sobra... Bueno, todo salvo una cosa, y es que nunca hasta entonces había hecho lo que hice aquella noche.

—¿El qué?

—Masturbarme mientras grababa.

—¿Nunca lo habías hecho? ¿Antes no te habías excitado grabando aquellas violaciones en grupo?

—No... No por lo menos como me excité aquella vez, es lo que antes intentaba decirte... O sea, hasta entonces la excitación existía, pero no era el sexo lo que me excitaba, era la violencia. Quiero decir que no me excitaba ver a mis amigos follando con aquellas desconocidas, lo que me excitaba era ver a mis amigos follando con aquellas desconocidas que se resistían a follar con mis amigos, o que no eran conscien-

172

tes de que estaban follando con ellos... Algo parecido. Pero aquella vez, con la alcaldesa, no fue así, lo importante aquella vez era el sexo, no la violencia, por eso empecé a tocarme y acabé corriéndome contra la pared casi al mismo tiempo que mis amigos se corrían sobre la alcaldesa... Eso es lo último que recuerdo de aquella noche... No... Miento... Recuerdo otra cosa, y es que cuando salimos a la calle la alcaldesa pareció sorprendida de verme aparecer otra vez, me acuerdo de que ya había amanecido y de que, al reconocerme, ella sonrió como si se burlara y me preguntó: «¿Y tú dónde te habías metido?».

»Durante la semana siguiente ninguno de nosotros habló de lo que había pasado en el local de León XIII, nadie mencionó a la alcaldesa. Esto no tiene nada de raro... Nosotros no hablábamos nunca de aquellas farras de fin de semana, o sólo hablábamos de ellas cuando nos encerrábamos en la cabaña de La Pleta de Bolvir para ver los vídeos, cosa que como te he dicho sólo hacíamos de vez en cuando, en sesiones que podían durar fines de semana enteros y que no recuerdo muy bien, o que sólo recuerdo como si fueran una alucinación o un sueño. El resto del tiempo, ya digo, aquello no existía, en realidad era como si ocurriera en un tiempo paralelo o en un planeta distinto, en un sitio donde no regían las normas de la vida corriente... Esa impresión tenía yo, eso creo que sentían mis amigos, y en cierto sentido quizá era verdad. Lo cual no significa que lo que ocurría en ese otro sitio no nos afectara... A veces nos afectaba, pero nos afectaba de una manera particular, de una forma lenta y sutil, casi secreta, que sólo con el tiempo acababa resultando visible.

»Eso es lo que yo creo que pasó con lo que pasó aquella noche... De entrada, todo continuó más o menos como hasta entonces, pero al terminar las vacaciones de Navidad empecé a notar cosas raras. Al principio no me di cuenta o no les di importancia, o las atribuí a la casualidad, hasta que comprendí que algo pasaba... No sé si te he dicho ya que mis amigos iban en coche cada mañana a Esade y que, cuando me hice amigo suyo, empezaron a recogerme en el cruce del paseo de la Bonanova y Vía Augusta. Desde allí, por el túnel de Vallvidrera, nos plantábamos en Sant Cugat en un cuarto de hora (hasta allí yo iba en metro y me bajaba en la parada de Sarrià)... Bueno, pues de repente Casas y Vidal empezaron a ir a Sant Cugat por separado, cada uno en su coche. A veces aparecían Vidal y Rosell solos a recogerme en el cruce del paseo de la Bonanova y Vía Augusta, y otras veces pasaban a recogerme Casas y Rosell. Había mañanas en que sólo era Casas el que pasaba, o Vidal, o incluso Rosell, y también había mañanas en que tenía que ir a Sant Cugat como había ido hasta que me hice amigo de los tres, en los Ferrocarriles Catalanes, y luego caminando hasta Esade, donde para colmo Casas y Vidal empezaron a sentarse separados en clase, dejaron de ir juntos a todas partes, se evitaban... Todo esto me creaba un problema tremendo, porque no sabía con cuál de los dos juntarme. Si me juntaba con Vidal, sentía que estaba siendo desleal con Casas. Y, si me juntaba con Casas, sentía que estaba traicionando a Vidal... Rosell tenía el mismo problema, o eso creo, aunque nunca lo comentó conmigo y yo no lo comenté con él, seguramente porque los dos intuíamos que un problema no existe de verdad hasta que se lo nombra y que, mientras no se lo nombra, sólo es un problema fantasmal, un falso problema... No hace falta que te diga que los sábados por la noche dejamos de salir los cuatro, de repente y sin ninguna explicación se acabaron las farras de fin de semana. Al principio pregunté varias veces qué pasaba, pero no me contestaban o me contestaban con evasivas o con vaguedades o con mentiras, hasta que dejé de preguntar. Por fin, un sábado por la noche, justo antes de las vacaciones de Semana Santa, volvimos a salir juntos. No recuerdo quién ni por qué ni cómo organizó la salida, pero el caso es que pensé que, fuera cual fuese el problema entre Casas y Vidal, se había arreglado.

»Craso error... La noche fue cortísima. Durante la cena, Casas y Vidal se enzarzaron en una de esas discusiones absurdas en que la gente discute en teoría sobre una cosa cuando salta a la vista que en realidad están discutiendo sobre otra, aunque nadie sepa sobre qué están discutiendo exactamente, salvo los que discuten, y a veces ni siquiera ellos... Rosell y yo intentamos mediar entre los dos, ponerle vaselina al asunto, cambiar de conversación, pero no hubo forma y, al terminar de cenar, la cosa se había envenenado de tal manera que al Sutton sólo nos acercamos Casas, Rosell, Carme y yo. Vidal se marchó con Eva y ya no volví a verle hasta después de las vacaciones.

»Sólo entonces me enteré de lo que estaba pasando... Fue Rosell quien me lo contó, una tarde en que volvíamos los dos solos en su coche desde Sant Cugat. Lo que me dijo me dejó de piedra. Primero me preguntó si me acordaba de la alcaldesa, no la llamó así, claro, no sé cómo la llamaría, pero le dije que sí me acordaba de ella, cómo no me iba a acordar... Luego me contó que, después de la noche en que la conocimos y la llevamos al local de León XIII, Casas y ella habían empezado a salir a escondidas. Le pregunté cómo lo sabía y me contestó que porque se lo había contado el propio Casas... "Te parece raro, ¿verdad?", me preguntó Rosell. "Un poco", dije, aunque en realidad no me pareció tan raro. Rosell me dijo: "Pues espera. Eso no es nada". Entonces me contó que, después de salir varias veces con la alcaldesa, Casas la dejó, pero al cabo de unos días o semanas se arrepintió, volvió a llamarla y volvieron a salir... "Y ahora es cuando viene lo bueno", me dijo Rosell. Lo bueno era que, al empezar a salir otra vez con la alcaldesa, Casas descubrió que Vidal y ella también habían estado saliendo juntos, o quizá fue la alcaldesa la que se lo dijo... O sea, de lo que Casas se enteró fue de que Vidal y la alcaldesa habían estado saliendo juntos mientras él salía con la alcaldesa, de que habían seguido saliendo juntos cuando él la había dejado y de que seguían saliendo juntos ahora, cuando él volvía a salir con la alcaldesa... A Casas este descubrimiento no le molestó al principio, según Rosell incluso le hizo gracia, por lo menos eso le había dicho. Pero el caso es que con el tiempo dejó de gustarle, sobre todo porque era con Vidal con quien debía compartir a aquella mujer, y además porque estaba seguro de que Vidal también sabía, o sea, porque creía que los dos sabían que el otro sabía, pero ninguno de los dos tenía el valor de decírselo al otro. Esto no se lo dijo Casas a Rosell, aunque para Rosell no había ninguna duda... No le pregunté si Casas había hablado del asunto con Vidal, y mucho menos si pensaba que los dos se habían enamorado de la alcaldesa: lo primero porque tenía la certeza de que, si hubiera hablado con Vidal, Rosell me lo hubiese dicho; lo segundo, porque me pareció evidente. Pero, cuando aquella tarde Rosell me dejó en la parada de Sarrià y cogí el metro hacia mi casa, yo ya estaba convencido de que la amistad entre Casas y Vidal se había hecho trizas y de que, sin esa amistad, todo iba a ser distinto.

»Volví a equivocarme... Pocos días después, una mañana en que había quedado a la hora de siempre con Vidal y Rosell en el cruce de paseo de la Bonanova y Vía Augusta, en vez de presentarse los dos solos se presentaron con Casas, igual que en los viejos tiempos. Yo me quedé sin habla, pero subí al coche como si no pasara nada, y como si no pasara nada hicimos el viaje hasta Sant Cugat y entramos en Esade, y a partir de aquella mañana volvimos a ser otra vez insepara-

176

bles, volvieron la camaradería y las bromas y las risas y los piques y la complicidad de antes, también entre Casas y Vidal o sobre todo entre ellos, que de repente parecían entenderse mejor que nunca. Sin saber por qué, de la noche a la mañana había desaparecido el mal rollo, y en los días que siguieron le pregunté varias veces a Rosell qué había pasado, pero siempre me contestó que no sabía nada y que el primer sorprendido era él... Más tarde supimos o dedujimos que Casas y Vidal habían abandonado a la alcaldesa, que los dos habían dejado de verla casi al mismo tiempo, aunque yo nunca llegué a saber si eso fue pura casualidad o si fue el resultado de alguna clase de acuerdo entre los dos, que es lo que a veces tendía a pensar. Otras veces pensaba lo contrario. Y otras no sabía qué pensar... El caso es que las aguas volvieron a su cauce, como suele decirse, todo volvió a ser más o menos como había sido hasta la aparición de la alcaldesa, incluidas las farras de los sábados por la noche, incluidas las cacerías al final de las farras de los sábados por la noche... Aunque ni unas ni otras duraron mucho más, me refiero a las cacerías y a las farras, claro, yo calculo que duraron uno o dos meses más como máximo. Luego dejamos de ir al local de León XIII, poco antes de que empezáramos a preparar los exámenes de final de curso...

—Y poco después del incidente del que antes hablabas, ¿no? El que hizo que ya no volvierais a cazar chicas y a grabaros con ellas.

—Sí.

—¿Vas a contármelo ahora?

—Ya te dije que no tiene nada que ver con la alcaldesa.

—Yo decidiré si tiene que ver o no. Si no me lo cuentas, no hay trato.

—Te lo contaré. Tranquilo... Pero antes déjame contarte algo que te interesa más... Pasó en aquella época, y eso sí que lo cambió todo, por lo menos para mí, empezando por mi relación con mis amigos. Eso fue mucho más decisivo para lo que te interesa. ¿Recuerdas el caso de las tarjetas fantasma?

—¿Las tarjetas fantasma?

—Así lo bautizó un periodista, y así llegó a conocerlo todo el mundo... ¿No has oído hablar de él?

—Vagamente.

—Es increíble. Aunque en el fondo no sé de qué me asombro, las cosas funcionan así... Un día un escándalo abre las portadas de los periódicos, llena los informativos de las radios y las televisiones, satura las redes sociales y al día siguiente ya nadie se acuerda de él. Salvo la gente a la que se ha llevado por delante y le ha destrozado la vida, claro... Esos sí que se acuerdan, esos se acuerdan para siempre. Pero los demás, la jauría, no, a esos se les olvida de inmediato, están demasiado impacientes por tirarse a la yugular de la siguiente víctima.

—¿El escándalo afectó a la alcaldesa?

—¿El de las tarjetas fantasma? No. A quien afectó fue a mi padre... Y a mí tanto como a él. O más... ¿Quieres que te cuente cómo?

—Si tiene que ver con el chantaje a la alcaldesa...

—Ya lo creo que tiene que ver.

—Adelante.

—Todo empezó antes de mi último año en Esade, no sabría decirte exactamente la fecha, quizá el año anterior, o incluso el otro. La primera chispa del caso saltó cuando un periódico madrileño publicó unos correos electrónicos del director de una caja de ahorros en los que se hablaba de unas tarjetas de crédito que, según el periodista, servían para cubrir gastos privados de ejecutivos y consejeros de la entidad. Por aquella época, creo que ya te lo conté, mi padre era diputado en el Parlamento de Madrid, diputado socialista, y el partido le había nombrado consejero de aquella entidad, un banco semipúblico en el que había consejeros de partidos y sindicatos de derecha e izquierda. No estoy hablando de ejecutivos sino de consejeros, o sea, miembros del consejo de administración, gente que tomaba de manera colegiada decisiones estratégicas sobre el gobierno de la caja y tal: cuánto había que invertir en este o aquel sector económico, cuánto en la obra social, cosas de ese tipo... El caso es que, cuando le pregunté a mi padre por aquellos correos electrónicos, me dijo que no me preocupara, que era verdad que, como todos los demás consejeros del banco, él tenía una tarjeta para gastos de representación y para gastos personales, pero que eso formaba parte de su sueldo como consejero, que era una práctica habitual en el mundo de la banca y que la filtración de los correos y su publicación en la prensa era sólo un intento natural de erosionar al presidente del Gobierno, que era quien había nombrado al director de aquel banco, y un intento artificial de montar un escándalo político-económico donde no había ningún escándalo, ni económico ni político. No te preocupes, me repitió. Esto va a disolverse como un azucarillo en el agua. Acabarán pidiéndonos perdón.

»No sé si se engañaba o si intentaba engañarme... Mi padre, ya te lo he dicho, no era banquero sino sindicalista, ese era su mundo, no conocía los tejemanejes de la banca, sus prácticas habituales o no tan habituales, no sabía nada de todo eso, y pagó carísima su ignorancia... Poco después de que los dos tuviéramos aquella charla, la Fiscalía Anticorrupción pidió a un juez de la Audiencia Nacional que investigara a los setenta y ocho directivos y consejeros de la entidad que habían usado tarjetas de empresa para cubrir gastos privados y, casi al mismo tiempo, informaron de que el banco estaba en quiebra técnica, todo el mundo sabía desde hacía tiempo que pasaba por serios problemas, pero ahora se anunció que debía ser rescatado con dinero público, que muchos clientes perderían su dinero y que centenares de trabajadores se quedarían sin empleo.

»Así empezó el calvario de mi padre, que fue también el calvario de mi familia y el mío, ese fue el principio del cataclismo... Mi padre devolvió en cuanto pudo hasta el último euro que había gastado, y juró por activa y por pasiva, a todo el que se lo preguntó, que él no había cometido ninguna irregularidad, que la dirección del banco les había asegurado que aquellas tarjetas habían sido aprobadas por los órganos de gobierno y estaban perfectamente reguladas por la institución, que, según le había dicho el secretario, eran una forma de pagar en especie a los consejeros, que él había respetado siempre los límites de gasto que le habían impuesto y que estaba seguro de que el banco declaraba sus ingresos a Hacienda, porque así se lo habían dicho los responsables técnicos.

»Se lo juró a todo el que se lo preguntó, ya digo, por activa y por pasiva, empezando por los periodistas que le interrogaron y terminando por los jueces ante los que tuvo que declarar, pero todo fue inútil... Durante el verano de mi último año en Esade mi padre se vio obligado a dimitir de todos sus cargos, abandonó su escaño en el Parlamento y fue expulsado del partido, y meses después, al terminar el juicio, lo condenaron a dos años y medio de prisión, aunque sólo cumplió diez meses... Todo esto fue espantoso, pero no fue lo peor. Lo peor fue el linchamiento público... Como los acusados pertenecían a todos o casi todos los partidos y sindicatos del espectro político, el caso de las tarjetas fantasma se presentó en los medios como una muestra flagrante de la corrupción generalizada de las élites políticas, económicas y sindicales de una democracia corrupta, y los acusados fueron condenados por la prensa mucho antes de que los condenara el juez. A nadie le interesó entrar en matices, distinguir entre los ejecutivos del banco y los simples consejeros, entre los que habían usado las tarjetas de acuerdo con las normas que les habían dado y los que habían hecho de su capa un sayo y las habían usado como les había salido de las narices, de lo único que se hablaba era del dinero que un ejecutivo se había gastado en bares de putas y otro en un viaje de placer a Bora Bora, como si todos los demás acusados hubieran hecho lo mismo... En cuanto a mi padre, ya te conté que en los años anteriores se había hecho conocido en Cataluña como azote de la corrupción de la derecha nacionalista, así que los medios (sobre todo los medios nacionalistas y de derechas, pagados por el gobierno nacionalista y de derechas), exhibieron su condena igual que un trofeo, el símbolo insuperable de la hipocresía de una izquierda que con una mano denunciaba el robo y con la otra robaba.

»Fue una época horripilante, la peor que he pasado en mi vida, y mira que he pasado épocas malas... Recuerdo, por ejemplo, las dos veces que acompañé a mi padre a declarar durante el juicio en la Audiencia Nacional. A la puerta le esperaba un grupo de gente, le esperaba a él y esperaba a los demás imputados que iban desfilando, casi todos deprisa y corriendo y con la cabeza gacha... No sé quién era esa gente, los que esperaban a la entrada, perjudicados o supuestos perjudicados por la quiebra de la caja, me imagino, o simples curiosos, gente que no tenía otra cosa que hacer que ir a insultar y a tirar huevos y tomates a mi padre y a los demás acusados, qué sé yo... Pero te aseguro que no parecían personas, parecían bestias, hienas sedientas de sangre, en aquellos días aprendí una cosa que nunca se me olvida, y es que no hay nada más peligroso que alguien que es o que se cree una víctima, nadie se convierte con más facilidad en verdugo que

181

una víctima, suponiendo que aquellas personas hubieran sido víctimas de verdad, a mí me parecía evidente que no estaban allí para pedir justicia sino para pedir venganza, y que no vociferaban y les tiraban cosas a los acusados para avergonzarlos o porque los despreciaban sino porque ellos, los que gritaban, no habían podido hacer lo mismo que habían hecho los acusados, o lo mismo que imaginaban que habían hecho, y eso los ponía furiosos...

»Para colmo de males, mi madre había caído en una depresión de caballo desde que estalló el escándalo, y poco antes de que el juez dictara sentencia sufrió un ictus y hubo que ingresarla en un hospital, con la mitad del cuerpo paralizado. Así sobrevivió los años que le quedaban, deprimida y paralítica y sin salir de casa, primero a mi cargo y después, cuando cumplió su condena, a cargo de mi padre. Como te puedes imaginar, yo dejé Esade... ¿Qué iba a hacer? Mi madre enferma, mi padre primero imputado y perseguido y luego en la cárcel, mi familia en la ruina. Ni siquiera tenía dinero para pagar la matrícula... No me preguntes si alguien me ayudó, por favor, porque vas a hacerme reír. En esas circunstancias nadie te echa una mano, como no sea para acabar de hundirte. Mi padre se había convertido en un apestado, y a un apestado todo el mundo lo quiere a distancia. A él y a su familia... Y, sobre todo, no me preguntes si me ayudaron mis amigos... Ellos hubieran podido hacerlo, dirás tú... Quién si no ellos, ¿verdad...? Ellos y sus familias, que tenían la magia del dinero y el poder y hubieran podido ayudarnos fácilmente, después de todo lo que yo había hecho por ellos hubieran podido preguntarme, al menos, si necesitábamos ayuda, interesarse por nosotros... ¿Me lo preguntaron? ¿Se interesaron por nuestra situación? ¿La de mi padre, la de mi madre, la mía? No me hagas reír... Claro que no... Por supuesto que no... La gente es así, los ricos, sobre todo, son así. Ya te dije que están hechos de otra pasta. Los demás para ellos somos transparentes, no existimos, o sólo existimos en función de sus intereses. Cuando dejamos de interesarles, dejamos de existir. Se acabó. Si te he visto no me acuerdo. Punto final.

»Fue lo que pasó entonces... Aunque mis amigos se enteraron desde el principio del cataclismo (no podían no enterarse, se enteró todo el mundo), no abrieron la boca, no dijeron una sola palabra ni hicieron el más mínimo comentario, no movieron un solo dedo por mí, ni siquiera me llamaron al ver que, en septiembre, cuando volvió a empezar el curso, yo no aparecía por la escuela, hicieron como si no supieran nada, se comportaron, ya te digo, como si yo no existiera, como si nunca hubiera existido... Cuánto me gustaría que pagaran por eso.

—La ingratitud no es un delito.

—No, pero debería serlo... De todos modos, no pagarán ni por sus delitos.

—Eso ya lo veremos.

—Es tarde. ¿No tienes sueño?

—No.

—¿No estás cansado?

—No.

—Yo sí.

—Tenemos que continuar.

—Ya... De acuerdo... Dame un minuto. Tengo que ir al baño.

3

La alcaldesa los ha convocado a las cuatro de la tarde en El Botafumeiro, un restaurante elitista encajado en el corazón de un barrio popular: el barrio de Gràcia. La idea de citarse lejos del Ayuntamiento, sin embargo, no ha sido de ella sino de Vàzquez, que no quiere volver a quedar allí. «Cuanta menos gente nos vea por aquel puticlub, mejor», ha dicho el sargento. «No vaya a ser que algún listillo se huela algo.»

El Botafumeiro está todavía bastante concurrido cuando llegan. Uno de los dos guardaespaldas de la alcaldesa les advierte que la comida de su jefa no ha terminado, y, como no queda sitio en la barra, optan por aguardar fuera, bajo el toldo azul que sombrea la puerta del restaurante, flanqueado por dos lámparas doradas en forma de botafumeiro. Allí permanecen un rato, abstraídos y en silencio, contemplando la multitud que desborda las aceras de Gran de Gràcia y el río de coches, autobuses, motos, bicicletas y patinetes que sube con estrépito hacia la plaza Lesseps, y, en medio de aquel barullo, Melchor cree por un momento adivinar el pensamiento de Vàzquez: sabe que está obsesionado y nervioso por el secuestro de la mujer del narco de Santa Coloma, y por un momento vuelve a recordarlo en el almacén de Molins de Rei, sentado en el suelo encharcado de sangre, con la cabeza cortada de la hija del narco venezolano en el regazo, la cara bañada en lágrimas y chillando a todo pulmón, y siente ganas de decirle que no fue él quien falló y que no se torture más, porque mientras dura el remordimiento dura la culpa.

En ese momento suena uno de los móviles de Vàzquez, quien lo descuelga y se aleja unos pasos por la acera caldeada de sol, prescindiendo de la protección del toldo del Botafumeiro.

—Era Verónica —informa al rato el sargento, de vuelta junto a Melchor—. La chica de prensa. Quiere vernos enseguida.

—¿A los dos?

—A los dos. Hemos quedado aquí al lado, en el bar Roure. Vamos en cuanto terminemos con la alcaldesa. Ella tiene su despacho en Les Corts, pero viene para acá. Dice que también tiene que hablar contigo. Os conocéis, ¿no?

Se conocen. Verónica es la encargada de prensa del cuerpo y, unos meses después de los ataques islamistas de 2017, se desplazó hasta la Terra Alta para pedirle un favor: la televisión pública catalana estaba preparando un reportaje sobre los atentados, y los responsables querían entrevistarle; por supuesto, él aparecería en las imágenes de espaldas a la cámara, y los técnicos distorsionarían su voz hasta volverla irreconocible; ella ya había hablado con el comisario Fuster, que había dado el visto bueno a la propuesta, siempre y cuando también se lo diese Melchor. Melchor no se lo dio. La encargada de prensa insistió: argumentó que en aquel momento, con el jefe del cuerpo, el mayor Trapero, imputado por un juez de la Audiencia Nacional por su papel en la intentona secesionista del otoño de 2017, y con la institución en pleno deprimida y cuestionada por los acontecimientos que condujeron a la declaración de independencia de octubre de aquel año, ese reportaje era fundamental para ellos, aseguró que nada podía levantarles más la moral a sus compañeros que el recuerdo de su actuación en los atentados islamistas y que nadie representaba como él lo mejor de aquella actuación. Todo fue inútil: Melchor se negó en redondo a aparecer en el reportaje.

—Le dije a Cosette que pasaría a buscarla por el casal a las cinco —alega.

—Pues pídele a alguien que vaya en tu lugar —dice Vàzquez—. Lo de Verónica es urgente. Eso me ha dicho.

Melchor llama por teléfono a Vivales, hablan un momento sobre la cena de la noche anterior (el picapleitos le cuenta que sus amigos abandonaron la casa al amanecer), y, por segunda vez en los últimos tres días, le pide que vaya a buscar a Cosette. Vivales acepta.

—Arreglado —dice Melchor.

Ahora sí encuentran sitio en la barra del Botafumeiro, que se va poco a poco despoblando mientras ellos se toman un café. En determinado momento, un edecán de la alcaldesa los conduce hasta un reservado donde ya sólo quedan dos camareros uniformados que se afanan por despejar el mantel de una mesa larga y oblonga, escoltada por nueve mullidas butacas y sobrevolada por una lámpara de araña de la que pende un racimo de lágrimas de metal dorado. Es un comedor sin ventanas, con un gran espejo al fondo y varios óleos de paisajes marinos ornando las paredes forradas de papel granate. El edecán pregunta a los dos policías si desean tomar algo.

—Acabamos de tomarlo —contesta Vàzquez.

Entonces el edecán pide a los camareros otro café para la alcaldesa, una botella de agua mineral y tres copas, y a Melchor y a Vàzquez les ruega que aguarden. Unos minutos después aparece su jefa.

—Disculpad que os haya hecho esperar —los saluda—. Llevaba más de dos horas encerrada aquí con la gente de la Cámara de Comercio y necesitaba refrescarme.

Estrecha la mano de Vàzquez y retiene la de Melchor, que recuerda que, en su entrevista inicial, la alcaldesa los trataba de «usted».

—Anteayer no tenía idea de quién eras —reconoce la mujer—. De haberlo sabido...

—¿Le ha dicho a alguien que ha estado con nosotros? —se alarma Vàzquez.

—No te preocupes, sargento —lo tranquiliza la alcaldesa—. Lo de tu compañero me lo contó el comisario Vinebre, que ha tenido la amabilidad de llamarme para saber cómo va todo.

La alcaldesa elogia la actuación de Melchor en el atentado de Cambrils y, mientras encadena dos o tres lugares comunes sobre la amenaza creciente del terrorismo islamista, Melchor siente que aquella mujer habla como si sintiera una inmensa admiración por él, una gratitud inmensa, como si él fuera en aquel momento, para ella, la persona más importante del mundo, y de golpe cree entender que de ahí deriva gran parte de su atractivo: no de lo que ella es sino de lo que consigue que los otros crean que son para ella. También recuerda una de las cosas que dijo la víspera Chicho Campà, en la terraza del piso de Vivales: «Eso es nuestra alcaldesa: una serie de máscaras. La pregunta es qué hay detrás de todas esas máscaras. Y la respuesta es nada». No ha terminado la alcaldesa su alegato antiislamista cuando llaman a la puerta del reservado: es un camarero, con el café y el agua.

—Sentaos, por favor —les ruega ella.

Melchor y Vàzquez toman asiento frente a la mujer, que manipula su móvil hasta que el camarero sale y los tres vuelven a quedarse a solas. Entonces la alcaldesa le entrega el aparato al sargento.

—Ahí tenéis el número desde el que me llamaron —dice—. Y la hora. Os digo la verdad: estoy muy preocupada.

—Lo entiendo —asegura el sargento, devorando la pantalla del móvil con la vista.

—No, no lo entiendes —replica la alcaldesa—. Me han dado diez días para entregar los trescientos mil euros y dimitir. Si no lo hago, difundirán el vídeo.

Vàzquez levanta la vista del móvil.

—¿Diez días? —pregunta.

—Hasta el sábado —asiente ella—. El que viene no, el otro.

El sargento le muestra a Melchor la pantalla del móvil.

—Me parece que es de un teléfono público —comenta—. Escribe a Cortabarría y dile que lo identifique. No, mejor no le digas nada... Ya lo haré yo. —Enseguida se vuelve hacia la alcaldesa—: Si tuviéramos pinchado su teléfono, todo sería más fácil.

Vàzquez intenta rápidamente explicarse, razonar su petición, pero la mujer lo corta en seco («Ni hablar») y el sargento enseña las palmas de sus manos en un gesto de disculpa. La alcaldesa zanja:

—Lo que hay que hacer es pagar a tocateja y liquidar cuanto antes este asunto.

—Pagando no liquidaríamos nada —objeta Vàzquez—. Ya se lo dije. Y le ruego que no se ponga nerviosa. Es lo que los extorsionadores quieren.

—No estoy nerviosa. Estoy asustada.

—Eso también lo entiendo —asegura Vàzquez.

—No vuelvas a decirme que lo entiendes.

La réplica de la alcaldesa provoca un silencio embarazoso. Vàzquez parpadea varias veces, hace rechinar los dientes, endurece el mentón; Melchor vuelve a recordar el secuestro de la mujer del traficante de Santa Coloma, y durante un segundo teme que su compañero estalle. Por fortuna, la mujer rectifica enseguida.

—Perdona —se disculpa—. Ya te he dicho que estoy asustada.

—No se preocupe. —Vàzquez señala la taza de café—. Tómese eso y cuéntenos la llamada, por favor.

La alcaldesa inspira y espira profundamente, coge la taza de café y da un sorbo. Lleva un traje pantalón color marfil y una blusa camisera de seda lila, con una cadena labrada de cuyo extremo pende un camafeo de ónix que le oculta el canalillo; salta a la vista que, además de refrescarse, en el baño se ha repasado el maquillaje. Tras ella, una marina representa a un puñado de pescadores faenando en sus barcas bajo un extraño crepúsculo plateado, mientras una bandada de gaviotas como una escuadrilla de cazas en miniatura planea sobre el mar.

—Recibí la llamada anoche —refiere la alcaldesa—. En mi casa. Era tarde, estaba a punto de meterme en la cama, no suelo coger el teléfono si no identifico la llamada, y menos a esas horas. Pero esta vez tuve un presentimiento.

—¿Reconoció la voz de la persona que la llamó? —pregunta Vàzquez.

—No.

—¿Era un hombre o una mujer?

—Una mujer.

—¿Nacional o extranjera?

—Nacional.

—¿Alguna idea de la edad que podía tener?

—Ninguna.

—Continúe, por favor.

De un trago, la alcaldesa acaba de tomarse el café.

—Intenté conservar la calma —continúa, cruzando las

manos sobre la mesa: unas manos finas, huesudas, de dedos largos y uñas pintadas de púrpura—. Le dije lo que me pedisteis que le dijese. Que mucha gente anda por ahí diciendo que tiene vídeos sexuales míos y amenazándome con publicarlos. Que cómo podía saber que ella tenía uno. Que sólo estaba dispuesta a negociar si me demostraba que lo tenía. —Una pausa—. ¿Sabes lo que me contestó?

—¿Qué? —pregunta Vàzquez.

—Me dijo que estaba intentando engañarla, que todo lo que le había dicho era mentira y que nadie había intentado chantajearme nunca con ningún vídeo sexual. Y luego me demostró que sí tiene el vídeo.

—¿Cómo?

—Me contó qué hay en él.

—¿Le describió las imágenes?

—Y me dijo cuándo y dónde se filmaron.

—Esa mujer podría saber todo eso y no tener el vídeo.

—Sí. Pero lo tiene.

—¿Está segura?

—Completamente.

Vàzquez y la alcaldesa se quedan mirándose como si se estuvieran midiendo en silencio su intelecto o su capacidad de resistencia. Melchor comprende que verbalizar su zozobra está disipando el nerviosismo inicial de la mujer y devolviéndole su aplomo. Uno de los móviles de Vàzquez vibra sobre el mantel; el sargento apenas le echa un vistazo.

—Cuénteme qué hay en el vídeo —pide.

Un poco desconcertada, la alcaldesa se vuelve hacia Melchor, y enseguida otra vez hacia el sargento. Luego suspira, se sirve un poco de agua en una copa y se la bebe. Melchor nota que no le tiemblan las manos.

—La grabación es de cuando conocí a mi exmarido —dice la mujer.

—¿Cuándo fue eso? —pregunta Vàzquez.

—Hace casi veinte años. Los dos éramos todavía estudiantes, yo estaba terminando la carrera, soy un par de años mayor que él. Había ido a cenar con unos compañeros de curso y, como era sábado, nos enredamos de copas y la noche se fue alargando. En un bar apareció Dani, a altas horas. Iba con unos amigos. Y, en fin, una cosa llevó a la otra y acabamos en un local de su familia, por la avenida Tibidabo. Ahí debieron de grabarnos.

—¿Cómo lo sabe?

—Por lo que me contó aquella mujer.

—¿La extorsionadora?

La alcaldesa asiente.

—¿Se dio usted cuenta de que la grababan?

—Claro que no.

—¿Y su marido?

—No. No lo creo. No lo sé. En todo caso, nunca me dijo nada.

—¿Sólo los grabaron a usted y a su marido?

—No.

—¿Quién más estaba con ustedes?

—Ya te lo he dicho: amigos de mi marido.

—¿Qué amigos?

La alcaldesa no contesta de inmediato; indecisa, vuelve a mirar a Melchor, como buscando refugio en él, o escapatoria. Si es así, no encuentra ni una cosa ni la otra.

—Enric —dice por fin—. Enric Vidal.

Vàzquez también tarda en reaccionar.

—¿Su primer teniente de alcalde? —pregunta, perplejo.

La alcaldesa vuelve a asentir.

—Era muy amigo de mi marido. —Y añade—: Igual que Gonzalo Rosell. El portavoz del PP...

—En el Ayuntamiento.

191

—Sí.

—¿Rosell también era amigo de su marido o también aparece en la grabación?

—Las dos cosas.

Vàzquez parece no dar crédito a lo que está oyendo. Evidentemente incómodo, carraspea, y, por el rabillo del ojo, Melchor nota que se gira con discreción hacia él, que evita imitarle.

—¿Alguien más? —pregunta el sargento.

—¿Alguien más qué? —contesta la alcaldesa.

—¿Alguien más aparece en la grabación?

—No.

—¿Eso también se lo dijo el extorsionador?

—Eso lo viví yo, no hace falta que nadie me lo diga. —De nuevo impaciente, la regidora resopla, vuelve a cruzar y descruzar las manos, las hace revolotear a la altura de la marina que cuelga a su espalda—. Mirad, no me vengáis con remilgos: estas son cosas que se hacen de joven —prosigue, dando por sentado que todos saben a qué cosas se refiere—. El otro día os lo advertí, yo entonces hice muchas tonterías, todos las hemos hecho y, si alguien no las hizo, peor para él. Pero no hay que darles más importancia. La cuestión es que...

—No somos nosotros los que les damos importancia —ahora es Vàzquez quien la interrumpe—. Es usted.

—Es que para una persona normal no tienen importancia —replica ella—, pero, para mí, sí. Es lo que quería decirte: que la carrera política de un hombre puede sobrevivir a una grabación como esa, pero la de una mujer no. Y, mucho menos, si la mujer soy yo. ¿No lo entendéis?

El interrogante silencia el reservado unos segundos, durante los cuales Melchor vuelve a recordar la cena de la víspera en casa de Vivales: «Y eso que ahora predica la castidad», había dicho Manel Puig refiriéndose a la alcaldesa, «el retorno a la familia tradicional y la necesidad de tener hijos para preservar la civilización cristiana y que los musulmanes no nos invadan y toda esa mierda xenófoba». El sargento no parece muy persuadido por los argumentos de la regidora y, tras responder en un parpadeo el mensaje que acaba de tintinear en su móvil, cambia de tema.

—¿Cuánto tiempo habló por teléfono con el extorsionador?

—Extorsionadora: era una mujer —le corrige la alcaldesa—. Cuatro o cinco minutos, no más. Lo suficiente para saber que no va de farol. Y también para otra cosa. —El sargento la interroga con la mirada—. Tuve la impresión de que lo de la dimisión sólo es una forma de presionarme. Que no es lo fundamental. Que lo fundamental es lo del dinero.

—¿De dónde sacó esa impresión? —pregunta Vàzquez.

—No lo sé. De cómo hablaba aquella mujer, supongo: no hablaba igual de un asunto que del otro. Es lo que me pareció. Por eso creo que lo mejor es pagar de una vez por todas y negociar para que me entreguen la grabación a cambio del dinero y dejen de incordiarme. Y para que no empeoremos todavía más las cosas.

En sus dos entrevistas con la alcaldesa Melchor se ha impuesto la obligación de guardar silencio y centrarse en descifrar su lenguaje no verbal; pero ahora no es capaz de contenerse.

—Las cosas no están empeorando —discrepa.

La mujer lo observa con menos interés que estupor: aquella es la primera frase un poco articulada que le oye completar.

—Hace cuatro días, esa gente me pedía trescientos mil euros —le recuerda la alcaldesa—. Ahora me pide los mismos trescientos mil euros y además que deje la alcaldía. Dime por qué no han empeorado las cosas.

—Porque lo más probable es que, desde el principio, los que la están extorsionando quisieran que dimitiese —explica Melchor.

—¿Y por qué no me lo pidieron entonces? —pregunta la alcaldesa.

—No lo sé —admite Melchor, pero aventura—: Para desorientarnos. Para no darnos pistas. Para que no sospechásemos quién podía ser el extorsionador.

—Es posible —le respalda Vàzquez—. Y también es posible que haya dos chantajistas distintos: uno que quiere el dinero y otro que lo que quiere es que dimita. Eso explicaría la impresión que tuvo usted por teléfono. Y eso sería bueno para nosotros, porque podría provocar conflictos entre los extorsionadores y nosotros podríamos aprovecharlos. Dígame, ¿hay alguien interesado en que deje usted la alcaldía?

En la expresión de la mujer, el interés y el estupor se mudan de golpe en incredulidad.

—¿Estás de broma o qué? —pregunta con una risa un poco forzada—. ¿Tienes una vaga idea de cómo funciona la política?

—Me refiero a alguien relacionado con la grabación —se apresura a precisar Vàzquez.

El matiz congela la risa en la boca de la alcaldesa, que se lleva la mano derecha al camafeo de ónix y lo acaricia con las yemas del índice y el pulgar, dejando vislumbrar por un segundo la carnosa profundidad del desfiladero que separa sus senos.

—No lo sé —afirma, soltando el camafeo.

—Hay algo que me gustaría que me aclarase —vuelve a intervenir Melchor—. Si su marido y sus dos amigos participaron en la orgía, ¿quién la grabó?

Como si no hubiese entendido la pregunta, o como si necesitase tiempo para procesarla, la alcaldesa se la hace repetir; Melchor la reformula, sustituyendo la palabra «orgía» por la palabra «fiesta».

—Había otra persona —evoca la alcaldesa—. Otro amigo de mi marido. Formaba parte del grupo, pero no participó en aquello.

—¿Pudo ser él quien lo grabó? —inquiere Vàzquez.

—Pudo ser —reconoce la mujer. Nadie acaba de entrar en el reservado, pero ella mira hacia la puerta y permanece un momento con la vista allí. Luego, dirigiéndose otra vez hacia los dos investigadores, continúa—: No sé quién era, sólo estuve con él esa noche, Dani nunca me habló de él, que yo recuerde... —Extiende los brazos en un ademán resignado o impotente—. En fin, sigo insistiendo en que lo que deberíamos hacer es pagar.

—No digo que no —acepta Vàzquez—. Pero todavía es pronto. Mire, como sabe, los extorsionadores nos piden que paguemos con moneros, y la gente de Delitos Económicos asegura que, usando esa forma de pago, tenemos una opción de pillarlos. No es seguro, pero es una opción. De todos modos, antes deberíamos agotar otras vías.

—¿Por ejemplo?

El sargento muestra el número del extorsionador en la pantalla del móvil de la alcaldesa y, mientras toma nota de él, dice:

—Ya veremos lo que da esto de sí. —Devuelve su aparato a la mujer y añade—: Claro que si tuviéramos pinchado su teléfono...

—No insistas —lo ataja ella—. No me vas a convencer.

La alcaldesa consulta su reloj.

—¿Alguna cosa más?

—Sí —interviene de nuevo Melchor—. ¿Qué tal se lleva con su exmarido?

Los ojos de la alcaldesa lo taladran con una mezcla de extrañeza y contrariedad, como si acabara de llevarse una inmensa decepción con él. Pero enseguida, inesperadamente, le dirige una sonrisa encantadora.

—Me llevo bien —asegura—. Muy bien, diría yo. Hemos estado casados cinco años, tenemos una hija, nos llevamos bien. Fue una separación de mutuo acuerdo.

Diciéndose que tres afirmaciones equivalen a una negación, Melchor pregunta:

—¿Y con Enric Vidal?

—¿Qué pasa con Enric?

—¿También se lleva bien con él?

—También.

—No es lo que dice la gente.

La mujer se encoge de hombros sin dejar de sonreír.

—No creas todo lo que dice la gente —le recomienda. Tras una pausa anuncia—: Bueno, tengo que irme.

Se levanta de la mesa y los dos policías la imitan.

—Es mejor que salga usted primero —le devuelve el consejo Vàzquez, estrechándole la mano—. No conviene que nos vean juntos.

—Como queráis. —Se despide también de Melchor, se llega hasta la puerta, coge el picaporte y mira a los dos hombres—. Recordad que sólo quedan diez días.

—No se preocupe —dice Vàzquez—. Confíe en nosotros.

La alcaldesa vuelve a asentir.

Apenas sale la mujer del reservado, Melchor lo suelta:

—Vidal está metido en el asunto.

—¿Qué? —pregunta Vàzquez, parpadeando mucho.

—Que el primer teniente de alcalde está extorsionando a la alcaldesa —aclara Melchor—. O está con los que la están extorsionando.

—¿Cómo lo sabes?

—No lo sé: lo intuyo. Y la alcaldesa también. ¿Por qué crees que les encargó primero el caso a unos detectives y luego a nosotros?

El sargento vuelve a sentarse y, tras unos segundos de silencio, parece caer en la cuenta.

—Claro —dice—. Si no intuyera que Vidal está en el asunto, ella le habría encargado el caso a su gente.

—Exacto. Nos lo encarga a nosotros porque no se fía de ellos. Y no se fía de ellos porque piensa que su jefe está en el ajo.

Vàzquez asesta un puñetazo en la mesa y dos copas vacías caen sobre el mantel.

—Me cago en la puta —rezonga el sargento—. Es verdad.

—Por lo menos es posible —matiza Melchor, levantando una de las copas caídas—. Yo creo que, antes, la alcaldesa sólo lo sospechaba, mientras que ahora está segura.

—¿Por qué lo dices?

—Por la cara que puso cuando le preguntaste si alguien que aparece en el vídeo está interesado en su dimisión. Ahí es cuando hizo el clic.

Como si pensara en voz alta, Vàzquez concluye:

—O sea, que su propio teniente de alcalde quiere su dimisión.

—Si está en el ajo, seguro.

—¿No se nos está yendo la olla? —recapacita de pronto el sargento—. ¿No le estamos buscando tres pies al gato?

—Para nada —insiste Melchor—. Hay quien piensa que Vidal está deseando sustituir a su jefa. Y tienen buenas razones para pensarlo. Es posible que incluso esté interesado en la dimisión de la alcaldesa su exmarido, que también sale en la grabación.

—Lo cual significa que a lo mejor su exmarido también

es de los malos —razona el sargento, abandonando su efímero papel de abogado del diablo.

—A lo mejor. Al fin y al cabo, él y Vidal son amigos de toda la vida. Igual que el otro. ¿Cómo se llama?

—Rosell. —Los dos policías guardan un momento de silencio, y Melchor nota que a Vàzquez le tiembla la mejilla izquierda de forma casi imperceptible, como si se le hubiese declarado un tic—. Hay una cosa que no me cuadra —admite el sargento—. Si la alcaldesa intuía desde el principio que Vidal está metido en el asunto, ¿por qué no nos lo dijo? ¿Por qué no nos lo dice ahora? ¿Por miedo? Vidal y su gente no se andan con chiquitas, eso seguro. Pero...

—No lo sé —admite también Melchor—. Sea como sea, lo que es seguro es que hay que hablar cuanto antes con él.

Vàzquez abre de par en par los ojos.

—¿Con Vidal?

—Con él, con el exmarido y con el otro.

—¿Para que sepan que andamos detrás de ellos? Ni hablar.

—No tienen por qué saber que andamos detrás de ellos. Sólo que andamos detrás de quien está extorsionando a la alcaldesa.

—¿Y si quienes están extorsionando a la alcaldesa son ellos?

—Hay que correr ese riesgo. Prefiero perder el secreto y ganar una buena conversación con esos tres.

—Recuerda que hay un cuarto. Aunque todavía no sepamos quién es.

—Pues con esos cuatro.

Vàzquez parece reflexionar: tiene la boca endurecida y, bajo las ojeras de cansancio o insomnio, su mejilla izquierda sigue temblando.

—Ten paciencia —le dice a Melchor, rechazando su propuesta—. Vamos a explorar primero esta vía.

—Por lo menos pongámosles vigilancia a esos tres.

—¿Estás loco? ¿No tengo gente ni para lo indispensable y la voy a poner a trabajar en esto?

—Pídesela a Blai. Te la dará. De Vidal me ocupo yo. Encárgale a alguien que controle a los otros dos.

Vàzquez no se da tiempo a meditar la propuesta de Melchor.

—Bueno, ya lo pensaré. —Se levanta de su butaca—. Vámonos, que Verónica debe de estar harta de esperar.

La cita es en el Roure, un bar de toda la vida cercano al Botafumeiro. Así que, después de salir otra vez a la calurosa confusión de Gran de Gràcia y de caminar unos metros hacia la Diagonal, tuercen a la derecha por la primera bocacalle y la siguen hasta la placita donde se encuentra el local. No divisan enseguida a la encargada de prensa entre las escasas parejas que conversan bajo los viejos ventiladores —unos artefactos jubilados como instrumentos de refrigeración y reciclados como reliquias que acreditan la solera del local—, pero, al superar una barra repleta de tapas tradicionales, la reconocen sentada al fondo del local, agitando los brazos como aspas para llamar su atención.

—¡Qué casualidad, Vàzquez! —Verónica se dirige al sargento pero señala a Melchor—. Llevaba tiempo pensando que tenía que hablar con este hombre, te llamo a ti y resulta que estás con él. —Estampa un par de besos en las mejillas de cada policía y, mientras abre hueco en su mesa rebosante de papeles, añade—: Sentaos, por favor. Y perdonad el follón: es que yo siempre ando con mi oficina a cuestas.

Es una mujer de treinta y tantos años, menuda, morena y vivaracha, que viste unos vaqueros gastados y una camiseta de un verde oscuro, lleva el pelo recogido en un moño y gesticula profusamente con sus brazos de bailarina. Apenas se ha sentado frente a los dos policías cuando aparece el camarero. Melchor y Vàzquez no piden nada; ella, que acaba de tomarse un cortado, pide otro.

—Bueno, cuéntame. —Ahora Verónica se dirige a Melchor con una sonrisa sin reservas—. ¿Qué haces en Barcelona?

—Nos echaba de menos —bromea Vàzquez.

—¿De veras? —pregunta Verónica.

—Sólo he venido en comisión de servicio —explica Melchor—. Me quedaré poco tiempo.

—¿Y volverás a la Terra Alta? —vuelve a preguntar Verónica.

Melchor asiente. La encargada de prensa bufa con una expresión de tedio infinito.

—No entiendo qué le ves a ese sitio, chico. ¿Tú has estado ahí, Vàzquez?

—No.

—Ni falta que hace, oye, que te lo digo yo. ¡Pero si está donde Cristo dio las tres voces! —Tratando de congraciarse con Melchor, puntualiza—: Cuidado, no digo que no dé para un finde romántico, ¿eh? —Pero enseguida se corrige—: Claro que, para un finde romántico, da hasta un búnker... Hay que ver, con lo bien que lo pasarías aquí en Barcelona. Además, te trataríamos de lujo. Lo sabes, ¿verdad?

La llegada del camarero le ahorra la respuesta a Melchor. Sin dejar de ponderar las ventajas que para él tendría el traslado a la capital, Verónica saca de su bolso un dispensador de estevia, echa en el cortado dos pastillas del tamaño de una lenteja, devuelve el dispensador a su bolso y empieza a remover el cortado con una cucharilla.

—En fin, a lo que iba: ¿conoces a Isaki Lacuesta? —Melchor niega con la cabeza—. ¿No has visto ninguna película suya? —Ante la incredulidad de Verónica, Vàzquez también dice que no—. Pues no sabéis lo que os estáis perdiendo, queridos. Es un director fantástico, que hace unas películas fantásticas y que, en fin, no tengo palabras. Yo lo conocí en la prehistoria, cuando trabajaba en el *Diari de Girona*. Tuvimos un rollete y tal. Poca cosa, por desgracia. Bueno, no entro en detalles. —Se pasa una mano por delante de la cara, como en un pase de magia o un floreo flamenco—. Total, que tiene ganas de rodar una peli sobre los atentados de 2017.

Quizá tratando de sopesar la reacción de Melchor, Verónica hace una pausa y da un sorbo a su bebida; en la cara del policía no se mueve un solo músculo.

—Pero, claro —termina la encargada de prensa—, sólo va a hacerlo si puede contar contigo.

Melchor ensaya una sonrisa cortés.

—Ya te dije que no quiero salir en la tele —le recuerda.

—¡Pero si esto no es para la tele, hombre! —exclama Verónica, cogiendo su mano con una mano y dándole palmaditas con la otra—. Es para el cine. Será un documental, nada de inventar nada, para qué. Y será fantástico. Ya lo verás. Tú no conoces a Isaki, es un crack, si alguien puede convertir esa historia en algo despiporrante es él.

Verónica emprende un elogio apasionado del cineasta y pondera el valor que su película puede tener para el cuerpo o para la moral del cuerpo: repite, refinados y puestos al día, los argumentos que esgrimió años atrás, cuando intentó convencer a Melchor de que apareciera en el reportaje de la televisión catalana; añade alguno nuevo: de acuerdo con él, Melchor se ha convertido con los años en un símbolo, «transversal y suprapartidario», dice, de lo mejor que puede dar de sí la policía catalana.

—¿No lo entiendes? —insiste Verónica: había soltado la mano de Melchor, pero vuelve a cogerla—. Hay chavales que llegan a la Escuela de Policía y lo primero que hacen es preguntar por ti.

—No me jodas —dice Vàzquez, cuyo tic facial se le ha acelerado.

—Como te lo cuento —se reafirma Verónica, dando otra palmadita a Melchor—. Y eso hay que aprovecharlo. Después de todo lo que hemos padecido estos años...

La responsable vuelve a la carga, igual que si estuviera ante su última oportunidad de convencer a Melchor. Aún no ha agotado su arsenal de argumentos cuando Vàzquez la interrumpe señalando a su compañero:

—Si vas a hacerle una mamada a este, dímelo y os dejo solos, ¿eh? Que tengo mucho trabajo.

—Hablo en serio, Vàzquez —le riñe Verónica.

—Yo también —asegura Vàzquez.

Verónica se ríe alborozada mientras simula apartar con una mano coqueta el comentario del sargento («Estás celoso, tío»), pero tarda un segundo en recobrar la expresión de seriedad, bebe otro sorbo del cortado y reanuda la ofensiva.

—Hay otra razón para que aceptes —se dirige de nuevo a Melchor—. Podrías dar tu versión de los hechos.

—Ya se la di al juez —le recuerda Melchor.

—No me refiero sólo a los hechos del atentado —aclara Verónica—. Me refiero a los hechos en general.

Ahora Melchor la mira sin entender. La mujer apoya el costillar en el borde de la mesa y sus pechos se derraman sobre la superficie de madera. Vàzquez lucha en vano para impedir que sus ojos se vayan hacia ellos. La encargada de prensa le pregunta a Melchor:

—¿No me digas que no has leído la última novela de Javier Cercas?

El interpelado está a punto de excusarse, con el argumento de que no lee novelas actuales, cuando Vàzquez interviene:

202

—¿Qué novela?

—No puedo creérmelo —suspira Verónica—. No veis las pelis de Isaki, ni siquiera leéis las novelas que hablan de vosotros. Pero ¿en qué mundo vivís, queridos?

Vàzquez repite su pregunta.

—De una que habla sobre Melchor —explica Verónica—. Bueno, sobre Melchor o sobre un tipo que se llama como Melchor y se parece bastante a Melchor... Se titula *Terra Alta*. ¿De verdad no habéis oído hablar de ella? —Los dos policías guardan un silencio un poco avergonzado; la mujer prosigue dirigiéndose al sargento—: Cercas dice que se ha basado en la historia de Melchor, aunque también dice que todo lo que cuenta en la novela es falso; vamos, que se ha inventado la historia de pe a pa. Pero hay quien dice que eso es mentira y que todo es verdad, o sea, que aquí tu colega le contó su historia a Cercas y que él no ha hecho más que escribirla. ¿Tú conoces a ese tipo, Melchor?

Melchor asegura que no.

—Joder, qué lío —dice Vàzquez, rascándose el cráneo sin pelo.

—¿Lo ves? —se reafirma Verónica—. Por eso también sería bueno que ayudases a Isaki a hacer su película: para desmentir lo que es mentira y confirmar lo que es verdad. En el libro de Cercas, quiero decir. Porque algo habrá de verdad, ¿no?

Melchor no contesta.

—Me estoy mareando —reconoce Vàzquez—. Si no estuviera de servicio, ahora mismo me cascaba un pelotazo. —Impaciente, un poco irritado, agrega—: Dime una cosa, Verónica, ¿sólo para esto querías hablar con nosotros?

Enderezándose en su silla, la mujer vuelve a suspirar, ruega a Melchor que repiense su oferta y se alisa la camiseta, que al contacto con la mesa se le ha arrugado.

—No, chato: esa es sólo la parte buena. —La encargada de prensa apura el cortado y pregunta a bocajarro—: ¿Vosotros estáis investigando un chantaje a la alcaldesa?

El sargento pega un respingo.

—¿Quién te ha dicho eso?

—Roger Galí —contesta Verónica—. Un periodista del *Ara*. No me preguntes de dónde lo ha sacado porque no tengo ni idea. Lo único que me ha dicho es que corren rumores de que están extorsionando a la alcaldesa con un vídeo sexual y que vosotros estáis detrás de los extorsionadores. ¿Es verdad o no?

—Me cago en mi puta madre —se maldice Vàzquez—. Sólo nos faltaba esto.

—¿Es verdad o no es verdad? —insiste Verónica.

—Claro que es verdad, joder. Lo que no entiendo es cómo ha podido llegar esto a un periodista. A menos que...

—A menos que alguien nos viera entrar el lunes en el Ayuntamiento y empezara a husmear —termina la frase Melchor.

—Mierda —se lamenta el sargento.

Hay un silencio.

—A lo mejor es sólo un globo sonda —conjetura Melchor—. A lo mejor hay alguien interesado en sacar el asunto. O en que nosotros sepamos que lo puede sacar.

La hipótesis queda flotando sobre la mesa mientras Melchor y Vàzquez se observan. Verónica pregunta:

—¿Se puede saber qué demonios estáis pensando?

El sargento contesta con otra pregunta:

—¿Qué le dijiste al periodista?

—¿Qué querías que le dijera? La verdad: que no tenía ni flores. Que trataría de averiguar. Que ya le diría algo.

—Tienes que pararle —le ruega Vàzquez—. Si publica esa información, nos jode vivos. Si los malos se enteran de que estamos detrás de ellos...

—Haré lo que pueda —promete Verónica—. Aunque no va a ser fácil. Para variar, el *Ara* anda de capa caída, dicen que está a punto de cerrar, sólo que ahora parece que la cosa va en serio. Así que una exclusiva como esta les viene que ni pintada.

—Tienes que pararle —repite Vàzquez—. Arréglatelas como puedas.

—Me las arreglaré —asiente Verónica—. Pero daos prisa, por favor: ya te digo que la cosa está que arde. Y, milagros, en Roma. Lo entiendes, ¿verdad?

Vàzquez también asiente. Vagamente satisfecha, Verónica observa un segundo el caos de papeles que reina en la mesa y parece un poco perdida, como si no supiera por dónde empezar a cumplir su promesa. Vàzquez aprovecha la indecisión para anunciar:

—Bueno, si no hay nada más, nosotros nos abrimos. Yo estoy con el agua al cuello, tengo que volver a Egara pitando.

Levantan la sesión y, mientras los dos policías salen al calor de las seis de la tarde, Verónica paga sus consumiciones. Se despiden en la plaza, donde la encargada de prensa ha aparcado su moto. Casco en mano y sentada a horcajadas sobre su máquina, Verónica recupera el talante jubiloso con que los acogió. Al final vuelve a hablar de Isaki Lacuesta y pide a Melchor que le dé una vuelta a su proyecto cinematográfico.

—En septiembre te llamo, o te voy a ver a la Terra Alta —le anuncia—. A lo mejor me animo y hasta aparezco con un ligue. ¿Estás soltero, Vàzquez?

—Y sin compromiso —responde al instante el sargento.

Verónica le guiña un ojo a Melchor y se pone el casco.

—Pues a lo mejor voy a verte con este machote —se ríe—. Mientras tanto, no te olvides de mí.

Vàzquez le responde que no se olvide de ellos y, mientras la ve alejarse Riera de Sant Miquel abajo, comenta:

—Qué simpática, ¿verdad?

Al entrar en casa se encuentra a Vivales leyendo un mazo de documentos y a Cosette jugando con una compañera del casal de verano, una niña llamada Sandra que tiene los dientes acorazados con brackets y una madre guapa y dicharachera que no pasa inadvertida entre el guirigay de las entradas y salidas del casal. La madre pasa a buscar a Sandra poco después, y el policía conversa unos minutos con ella. Luego, mientras Cosette se entretiene viendo un rato la televisión, Melchor prepara la cena con Vivales y, al terminar, deja a su hija y al abogado cenando a solas en su casa y él se llega caminando hasta La Dama, un restaurante agazapado en un viejo edificio modernista de la Diagonal.

Una camarera le acompaña al comedor donde Rosa Adell le aguarda sentada en un diván de terciopelo rojo, con un martini en la mano. Se saludan con un beso, y Melchor se sienta frente a su amiga mientras la camarera le pregunta si desea un aperitivo. Pide una Coca-Cola y, cuando la empleada se retira, comenta:

—No deberías haber reservado en un sitio tan caro.

—Quien paga manda —alega Rosa.

—¿Hay algo que celebrar?

La mujer alza la copa de martini en un brindis solitario, bebe un trago y pregunta:

—¿Qué tal la vuelta a casa?

—Barcelona no es mi casa —la corrige Melchor—. Mi casa es la Terra Alta.

Rosa sonríe. Están sentados al fondo de un elegante salón. Detrás de Melchor cena una pareja de atildados ancianos japoneses; a su izquierda se abre una ventana sobre la Diagonal, aunque los visillos que la cubren sólo dejan transparentar una luminaria informe. Rosa Adell viste una blusa blanca de popelina, tiznada por un broche negro que representa un águila en miniatura con las alas desplegadas: el logotipo de Gráficas Adell; ha puesto una pincelada discreta de color en sus labios gruesos y sus ojos profundos y ovalados, y la luz de una lámpara que pende de la pared, tras ella, presta a su piel madura una sugestión de oro. Mirándola, Melchor se siente muy afortunado de que aquella mujer bella, culta y educada le distinga con su amistad, y de que haya relegado los compromisos que la han traído a Barcelona para cenar con él, un policía de a pie quince años más joven que ella; también piensa lo que piensa a menudo cuando la ve: que Rosa tiene la misma edad que, de estar viva, tendría Olga.

—¿Qué tal entonces la capital? —pregunta ella.

Melchor explica hasta donde puede por qué está en Barcelona, la camarera trae la Coca-Cola y dos cartas y Rosa le pide con un gesto otra copa de martini. La petición extraña a Melchor. Rosa bebe alcohol, pero muy poco y vino casi siempre, y el policía se pregunta si ha pedido dos cócteles en ayunas porque necesita entonarse. ¿Para qué?, se pregunta. Se pregunta también si ella ha averiguado algo desde el sábado, o si algo ha ocurrido (algo relacionado con su exesposo o con Salom, por ejemplo, algo relacionado con el caso Adell o con los culpables del caso Adell), y si ese es el motivo real de aquella cena.

—¿Y tú? —pregunta Melchor.

—¿Yo qué?

—¿Qué haces tú aquí?

La mujer resopla con un aire entre aburrido y fatigado.

—Líos de trabajo —contesta.

Mientras comparten el primer plato (anchoas de Santoña y zamburiñas al gratén), Rosa habla de una novela de Don Winslow titulada *El cártel*. Es una escena habitual entre ambos: lectora de novelas contemporáneas (sobre todo, policiales), Rosa intenta contagiar a Melchor su entusiasmo por una de ellas. Sin mucho éxito. Tras la muerte de Olga, los gustos literarios de Melchor experimentaron una suerte de regresión, y desde entonces el policía vuelve a alimentarse en exclusiva de novelas decimonónicas, igual que antes de conocer a Olga; nunca le ha dicho a Rosa que, para historias policiales, le basta y le sobra con su trabajo, y se esfuerza por escucharla, también sin mucho éxito. Así que, mientras ella habla del agente de la DEA Art Keller y el emperador del narco Adán Barrera, Melchor se distrae pensando en el chantaje a la alcaldesa, aunque sólo repara en su despiste cuando sorprende a Rosa Adell espiándolo con una media sonrisa.

—¿En qué pensabas? —pregunta la mujer.

—En nada.

—Es imposible no pensar en nada —objeta ella—. Además, ¿nadie te ha dicho que mientes muy mal?

«Claro», a punto está de contestar Melchor. «Olga.»

Pero no contesta.

Llegan los segundos platos (también los comparten: lubina mediterránea con ratatouille más vieiras con puré de coliflor y zumo de carne), y, mientras Rosa empieza a repartirlos, Melchor pregunta:

—¿Conoces a la alcaldesa?

—¿La de Barcelona?

Melchor asiente.

—¿El caso tiene que ver con ella? —pregunta a su vez Rosa.

—¿Qué caso?

—¿Qué caso va a ser? El que te ha traído aquí, el caso en que estabas pensando mientras te hablaba de *El cártel.*

Sin dejar de servir, Rosa le mira con ironía.

—¿La conoces o no? —insiste Melchor.

—Una vez comí con ella. Fue en una reunión de empresarios. O algo así. Yo acababa de hacerme cargo de Gráficas Adell.

—¿Y?

La respuesta sólo llega después de que Rosa haya degustado la lubina.

—Francamente, me pareció una rollera.

Melchor recuerda a Chicho Campà y pregunta:

—¿Eso significa que sólo dice lo que la gente quiere escuchar?

—Más o menos. Y también que no tiene nada serio que decir, pero lo dice muy bien. Son los secretos del éxito en política, ¿no?

La conversación deriva luego hacia Cosette y las cuatro hijas de Rosa, todas bastante mayores que Cosette y todas emancipadas, aunque todas asiduas de la casa familiar en la Terra Alta. También este es un tema de conversación frecuente entre ellos y, aunque le interesa más que el de las novelas policiales, Melchor tiene que esforzarse en que no se le vaya el santo al cielo otra vez. Sólo entonces repara en que nunca ha visto a su amiga tan contenta desde que la conoció, justo al día siguiente del asesinato de sus padres, en el estudio de su marido. Se pregunta si Rosa ha empezado a derrotar la desdicha que cinco años atrás se abatió sobre ella; luego se pregunta si él también empieza a derrotar la suya y, como si ya tuviera la respuesta, aprovecha la primera oportunidad para anunciarle una noticia: en cuanto salga una plaza de bibliotecario en la Terra Alta, o en los alrededores de la Terra Alta, se presentará a ella.

—Si la gano, dejo la comisaría —asegura Melchor.

Rosa le observa pasmada. Sabe que, desde hace tres años, Melchor estudia biblioteconomía, pero siempre ha pensado que lo hace por mera afición, o por lo mismo que acude cada sábado a poner flores frescas a la tumba de Olga: como una forma de prolongar su lealtad a su esposa muerta; pero nunca había imaginado que tuviera intención de ganarse la vida como bibliotecario.

—¿Estás seguro?

—Totalmente.

También comparten el postre: una tarta Tatin.

Apenas salen del restaurante, Rosa se cuelga del brazo de Melchor y le pide que la acompañe. Se ha bebido ella sola una botella casi entera de vino (un verdejo de Rueda recomendado por el *sommelier),* pero no está ebria, o no lo parece. Caminan por la Diagonal, doblan a la derecha por el paseo de Gràcia y bajan en dirección al mar. La noche es cálida y la conversación fluye con facilidad entre ambos, y en algún momento Melchor piensa que la intuición le ha fallado y que su amiga no le invitó a cenar para darle una mala noticia.

No se equivoca. Rosa Adell se detiene a la entrada del hotel Majestic, en el chaflán de la esquina de paseo de Gràcia y València.

—Yo me quedo aquí —advierte.

Un poco extrañado, Melchor mira la fachada del hotel, con sus tres arcos de piedra flanqueados de grandes tiestos metálicos con cipreses enanos y su marquesina modernista de hierro y cristal. La entrada está desierta; únicamente el portero negro, con bombín y librea, deambula por los alrededores con las manos a la espalda, fingiendo no reparar en ellos. Melchor había dado por hecho que bajaban hacia el piso de las hijas de Rosa, en la calle Pau Claris, donde ella suele pernoctar cuando visita Barcelona.

—¿No vas a dormir con tus hijas? —pregunta.

—No —contesta Rosa. Sus labios se doblan en una mueca traviesa, casi infantil, mientras baja la vista hacia los hexágonos adornados con motivos florales que pavimentan la acera—. La verdad es que no estoy en Barcelona por trabajo. —Levantando la vista, añade—: Te mentí. La verdad es que sólo he venido a verte.

Entonces se acerca a Melchor y, como una adolescente enamorada, indiferente al ajetreo metropolitano que los rodea, le coge las mejillas con las manos, le busca la boca y se la besa. Al separarse de él, sus ojos brillan en la noche iluminada.

—¿Quieres subir a mi habitación? —le pregunta.

Melchor comprende entonces que aquella es la noticia que Rosa le tenía reservada, la última noticia sobre el caso Adell, y comprende también que Rosa haya necesitado beber para dársela. Desvía su mirada y se topa con la del portero, que al instante aparta la suya. Luego mira otra vez a Rosa. «Olga está muerta», lee en sus ojos. Y también: «Murió hace cinco años». Y también: «Pero yo estoy viva». Melchor comprende que Rosa tiene razón. De repente recuerda: «Mientras dura el remordimiento dura la culpa».

—No puedo —se oye decir—. No funcionaría. Te decepcionaría. —Se calla, duda un momento, añade—: Además, tú te mereces algo mejor que yo.

Apenas dicho lo anterior, lamenta haberlo dicho, porque siente que, para Rosa, aquellas palabras equivalen a una injuria añadida a la injuria de su negativa; pero no sabe cómo rectificar. La propietaria de Gráficas Adell suspira y vuelve a sonreír.

—Mejor que tú no hay nada, Melchor —le dice: sus ojos ya no brillan como antes—. Pero a lo mejor tienes razón. No debería habértelo propuesto.

Rosa le desea buenas noches y se aleja hacia el hotel. Aún no ha franqueado la entrada cuando, justo al llegar a la altura del portero, se da la vuelta hacia el policía, que ha permanecido inmóvil en el chaflán, observándola alejarse. El portero los mira como atrapado entre dos fuegos.

—¿Me dejas decirte una cosa? —pregunta la mujer.

Para alivio del portero, Rosa desanda unos pasos, se aparta de él y frena a un par de metros de su amigo.

—No te engañes, Melchor —le dice, señalándolo con un índice admonitorio—. Tú siempre serás un poli.

Al llegar a casa se encuentra a Vivales hundido en su sillón favorito, junto a la puerta abierta de la terraza. Tiene la televisión encendida y está viendo una vieja película en blanco y negro, del Oeste. Melchor se sienta junto a él y le pregunta por Cosette.

—Todo controlado —contesta Vivales—. Frita desde hace horas.

Lleva unos bóxers holgadísimos y una camiseta blanca a topos rojos que subraya la prominencia de su barriga, y sus piernas, gruesas, pálidas y peludas, reposan sobre un puf; a su izquierda, sobre una mesita, hay whisky aguado. En la pantalla de televisión James Stewart da clase a un grupo de alumnos compuesto por niños y niñas, Vera Miles, un esclavo negro y varios peones, ante la mirada complacida de un sheriff obeso. El esclavo negro está recitando a petición de Stewart el segundo párrafo de la Declaración de Independencia de los Estados Unidos: «Todos los hombres han sido creados iguales».

—Tócame los cojones —murmura el picapleitos, como discutiendo consigo mismo—. Para que luego digan que Ford era un racista.

Melchor no es un gran aficionado al cine, pero, gracias a Vivales, que adora el wéstern (y que tiene por costumbre ver cada noche una película), sabe quién es John Ford; también, que aquella película se titula *El hombre que mató a Liberty Valance.*

—¿Qué tal con la rica heredera? —pregunta el abogado.

—Bien.

Vivales habla sin perder detalle de lo que ocurre en la pantalla, y Melchor recuerda una escena de otro wéstern. Un vaquero cree descubrir, atónito, que le gusta una mujer y, para aclarar sus sentimientos, le pregunta al encargado del *saloon:* «¿Tú has estado alguna vez enamorado?». «No», contesta el encargado. «Yo siempre he sido camarero.» Pasados unos segundos, Melchor le pregunta a Vivales si ha oído hablar de una novela titulada *Terra Alta.*

—¿Qué? —responde Vivales.

John Wayne acaba de irrumpir en la escuela, cubierto de polvo y urgente de malas noticias —Liberty Valance y sus hombres se dirigen al pueblo con la intención de matar a James Stewart—, y este suspende la clase y sale de estampida hacia el campo, montado en una carreta tirada por caballos, dispuesto a aprender a disparar. Acompañado de su esclavo negro, John Wayne le sigue, frena su carreta, se ofrece a enseñarle a usar la pistola. Melchor vuelve a formular la pregunta y añade el nombre del autor de la novela. Vivales contesta que no ha oído hablar de ella.

—Trata sobre mí —explica Melchor.

Por indicación de John Wayne, James Stewart está colocando tres latas llenas de pintura sobre sendos postes. Cuando termina de colocar la última, John Wayne hace volar a tiros las tres mientras se burla de la ingenuidad de James Stewart, que sale disparado hacia John Wayne y, furioso y bañado de pintura, lo tumba en el suelo de un puñetazo que provoca la carcajada de Pompey, su esclavo negro. Vivales, que no se ríe nunca, se ríe. Melchor se pregunta si se está riendo de John Wayne o de él. El abogado le saca enseguida de dudas.

—¿Qué? —pregunta de nuevo.

—Trata sobre mí —explica Melchor.

Vivales se vuelve por vez primera hacia él, un rastro de risa flotando todavía en su boca.

—La novela —repite Melchor—. Trata sobre mí. Es lo que me han dicho.

El abogado intenta sin éxito asimilar sus palabras.

—¿Una novela que trata sobre ti?

—Sí —contesta Melchor—. Se titula *Terra Alta*.

Vivales cabecea, escéptico, mientras sus labios adoptan la forma de un acento circunflejo y se cuela por la puerta de la terraza un soplo de brisa que alivia un segundo el calor de la estancia; luego el abogado da un trago de whisky y la película monopoliza nuevamente su atención. Melchor consulta la hora en su móvil: es casi la una. Mira de nuevo la pantalla del televisor y trata de descifrar lo que ocurre allí. Antes de que lo consiga, Vivales se vuelve otra vez hacia él.

—¿Quieres que le metamos un pleito? —pregunta.

—¿A quién? —contesta Melchor.

—Al tal Cercas.

—¿Un pleito? ¿Por qué?

—¿Cómo que por qué? —se extraña Vivales—. Por atentado al honor. Por escándalo público. Qué sé yo. Cualquier excusa es buena para meter un pleito. Ese Cercas debe de ser un muerto de hambre, pero, en fin, algo le sacaremos. Digo yo.

Melchor observa a Vivales pensando que bromea.

—¿Se lo metemos o no? —insiste el abogado.

Comprende que no bromea.

—Es tarde —dice Melchor—. Me voy a la cama.

Mientras se levanta de su sillón reconoce la escena de la pantalla: desesperada, con lágrimas en los ojos, Vera Miles le está suplicando a John Wayne que salve a James Stewart, quien se dispone a enfrentarse en duelo a Liberty Valance sin saber disparar un revólver.

—Espera. —Vivales se incorpora para coger el mando a distancia—. Yo también me voy a dormir.

—¿No acabas de ver la película?

—Me la sé de memoria. Además, el viernes me toca juicio y mañana por la mañana tengo que prepararlo.

El abogado apaga el televisor y, con un gemido, se levanta del sillón. Los dos hombres adecentan un poco el comedor, apagan las luces y dejan un par de vasos sucios en el fregadero de la cocina. Mientras caminan hacia sus habitaciones, Melchor le pregunta a Vivales por el juicio del viernes, y el abogado le explica que debe defender a un tipo acusado de maltratar a su mujer. Melchor pregunta cómo se llama el tipo; Vivales contesta que Alexis Rosa.

—No entiendo cómo puedes defender a gente así —se le escapa a Melchor.

Están a la puerta del dormitorio que comparte con Cosette. En la penumbra del pasillo, Melchor huele el aliento a whisky de Vivales y oye el rumor pedregoso de su respiración. El abogado baja la voz para no despertar a la niña.

—Y yo no entiendo que un poli como tú me haga una pregunta como esa —asegura.

—¿No me digas que el tipo es inocente?

Por toda respuesta, Vivales pone en el hombro de Melchor una mano piadosa y, con verdadera curiosidad, pregunta:

—Inocente, ¿de qué? —Luego explica—: Por lo que yo sé, ese pollo es más malo que la tiña. Pero a estas alturas ya deberías saber que yo soy capaz de defender a Jack el Destripador. Qué digo a Jack el Destripador: a Liberty Valance.

¿Y sabes por qué? —No aguarda respuesta—. Porque hasta el mayor hijo de puta del mundo tiene derecho a que alguien lo defienda. Si no es así, no hay justicia. —Hace un silencio, y Melchor comprende que el abogado le busca los ojos; se alegra de que esté demasiado oscuro para que los encuentre—. ¿O es que tú eras inocente cuando te defendí? —Quitándole la mano del hombro, Vivales concluye—: Cada uno a lo suyo, hijo: tú dedícate a perseguir a los malos, que yo mientras tanto me dedicaré a defenderlos.

Melchor se mete en la cama pensando que es la primera vez en su vida que Vivales le llama hijo.

A las ocho y media de la mañana deja a Cosette en el casal, y ya se dispone a montar en su coche para dirigirse hacia Egara cuando se dice que debería mandarle un wasap a Rosa Adell, pero no se le ocurre qué escribir y no escribe nada. En ese momento le llama Vàzquez por teléfono y le ordena que se quede en Barcelona.

—Ya sé desde dónde llamaron a la alcaldesa —anuncia—. ¿No te dije que era un teléfono público? —Le da una dirección del Raval—. Pásate por allí, a ver qué puedes averiguar.

—¿Voy solo?

—Como un pirindolo —contesta Vàzquez, que cada vez habla más deprisa, o eso le parece a Melchor—. Hay novedades sobre el secuestro de Santa Coloma, la cosa está que arde, llevo desde anoche haciendo preparativos para intervenir.

—¿Quieres que vaya a echar una mano?

—Ni hablar —contesta Vàzquez—. Blai se está portando, por una vez tengo la gente que necesito. Tú sigue con lo de la alcaldesa, no podemos abandonarlo por las buenas, y menos con el poco tiempo que queda para que venza el plazo. ¿Necesitas algo?

—No —dice Melchor. Enseguida rectifica—: Bueno, sí. Cuando puedas, consígueme la dirección de un tipo. Se llama Alexis Rosa.

Vàzquez se hace repetir el nombre; luego pregunta:

—¿Y ese quién es?

—Ya te lo contaré.

Camina hasta la Rambla disfrutando de la frescura pasajera de la mañana y, al llegar a la parada de metro del Liceo, dobla hacia la derecha por la calle Sant Pau, sigue adelante y, justo en la esquina de la Rambla del Raval, descubre el teléfono público encastrado en la pared.

El resto de la mañana se lo pasa husmeando por el barrio. De entrada, explora los alrededores del teléfono hasta dar con dos establecimientos que disponen de cámaras de seguridad orientadas a la calle: el primero es una empresa de seguridad; el segundo, el cajero automático de una sucursal del Banco de Santander. Ninguna de las dos cámaras enfoca directamente al teléfono, pero Melchor quiere visionar las imágenes que ambas grabaron dos días atrás, a la hora en que la extorsionadora llamó a la alcaldesa. El director de la sucursal del Santander no pone ninguna objeción; el responsable de la empresa de seguridad, en cambio, se muestra más renuente, pero también acaba accediendo. Melchor examina con cuidado las dos grabaciones: no detecta nada sospechoso en ellas. Tampoco saca nada en claro de interrogar a empleados y propietarios de tiendas, bares y restaurantes de la zona, a varios vecinos del inmueble donde se halla el teléfono y a un sintecho que duerme en una esquina, ovillado sobre un saco de dormir y mimetizado con su perro. Un par de veces recorre arriba y abajo la calle Sant Pau y las bocacalles adyacentes, tratando de reconstruir el trayecto hipotético de la extorsionadora. En algún momento le asalta incluso la tentación de regresar al locutorio del Francés, que queda muy cerca, y volver a preguntarle por el cliente para quien duplicó la tarjeta SIM del móvil de Farooq Hoque, pero enseguida decide que sería inútil o contraproducente, y acaba descartándolo.

Al mediodía le mandan desde Egara la dirección de Alexis Rosa. Una hora más tarde llama un par de veces consecutivas a Vàzquez y le pone un par de wasaps, pero el sargento no contesta; tampoco Blai responde a sus mensajes. Decide entonces hacer un recado.

Sube al metro en plaza de Cataluña y toma la línea uno hacia Hospital de Bellvitge. Nueve paradas después se baja en la estación de Torrassa y camina hasta la calle Orient. Allí busca el número siete, lo encuentra, llama por el interfono a una puerta del tercer piso. Nadie le contesta y se mete en una cafetería, justo enfrente.

Se ha hecho la hora de comer y tiene un hambre de lobo, así que se sienta junto a un ventanal y pide una ensalada, un bistec y una Coca-Cola. Se los come sin perder de vista la entrada del número siete, de donde ve salir a un matrimonio maduro, a una muchacha de aire punk, a una anciana que arrastra un carrito. Hacia las cuatro, cuando ya está a punto de llamar a Vivales para explicarle que ha surgido otra vez un imprevisto y preguntarle si puede ir a recoger a Cosette, ve entrar en el portal a un cincuentón rollizo y pelirrojo. Sin apresurarse, paga lo que ha consumido, sale de la cafetería, cruza la calle y vuelve a llamar al mismo timbre. Esta vez sí le contestan.

—¿Alexis Rosa? —pregunta Melchor.

—Soy yo —dice una voz masculina.

—Vengo de parte de Domingo Vivales —miente Melchor.

218

—¿De quién? —pregunta el hombre.

—De Domingo Vivales —repite Melchor—. Su abogado. Ábrame, por favor. Es importante.

La puerta se abre.

Aquella noche, después de leerle un rato *Miguel Strogoff* en
la cama a su hija, esta le pregunta si van a quedarse mucho
tiempo en Barcelona; Melchor le contesta que no mucho.

—¿Cuánto? —insiste Cosette.

—No lo sé —reconoce Melchor—. ¿No estás bien aquí?

—Muy bien.

—¿Entonces?

Acurrucada junto a él, Cosette se encoge de hombros
y hace un mohín. Melchor pregunta:

—¿Te gustaría volver este fin de semana a casa?

—Me encantaría.

Acuerdan pasar el fin de semana en la Terra Alta y, poco
después de que Cosette se duerma, Melchor recibe un wasap
plagado de mayúsculas y signos de admiración donde Vàzquez le informa de que por la tarde han liberado a la mujer
del narco de Santa Coloma, le dice que están celebrándolo
en el Nicosia, un bar de copas de Sabadell, y le anima a que
vaya a celebrarlo con ellos. Melchor le da la enhorabuena y le
contesta que se verán a la mañana siguiente en Egara.

A la mañana siguiente, en Egara, la fiesta continúa, o esa
impresión tiene Melchor al llegar allí. La oficina de Secuestros y Extorsiones está abarrotada de compañeros que apenas
han dormido y que beben zumo de naranja y café y devoran
cruasanes, ensaimadas y magdalenas; entre ellos también hay
varios guardias civiles y policías nacionales. En el centro del
guirigay, sonriendo de oreja a oreja, eufórico y extenuado,

Vàzquez despliega una hiperactividad verborreica, y, al ver a Melchor, le da un abrazo y le explica comiéndose las palabras que la operación de la víspera se precipitó en cuestión de horas, que, bajo la supervisión de Blai, improvisó un dispositivo integrado por más de cincuenta personas, que irrumpieron a las cinco de la tarde en un chalet de Sant Vicenç dels Horts, cerca de Barcelona, donde encontraron a la mujer del narco aterrorizada pero en buen estado físico, y que en total habían detenido a cinco individuos, cuatro de ellos en el chalet de Sant Vicenç —dos rumanos y dos españoles— y otro —un argelino— en un piso de Sant Joan Despí. En determinado momento, Vàzquez interrumpe su relato para atender una llamada telefónica.

—Llegan las felicitaciones de las damas, chavales —anuncia el sargento, guiñando un ojo cómplice a la concurrencia y buscando un sitio tranquilo para hablar—. Es Verónica, el bombón de prensa.

Cuando el sargento regresa al grupo, la sonrisa se ha borrado de su boca, sustituida por un rictus desabrido.

—¡Qué poco dura la alegría en la casa del pobre! —se lamenta—. En *Ara* ha salido lo de la alcaldesa.

Los miembros de la unidad se abalanzan sobre sus ordenadores y teléfonos móviles. La noticia, en efecto, destaca a toda página en la portada de la edición digital del diario, firmada por Roger Galí. Este, para justificar el titular a cuatro columnas que encabeza su artículo («Sextorsion en la plaza de Sant Jaume»), lo ha inflado a base de chismografía sobre la vida sexual de la alcaldesa y de politiquería sobre los entresijos del Ayuntamiento: la única noticia tangible que aporta el gacetillero es que la primera regidora de la ciudad está siendo víctima de un chantaje sexual y que los Mossos d'Esquadra han abierto una investigación al respecto. Aún no ha terminado de leer el texto Melchor cuando el timbre de su teléfono le vuelve de golpe consciente del silencio que reina en el despacho. Es Blai.

—¿Has visto el *Ara?* —pregunta.

—Lo estoy viendo —contesta Melchor.

—El intendente está que trina —gruñe su amigo—. Ahora mismo os quiero a Vàzquez y a ti en mi despacho.

Al sargento no le molesta recibir a través de un subordinado la orden de un superior, que se ha saltado así la jerarquía, y, mientras la fiesta se desintegra y salen de la oficina Vàzquez y Melchor, aquel le pregunta a este si ayer sacó algo en claro sobre el teléfono público que los extorsionadores usaron para llamar a la alcaldesa.

—Nada —contesta Melchor, pensando que Cosette tendrá que quedarse sin su fin de semana en la Terra Alta.

Quien está que trina es Blai, que los recibe en su despacho como una fiera enjaulada, cruzando a izquierda y derecha ante la ventana que se abre sobre el patio central de Egara.

—Bueno —dice cuando deja de abominar de la prensa, del intendente, de su mala fortuna, del mundo en general—. ¿Y ahora qué?

Ayudado por Melchor, Vàzquez improvisa una síntesis apresurada de la situación. El tic de la mejilla se le ha disparado, los labios le tiemblan y Blai debe pedirle un par de veces que hable más despacio. Cuando el sargento concluye su explicación, se hace un silencio y, antes de que nadie reaccione, suena su teléfono.

—Aquí la tenemos —anuncia Vàzquez, tras consultar su pantalla.

El sargento inspira hondo antes de responder y, durante un par de minutos, Melchor y Blai ven cómo, presa de una súbita serenidad, su compañero escucha, asiente, intenta tranquilizar a la alcaldesa, le pide unos minutos para reflexionar, promete llamarla enseguida.

—Ahora sí está asustada —constata Vàzquez, apenas cuelga—. Quiere pagar sea como sea.

Vuelve a hacerse el silencio en el despacho del jefe del Área Central de Investigación de Personas, pero esta vez es Melchor quien lo rompe.

—No me parece mal —dice, seguro de traducir en palabras el pensamiento de sus compañeros—. Si los de Delitos Económicos tienen razón, pagando hay una oportunidad de pillar a los malos. Es el momento de probarlo.

Blai se queda observando a Melchor; luego se vuelve hacia Vàzquez y solicita su opinión. El sargento tarda en contestar unos segundos durante los cuales pestañea como si sus párpados se hubiesen contagiado del tic de la mejilla.

—A mí tampoco me parece mala idea —confiesa—. Sea como sea, hay que cambiar de estrategia. No nos queda mucho tiempo, y la ventaja del secreto ya la hemos perdido. Desde luego, podríamos entrevistar ahora mismo a los tres tenores. Al fin y al cabo...

—¿Los tres tenores? —le interrumpe Blai.

—Los tres sospechosos —aclara Vàzquez—. Los tres pollos que aparecen en el vídeo: el marido, Vidal y el otro.

—Rosell —apunta Melchor.

—Ese —dice Vàzquez—. Podríamos ir a por ellos, después de todo ya saben que andamos detrás de los chantajistas. Pero yo no lo haría. Todavía no. Yo agotaría el cartucho del pago. Es más sencillo y más rápido. Puede que sea el momento de usarlo, como dice Melchor. Si acertamos, cojonudo. Si no, empezamos a interrogar a los tres.

Blai ha escuchado la argumentación del sargento volviendo a caminar a grandes zancadas ante el ventanal del despacho, por el que entra un sol deslumbrante. Una vez que Vàzquez deja de hablar, el inspector se detiene, fija la vista en él y luego en la pared de su derecha, justo donde se halla colgada la fotografía familiar, con su mujer y sus cuatro hijos vestidos de excursionistas y encaramados en un promontorio rocoso de la Terra Alta; contemplando esa imagen bucólica, el inspector parece por un momento quedarse en blanco.

—No se hable más —decide por fin, saliendo de su abstracción—. Probemos con el pago. Melchor, vete ahora mismo a Delitos Económicos: diles que empiecen a buscar los moneros y que, en cuanto tengan el dinero de la alcaldesa, los compren y paguen lo que hay que pagar. Mejor esta tarde que mañana, si puede ser. Diles que me avisen cuando sepan algo. —Señala al sargento—: Y tú dile a la alcaldesa que prepare el dinero. Y que me llame en cuanto lo tenga. Si no me encuentra, que llame a Melchor. Y cuando termines de hablar con ella te vas a tu casa, te das una ducha y te metes en la cama. Que parece que llevas una semana sin dormir. —Vàzquez se dispone a protestar cuando Blai lo ataja—: Es una orden.

Melchor pasa el resto de la mañana con tres miembros del Área Central de Investigación de Delitos Económicos, quienes poco después del mediodía le confirman que, antes de cuarenta y ocho horas, será muy difícil conseguir los moneros necesarios para realizar el pago del chantaje. La noticia le irrita y le alivia: le irrita porque paralizará el caso durante el fin de semana; le alivia porque, a menos que Blai diga lo contrario, Cosette y él podrán pasarlo en la Terra Alta. Blai no dice lo contrario.

—No te preocupes —es lo que dice el inspector, después de despotricar preceptivamente contra Delitos Económicos—. Vete tranquilo. Este fin de semana estoy de guardia. En cuanto sepa algo, te llamo.

Melchor recoge a Cosette a la salida del casal, compran un par de bocadillos y se los comen mientras viajan en coche hacia la Terra Alta. Al desviarse de la autopista del Me-

223

diterráneo y tomar la carretera general los llama Vivales. Hablan un rato los tres con el manos libres y, antes de colgar, Melchor le pregunta al abogado por el juicio de aquella mañana.

—Se ha suspendido —contesta Vivales—. Ayer el tipo se cayó por las escaleras de su casa y está en el hospital, con un par de costillas rotas y hecho polvo. Menudo muñones.

Se pasa el fin de semana dudando si llamar o no a Rosa Adell, y termina por no llamarla. Cosette apenas para por casa: en compañía de sus amigas, juega al fútbol, se baña en la piscina municipal, ve películas, y el sábado por la noche duerme en casa de Elisa Climent. Por su parte, Melchor sale a correr cada mañana por el campo, y el resto del tiempo lo dedica a leer en casa o sentado a la puerta del bar de la plaza, con un café o una Coca-Cola a mano. El domingo al mediodía, mientras termina *La ilustre casa de Ramires* después de haberse pasado la mañana leyendo los manuscritos del concurso literario, Blai le llama por teléfono y le cuenta que la gente de Delitos Económicos consiguió anoche los moneros y a primera hora de la mañana pagó el rescate.

—¿Y? —pregunta impaciente Melchor.

Se ha alejado de la terraza del bar buscando resguardarse del sol asesino de julio bajo la protección de las moreras que sombrean el centro de la plaza.

—Nada de nada —contesta Blai—. Por lo visto los malos son unos hackers de la hostia: se han conectado a su teléfono para llevarse el dinero, pero le han camuflado el IP gracias a una aplicación que se llama TOR y para colmo se han conectado a esa aplicación a través de una VPN.

—¿Una qué?

—Virtual Private Network: red privada virtual. Una especie de tubo o de túnel que te conecta directamente al servidor sin que nadie tenga acceso a tus transacciones, de manera

224

que la comunicación se convierte en privada. Es lo que me han contado. En resumen, los tipos están blindados, así que por ahí no vamos a ninguna parte.

Blai se calla y, mientras Melchor observa de lejos el bullicio alborozado del mediodía en la terraza del bar, imagina a su compañero, solo y abatido por las malas noticias en la desolación dominical del complejo Egara, con su mujer y sus hijos a doscientos kilómetros de él, en la Terra Alta. Pregunta:

—¿Se lo has contado a Vàzquez?

—Le he llamado un par de veces, pero no me contesta. Llámale tú. Dile que mañana mismo empezamos a entrevistar a los tres tenores.

—Le llamaré enseguida.

Otro silencio; por un momento, Melchor piensa que Blai le ha colgado. Enseguida oye:

—Nos quedan seis días, españolazo. Hay que arreglar esto antes como sea. No vamos a tolerar que unos chorizos decidan quién tiene que ser alcalde de Barcelona y quién no, ¿no te parece?

Melchor se despide.

Tercera parte

1

El lunes por la mañana, después de dejar a Cosette en el casal, Melchor se mete en una cafetería de la calle Córcega, pide un expreso doble e inicia una ronda de llamadas telefónicas. Primero llama a Vàzquez, que no le contesta; ha perdido la cuenta de las veces que ha intentado en vano hablar con él para transmitirle la orden que Blai le dio ayer: hay que entrevistar cuanto antes a los únicos sospechosos con que cuentan. Así que, después de telefonear sin éxito a Vàzquez, Melchor llama a Casas, Vidal y Rosell.

No consigue hablar con ninguno de los tres, pero sí con sus secretarias. La de Casas le dice que este todavía no ha llegado a su despacho, le pregunta su nombre y el motivo de su llamada, le pide su número de teléfono y le asegura que volverá a ponerse en contacto con él. Las de Vidal y Rosell son menos imprecisas; apenas Melchor se identifica como policía, ambas le abren un hueco en las agendas respectivas de sus jefes: Vidal le recibirá el martes al mediodía en el Ayuntamiento, y Rosell, que se halla de viaje fuera de Barcelona, el jueves por la tarde. Está despidiéndose de la secretaria de Rosell cuando entra en su teléfono una llamada de Vàzquez.

—Ya era hora —se queja Melchor—. Llevo todo el fin de semana llamándote. ¿Dónde te habías metido?

Nadie contesta; Melchor oye respirar a alguien con dificultad al otro lado de la línea.

—¿Vàzquez? —pregunta.

—Estoy aquí —dice el sargento.

Habla con un hilo de voz. Alarmado, Melchor pregunta:

—¿Te encuentras bien?

—No mucho.

—¿Qué te pasa?

La respuesta de Vàzquez se retrasa unos segundos; Melchor comprende que algo pasa. El sargento pregunta:

—¿Puedes acercarte por aquí?

—¿Dónde estás?

Vàzquez le dicta la dirección de su casa en Cerdanyola.

—Voy para allá.

—Melchor —lo ataja el sargento, antes de que cuelgue. Hay un silencio—. Prométeme que no le vas a decir nada de esto a nadie.

—¿Nada de qué?

—Nada de nada. Luego te lo explicaré. Prométemelo.

Melchor se lo promete.

Tarda casi tres cuartos de hora en llegar a Cerdanyola, dejando atrás Nou Barris y Santa Coloma de Gramenet. Durante el viaje le llaman Blai y Cortabarría, pero no contesta a ninguno de los dos porque piensa que los dos le preguntarán por Vàzquez y no sabrá qué contestarles; también le llama la secretaria del exmarido de la alcaldesa y le dice que está de suerte: su jefe puede recibirle aquella misma tarde, a las cuatro, en la sede de Clave Barcelona

—Perfecto —lo celebra Melchor—. Ahí estaré.

La casa de Vàzquez se halla en un edificio que hace esquina en una calle peatonal del centro de Cerdanyola, la calle San Ramón, justo encima de una tienda de ropa para bebés. Melchor toca un timbre del interfono; nadie contesta, pero la puerta se abre con un chasquido. A pie, sube tres pisos, y al llegar al tercero ve una puerta entreabierta, tiene un mal pálpito y se saca la pistola de la sobaquera. Sosteniendo el arma con dos manos, empuja la puerta y entra. En el vestíbulo reina una tiniebla casi hermética, pero a medida que Melchor avanza por el pasillo se va atenuando hasta que, ya en el comedor, unas rayas de luz la transforman en penumbra. Melchor palpa la pared en busca del interruptor cuando oye:

—No enciendas la luz.

Es la voz de Vàzquez. Ha brotado de un bulto de sombra, y, mientras Melchor vuelve a guardarse la pistola en la sobaquera, distingue al sargento en la oscuridad: está sentado en el suelo, al fondo del comedor, desnudo de cintura para arriba, con la espalda pegada a la pared y las piernas estiradas, como si estuviese exhausto. Las rendijas de una persiana dejan pasar una claridad incierta, y huele a una mezcla de reclusión e inmundicia. Melchor se acerca a Vàzquez, cuya cabeza parece desplomada sobre su hombro izquierdo, y se acuclilla frente a él.

—Tranquilo, Melchor —murmura el sargento, encogiéndose un poco—. No te preocupes. Estoy bien.

No lo parece. De hecho, su aspecto es horrible: jadea, tiembla y suda a mares, con los labios resecos y una barba de varios días que le devora la cara; sus ojos relucen, febriles y enrojecidos.

—¿Qué ha pasado? —pregunta Melchor.

—Nada —contesta Vàzquez—. No te preocupes. A veces me pasa. Me pondré bien. Sólo necesito tomarme mis pastillas y...

231

Vàzquez no puede terminar: un llanto convulsivo se apodera de él. Sin saber qué hacer, Melchor intenta tocarle un hombro, pero, antes de que pueda consumar ese gesto, el sargento se arroja a su cuello. Permanece un rato allí, aferrado a él y llorando. Apesta. Transcurrido un tiempo que a Melchor se le hace eterno (durante el cual trata de digerir el asombro de que el hombre que solloza en sus brazos como un niño asustado sea el tipo más duro que conoce), el sargento se separa de él, dejándole las manos húmedas y la camisa empapada. Vàzquez le mira ahora con los párpados muy abiertos, sin dejar de temblar pero esforzándose por parecer más tranquilo, y vuelve a decirle que no se preocupe.

—¿Cuánto tiempo llevas así? —pregunta Melchor.

—Sólo unos días.

—¿Cuántos?

—No lo sé. Dos o tres.

La última vez que Melchor vio a Vàzquez fue hace tres días, en la oficina de Secuestros y Extorsiones, cuando, tras una noche de farra, sus hombres y él seguían celebrando el final feliz del secuestro de la esposa del traficante de Santa Coloma. Melchor recuerda al sargento muy nervioso, muy agitado, hablando muy deprisa, y le pregunta si durante el fin de semana ha dormido y comido; el sargento responde con balbuceos, y Melchor no quiere imaginar lo que ha podido ocurrir durante las últimas cincuenta o sesenta horas en aquel piso tenebroso, maloliente y desangelado. Se incorpora.

—Vámonos —dice, cogiendo a Vàzquez por una axila.

Vàzquez lo aparta de un manotazo.

—¿Adónde? —pregunta.

—A un hospital —contesta Melchor—. Tiene que verte un médico.

Vàzquez niega con la cabeza, taxativo.

—No lo entiendes —masculla.

—¿Qué es lo que no entiendo? —pregunta Melchor.

Vàzquez se agarra la cabeza con las dos manos y se las pasa por la cara, igual que si quisiera limpiársela; luego, con los ojos desorbitados, mira a Melchor.

—Soy bipolar —dice—. Me diagnosticaron cuando estuve en el hospital, después de lo de Molins de Rei.

Melchor vuelve a acuclillarse frente a Vàzquez.

—Tengo temporadas de euforia y temporadas de depresión —explica el sargento: los labios y las aletas de la nariz le vibran, tensos como cables sacudidos por el viento—. Arriba y abajo, arriba y abajo, primero una cosa y después la otra. Yo ya sé cómo funciona esto, estoy acostumbrado, así que normalmente lo controlo, pero esta vez... No sé, se me fue de las manos. La semana pasada empezó a subir la euforia, yo lo notaba, la cosa iba para arriba, para arriba, pero estaba seguro de que podría controlarlo y no me tomé las pastillas... Es que con las pastillas no trabajo bien, ¿sabes? Me atontan, no me dejan pensar. Y con el lío del secuestro... No quería que pasara otra vez, no podía dejar que pasara otra vez. Tú puedes entenderlo, Melchor. Lo entiendes, ¿verdad?

Melchor vuelve a ver a Vàzquez sentado sobre un charco de sangre, en el suelo de cemento del almacén de Molins de Rei, con la cabeza cortada de la hija del narco venezolano en el regazo, la cara bañada en lágrimas y chillando fuera de sí como un orate. «Mientras dura el remordimiento dura la culpa», piensa.

—Yo lo único que entiendo es que estás hecho una mierda —dice Melchor—. Y que debería llevarte a un hospital.

—¿Estás loco? Si me llevas a un hospital me ingresarán. Y si me ingresan se enterarán en Egara. Y si se enteran en Egara se acabó: ¿o crees que van a dejar la unidad en manos de un tarado?

Melchor no tiene más remedio que reconocer para sus adentros que la lógica del sargento es impecable.

—Me jubilarán —se contesta a sí mismo Vàzquez—. Me mandarán para casa. Y qué hago yo en casa, ¿eh? ¿Qué hago? ¿Echarles de comer a las palomas? Me pegaré un tiro. Te juro que, si me mandan a casa, me pego un tiro. En cambio... —Se yergue un poco, se afana en limpiarse las lágrimas de la cara, en sorberse los mocos—. En cambio, si me echas una mano... Créeme, Melchor, yo sé cómo arreglar esto sin necesidad de médicos ni de hospitales, me ha pasado otras veces, sólo necesito tomarme mis pastillas y comer y dormir bien dos o tres días. Confía en mí.

Sin saber qué decir, durante un par de segundos Melchor se queda mirando al hombre mugriento y destruido que implora su ayuda sentado en el suelo ante él. Sus ojos se han acostumbrado ya a la penumbra; su olfato, a la pestilencia.

—¿Qué quieres que haga? —pregunta.

Melchor pasa el resto de la mañana faenando en casa de Vàzquez, entrando y saliendo de allí. Lo primero que hace es exprimir un zumo con unas naranjas medio secas que encuentra en la nevera, preparar un poco de leche con cereales y conseguir que el sargento se tome ambas cosas junto con un comprimido de Lithobid de 300 mg, otro de Zyprexa de 10 mg y un tercero de Trankimazin de 2 mg, y a continuación, después de lavarle y refrescarle un poco con una esponja, airea su dormitorio, lo adecenta, cambia las sábanas de su cama, le ayuda a tumbarse en ella y permanece a su lado hasta que se duerme. Después termina de arreglar el piso —deja los dos teléfonos del sargento bien lejos de él, en modo silencioso—, llama a Blai y le anuncia que Vàzquez ha tenido que marcharse de urgencia a la Seu d'Urgell porque su madre se ha puesto enferma.

—Me cago en la puta —reniega Blai—. ¿Después de dar vacaciones a la mitad de su gente? ¿Y por qué no me llama a mí para decírmelo?

—No lo sé: lo único que sé es que su madre vive en una masía sin cobertura, así que no te molestes en llamarle —le recomienda Melchor, que se apresura a cambiar de conversación—. Por cierto, esta tarde he quedado con el ex de la alcaldesa.

—¿Con Casas?

—Y mañana con Vidal.

—Estupendo. Sólo falta Rosell.

—El jueves tengo cita con él. Está de viaje.

—¿Podrás encargarte tú solo de hablar con todos?

—Claro. A condición de que me hagas un favor.

—¿Qué favor?

—¿Crees que podríamos pincharles el teléfono a los tres?

—Ni hablar. Un juez no nos autoriza a eso ni loco.

—Entonces pónmelos bajo vigilancia. Hasta que llegue Rosell, sólo son dos.

—De acuerdo. No sé de dónde voy a sacar a la gente, pero dalo por hecho.

—Si hace falta, cuenta conmigo.

—Hará falta. Y, por cierto, ¿dónde estás ahora? A ti tampoco te he visto esta mañana en...

—¿Blai? ¿Blai? Mierda, yo también me estoy quedando sin cobertura.

Melchor sale del piso de Vàzquez cargado con varias bolsas de basura, las deja en los contenedores, se acerca a una farmacia y, con las recetas que le ha dado el sargento, adquiere tres botes de comprimidos, uno de cada uno de los medicamentos que se ha tomado, a los que añade una caja de Symbyax de 25 mg. Luego acude a un supermercado, compra agua mineral, cereales, fruta, verdura, hortalizas, pan, leche, queso, sopas de sobre y latas de comida, vuelve a la casa, prepara un par de ensaladas y un par de sopas y las deja en la nevera.

Son casi las tres de la tarde cuando termina. Vàzquez sigue profundamente dormido.

Encuentra un aparcamiento en un callejón agazapado entre la iglesia de la Bonanova y la Ronda de Dalt, baja hasta la plaza de la Bonanova y sigue por el paseo hasta que se topa con el pasaje Güell. Es una callecita privada, recoleta y protegida por una gran cancela de hierro, abierta en aquel momento. Melchor la franquea, y justo a la izquierda reconoce, encastrado en una pared junto a una puerta, el logotipo de la consultora de Casas, un cuadrado de un rojo sangre recorrido por catorce letras blancas: CLAVE BARCELONA.

Le abre la puerta una joven con gafas de intelectual y minifalda de piel marrón, que le hace pasar a una sala de espera y, señalándole un tresillo, le pide que aguarde un momento y le pregunta si le apetece un café. Melchor se da cuenta en ese momento de que no ha tomado nada desde el desayuno, acepta el ofrecimiento y se sienta en el sofá. A su derecha, en un tabique, el logotipo de la consultora se repite infatigablemente, como atrapado entre el vértigo de dos espejos enfrentados; a su izquierda la pared está casi ocupada por una sola frase escrita en inglés: *«It is likely that something unlikely will happen»*.

Aún no le han traído el café cuando aparece Casas.

—Perdona que te haya hecho esperar —se disculpa, sonriente y alargándole una mano solícita—. A estas alturas del verano la gente ya solo piensa en las vacaciones... Pero, dime, ¿te han ofrecido algo de beber?

Estrechándole la mano, Melchor contesta que sí. Casas pide a la secretaria que sirva el café en su despacho y, mientras los dos hombres recorren un pasillo, lamenta no poder dedicarle tanto tiempo como le gustaría, a lo que Melchor responde que sólo necesita robarle unos minutos.

—Por cierto —dice el otro frenándose en seco, ya en su despacho, y mirándole a los ojos—, déjame que te diga que para mí es un honor recibirte. Uno no tiene cada día en su casa al héroe de Cambrils.

Al policía no le choca que Casas haya adivinado el motivo de su visita —tras el reportaje de *Ara*, la extorsión de la alcaldesa ya no es un secreto, ni el hecho de que está bajo investigación policial—, pero sí que Casas conozca su identidad. ¿Cómo la ha averiguado? ¿Por la propia alcaldesa?

—¿Sabes una cosa? —Su anfitrión le ofrece una silla frente a un escritorio de diseño donde destacan una lámpara halógena y un ordenador portátil, y toma asiento frente a él—. Yo soy de los que piensan que todas las sociedades necesitan héroes, y la nuestra más que ninguna: tipos de los que la gente pueda sentirse orgullosa, espejos en los que mirarse. Y aquí, en Cataluña, tenemos tan pocos... Pero, dime, ¿tú no vivías en la Terra Alta? ¿Qué haces en Barcelona?

—He venido sólo unos días —explica Melchor—. Estoy en comisión de servicio.

—Pues deberías quedarte. Qué se te ha perdido a ti en la Terra Alta, ¿eh? Aquí es donde pasan las cosas, hombre, vivir en un pueblo es enterrarse en vida. —Llaman a la puerta, entra la secretaria y, a una indicación de Casas, deposita en el escritorio una bandeja con un juego de café de alpaca y una cafetera—. Claro que, teniendo en cuenta cómo te han tratado... Y no me refiero sólo al gobierno, que debería haberte hecho un monumento. Me refiero a Cataluña en general. Si fuéramos norteamericanos, ya se habrían estrenado un par de series y un par de películas sobre lo de Cambrils, y David Fincher y Christopher Nolan se habrían dado de bofetadas por filmarlas. En cambio, nosotros tenemos que conformarnos con la novelita de Javier Cercas. Qué desastre, Dios santo, qué falta de autoestima. Y luego hay quien quiere que los catalanes seamos independientes. ¿Azúcar?

Melchor dice que no. La secretaria se ha marchado después de servirles el café.

—Por cierto, supongo que estarás harto de que te lo pregunten —prosigue Casas, alcanzándole su taza a Melchor—, pero ¿qué te pareció la novela? La de Cercas, claro.

Melchor se toma de un trago el café y devuelve la taza a la bandeja mientras acusa el puñetazo de la cafeína en el estómago vacío.

—No la he leído —reconoce.

Casas le mira como si se hubiera puesto a levitar. Es sólo unos años mayor que Melchor, muy delgado, de estatura mediana y complexión atlética, con unos ojos claros, vivos e inquietos y una de esas sonrisas un poco burlonas de adolescente perpetuo, seguro de gustar; luce una piel muy bronceada y viste con una informalidad de marca: polo Hermès blanco, vaqueros J Brand y mocasines Lotusse. Estupefacto, se pasa una mano por el pelo, muy corto y muy oscuro.

—No puedo creerlo —asegura—. ¿Escriben una novela contigo de protagonista y ni siquiera la lees? Aunque tampoco te pierdes gran cosa, francamente. Lo que pasa es que, a los que la hemos leído, nos pica la curiosidad, queremos saber qué es verdad y qué es mentira. Lógico, ¿no? Yo he tenido algunas discusiones sobre el asunto... ¿Has oído hablar de Lluís Bassets? Es un viejo amigo de mi padre, periodista de *El País,* seguro que le has leído. Bueno, pues Lluís

238

conoce al tal Cercas y dice que es un liante de cojones. O sea: que cuando dice que todo lo que cuenta en sus libros es verdad, todo es mentira; y, cuando dice que todo es mentira, todo es verdad. Así que, como Cercas dice que en esa novela todo es mentira, todo el mundo piensa que todo es verdad. —Se ríe con una risa franca, que desnuda una dentadura perfecta—. Pero yo no me lo creo. Quiero decir que hay cosas en el libro que no creo que sean verdad. No sé. Eso de que antes de ser policía estuviste en la cárcel por pertenecer a una banda de narcos, por ejemplo. O lo de que fuiste tú el que resolvió el caso Adell. Y mucho menos me creo lo que dice de tu madre...

Una bola de angustia vuelve a cerrarle la garganta a Melchor.

—¿Qué dice de ella?

—Que se ganaba la vida haciendo de puta —refiere Casas—. Y que una noche la mataron y dejaron su cadáver en un descampado de Sant Andreu. Eso pasó de verdad, claro, yo me acuerdo muy bien porque fue un crimen muy famoso, se comentó mucho. Pero aquella mujer..., en fin, estoy segurísimo de que no era tu madre. ¿A que no?

Casas aguarda la respuesta con interés. Melchor respira hondo y menea la cabeza.

—¡Lo sabía! —exclama Casas, dando una palmada exultante sobre el escritorio—. El tipo debió de seguir el caso por la prensa, como hicimos todos, y, cuando se puso a escribir el libro, decidió endilgarle a tu madre la historia de la pobre mujer. Menudo elemento, el tal Cercas, qué manera de embaucar a la gente... Pero, bueno, supongo que no has venido aquí a hablar de novelas, sino de lo que publicó *Ara*. ¿Un poco más de café?

Melchor recuerda el impacto de la infusión en el estómago, pero tiene tanta hambre que acepta repetir. Casas le sirve y luego se sirve a sí mismo. En otro tono previene al policía:

—Te advierto que de ese asunto yo no sé nada.

La bola de angustia se diluye poco a poco en la garganta de Melchor, que trata de centrarse en el interrogatorio.

—No es lo que dice su exmujer.

—Trátame de tú, por favor. Tampoco nos llevamos tantos años.

—No es lo que dice tu exmujer.

—¿Qué es lo que dice mi exmujer?

—Dice que apareces en la grabación con que la están chantajeando. Y está segura de que se hizo el día en que os conocisteis. Por lo visto, en las imágenes aparecéis tú, Enric Vidal y Gonzalo Rosell. Además de ella, claro.

Casas asiente sin convicción.

—¿Eso te ha dicho?

—Sí.

—¿Cómo puede estar tan segura?

—No lo sé, pero lo está. Sabes de qué grabación habla, ¿verdad?

Casas curva los labios en una mueca desdeñosa.

—Tengo una idea. ¿Eso me convierte en sospechoso de estar chantajeándola?

—¿Quién ha dicho que seas sospechoso de nada?

Los dos hombres se quedan mirándose un segundo, Casas fuerza una sonrisa incómoda y da un sorbo de café. Aparte del ordenador y la lámpara halógena, en su escritorio sólo hay un bote metálico erizado de lápices, bolígrafos y rotuladores y un fajo inmaculado de folios; detrás de él, pende de la pared un Tàpies de gran tamaño, presidido por un calcetín auténtico, arrugado y pegado a una tela dominada por vastas pinceladas de color gris, negro y pardo, que sugieren un paisaje volcánico o intergaláctico o posnuclear, o quizá simplemente un paisaje de extrarradio de una gran metrópolis; a su derecha, un ventanal que da al pasaje Güell deja entrar a raudales una luz quemante en la estancia refrigerada. Mientras se toma el café y vuelve a sentir su golpe en el estómago, Melchor pregunta:

—¿Has visto la grabación?

Casas asiente de nuevo.

—Una vez, hace siglos, poco después de que la hiciéramos. Es una tontería. No sé por qué a Virginia le preocupa tanto.

—¿Has hablado de este asunto con ella?

—No. Pero hemos estado casados y la conozco como si la hubiese parido. Dime, ¿qué te crees que contiene ese vídeo? —Casas abre de par en par los brazos, como si clamara al cielo, y desdramatiza—: ¿Qué va a contener? Una puñetera orgía de chavales. Entra en Youporn y las verás a patadas. ¿Y tú crees que una cosa así puede acabar con la carrera de un político?

—La alcaldesa cree que sí.

—Pues se equivoca.

—¿Los que la chantajean también?

—También. Mira, Virginia no es un político, no tiene madera de político. Nunca la tuvo. En realidad, se metió en política porque se casó conmigo, porque yo la convencí de que se metiera, porque a mí me interesaba; si no hubiera sido por eso, habría hecho otra cosa, habría seguido con la matraca de los refugiados o algo así. Esa es la verdad. —Acaba de tomarse de un trago el café, se pasa la lengua por los labios, finos y bien dibujados, y añade—: Te diré más. Los catalanes no sabemos hacer política. Sabemos hacer algunas cosas, pero política no. Haciendo política somos pésimos. ¿Y sabes por qué? Pues porque desde hace siglos el poder político no ha estado en Cataluña. Eso significa que estamos poco familiarizados con él, que no sabemos manejarlo, que en el fondo nos da miedo. Y también significa que,

241

cuando lo tenemos, nos emborrachamos. Claro, el poder emborracha siempre, pero, si nunca lo has probado, emborracha mucho más. ¿Te acuerdas del Procés? Parece que hayan pasado siglos de todo aquello, ¿verdad? Bueno, pues el Procés fue en parte, en grandísima parte, el resultado de una borrachera de poder... Pero estábamos hablando de otra cosa, ¿no?

—Hablábamos de tu exmujer —le recuerda Melchor—. ¿A ella también se le ha subido el poder a la cabeza?

—De mala manera —responde Casas—. Y eso que el poder municipal no es poder de verdad. El poder de verdad sigue estando donde estuvo siempre, y Virginia no sabe lo que es. Quizá empieza a intuirlo, pero todavía no lo sabe. Y, aun así, se ha emborrachado con él. En fin. En todo caso, con vídeo o sin vídeo, mi exmujer tiene poco futuro en política. Te lo digo yo.

—¿Tiene poco futuro porque se separó de ti?

—Por supuesto.

Casas alza dos veces seguidas las cejas, como si no quisiera que Melchor se tomara en serio lo que acaba de decir, o no demasiado.

—¿La borrachera de tu esposa tuvo que ver con vuestra separación? —prosigue el policía.

—Puede ser. —Casas se encoge de hombros—. En la vida de una pareja todo tiene que ver con todo. Pero, si lo que me estás preguntando es si eso fue la causa de nuestra separación, la respuesta es no.

—¿Las infidelidades tampoco?

Ahora Casas sonríe, aunque es evidente que la pregunta no le ha gustado.

—¿Qué infidelidades? —Antes de que Melchor pueda contestar, su anfitrión chasquea la lengua y explica—: Mira, Virginia y yo nos hemos divertido mucho juntos y hemos hecho muchas cosas juntos. Incluida una hija. Incluido montar un partido político y llegar a la alcaldía de Barcelona. No está mal, ¿no te parece? Y en un determinado momento hemos decidido separarnos. ¿Por qué? Pues porque todo se acaba y, cuando una pareja se acaba, lo mejor es que se separe. Sin culpas. Sin resentimiento. Sin más. O sea, que si se te ha pasado por la cabeza que yo tengo algo contra mi exmujer y que quiero destruirla, olvídate del asunto. Yo no odio a Virginia. —Casas desvía la vista hacia la ventana y se queda mirando la calle castigada por el sol vespertino. Por un segundo parece ensimismado; luego vuelve a mirar a Melchor—. Y aunque la odiase. Como dice Michael Corleone, nunca odies a tus enemigos: no te permite juzgarlos.

—¿Eso significa que la alcaldesa se ha convertido en tu enemiga?

La respuesta ronda los labios de Casas cuando suena su móvil. Lo coge sin disculparse y, con el ceño un poco fruncido, escucha unos segundos. «Estoy con una visita», dice. «Dame cinco minutos.» Y cuelga el teléfono.

—Eso significa que, aunque Virginia se hubiese convertido en mi enemiga, yo no la odiaría —corrige a Melchor, retomando el hilo del interrogatorio como si nadie los hubiese interrumpido—. Pero ni siquiera es mi enemiga: en esta vida hay que elegir a enemigos que estén a la altura de uno, y Virginia, francamente... En fin. Lo que sí es verdad es que ya no es mi protegida.

—¿Quién es ahora tu protegido?

La pregunta parece desconcertar a Casas.

—¿Esto también te interesa para la investigación?

—Depende. ¿Ahora tu protegido es Vidal?

Casas vuelve a reírse, pero esta vez su risa suena un poco forzada.

—¡Qué ocurrencia! —exclama—. ¡Como si Enric necesitase que alguien le protegiera! Pero si lo que preguntas es si voy a apoyar su carrera política...

—Eso es lo que pregunto.

—No lo sé. —Casas se encoge de hombros: el rastro de la risa perdura todavía en sus facciones—. No me lo ha pedido. Y si me lo pidiera no sé qué haría. Lo que sí sé es que yo me he largado del partido y él no, y también sé que, hasta nueva orden, Enric sigue siendo la mano derecha de Virginia, que por otra parte no sé qué haría sin él... Entiéndelo, Enric y yo nos conocemos de toda la vida, somos como hermanos. Y, sí, claro, yo sé que él tiene ambiciones políticas; sólo faltaría: un político que no es ambicioso no es un político. Pero, entre tú y yo, no sé si es la persona más adecuada para sustituir a Virginia, yo creo que no, lleva demasiado tiempo en el Ayuntamiento, está muy visto en la política municipal, si ahora mismo yo pudiera elegir elegiría sin dudarlo a alguien nuevo, más fresco y más maleable, alguien como era hace unos años Virginia, si cambiaran las tornas la misma Virginia podría... —Casas se vuelve a quedar pensativo un momento, durante el cual el lienzo que pende de la pared tras él atrae de nuevo la atención de Melchor: de repente le parece que el calcetín de Tàpies se ha caído un poco, que ha resbalado sobre la superficie del cuadro y ya no está donde estaba, sino más abajo—. En fin, el caso es que ahora mismo Virginia no es ni siquiera mi adversaria política. No tengo nada contra ella. Además, sigue siendo la madre de mi hija. Sigo queriéndola. Y, como sigo queriéndola, nunca le haría nada malo. Lo comprendes, ¿verdad?

Melchor asiente, pero, mientras lo hace, se da cuenta de que no cree una sola palabra de lo que dice Casas. Tratando de que la desconfianza no le delate, pregunta:

—¿Conoces a alguien que se lo haría? Algo malo, quiero decir.

244

Casas vuelve a encogerse de hombros.

—Mucha gente, supongo. Cuanto más poder tienes, más gente te odia. Es ley de vida. Pero, volviendo a lo de la grabación, eso más bien parece una broma. Créeme. Y ahora vas a tener que perdonarme porque...

—Todavía me quedan algunas preguntas.

Casas ha amagado con levantarse, pero se queda atornillado a su asiento. Es la primera vez durante la entrevista que parece molesto. Enseguida, sin embargo, blande una sonrisa obsequiosa y anima a Melchor a continuar.

—¿Sabes quién la hizo? —continúa el policía.

—¿La grabación?

—Sí. Si tú, Vidal, Rosell y la alcaldesa aparecéis en las imágenes, alguien debió de grabaros. La alcaldesa nos habló de un amigo...

—Claro. Se llamaba Ricky Ramírez. Virginia tiene razón: él fue quien nos grabó. Era un compañero de carrera en Esade.

—La alcaldesa dice que sólo estuvo con él esa noche.

—Puede ser. En realidad, yo tampoco fui tan amigo suyo, si acaso durante dos o tres años, no más. Luego le perdí de vista. Y hace un par de meses me enteré de que había muerto. Me lo contó Enric, que sí mantuvo el contacto con Ricky. Pregúntale a él.

—¿Sabes qué fue de la grabación? ¿Tienes idea de quién guardó la película?

—No. Yo siempre creí que se había perdido.

—¿Todos erais conscientes de que os estaban grabando?

—Sí.

—¿Todos?

—Bueno, todos menos Virginia.

—¿Lo supo después? Quiero decir, ¿supo después que la habíais grabado?

—No. No lo sé. Es posible que yo se lo dijese más tarde, aunque la verdad es que no me acuerdo, ya te digo que no es algo a lo que le diéramos ninguna importancia.

—¿Grabasteis otros vídeos por el estilo?

—No, claro que no. ¿Para qué? Aquello fue improvisado, un experimento o una gamberrada de chavales, si es que llega a eso... —Abre las manos en un ademán que combina impaciencia y disculpa—. En fin. ¿Hemos terminado?

Melchor no ha terminado, pero comprende que no va a sacar nada más en claro de aquella entrevista y dice que sí.

Casas le acompaña hacia la salida y, caminando por el pasillo, recobra la alegre desenvoltura con que lo acogió, vuelve a excusarse por el escaso tiempo que ha podido dedicarle, insiste en la urgencia que toda sociedad tiene de héroes y en la ingratitud que la suya ha demostrado con Melchor, le insta de nuevo a regresar a Barcelona y, ya en la sala de espera, le desea suerte y le confía su número personal de móvil.

—Llámame cuando quieras —se despide, estrechando con entusiasmo la mano del policía—. Aquí me tienes para lo que necesites.

También dice algo más, que Melchor no entiende porque se distrae con la frase que, repetida una y otra vez, satura la pared frente a él: «*It is likely that something unlikely will happen*».

Llama por teléfono a Vàzquez en cuanto sale al paseo de la Bonanova y echa a andar hacia el callejón donde aparcó el coche. El sol está todavía muy alto, hace mucho calor y se le ha pasado el hambre. El sargento responde al cabo de unos segundos. Melchor pregunta:

—¿Qué tal estás?

—Mejor. Acabo de despertarme.

No es su voz de siempre, pero tampoco la voz de ultratumba de aquella mañana. Melchor se dice esto y al instante le asalta la sospecha de que alguien le sigue.

—¿Has dormido hasta ahora? —pregunta.

—Sí.

—Joder, menuda paliza le has pegado a la cama.

—Es lo que me hace falta. Dormir, comer y tomarme la medicación.

Melchor se frena de golpe a la altura del colegio La Salle, mira a su izquierda, en dirección al patio y la fachada neogótica y el puñado de palmeras que en parte la ocultan, y convierte su sospecha en certeza. Luego sigue andando.

—¿Has comido ya? —pregunta.

—No.

—Te he llenado la nevera. También te he hecho un par de ensaladas. ¿Quieres que pase por tu casa?

—No hace falta. Vete a buscar a tu hija. Sale a esta hora del casal, ¿no?

—Sí.

—¿Has hablado con Blai?

—Le he dicho que estás en la Seu d'Urgell, con tu madre, que se ha puesto enferma. Se lo ha tragado.

—Estupendo. ¿Qué tal todo lo demás?

—Muy bien. Acabo de hablar con un psicópata y tengo a un hijo de puta siguiéndome.

—¿Qué?

—Tranquilo, hombre. Es broma. Hazme el favor de ponerte bien, ¿de acuerdo?

Se dispone a quitarse el teléfono del oído para apagarlo cuando oye:

—Melchor.

—¿Qué?

Vàzquez no responde enseguida. Al fin dice:

—Gracias, tío.

Sube por la calle que bordea la iglesia de la Bonanova, dobla a la izquierda, luego a la derecha y, al volver a doblar a la izquierda, se queda al acecho en la esquina, con el cuerpo pegado a la pared, inmóvil. Unos segundos después aparece su perseguidor, y sin mediar palabra Melchor le hace la zancadilla, le tira al suelo y con una mano le retuerce un brazo en la espalda y con la otra le agarra del cuello y le estrella la cabeza contra la acera. El tipo profiere un grito ahogado y Melchor vuelve a golpear su cara contra la acera: una, dos veces. Luego da la vuelta a su víctima y apoya una rodilla contra su pecho, sin dejar de sujetarle por el cuello: tiene la cara ensangrentada y la nariz magullada. Melchor pregunta:

—¿Quién eres? ¿Qué quieres? ¿Por qué me sigues?

Farfullando algo, el hombre trata de protegerse con los brazos, pero Melchor interpreta ese gesto defensivo como un gesto ofensivo y le descarga un puñetazo en la cara.

—¡Basta ya, joder! —gime el tipo—. ¡Deja de pegarme! Yo también soy policía.

Melchor le mira a los ojos sin creerle. Tiene el puño cerrado a un palmo de su cara, como un martillo dispuesto a caer de nuevo sobre él.

—Te digo que soy policía, me cago en la puta —repite el tipo, exasperado—. De la Urbana.

Melchor baja el brazo, pero su mirada sigue pidiendo explicaciones. Jadeando, más tranquilo, el tipo escupe sangre en la acera.

—Somos compañeros, coño —explica, con una avinagrada expresión de dolor—. Me han ordenado que te siga.

—Quién te lo ha ordenado.

—Mi jefe. El inspector Lomas.

Melchor comprende que el tipo está diciendo la verdad. Le suelta el cuello, le quita la rodilla del pecho, se levanta. Todavía tumbado en el suelo, el tipo se palpa la cara, lamentándose.

—Mierda —reniega—. Me has hecho polvo la nariz.

—¿Trabajas para Hematomas? —pregunta Melchor—. ¿El jefe de los Vidal Boys?

El guardia se incorpora sobre un codo y vuelve a escupir sangre. Es bastante mayor que Melchor; está muy pálido y casi calvo. Parece exhausto, sin fuerzas siquiera para ponerse de pie.

—Así nos llaman —gruñe, resignado—. Y así le llaman a él. En esta mierda de oficio nadie se libra de su apodo.

—¿Te ha dicho por qué tenías que seguirme?

—¿Tú qué crees?

—Contéstame o te pego una somanta de hostias.

—¡Claro que no me lo ha dicho, joder! Ni yo se lo he preguntado. Me limito a hacer mi trabajo.

Melchor vuelve a creerle. Bruscamente consciente de que están en plena calle, mira a un lado y a otro, pero no ve a nadie. Se agacha de nuevo junto a su perseguidor.

—Escúchame bien —le pide—. Dile a tu jefe que no vuelva a mandar a nadie detrás de mí. Dile que, si quiere hablar conmigo, ya sabe dónde encontrarme. Se lo dirás, ¿verdad?

El tipo asiente.

—Perfecto. —Melchor se incorpora de nuevo—. Y tú no vuelvas a espiar a un compañero.

—Yo sólo hago lo que me ordenan —replica el tipo—. Igual que tú.

Melchor piensa que tiene razón; luego piensa que no la tiene.

—Ve a curarte esa cara, anda —dice, señalándola con un dedo—. Que está hecha un cromo.

A la mañana siguiente, a la puerta del casal, la madre de Sandra insiste en recoger a Cosette a la salida y en llevársela a su casa, para que las dos amigas jueguen juntas; como por la tarde tiene una entrevista con Vidal que puede prolongarse, Melchor acepta su ofrecimiento.

Mientras conduce hacia Egara reprime la tentación de llamar por teléfono a Vàzquez, porque piensa que aún estará durmiendo y que lo que más le conviene es descansar. En Secuestros y Extorsiones encuentra a Torrent, que acaba de llegar; Cortabarría lo hace poco después. Son los dos únicos miembros de la unidad que han acudido al trabajo —González y Estellés están de vacaciones, igual que otros dos miembros del turno de tarde— y Melchor les cuenta que, por problemas familiares, Vàzquez ha debido desplazarse de urgencia a la Seu d'Urgell, donde permanecerá unos días, y que antes de partir le ha llamado por teléfono para pedirle que ayude a capear aquella semana en que la unidad se ha quedado en cuadro, desguarnecida y descabezada, y para darle instrucciones. Así que, en el curso de una reunión improvisada, se redistribuyen el trabajo pendiente, y Melchor comprende enseguida que no podrá dedicar más de dos miembros de la unidad al caso de la alcaldesa, lo que resulta incluso insuficiente para cubrir los turnos de vigilancia de Casas y Vidal. Durante la reunión recibe dos llamadas. No responde a la primera, que es de Vàzquez, pero sí a la segunda, que resulta ser de la secretaria de Vidal, quien se disculpa porque aquella tarde el primer teniente de alcalde no podrá recibirle en su despacho del Ayuntamiento a las tres y media, como habían acordado.

—Ha surgido un imprevisto —alega—. Una entrevista con el corresponsal de un diario extranjero. La hará después de comer en el mismo restaurante donde tiene una comida de trabajo. No sé a qué hora acabará. A las cuatro o cuatro y media. Si no le molesta esperar, quizá pueda dedicarle después unos minutos.

—No me molesta —dice Melchor—. ¿Dónde es la comida?

La secretaria da el nombre del restaurante, Melchor asegura que estará allí a las cuatro y, al terminar la reunión con Torrent y Cortabarría, se encierra en el despacho de Vàzquez y llama por teléfono al sargento, que le asegura que se encuentra mejor y que en un par de días estará de vuelta en Egara.

—No hay prisa —miente Melchor—. Aquí nadie te echa de menos: no veas lo feliz que está la peña sin jefe.

Melchor oye una especie de graznido, que tanto puede ser una tos como una risa; supone que es una tos.

—Eres un hijo de puta —dice Vàzquez.

—Y tú un nenaza.

Se dirige al despacho de Blai, pero lo encuentra cerrado y llama por teléfono a su inquilino, que no le contesta. Le pone un wasap: «¿Estás operativo?». Blai responde enseguida: «Atasco total. ¿Quedamos a comer?». «Hecho», escribe de vuelta Melchor. «Pero pronto. A las cuatro tengo que estar en Barcelona.» Se citan a las dos en un restaurante llamado Clotilda.

Pasa el resto de la mañana despachando papeleo y leyendo sobre Daniel Casas, Enric Vidal y Gonzalo Rosell. Hacia la una y media abandona la oficina, y antes de las dos está en Clotilda, un restaurante de Sabadell donde años atrás, durante su primera época en Egara, comía a veces con Vàzquez y con otros compañeros de la unidad. Blai ha reservado una mesa en el sótano, en una especie de reservado sin cobertura telefónica, y, cuando se sienta allí, Melchor comprende que su amigo lo ha hecho adrede, para desconectar un rato del ajetreo sin sosiego de los móviles. El antiguo jefe de la Unidad de Investigación de la Terra Alta se presenta pasadas las dos y media.

—Perdona, españolazo —lo saluda, con una palmada en la mejilla—. He tenido una mañana de locos.

Atrae de inmediato la atención de un camarero, le pide una cerveza urgente, señala la Coca-Cola vacía de Melchor y le pregunta si quiere otra; Melchor dice que sí.

—Una Coca-Cola y una caña —resume Blai—. Y tráenos la carta enseguida, por favor. Tenemos prisa.

—Volando voy —canturrea el camarero.

—¿A que no sabes con quién acabo de cruzarme? —pregunta Blai en cuanto se quedan solos.

Irradia alegría.

—¿Con Gomà? —contesta Melchor.

Blai abre unos ojos como platos.

—Joder, ¿cómo lo has adivinado?

—Porque sólo pones esa cara de felicidad cuando te cruzas con Gomà.

El inspector suelta una risotada. Melchor siente que allí, en la central de Egara, Blai se enfunda un corsé de seriedad hiperresponsable, obsesionado por estar a la altura de su cargo, y que sólo cuando se queda a solas con él se relaja y vuelve a ser quien es, o al menos quien era en la Terra Alta.

—No me jodas —responde Blai, encantado.

El camarero aparece con las bebidas y las cartas. Blai consigue retenerle mientras saborea un trago de cerveza y examina de un vistazo el menú del día. Finalmente, ambos hombres piden lo mismo: ensalada verde y bistec con patatas.

—Pues tampoco te voy a mentir, chico —anuncia luego Blai: imposta una voz de satisfacción exagerada y encaja los pulgares en las axilas moviendo el resto de los dedos como si tocara a velocidad de vértigo un piano invisible—. Me encanta tenerle ahí, atascado en sus galones de subinspector, rabiando de envidia por verme de jefe del Área Central de Investigación de Personas mientras él se muere de asco en la unidad de coches robados. Con lo chulito y lo pijo que era, el cabrón... Pero, espera, que no te he contado lo mejor. ¿Te acuerdas de Pires?

Cuatro años atrás, la sargento Pires era la ayudante del subinspector Gomà en la Unidad de Investigación Territorial de Tortosa y, como tal, había sido la encargada de redactar el atestado del caso Adell. Melchor dice que sí se acuerda.

—Y te acordarás de que Gomà dejó a su mujer por ella, ¿no? —Esta vez Melchor no puede contestar, porque Blai se le adelanta—. Pues ahora es ella la que le ha dejado a él. Pires a Gomà, quiero decir. ¿Te das cuenta? Gomà deja a su mujer por Pires y Pires deja a Gomà por... Bueno, eso ya no lo sé. Le habrá dejado por mediocre, por fracasado, por capullo, debía de pensar que iba a hacer un carrerón y ahí le tienes, ni siquiera fue capaz de ganar las oposiciones a inspector. La polla en vinagre, ¿no?

Blai continúa execrando al subinspector Gomà hasta que aparece el camarero con las ensaladas.

—Bueno —cambia de tema mientras aliña la suya y empieza a comérsela—, ¿de qué querías hablar? ¿Cómo va lo de la alcaldesa? ¿Qué tal te fue ayer con Casas?

—Bien —contesta Melchor—. Cuando me despedí de él le dije a un amigo que acababa de estar con un psicópata.

Blai se atraganta con un trozo de lechuga. Melchor le socorre dándole un par de manotazos en la espalda.

—¿Un psicópata? —acierta a repetir Blai; se seca la boca con la servilleta y mira con desconfianza a su subordinado.

—Es lo que le dije a mi amigo —repite Melchor—. Me salió sin pensarlo.

—¿Y?

Melchor compone una mueca donde conviven la incertidumbre y el disgusto.

—No lo sé. —Contradiciéndose, explica—: Es un tipo con un concepto muy elevado de sí mismo. Cree que su exmujer es alcaldesa gracias a él, y que sin él no es nadie. Dice que todavía la quiere y que no le desea ningún mal, pero yo no me lo creo. Tampoco me creo que no tenga nada que ver con el chantaje. En resumen: hay que ponerle vigilancia cuanto antes.

—¿Tienes gente?

Melchor responde que no.

—Estamos con el agua al cuello. Como mucho puedo usar a dos hombres. De todos modos, hasta que llegue Rosell con otros dos me basta.

—Veré qué puedo hacer.

—Ayer me dijiste que contase con ello.

—Ayer era ayer y hoy es hoy. Pero tranquilo: me ocuparé de esto.

Durante unos segundos permanecen en silencio, masticando con aplicación sus respectivas ensaladas. Del otro extremo del restaurante llega un denso rumor de cubiertos y conversaciones, pero ninguno de los dos levanta la cabeza del plato.

—Hay otra cosa —dice Melchor.

—¿Qué cosa?

El júbilo inicial se ha eclipsado de la cara del inspector, que ahora luce una expresión reconcentrada. Melchor da un trago de Coca-Cola y se limpia los labios con la servilleta.

—Ayer pillé a un tipo siguiéndome —cuenta—. Era de la Urbana. Uno de los Vidal Boys.

La expresión de Blai vuelve a cambiar: ahora es de abierta inquietud.

—¿Cómo lo sabes?

—Porque hablé con él.

—¿Con el tipo que te seguía?

—Sí. Tuvimos un intercambio de impresiones. Me dijo que había sido su jefe quien le había ordenado vigilarme.

—Hematomas.

Melchor asiente. El camarero aparece con los dos bistecs con patatas y se lleva los dos platos de ensalada vacíos. Una vez que se ha marchado, Blai rezonga:

—Joder, tío, esto se está complicando. Esa gente es peligrosa.

—No me lo pareció.

—Pues lo es. Además, si denuncio esto arriba, puede montarse un pollo de la hostia: la Urbana vigilando a los Mossos d'Esquadra. De la hostia.

Atacan con hambre imparcial sus respectivos bistecs.

—No lo denuncies y míralo por la parte buena —propone al rato Melchor—. Esto significa que Vidal quiere saber qué hacemos, y si Vidal quiere saber qué hacemos es que está metido en la movida.

—No necesariamente —objeta Blai; habla, engulle y corta al mismo tiempo—. No sería la primera vez que Hematomas actúa por su cuenta y riesgo.

—¿En un caso que afecta a la alcaldesa? —se pregunta Melchor—. No me lo creo.

—Yo de ese fulano me lo creo todo.

Vuelven a comer en un silencio absorto. Cuando Melchor termina, consulta su reloj.

—Tengo que irme —anuncia—. He quedado a las cuatro con Vidal. —Insta a Blai a que termine sin prisa, deja un billete de veinte euros sobre la mesa y se pone en pie mientras añade—: A ver si esta tarde puedes arreglar lo de la vigilancia.

—No te preocupes.

—Y diles a los encargados de seguir a esos dos que queremos un informe exhaustivo de sus movimientos.

—Se lo diré.

Al pasar junto a su amigo, Melchor le toca un hombro a modo de despedida. Blai sujeta un segundo su mano.

—Y tú hazme un favor —le pide, levantando hacia él una mirada firme—. Ten cuidado.

Dos hombres montan guardia en una pequeña explanada de tierra, a la puerta del restaurante La Balsa. Melchor reconoce a uno de ellos, a quien ha visto en fotografías: fuerte, retaco, cetrino, con mostacho y barriguita.

—Vaya, vaya, mira a quién tenemos aquí —dice el hombre—. Tú eres Marín, ¿verdad?

Melchor termina de acercarse.

—Y tú eres Hematomas, ¿verdad?

El semblante del aludido se enturbia.

—¿No te llamas así? —dice Melchor—. Perdona, me habrán informado mal.

—¿Adónde vas? —le interpela el inspector Lomas.

—A ver a tu jefe —contesta Melchor—. ¿No te lo ha dicho?

Lomas evade la pregunta.

—Está ocupado —anuncia.

—Tranquilo. —Melchor sigue su camino—. Tengo tiempo, puedo esperar.

El jefe de los Vidal Boys lo frena con una mano; Melchor mira la mano, no al inspector. También, por vez primera, se fija en su acompañante, un tipo mucho más joven que Lomas, a quien saca dos palmos de altura; parece concentrado y tenso, vigilante.

—Ayer le pegaste una paliza a uno de mis hombres —le reprocha el inspector.

—Qué barbaridad —exclama Melchor —. Aquí en la capital a cualquier cosa le llamáis una paliza.

—Tiene la nariz rota.

—¿De veras? Lo siento. Pero la culpa es tuya: si no le hubieras ordenado que me siguiera, la tendría intacta.

Lomas le observa con una mezcla equitativa de fastidio y suspicacia mientras encabalga el labio inferior sobre el superior y se acaricia con él las puntas del mostacho, reflexionando.

—Te voy a dar un consejo —habla por fin—. Y gratis.

—Te lo agradezco —dice Melchor—. ¿Sabes? Yo soy muy malo dando consejos, pero muy bueno recibiéndolos.

—No te hagas el gracioso conmigo.

—Disculpa —dice Melchor, sabiendo que, cuanto más a la ligera se tome al hombre que tiene delante, más peligroso resultará; no obstante, añade sin poder evitarlo—: ¿Y el consejo?

Lomas parece desconcertado. Mira de reojo a su hombre, como si temiera estar quedando en mal lugar; luego se vuelve otra vez hacia Melchor.

—Ese es el consejo —aclara.

—¿Que no me haga el gracioso contigo? —Melchor sonríe—. Ah. No lo había pillado.

Antes de que el inspector pueda replicar, le aparta la mano y sigue su camino. Ha empezado a subir las escaleras del restaurante cuando oye a su espalda:

—Marín.

Se da la vuelta mientras Lomas termina de acercarse al pie de la escalera; su acompañante le sigue.

—Te estás metiendo en problemas —constata el inspector—. Lo sabes, ¿verdad?

Melchor entrecierra los ojos con aire fatalista o resignado.

—Luego no digas que no te lo advertí —le amenaza Lomas.

El restaurante está recostado sobre la ladera del Tibidabo y construido sobre una antigua balsa. Melchor ingresa en un vasto comedor elevado, de aire tropical, presidido por una barra y una chimenea de mármol e iluminado por grandes ventanales, cuyo techo de madera está sostenido por vigas de madera. A aquella hora el comedor se ha vaciado, pero en la terraza, bajo una lona blanca, quedan un par de mesas ocupadas; alguien le hace una seña desde una de ellas.

—El señor Vidal me está esperando —le explica a un camarero que se acerca con mirada interrogante.

El primer teniente de alcalde de Barcelona se halla sentado en una esquina de la terraza, con un puro humeante en una mano y un balón de whisky en la otra; frente a él hay un hombre espigado, rubio y sonriente, que se levanta al llegar Melchor y le da un apretón de manos.

—Siéntate, siéntate —lo invita Vidal, señalando con su puro una silla junto al hombre—. Mi amigo el señor Burton y yo ya habíamos acabado. Ahora estábamos hablando *off the record*, que siempre es lo mejor, ¿verdad, Denis?

—Así es —dice Burton.

—¿Quieres tomar algo? —Vidal se dirige a Melchor—. ¿Un café? ¿Una copa?

—Nada, gracias —dice el policía.

Vidal hace un ademán disuasorio en dirección al comedor.

—El señor Burton es corresponsal del diario *The Guardian* en España y está escribiendo un libro sobre Barcelona —cuenta Vidal—. Acababa de decirle una cosa que siempre repetía mi padre: «El catalán que no quiere la independencia, no tiene corazón; el que la quiere, no tiene cabeza».

—¿De verdad no puedo citarla? —pregunta Burton, que tiene una libreta cerrada frente a él.

—Cítala, si quieres —concede Vidal, magnánimo—. Pero no se la atribuyas a mi padre, que en paz descanse. Pensarán que era un cínico redomado. Eso es lo que era, claro, pero... —Vidal da un sorbo de whisky—. Mira, Denis, nosotros no podemos tener ideales, ni siquiera ideas. Ideas políticas, digo. Ese es un lujo que no podemos permitirnos.

—Cuando dice «nosotros», ¿a quién se refiere? —pregunta el corresponsal.

—¿A quién me voy a referir? —contesta el primer teniente de alcalde—. A nosotros. A los que mandamos. A los que tenemos el dinero y el poder, suponiendo que sean dos cosas distintas. Las ideas son para los intelectuales, y los ideales para la gente humilde; pero, en nuestro caso, serían una irresponsabilidad. Y sobre todo en un lugar como este.

—Me temo que no le sigo —reconoce el periodista, quien, después de apuntar algo en su libreta, escudriña a Vidal.

Melchor también lo observa. Tiene la misma edad que Casas, pero parece bastante mayor que él. En parte, tal vez, por su forma de vestir, que a Melchor le sugiere la de un diplomático un poco vetusto, con su traje gris marengo, holgado y de buen paño, su camisa azul a rayas y su corbata de seda granate; y en parte, también, por su hablar sosegado y pulcro, por su sobrepeso y por su barba frondosa y entreverada de gris. No parece importarle el calor húmedo que se adensa bajo la lona blanca, sólo de vez en cuando removido por una brisa tibia, porque ni siquiera se ha quitado la chaqueta. Un lamparón de sudor le mancha la camisa, y lleva el nudo de la corbata flojo y el pelo un poco revuelto.

Vidal se acaricia la sotabarba con la misma mano con que sostiene el puro, y saborea otro trago de whisky atisbando pensativamente más allá de sus interlocutores, hacia el resto de la terraza, que parece asediada por una vegetación selvática.

—Antes hablábamos del Procés —le recuerda al periodista, que aprueba con un cabeceo enfático—. Bueno, pues el Procés es un buen ejemplo de lo que quiero decir. —A continuación, recapitula—: En 2012 vivíamos hundidos en una crisis tremenda, la más fuerte en un siglo, y lo estábamos pasando mal. Muy mal. ¿Qué hicimos? Lo que debíamos hacer: sacar a la gente a la calle, con nuestros propios medios y con la ayuda inestimable de nuestro gobierno, para meter toda la presión posible al gobierno de Madrid, ponerlo entre la espada y la pared y obligarle a resolvernos el problema. No hace falta que te diga que nosotros no somos independentistas, claro, ni lo hemos sido nunca, porque siempre hemos sido gente con cabeza; el independentismo es otro de esos lujos que no podemos permitirnos. Pero ¿cuál era la mejor forma de presionar a Madrid? La que usamos. ¿Y cuál es la manera más rápida y más fácil de sacar la gente a la calle? La que usamos también.

—¿Está diciéndome que montaron ustedes el movimiento independentista?

—El movimiento independentista, no. Independentistas, en Cataluña, ha habido siempre desde hace un siglo: gente con mucho corazón y poca cabeza, como diría mi padre. Lo que montamos nosotros fue el Procés, es decir, transformamos una reivindicación de una minoría en una reivindicación de casi la mitad del país.

El corresponsal del diario británico arquea su boca en un ademán dubitativo.

—Francamente, me cuesta creer que, durante casi una década, consiguieran ustedes solos sacar cada año a la calle a un millón de personas para reclamar la independencia —reconoce—. Ni que fueran idiotas.

—Es que son idiotas —afirma Vidal—. No te quepa la menor duda. De uno en uno, hay algunos que no lo son. Pocos. Pero, en masa, arrastrados por los sentimientos, las pasiones y las emociones de las banderas, todos sin excepción. Incluidos probablemente tú y yo, querido amigo, si se diera el caso. Que no se dará. De todos modos, para curarme en salud yo he tomado la precaución de no asistir a una manifestación en mi vida, suponiendo que las del Procés fueran manifestaciones.

—¿No lo eran?

—¿Me tomas el pelo? Por supuesto que no. Eran desfiles. ¿No te acuerdas? Todo el mundo uniformado, todo el mundo en su sitio, preparado para lo que ordenasen los organizadores, todo el mundo sabiendo qué debía hacer, todo listo para que lo filmasen las cámaras... ¿Cómo va a ser eso una manifestación? Y por eso nos fueron tan útiles. La gente, créeme, hace lo que se le dice, sobre todo si tienes de tu lado el dinero y el poder político, como teníamos nosotros, y encima tienes televisiones, radios, periódicos, redes sociales y todo lo que hay que tener. A la gente es facilísimo sacarla de casa, sobre todo ahora. El problema es volver a meterla.

—¿Ese fue el problema del Procés?

—Exactamente. El problema fue que se nos escapó de las manos. Verás. —Da otro trago de whisky, chupa su puro y expulsa una nubecilla de humo que queda flotando en el bochorno estival de la terraza—. Nosotros teníamos en la Generalitat a nuestro hombre, que era Artur Mas. Un buen chaval. El heredero del patriarca Pujol y el chico de los recados de su familia. Uno de los nuestros, que hasta hablaba castellano en su casa, como nosotros. Pero las cosas se liaron y a Mas le echaron de la presidencia y dejó a Puigdemont, un don nadie de provincias que no pintaba nada y no tenía ni poder ni predicamento. Todos dábamos por hecho que Mas lo controlaría sin problemas, pero nos equivocamos. Porque Puigdemont era un creyente, un talibán que se tomaba completamente en serio lo que para nosotros era sólo un juego, una añagaza, una estratagema destinada a salir bien parados de la crisis. Para él no era así: él estaba dispuesto a llegar hasta donde hiciera falta, o tenía más miedo de no hacerlo que de hacerlo. Total, un desastre.

—A ustedes no les ha ido tan mal.

—Es verdad, aunque podía habernos ido mejor. Pero no olvides que nuestros intereses son los de Cataluña. Los de Cataluña en general y los de Barcelona en particular. Y, si a Barcelona y a Cataluña les va mal, a nosotros nos va mal, aunque nos vaya relativamente bien. No sé si me explico. En todo caso, la idea del Procés, como te decía, era buena. Buena y sobre todo necesaria. Indispensable, diría yo. Y precisamente por eso es tan importante lo que estamos haciendo ahora en el Ayuntamiento de Barcelona y vamos a hacer mañana en la Generalitat, o en el Ayuntamiento y en la Generalitat a la vez: arreglar el desastre. Nosotros lo provocamos y nosotros lo arreglaremos. ¿No te parece que eso es lo responsable?

El periodista de *The Guardian* parece meditar un momento, lanza a Melchor una mirada fugaz, entre irónica e interrogante, y se vuelve de nuevo hacia Vidal.

—Puede ser —acepta—. Aunque hay gente que piensa lo contrario.

—Siempre hay gente que piensa lo contrario —constata Vidal.

—Hay gente que piensa que lo que ustedes están haciendo ahora es sustituir un culpable por otro —se apresura a aclarar el periodista—. Antes, toda la culpa de sus males la tenía Madrid; ahora, toda la culpa de sus males la tienen los inmigrantes.

La observación de su interlocutor parece pillar desprevenido a Vidal, que durante un par de segundos hace girar un resto de whisky en su copa, concentrado en él.

—Qué injusto, ¿no te parece? —Levanta una mirada entre pícara y dolida y saborea otro trago de whisky sin apartar los ojos del corresponsal, como si intentara decirle sin palabras lo que no puede decirle con ellas—. En fin, ya te digo que en este país hay gente para todo.

Vidal se lleva el puro a la boca y, mientras el periodista sonríe como si hubiese entendido, la columna de ceniza que se ha formado en su extremo se desploma sobre la blancura del mantel.

—Bueno. —Se levanta el periodista—. Tendrán ustedes que hablar de sus asuntos. Yo ahora debo marcharme.

Recoge su libreta, le agradece a Vidal el tiempo que le ha concedido y estrecha la mano del policía. Se dispone a estrechársela al primer teniente de alcalde cuando este también se levanta.

—Te acompaño a la salida, Denis —dice.

El corresponsal contesta que no hace falta, pero el político insiste y los dos hombres se alejan hacia la salida del restaurante, una mano del político posada sobre un hombro del periodista. Melchor revisa su móvil, adonde han llegado varios wasaps. Uno es de Vivales, que le pregunta si debe recoger a Cosette a la salida del casal. «No te preocupes», le responde Melchor. «He quedado en ir a buscarla más tarde, a casa de una amiga.» Otro de los mensajes es de Blai. «Lo de la vigilancia, arreglado, al menos hasta que vuelva Rosell. Mañana por la tarde empiezas con Vidal, ¿ok?» «Ok», contesta Melchor, y añade: «Todavía estoy con él». «¿Y?», escribe Blai. «Un gánster», escribe Melchor. «Un psicópata y un gánster», resume Blai. «Al loro, cantimploro.» Melchor se vuelve hacia el interior del restaurante y distingue a Vidal a la entrada del comedor, departiendo con el inspector Lomas. Escribe un wasap a Vàzquez: «¿Qué tal?». Apenas lo ha mandado, oye la voz de Vidal a su espalda:

—Menudo gilipollas, ¿eh?

El primer teniente de alcalde vuelve a sentarse al otro lado de la mesa.

—¿Se refiere a Hematomas? —pregunta Melchor, sabiendo perfectamente a quién se refiere.

—Me refiero al periodista —contesta Vidal, como si no hubiera oído el sobrenombre de su subordinado. Es evidente que ha ido al baño: se ha lavado la cara, se ha ordenado el pelo y se ha ajustado un poco el nudo de la corbata; el lamparón de sudor, en cambio, sigue en su camisa, grande y oscuro—. Estos ingleses llevan siglos contándonos cómo somos, y al final se han creído que lo saben mejor que nosotros. Vienen ya con las respuestas hechas, así que tú les dices una cosa y ellos escriben la contraria. Les digas lo que les digas, escriben lo que les da la gana. Claro que eso pasa con todos los periodistas, ¿no te parece?

—No lo sé —admite Melchor, que en ese momento recibe un wasap de Vàzquez. «De primera», lee, de un vistazo—. Nunca me han hecho una entrevista.

—Pues no sabes la suerte que tienes —lo felicita Vidal—. Prestarse a una entrevista es como prestarte a que te den por culo: te abres de patas y que sea lo que Dios quiera. Si el periodista es listo, en la entrevista sales listo; si es tonto, sales tonto. Y, como la mayoría de los periodistas son tontos... Créeme: no hay nada peor que un periodista. Salvo un político, claro.

Un camarero llega con una bandeja donde hay una botella de Lagavulin, una cubitera con hielo y una botella de agua mineral.

—¿De verdad no quieres tomar nada? —pregunta Vidal mientras el camarero le sirve un chorro generoso de whisky.

—No, gracias —responde Melchor—. Si no le importa, iré al grano; no quiero hacerle perder el tiempo.

—No te preocupes —dice Vidal—. No vas a hacérmelo perder. Además, me interesa más a mí hablar contigo que a ti hablar conmigo.

—¿Por eso ordena que me sigan?

El primer teniente de alcalde enarca una ceja, pero no mira a Melchor sino al camarero, un hombre de piel aceitunada y aspecto oriental que ha apresado un cubito de hielo con unas pinzas y lo sostiene justo en el borde del balón de whisky semilleno. Vidal hace un gesto de asentimiento, y el camarero deja caer el cubito y se marcha.

—He ordenado que te sigan porque la información es poder —contesta Vidal—. Y mi trabajo consiste en manejar poder. —Aguarda un momento mientras da un traguito de whisky y espía la reacción de Melchor; como si sospechase que no le ha comprendido, dejando el balón sobre la mesa se inclina hacia delante, apoya los brazos sobre el mantel sucio de ceniza, cruza los dedos y clava los ojos en los ojos del policía—. Mira, Melchor, yo entiendo muy bien lo que te pasa. Tú has oído lo que la gente dice de mí, lo que los periodistas escriben de mí, mi leyenda negra, y te la has creído. Y has creído que yo estoy metido en el chantaje a Virginia.

—¿Quién le ha dicho eso? ¿Casas?

—No hace falta que nadie me lo diga, hombre. Yo lo sé. En cuanto supiste que aparecía en ese vídeo, lo pensaste. Pues te voy a decir una cosa: no es verdad. Ni yo estoy metido, ni lo está Dani, ni mucho menos Gonzalo. De hecho, a nosotros podrían chantajearnos igual que a Virginia.

—¿Y por qué no lo hacen?

—Ah, eso no lo sé. A lo mejor porque saben que no nos dejaríamos, por lo menos con ese vídeo. Pero, antes de que me hagas más preguntas, permíteme que te diga una cosa: la leyenda negra sí es verdad. Mejor dicho, tiene una parte de verdad. Así son siempre las leyendas, ¿no? Una mezcla de verdades y mentiras. Sólo que, si sumas una verdad y una mentira, el resultado es siempre una mentira. No sé si me explico.

—Perfectamente. ¿Y cuál es la verdad de esta mentira?

De las pupilas de Vidal brota un destello que Melchor no sabe si atribuir al alcohol o a la súbita e inocultable alegría que provoca en determinadas personas la pregunta exacta que necesitan para vencer una discusión, o simplemente para lucirse. El primer teniente de alcalde aplasta el puro en el cenicero colmado de ceniza, donde yace muerta otra colilla.

—¿Has leído a Montaigne? —pregunta.

Melchor mueve negativamente la cabeza.

—Es verdad, tú sólo lees novelas —dice el otro—. Pues yo lo leo cada día. Un rato, dos o tres páginas, no más. Pero cada día. Y es la leche. Parece que sólo habla de él, pero en realidad habla de todo, y lo hace como nadie. Claro que yo leo poco, porque no tengo mucho tiempo, pero... Cuando se trata de política, sin ir más lejos, todo el mundo se llena la boca de Maquiavelo, y yo no digo que esté mal. Pero Montaigne es mucho más serio, mucho más radical, mucho mejor. Por ejemplo, él dice que el bien público exige que se traicione, que se mienta y que se asesine, y que por eso la política tiene que estar en manos de la gente más fuerte y con menos escrúpulos, gente capaz de sacrificar su honor y su conciencia por el bienestar del país. Qué te parece, ¿eh? Yo nunca he asesinado a nadie, desde luego, pero lo otro más o menos sí lo he hecho. ¿Y sabes por qué? Porque yo no me engaño, porque yo sé muy bien que en política hay que hacer cosas que nadie quiere hacer, hay que ensuciarse las manos, pactar con el diablo si hace falta. Por eso, si hay infierno, todos los políticos iremos al infierno. Esa es la realidad, y quien no la conoce no debería dedicarse a la política, porque no sabe lo que es el poder. —Melchor intenta meter baza, pero Vidal se le adelanta—: Y, sí, ya sé que hay quien dice que los catalanes no sabemos manejar el poder, que no sabemos lo que es, que nos da miedo y que por eso somos malos haciendo política.

—Es lo que me dijo Casas ayer —consigue intercalar Melchor.

—Lo dice siempre —se burla Vidal—. ¿Y sabes por qué? Porque lo decía su padre. Y mi padre también. Y toda la élite económica catalana desde hace más de un siglo. Pero no es verdad. A lo mejor lo fue, pero ya no lo es. Ahora el poder no lo tienen sólo los estados; lo tenemos también las ciudades. Casi te diría que sobre todo lo tenemos las ciudades. Dime, ¿qué es más importante, Barcelona o Cataluña, que no es un estado, pero casi, porque tiene casi tanto poder como un estado? Mil veces más Barcelona. Y nosotros manejamos poder, vaya si lo manejamos. Poder del de verdad. O por lo menos estamos aprendiendo a manejarlo. Eso la primera que lo entendió fue Margaret Thatcher, y por eso canceló el área metropolitana de Londres: no quería que la ciudad volara sola, al margen de su país, y la ató corto para que no le hiciera sombra. Y es lo que hizo aquí Jordi Pujol con Barcelona. O lo que intentó hacer.

—¿Por qué me cuenta todo esto? —pregunta el policía; es la pregunta que lleva un rato tratando de hacer.

—Para despachar cuanto antes este asunto y pasar a lo que

me interesa —contesta Vidal. Como Melchor no da signos de entender, el primer teniente de alcalde descruza las manos y se incorpora ligeramente, pero no separa los codos de la mesa—. Lo que quiero decir es que yo puedo ser un hijo de puta, no digo que no. Pero no estoy chantajeando a Virginia. Piénsalo bien. ¿Qué ganaría con eso?

—Conseguir que dimita y ponerse usted en su lugar —se apresura a responder Melchor—. Y, de paso, acabar con su carrera política.

Vidal chasquea la lengua, cabeceando con una media sonrisa condescendiente.

—Me decepcionas —asegura—. Me habían dicho que eras listo y sensato, pero ya veo que se equivocaban. ¿No te das cuenta de que lo que dices no tiene el menor sentido?

—¿Entonces por qué la alcaldesa no le ha encargado a usted que investigue la extorsión?

—Eso deberías preguntárselo a ella. Pero, ya que me lo preguntas a mí, puedo darte varias respuestas, entre ellas que nosotros no somos policía judicial y no estamos autorizados a investigar estas cosas.

—No me haga reír.

—No era mi intención. —Vidal se esfuerza por sonar sincero—. Y no me malinterpretes: no estoy diciendo que nuestra relación pase por su mejor momento. La de Virginia y la mía, quiero decir. Eso es de dominio público. Algunas cosas se han complicado innecesariamente, y su divorcio ha estropeado otras... Pero, de ahí a chantajearla para que abandone la política, va un mundo. Además, si quisiera chantajearla, créeme, no lo haría con ese vídeo; eso es una chiquillada, una de esas estupideces que se hacen de joven... —Un destello de socarronería dilata las pupilas del primer teniente de alcalde, y Melchor adivina lo que viene a continuación—. Tú también hiciste alguna, ¿verdad?

268

—No sé de qué me habla.

—Claro que lo sabes —le contradice Vidal, retrepándose en su asiento; coge la copa de whisky por el tallo y remueve el líquido, en el cual casi se ha disuelto el cubito de hielo—. Hablo de la novela de Javier Cercas.

Melchor se encoge de hombros.

—No la he leído —confiesa—. Pero, por lo que dicen, todo es inventado.

Vidal abre mucho los ojos, y enseguida se ríe; luego se lleva la copa a los labios, gruesos y húmedos, y bebe un largo trago.

—¿Eso es lo que le dices a la gente? —pregunta, saboreando todavía el whisky—. Lo entiendo. Pero a mí no me lo digas, por favor. Me parece casi una falta de respeto.

Durante un par de segundos Melchor sostiene la mirada del primer teniente de alcalde.

—¿Me está amenazando? —pregunta a su vez.

—Pero ¿cómo se te ocurre, hombre? —se escandaliza Vidal, o finge escandalizarse—. Lo único que te estoy explicando es lo que hay. Dime una cosa, ¿te acuerdas de Isaías Cabrera? Hasta hace poco era sargento de Asuntos Internos en los Mossos, me ha dicho que os conocéis.

Melchor no necesita excavar mucho en su memoria; Vidal, por su parte, no necesita escuchar la respuesta de Melchor: debe de leerla en su cara.

—Desde hace un tiempo trabaja para mí —le informa el primer teniente de alcalde—. Y está encantado. Habla con él, si quieres. Es él quien me ha dicho que lo de que estuviste en la cárcel es verdad. Y lo de que trabajaste de pistolero para los narcos colombianos. Y algunas cosas más que tus jefes y compañeros no saben, o que saben, pero prefieren no saber, y que demuestran que el tal Cercas, mira por dónde, tiene menos imaginación de lo que dicen. Pero, en fin, no era de esto de lo que yo quería hablar. Créeme: me da lo mismo lo que hicieras o no cuando eras un chaval. Lo que quería era explicarte otra cosa. Siempre que hayas acabado con tu interrogatorio, claro.

—Todavía no lo he empezado —dice Melchor.

Vidal abre unos brazos hospitalarios.

—¿Y a qué esperas?

Durante unos minutos hablan sobre la grabación con que están extorsionando a la alcaldesa. Melchor le hace al primer teniente de alcalde las mismas o casi las mismas preguntas que le hizo el lunes a Casas, y recibe las mismas o casi las mismas respuestas, sólo que lastradas por menos dudas y vacilaciones; cosa que infunde en el policía la sospecha (o más bien la convicción) de que, en el intervalo de tiempo transcurrido entre ambos interrogatorios, los dos viejos amigos han acordado una misma versión de los hechos, entre ellos y quién sabe si también con Rosell, suponiendo que Rosell esté igualmente involucrado en la operación, lo que a priori no le parece en absoluto improbable. Melchor, en algún momento, menciona el nombre de la persona que realizó la grabación; apunta:

—Casas me ha contado que al terminar sus estudios le perdió de vista, pero que usted mantuvo el contacto con él.

—Exagera. O le entendiste mal: en realidad sólo he vuelto a verle en los últimos meses. —Vidal resopla, entrecerrando los ojos—. El de Ricky es un caso tremendo. Dramático, diría yo. Lo conocimos en aquella época, cuando estudiábamos. Entonces era un tipo inteligente, brillante incluso, aunque un poco infantil. Dejó los estudios antes de terminarlos y desapareció del mapa, no volvimos a saber nada de él. Hasta que, de repente, hace poco volvió a aparecer, volvió a ponerse en contacto con nosotros, primero con Dani y luego conmigo. En realidad, venía a pedirnos ayuda. Yo se la di, o intenté dársela; Dani no. ¿A que eso no te lo dijo? Pues es la verdad. Y conste que no reprocho a Dani que no le ayudase, porque Ricky era un tipo autodestructivo, una de esas personas que te piden ayuda, pero salta a la vista que te odian por tener que pedirte ayuda, y que te odian todavía más si se la das... En fin, un clásico. No sé si siempre fue así o si fue el fracaso lo que le volvió así. Lo cierto es que, cuando Ricky apareció otra vez, estaba arruinado y desesperado, el suyo fue un caso de fracaso completo, sin paliativos. Y yo hice lo que pude por ayudarle, créeme, intenté portarme con él lo mejor posible. Por los viejos tiempos. Porque le tenía afecto. Porque en el fondo soy un sentimental. Por lo que sea, pero intenté ayudarle. —Corta horizontalmente el calor inmóvil de la terraza con una mano plana, taxativa—. Todo fue inútil. Pero seguí viéndole, y al final como mínimo pude ayudarle a morir. Quiero decir que, cuando me enteré de su muerte, me hice cargo de los gastos del funeral y del entierro, porque él no tenía donde caerse muerto. Literalmente. El forense dijo que murió de un fallo cardíaco, pero a mí no me extrañaría que se hubiese quitado de en medio. Yo, en su lugar, es lo que hubiese hecho.

—¿Su amigo tenía familia?

—No. No que yo sepa. A su funeral sólo asistieron un par de vecinos. Una historia triste, ya te digo.

El primer teniente de alcalde se ha dejado contaminar por el amargo final de su amigo de juventud; o esa impresión da, la vista fija en el mantel que cubre la mesa, igual que si estuviese indagando, en su blancura sucia de ceniza, la justificación o el consuelo de aquel destino ruinoso. Hasta que parece despertar, repara en su interlocutor, se lleva de nuevo la copa de whisky a los labios y pregunta en un tono distinto:

—Bueno, ¿has acabado ya? ¿Alguna pregunta más?

—No. Por mi parte hemos terminado.

—Estupendo —dice satisfecho, como reponiéndose de una flaqueza momentánea—. Ahora me toca a mí. Quiero hacerte una propuesta.

Antes de las siete acude en busca de Cosette a casa de su amiga Sandra. Le abre la puerta su madre, agitada, despeinada y apestando a alcohol. La mujer le hace pasar y, después de permitirle intercambiar unas palabras con Cosette, que está jugando con Sandra en su cuarto, le propone tomar una copa. Melchor rechaza la proposición, pero la mujer se pierde en la cocina, regresa con un vaso mediado de ginebra y se lanza a hablar de su marido, de quien, según deduce Melchor (que sólo entiende a medias lo que ella intenta decirle), se está separando. Cuando la mujer lleva un rato maldiciendo a su esposo, Melchor le pregunta si este le pega. «¿Pegarme?», pregunta ella a su vez, sorprendida, pero sin dejar de vociferar y sin importarle una mierda que las niñas la oigan. «¡Si me pega le corto los huevos con una motosierra! Eso sí, me la pega con toda la que se pone a tiro. ¡El muy hijo de puta!» En ese momento la mujer rompe a llorar y Melchor intenta consolarla hasta que, sin saber cómo ni de qué manera, se sorprende en su dormitorio, circunstancia que ella aprovecha para meterle mano en la entrepierna mientras ensaya una sonrisa seductora, que a Melchor le provoca una pena indisimulable. Al ver su reacción, la mujer separa la mano, se aparta de él, balbucea una disculpa y, presa de una mezcla de desesperación y de vergüenza, ahoga un grito y se deja caer en la cama, mascullando reproches ininteligibles y maldiciones autocompasivas mientras llora a moco tendido. Sin saber qué hacer, incapaz de marcharse y abandonarla en aquel estado lamentable, Melchor se sienta en una silla y aguarda en silencio. La mujer empieza poco a poco a calmarse, pero en algún momento se le escapa un pedo flagrante que resuena en el dormitorio, entre sollozo y sollozo, como el toque de un cornetín.

—Bueno —dice Melchor, haciendo mucho ruido al levantarse de su silla, para tapar en lo posible el escándalo del cuesco y tratar de ahorrarle a la mujer aquella última humillación—, Cosette y yo deberíamos marcharnos.

Ambos están preparando la cena cuando llega Vivales. Cenan en la terraza y, después de que los dos hombres arreglen la cocina mientras Cosette ve unos dibujos animados en la tele, Melchor pasa un rato leyéndole a su hija *Miguel Strogoff*. Luego espera a que se duerma y, una vez dormida, vuelve a la sala de estar. Vivales descansa en su sillón de siempre, frente al televisor apagado.

—¿Hoy no hay película? —pregunta Melchor.

—Hoy no —contesta Vivales, señalando una pila de documentos en el suelo—. Tengo cosas que hacer.

—Creía que estabas de vacaciones.

—Eso creía yo también. —Vivales se pone en pie—. Se me olvidó que los esclavos no tenemos vacaciones.

El abogado sale del comedor mientras el policía, con un iPad en la mano, toma asiento junto a su sillón. Vivales regresa enseguida, cargado con una botella de whisky, un vaso de cristal grueso y un bol abarrotado de pedazos de hielo. Melchor está concentrado en su iPad, buscando información relativa a Ricky Ramírez. No se quita de la cabeza el hecho de que Casas le mintió sobre él: le dijo que no había vuelto a verlo desde su época de estudiante; pero, según Vidal, eso no es cierto: en algún momento posterior de su vida, Ramírez le pidió ayuda y él se la denegó. ¿Por qué ha intentado engañarlo Casas? ¿O simplemente se olvidó de aquella solicitud de socorro? ¿Quién fue Ricky Ramírez? ¿Fue él quien guardó la grabación con que ahora extorsionan a la alcaldesa? Y, si es así, ¿quién se quedó con ella tras su muerte y ahora la está utilizando? A pesar de haber muerto unos meses atrás, ¿guarda Ramírez alguna relación directa con el chantaje, al margen de que él fuera el responsable de la grabación? ¿Y su muerte? ¿Estaba también relacionada con el caso?

—Hoy ha venido un cliente a mi despacho —narra Vivales, sentado de nuevo junto a Melchor, mientras coge entre los dedos un pedazo de hielo y lo deja caer en el vaso con un tintineo de vidrio—. Un chorizo de cuidado, acaba de salir en libertad provisional. Gracias al menda, modestia aparte. Bueno, pues para celebrarlo le he ofrecido un whisky y le he preguntado cómo le gusta. ¿Sabes lo que me ha contestado? —Vivales imposta una voz todavía más ronca que la suya—: ¡Con mucho humo y muchas putas!

Murmurando para sí («Esto es lo bueno que tiene mi trabajo: siempre aprendes cosas nuevas»), el picapleitos se sirve un buen chorro de whisky; Melchor no se inmuta, demasiado absorto en su iPad para registrar la anécdota del picapleitos. El cual, apoltronado de nuevo en su sillón, pregunta:

—¿Qué tal el día?

Un poco impaciente, Melchor levanta la vista hacia Vivales y a punto está de pedirle que se calle y le deje seguir con su lectura.

—Me han hecho una oferta de empleo —dice, sin embargo.

El abogado arruga el ceño.

—Me la ha hecho Enric Vidal —continúa Melchor.

—¿El perro sarnoso de la alcaldesa?

—El mismo. Me ha propuesto trabajar para él.

—No me jodas.

—Me ha insinuado que en cuatro días dirijo los Vidal Boys. En dos, mejor dicho.

—Le habrás contestado que te chupe la polla.

—Le he contestado que lo pensaré.

Vivales lo mira con un punto de incredulidad y otro de sarcasmo, y se retrepa expectante en su asiento mientras Melchor deja el iPad en el suelo. No quiere preocupar más de la cuenta al abogado, así que no añade que le ha dicho a Vidal que lo pensará a cambio de que los hombres de Hematomas dejen de seguirle, y que Vidal ha aceptado el trato.

—¿Te acuerdas de lo que dijo el otro día Campà? —pregunta Melchor—. Bueno, no sé si fue Campà o Puig.

—Da lo mismo —dice Vivales—. Lo que dice Ortega también lo dice Gasset. ¿Qué fue lo que dijo?

—Que es posible que Vidal y Casas estuvieran intentando hacerle la cama a la alcaldesa. ¿Te acuerdas? —Vivales asiente—. Pues es verdad.

—¿No estarás hablando de la historia del chantaje que publicó *Ara*?

Melchor contesta que sí, le explica a Vivales por qué ha sido destinado a Barcelona en comisión de servicio y le hace un resumen de lo que ha averiguado desde su llegada a la capital. El abogado le escucha con la máxima atención. Cuando Melchor termina de hablar, Vivales reflexiona unos segundos.

—¿Y estás seguro de que Casas y Vidal están detrás del chantaje? —pregunta.

—No —contesta Melchor, recogiendo el iPad del suelo—. Pero yo creo que lo están. Y quizá más gente. Rosell, por ejemplo. Por lo visto, también aparece en el vídeo.

—¿Y también has hablado con él?

—No. Con él hablaré el jueves.

Vivales vuelve a asentir, pero no parece muy convencido. Melchor piensa otra vez en Ricky Ramírez.

—Ándate con cuidado —le advierte el picapleitos—. Esa gente es peligrosa.

—Hoy es la segunda vez que me dicen eso.

—Más a mi favor.

El policía también asiente. Luego mira la pantalla de su iPad, que se ha quedado a oscuras; la roza con la yema de un dedo y la pantalla se ilumina.

—Bueno —zanja la cuestión—. Basta de palique.

2

—¿De qué estábamos hablando?

—Del caso de las tarjetas fantasma. Aunque sigo sin ver qué relación tiene con el chantaje a la alcaldesa.

—Pues la tiene.

—Me decías que, cuando tu padre cayó en desgracia por ese asunto, nadie os ayudó.

—¿Te extraña? A mí no. Si uno se hunde, nadie le echa una mano; y, si alguien se la echa, es para terminar de hundirle. Así es como funcionan las cosas... En el fondo, mis amigos sólo hicieron lo que hubiera hecho cualquiera: salir corriendo, apartarse cuanto antes del apestado. Y yo estaba tan apestado como mi padre. Es verdad que, en septiembre, cuando no me presenté en Esade, ellos habrían podido llamarme, habrían podido preguntarme por qué ya no iba a clase, interesarse por mi padre o por mí... Pero no hicieron nada. Ni lo habían hecho hasta entonces, ni lo hicieron en ese momento. Habíamos sido inseparables, pero no movieron un dedo... Claro que yo tampoco hice nada por seguir viéndolos. ¿Y sabes por qué? Pues porque lo peor de convertirse en un apestado es que uno acepta sin protestar su condición de apestado. Uno se avergüenza de sí mismo, se encierra en sí mismo, lo único que quiere es esconderse en un rincón y lamerse las heridas como un perro apaleado... Así que quizá no debería reprocharles nada a mis amigos. Pero se lo reprocho, ya lo creo que se lo reprocho, y en aquel momento se lo reproché todavía más, quizá porque de golpe me di cuenta de que no había querido ver lo evidente, y es que yo no había sido nunca uno de los suyos, que sólo fingieron que lo era, que siempre me habían visto como un subalterno, ni siquiera como un espectador o un testigo, eso es lo que era Rosell para Casas y Vidal, para ellos yo sólo era un servidor, un lacayo, entonces me di cuenta de golpe, y lo peor era que había sido eso porque había querido, sin que nadie me obligase, había sido su criado porque quería ser como ellos, con la esperanza de integrarme en su círculo, de pertenecer de alguna forma a la élite mágica del poder y el dinero... Y por eso había hecho tantas cosas que me repugnaban o que ahora me repugnaban, cuando ya estaban hechas y no tenían remedio. Y fue al darme cuenta de todo esto cuando empecé a sentir asco, un asco enorme. Y cuando me juré a mí mismo que me vengaría de ellos por haber sacado de mí lo peor que llevaba dentro, por haberme convertido en un monstruo... Es lo que he intentado hacer ahora, aunque me haya salido mal.

—Quizá no te haya salido tan mal.

—Me ha salido de puta pena.

—Todavía pueden acabar pagando por lo que hicieron.

—Ojalá, pero no lo creo... Lo que creo es que el que va a pagar soy yo, no ellos. Los que pagamos somos siempre los mismos. Ya te he dicho que es una ley universal.

—Y yo te he dicho que haré lo posible para que paguen.

—Claro. Por eso te estoy contando todo esto, aunque... Oye, ¿seguro que no quieres un poco de whisky?

—No. Continúa.

—Deberías acompañarme, si bebo acompañado hablo más... Continúo. Como te estaba diciendo, al estallar el caso de las tarjetas fantasma nos arruinamos de un día para otro, mi padre dejó de cobrar su sueldo y tuvo que devolver el dinero que había gastado y empezar a pagar abogados, así que yo dejé Esade y trasladé mi matrícula a la Universidad de Barcelona, que era muchísimo más barata que Esade. También me puse a dar clases de matemáticas en la academia privada de un tipo que le debía favores a mi padre, ahí sí tuve algo de suerte, por lo menos conseguí enseguida un trabajo, aunque fuera un trabajo de mierda nos dio para vivir a mi madre y a mí hasta que mi padre salió en libertad después de diez meses de cárcel, cuando yo ya había terminado la carrera, a trancas y barrancas, pero la había terminado. Por esa época empecé a buscar formas alternativas de hacer dinero, y fue entonces cuando oí hablar por primera vez de los bitcoins y cuando empecé a fabricarlos, en fin, luego te hablaré de eso, déjame ahora que siga con mi padre...

»Su vuelta a casa mejoró y empeoró las cosas. Por un lado, las mejoró, porque como mínimo él ya no estaba encerrado y yo ya no tenía que ir a verle a Madrid, a la prisión de Soto del Real, con los gastos de viaje, hotel y comidas que eso acarreaba, sin contar con la cuidadora que tenía que quedarse a cargo de mi madre mientras yo estaba fuera, y que también cobraba lo suyo... Pero, por otro lado, el regreso de mi padre también empeoró las cosas. Porque mi padre salió de la cárcel convertido en otra persona, en una sombra de lo que había sido, una especie de fantasma. Y, aunque llamó a todas las puertas, y pidió y se humilló y suplicó, tardó mucho tiempo en conseguir un empleo... O quizá no fue tanto tiempo, pero a mí me lo pareció, en realidad aquella época se me hizo eterna. Primero, porque ahora tenía que mantener a mi padre, además de a mi madre. Segundo, porque el tipo que le debía favores a mi padre debió de considerar que ya se los había devuelto y no me renovó el contrato en su academia y tuve que empezar a ganarme la vida dando clases particulares de todas las materias imaginables en mi casa (se me había acabado la suerte, a mí me dura poco). Y, tercero, porque, en fin, hasta entonces había sido una pesadilla convivir sólo con mi madre, que no podía valerse por sí misma y que no hacía otra cosa la pobre que mirar la televisión apagada y gemir, pero con mi padre en casa la pesadilla se multiplicó, imagínate lo que era vivir con los dos, ver a todas horas a aquel hombre que hasta hacía poco tiempo lo había sido todo para mí, igual que si fuera Dios omnipotente, y que ahora, ya te digo, era una sombra de sí mismo, un viejo disminuido y roto, acobardado, que no paraba de lamentarse y casi no se atrevía a salir a la calle... Fueron unos meses espantosos, los tres encerrados en aquel piso claustrofóbico del Ensanche, un piso sobre el que para colmo pesaba una hipoteca que ya no podíamos pagar, los tres cociéndonos a fuego lento en nuestro propio infortunio... Hasta que, por fin, un antiguo compañero de mi padre, un concejal socialista del Ayuntamiento de Torredembarra, se compadeció de él y le consiguió un empleo de administrativo en el departamento de Asuntos Sociales de su pueblo, y mi padre empezó a trabajar allí, con el sueldo que ganaba alquiló un apartamento y se llevó a mi madre con él.

»Yo protesté, o más bien fingí protestar, pero no demasiado... La verdad es que me alegré de librarme de mis padres; esto suena fatal, ya lo sé, pero la verdad casi siempre suena fatal. No es que dejara en seco de verlos, de hecho los llamaba por teléfono de vez en cuando y una vez al mes iba a visitarlos a Torredembarra y pasaba el día con ellos. Así que no los abandoné, al menos no del todo, pero pude quitarme de encima el peso agobiante de mantenerlos y convi-

vir con ellos, que eran la viva imagen de la derrota, una imagen con la que es muy difícil convivir... Las cosas, además,
empezaron a enderezarse un poco. Conseguí vender a buen
precio el piso de mis padres, cancelé la hipoteca y alquilé un
pisito cerca de la plaza Joanic, en Gràcia. Luego encontré
un empleo en una empresa alimentaria, dejé las clases particulares, me enamoré de una compañera de trabajo y al cabo
de poco tiempo me casé con ella, en una ceremonia religiosa
que mi padre, que no era creyente, se pasó entera llorando
mientras sujetaba la silla de ruedas de mi madre... En fin...
Los años siguientes fueron buenos. El matrimonio me sentó bien, mi mujer... Me has dicho que anteayer hablaste con
ella, ¿no?

—Sí.

—Debe de decir pestes de mí, al final lo pasamos muy
mal. Pero al principio no, entonces fuimos felices, yo como
mínimo fui muy feliz, no sé qué te habrá dicho ella... Herminia es una mujer maravillosa, que me quería mucho, guar-
do unos recuerdos maravillosos de ella. Era economista, como
te digo trabajábamos juntos, a mí mi trabajo me gustaba más
que a ella el suyo, pero ella no se quejaba, yo ascendí en el
escalafón de la empresa y empecé a ganarme la vida sin ago-
bios. Todo iba bien, pero a mí eso no me bastaba. Siempre
había soñado con montar mi propio negocio, porque pensaba que esa era la única forma de ser independiente, así que,
después de pasarme mucho tiempo dando vueltas al asunto,
al final decidí montar una empresa de paquetería... ¿Por qué
de paquetería?, te preguntarás. Pues porque era un tipo de
negocio que en aquellos años estaba en auge, y además porque un primo de mi mujer había sido gerente de una empresa del ramo y me animó a montarlo. Mi mujer también
me apoyó, y hasta mis suegros, ellos invirtieron parte de sus
ahorros en el negocio y avalaron varios créditos. Además, la

crisis económica de 2008 parecía agua pasada y se respiraba un optimismo nuevo y, como yo confiaba en mi capacidad de gestor (eso había querido ser siempre, para eso había estudiado), pronto llegué a la conclusión de que aquella empresa podía funcionar...

»Acerté. Durante los dos o tres primeros años el negocio funcionó, en realidad funcionó bastante mejor de lo que todos esperábamos. De entrada, esto fue una bendición, claro, pero enseguida convertimos la bendición en inconveniente, porque la euforia nos envalentonó y nos llevó a cometer algunos errores que al principio parecieron intrascendentes, pero que no lo eran. Pronto las cosas se torcieron, en parte por esos errores y en parte porque el primo de mi mujer y yo no nos entendíamos, y al cabo de un tiempo, después de pelear durante meses a la desesperada para salvarnos, llegó la debacle, primero nos vimos obligados a suspender pagos, luego la empresa quebró y al final tuve la misma impresión que si mi casa se hubiera incendiado y hubiera caído sobre mí envuelta en llamas y me hubiera sepultado debajo de un montón de escombros.

»Fue entonces cuando comprendí lo que significa de verdad fracasar... Yo había vivido la caída en desgracia de mi padre como un fracaso, pero no había sido un fracaso; o sea, había sido un fracaso de mi padre, no mío. Por eso mi padre no se pudo levantar y yo sí (aunque sólo me hubiera levantado para fracasar más y mejor, para fracasar del todo). Lo que quiero decir es que el fracaso de verdad no se hereda ni se comparte: es una cosa propia y exclusiva, intransferible. Además, en España sólo se fracasa una vez. No hay segundas oportunidades para nosotros. A menos que estés blindado por el dinero inmortal de tu familia, en nuestro país quien fracasa en serio fracasa para siempre. El fracaso español es así: un fracaso serio, sucio y sin gloria, un fracaso sin redención.

Por eso me da náuseas toda esa empalagosa mitología romántica sobre el fracaso que venden las películas, toda esa basura sentimental sobre la dignidad y el glamour del fracaso... En el fracaso no hay ni dignidad ni glamour ni nada que a nadie pueda apetecerle comprar, y quien lo compra, igual que quien lo vende, no sabe lo que es fracasar de verdad, al menos fracasar de verdad en España. Eso es así, créeme, y el resto es verborrea.

»Todo esto para decirte que mi vida se fue literalmente a la mierda. Tuvimos que cerrar la empresa y echar a los empleados, que nos denunciaron en los tribunales; algunos de nuestros proveedores nos acusaron de quiebra fraudulenta. Fui a juicio y, aunque me libré de milagro de la cárcel, al terminar estaba hasta el cuello de deudas, unas deudas tan grandes que nunca podré pagarlas y que no pagaría si pudiera pagarlas: sería como dar de comer a los tiburones, que nunca se hartan de comer y que al final se te comen... Apuesto a que habrás oído decir eso muchas veces, ¿no?, que el mundo de los negocios es así, un mundo de tiburones. Pues es la verdad: ahí, si no devoras, te devoran, en ese mundo no hay compasión para nadie. La gente debería saber estas cosas y dejarse de fantasías, y entonces todo iría mucho mejor... En fin, me he perdido otra vez. ¿Por dónde íbamos?

—Por la quiebra de tu empresa de paquetería.

—Ah, sí. Te decía que me libré por los pelos de ir a la cárcel. Pero terminé ahogado de deudas. De todos modos, conseguí con grandes sacrificios que mi mujer no tuviera que pasar por el juzgado... Estoy orgulloso de eso, la verdad, aunque no me sirviera para salvar mi matrimonio. A mi mujer, dicho sea entre paréntesis, sí que no tengo nada que reprocharle: sus padres se quedaron sin blanca, los bancos embargaron sus bienes y ella sufrió tanto que el amor que me tenía se le secó como una pasa y sólo debió de dejarle ese regusto agrio y maloliente que deja el fracaso... En resumen, estaba desesperado, y cuando uno está desesperado comete las mayores estupideces. Una de las muchas que yo cometí fue acordarme de mis viejos amigos de Esade.

»Te explico por qué.

»Durante el juicio había conocido a mucha gente que pululaba por los tribunales y los bufetes de abogados, había oído hablar de nuevas clases de negocios, negocios muy prometedores, se decía, criptomonedas, apuestas on-line y cosas por el estilo... Yo quería resarcirme del desastre de la empresa de paquetería y me obsesioné con la idea de demostrar que no era un fracasado... Por entonces el negocio de las apuestas on-line ya se había regulado en España, pero seguía dando mucho dinero, de manera que me puse a investigar en serio. Hice amistad con un par de tipos, dos empleados de banca muy jóvenes que trabajaban en sus ratos libres para una casa de apuestas on-line pero tenían ideas propias, estaban seguros de que aquello podía rendir mucho más y querían montar algo por su cuenta para meterse en serio en el negocio... Me explicaron su plan, me propusieron participar en él y yo me convencí de que era una buena idea y de que lo único que necesitábamos era un socio capitalista que pusiera la inversión inicial, una inversión no muy grande pero suficiente para arrancar.

—Y tú pensaste que ese socio podía ser uno de tus amigos.

—Exacto.

—¿No habías tenido noticias de ellos en todo aquel tiempo?

—No había vuelto a hablar con ellos, pero claro que me habían llegado noticias suyas... En Barcelona es imposible que no te lleguen. El dinero es discreto, y el catalán todavía más, pero esas familias son demasiado grandes para esconderse con facilidad. Así que, claro, de vez en cuando oía hablar de ellos... Y, si te soy sincero, nada de lo que oía o leía me sorprendía demasiado, ni siquiera me sorprendió que mis amigos hubieran terminado haciendo política directa o indirectamente, ya te dije que la política siempre les interesó como ha interesado siempre a los de su clase, o sea, como una extensión de los negocios. De todos modos, cuando intenté volver a ponerme en contacto con ellos, sólo Vidal se había metido de lleno en política, en aquella época ya estaba en el Ayuntamiento, creo que era concejal socialista del distrito de Sant Gervasi, mientras que Rosell había abandonado los negocios de la familia, acababan de nombrarlo presidente de Barcelona Global, no sé si has oído hablar de eso, es un chiringuito que los ricos de Barcelona montaron para promover la ciudad y que luego se ha convertido en un lobby para tratar de evitar su decadencia después de la huida de empresas que siguió a la intentona independentista de 2017... Aunque, para ser exactos, no era Rosell el que había abandonado los negocios de la familia, eran los negocios de la familia los que le habían abandonado a él, en aquella época su hermano pequeño, Martín, se acababa de hacer con el control del holding familiar y a él le habían pegado una patada en el culo, así que lo de la presidencia de Barcelona Global era uno de esos cargos decorativos donde se mete a la gente que no se sabe dónde meter.

»Rosell fue precisamente el primero al que llamé, pero ni siquiera conseguí hablar con él. En Barcelona Global me dijeron que estaba fuera de España y que tardaría en volver... Con Vidal pasó algo parecido. Me acuerdo de que le llamé varias veces a su despacho del Ayuntamiento, pero o no estaba o acababa de salir o estaba hablando por teléfono o reunido, y aunque dejé mi nombre y mi número de teléfono y pedí que me llamase, no me llamó. A esas alturas ya hubiera debido entender que ninguno de mis antiguos camaradas quería verme ni hablar conmigo, pero estaba demasiado obcecado y llamé a Casas... Y esta vez mi obcecación tuvo premio. Había oído hablar mucho de Casas en aquellos años, mucho más que de Vidal y de Rosell, porque era el que más aparecía en los medios, aunque era el que más trataba de evitarlos, o precisamente por eso... Casas había vivido bastante tiempo en Nueva York, se había casado con una japonesa, se había divorciado y había vuelto a Barcelona, aquí había creado un periódico y andaba detrás de las concesiones de radio y televisión que luego le dio la Generalitat. Además, hacía ya tiempo que había fundado su consultoría, Clave Barcelona o como se llame, y gracias a ella había empezado a rodearle una aureola de cerebro gris o de promotor de algunos políticos relevantes.

—¿Se había casado ya con la alcaldesa?

—Acababan de casarse. En realidad, eran la pareja del momento en Barcelona, y eso que ella aún no había llegado a la alcaldía, ni a la alcaldía ni casi a la política. Ni falta que hacía para que los dos se convirtieran en una perita en dulce para la prensa... Ahí es nada: un empresario de éxito, el heredero de una de las fortunas del país, guapo, inteligente y joven, casado con una chica de familia humilde y una luchadora por los derechos humanos, acuérdate de que por aquella época la alcaldesa ya había fundado Home Refugees y se había convertido en una estrella mediática, poco menos que en una madre Teresa de Calcuta joven, sexi, laica, catalana y muy de izquierdas. ¿Te acuerdas?

—No. Pero quién la ha visto y quién la ve.

—Claro, la gente ya no se acuerda, pero así era ella entonces. Y los que se acuerdan deben de pensar que su cambio fue cosa de su marido, de la influencia de su marido.

—¿Y no lo fue?

—No lo sé. Y, francamente, me importa un rábano. Lo único que sé es que los políticos no son ni de derechas ni de izquierdas: son sólo políticos. Lo único que les interesa es el poder. Todo lo demás se la sopla.

—¿Tu padre también era así?

—Mi padre era una excepción... Por eso acabó como acabó... Además, ya te he dicho que no era un político: era un sindicalista.

—Volvamos a la alcaldesa. Dime una cosa: ¿la reconociste? Quiero decir, cuando volviste a verla, ¿la identificaste enseguida con una de las chicas de León XIII?

—Enseguida, no... Mira, yo no tengo muy buena memoria, pero las caras de aquellas chicas no se me olvidan, yo creo que podría reconocerlas a todas... Aunque a lo mejor exagero. Sea como sea, ¿cómo iba a identificar a aquella activista famosa con una de esas desgraciadas? Es verdad que, la noche que pasó por León XIII, la alcaldesa había resultado ser una desgraciada bastante especial, tan especial que a ella la palabra desgraciada no le cuadra, no digamos la palabra víctima... Ahora, también es verdad que desde la primera vez que volví a verla, no recuerdo dónde, sería en la tele o en algún periódico, me pareció que había algo familiar en ella, que era una de esas personas a las que conoces, o con las que te cruzas, pero no sabes ni de qué las conoces ni dónde ni cómo te has cruzado con ellas.

»Hasta que se lio con mi viejo amigo y de la noche a la mañana se convirtió en una estrella de las revistas del corazón. Entonces, de repente, todo cuadró en mi cabeza, me acordé de la noche de León XIII y de lo que pasó después entre ella, Casas y Vidal, o de lo que Rosell me contó que había pasado... Y es curioso: esto tampoco me extrañó. Al contrario, sentí que aquella carambola, que parecía tan inve-

287

rosímil, o tan absurda, no era ni absurda ni inverosímil, quizá ni siquiera era una carambola, o sea, que a lo mejor tenía todo el sentido del mundo que acabasen juntos aquellos dos, justamente porque parecían tan distintos y porque se habían conocido de una manera tan especial... En fin, ya sé que es un pensamiento tonto y ventajista y que, a toro pasado, es fácil encontrarle una lógica hasta a lo más ilógico, pero eso es exactamente lo que sentí. Si no te lo dijera, mentiría. Pero iba a hablarte de otra cosa...

—Me habías contado que estabas buscando un socio para tu empresa de apuestas on-line y que con Casas tuviste más suerte que con Vidal y con Rosell.

—Por lo menos conseguí hablar con él enseguida... Claro que a él lo llamé a su teléfono personal, no a su oficina, alguien me lo había dado. De entrada, no me situó, no reconoció mi nombre, o hizo como que no lo reconocía, pero enseguida se acordó o fingió acordarse, intercambiamos dos o tres frases amables y al final me preguntó qué quería... Le mentí. Le dije que no quería nada, que de vez en cuando sabía de él por la prensa, que hacía tiempo que quería llamarlo, que había conseguido por casualidad su móvil y que había pensado que quizá le apetecía tomar un café conmigo, para recordar viejos tiempos. Al principio titubeó, pero, cuando yo ya pensaba que iba a darme largas, me citó a comer al cabo de una semana en un restaurante, Santa Clara se llama, está en Pedralbes, cerca del Club de Tenis Barcelona...

»Me pasé la semana esperando la cita, pero al final llegué tarde a ella. Lo hice adrede, quería que Casas pensara que yo era un hombre ocupado y que no estaba impaciente por verle... Por cierto, no sé si te he dicho ya que Casas puede ser una persona encantadora, un tipo alegre, afectuoso y divertido. Puede serlo, y aquella tarde lo fue, me acogió con los brazos abiertos, tenía un aspecto saludable y estaba de muy buen humor, parecía contento de verme... En algún momento lamentó que yo hubiera desaparecido sin explicaciones de su vida y cargó en la cuenta del atolondramiento de la juventud que él no me hubiera llamado ni hubiera intentado ponerse en contacto conmigo cuando, al principio del último curso, de buenas a primeras no volví a Esade. No mencionó el calvario de mi padre, como si no se hubiera enterado de él, y yo le mentí cuando me preguntó por mi vida después de Esade... Pero eso sólo fue un momento, el resto del tiempo nos dedicamos a bromear y a contar anécdotas y, mientras yo me reía de buena gana, sentí que habíamos sido amigos de verdad y que en el fondo le había echado de menos, sentí nostalgia de nuestra relación, me dije que había sido muy injusto con mis viejos amigos, que durante todos aquellos años me había hecho trampas al solitario, me había estado engañando, mis amigos no eran responsables de mis fracasos y mis decepciones, tampoco de mis fechorías, el único responsable era yo, era injusto que les echase las culpas de todos mis males, y mucho más que hubiera querido vengarme de ellos... Pensar todo esto me sentó bien, tan bien que tuve el presentimiento de que aquel encuentro podía ser un cambio de rasante capaz de abrir una etapa nueva en mi vida. O algo así... También me encantó que Casas se las arreglase durante toda la comida para evitar hablar de sus éxitos o para quitarles importancia, que me tratara como si él no fuera el prototipo del triunfador y yo el del perdedor.

—¿Hablasteis de su mujer?

—No. No que yo recuerde... Y no me extraña: apuesto a que él había olvidado que la noche en que la conocimos yo estaba con ellos... En fin. A la hora de los cafés pedimos dos whiskies, y mientras nos los bebíamos me acordé del consejo de mi padre: «Arrímate a los buenos y serás uno de ellos». Y fue entonces cuando decidí hablar del negocio. Yo no iba con esa idea, no exactamente por lo menos, mi idea era más bien sondear a Casas, ver cómo respiraba y tal, pero en aquel momento le vi tan bien predispuesto que debí de sentir que no podía dejar pasar la oportunidad... Dicho y hecho. Le hablé de las apuestas on-line, le expliqué cómo funcionaban, mencioné a mis dos socios («dos expertos», creo que los llamé), le expuse la idea de crear una nueva casa de apuestas, le dije que ya sólo necesitábamos un cuarto socio dispuesto a invertir una cantidad modesta de dinero (modesta para él, aunque esto no se lo dije) y le aseguré que el trabajo lo pondríamos nosotros y que, a cambio de esa pequeña inversión, él recibiría unos beneficios que al principio no serían espectaculares, porque no queríamos correr riesgos innecesarios, pero que con el tiempo y a medida que su confianza en el proyecto aumentase estaba convencido de que serían como mínimo sustanciosos... Recuerdo que, mientras hablaba, tenía la impresión de que el alcohol me volvía elocuente. Pedí una servilleta de papel, hice unos números y al acabar se la entregué. «No puede fallar», le dije, con todo el énfasis del whisky. «Es un negocio seguro. Por eso he querido ofrecértelo a ti.» Me callé y rematé: «Por eso y porque me encanta la idea de que seamos socios y volvamos a ser amigos».

»Terminé de hablar convencido de que era imposible que Casas rechazase la propuesta. Él cogió la servilleta y estuvo mirándola un rato, igual que si quisiera asegurarse de que los números eran correctos o igual que si lo que yo había garabateado allí no fueran números sino un enigma o el mapa de un tesoro... Entonces me entraron las dudas, me angustié, debí de sentir que me había dejado arrastrar otra vez por mi maldito optimismo. Pregunté: "Bueno, ¿qué te parece?".

"¿Quieres que te diga la verdad?", contestó. Le dije que sí. Entonces dijo: "La verdad es que me parece una idea buenísima". "¿En serio?", pregunté. "En serio", contestó. Pegué un puñetazo de euforia en la mesa y me puse a elogiar las virtudes del proyecto, me elogié a mí mismo, de pura alegría me embarullé un poco... Por fin dije: "Bueno, entonces contamos contigo, ¿no?". Era una pregunta retórica, claro. Pero sólo para mí, no para Casas: la prueba es que contestó que no. Creí que bromeaba... Pregunté: "¿Cómo que no? ¿No dices que te parece una idea buenísima?". "Y lo es", dijo él. "Pero no para mí. Es una idea buenísima si de lo que se trata es sólo de hacer dinero." Intenté sonreír, volví a preguntar: "¿Y para qué sirven los negocios?". Y él me contestó: "Para hacer dinero. Pero no de cualquier manera. No a cualquier precio". Eso me dijo, literalmente, y después me vino a decir que, aunque el negocio del juego era bueno, un gran negocio, también era un negocio sucio, y que no estaba dispuesto a mancharse las manos con él.

»¿Qué te parece...? Increíble, ¿verdad? No sé de dónde viene la fortuna de los Casas. Del tráfico de esclavos, me imagino. O de la guerra, de la explotación y el crimen, que es de donde vienen las grandes fortunas. Pero ahí tienes a ese hijo de la gran puta, que pertenece a una de esas familias de criminales y que se pasó su juventud violando a mujeres, acusándome de falta de ética por querer ganarme la vida con el negocio legal del juego... Yo había aprendido hacía mucho tiempo que los ricos son los únicos que no dan importancia al dinero, porque ya lo tienen. Lo que no sabía es que, además, les encanta dar lecciones de moral.

»He olvidado el resto de la sobremesa... Bueno, más bien he preferido olvidarlo. Sólo recuerdo que, al terminar, un chófer esperaba a Casas a la puerta del restaurante, y que cuando nos despedimos yo estaba borracho y tenía un pedazo de papel en una mano y una sensación de suciedad absoluta, como si alguien acabara de vomitarme encima... El pedazo de papel llevaba escrito el nombre, la dirección y el número de teléfono del encargado de la sucursal barcelonesa de una firma suiza de chocolate con sede en Berna, una empresa de la familia Casas, o en la que la familia Casas tenía una participación mayoritaria. Mi amigo me había animado a llamar a ese número porque, según me dijo, pensaba que allí podían necesitar a alguien como yo, así que supongo que, después de que Casas rechazase mi propuesta, debimos de hablar de mi situación económica o de mi situación laboral... La borrachera duró lo que dura una borrachera, pero la sensación de suciedad duró mucho más tiempo, me acompañó mientras me odiaba durante los días o las semanas siguientes, por haber recurrido a Casas, por haberme dejado enredar otra vez por él y haber permitido que sacase otra vez a la luz mi viejo yo con su instinto servil, aquel antiguo yo repugnante que quería congraciarse con la élite mágica y trascendental del poder y el dinero, me odié porque había sido lo bastante idiota para regalarle a Casas la oportunidad de humillarme tres veces seguidas y de la manera más salvaje posible: primero, restregándome por la cara su éxito y mi fracaso, tan evidentes que ni siquiera hacía falta hablar de ellos (aunque sólo mucho después me di cuenta de eso); segundo, dándome una clase de ética aplicada; y, tercero, demostrándome lo caritativo que podía llegar a ser con sus amigos caídos en desgracia... Sea como sea, durante aquellas semanas dudé muchas veces si llamar por teléfono al número que me había dado Casas. Pero, aunque estaba todavía más desesperado que antes, llegué a la conclusión de que el empleo que me esperaba en la sucursal de la empresa chocolatera sólo podía ser otra forma de humillación. Así que al final pudo menos la necesidad que el orgullo y no llamé.

»Aquella fue la última vez que estuve con Casas. De eso hará ya unos cinco años, yo calculo que debió de ser hacia mediados de dos mil veinte, en plena pandemia del coronavirus, poco antes de que pasara una temporada en el hospital y tocara fondo... Lo que me hizo tocar fondo fue el bitcoin, aquello fue lo que acabó de hundirme del todo. ¿Recuerdas que te dije que había empezado a fabricar bitcoins cuando mi padre estaba en la cárcel?

—Sí.

—En aquella época nos habíamos quedado en la ruina, ya te lo he contado, así que necesitaba hacer dinero como fuera y el bitcoin me pareció una buena forma de hacerlo... Aquel era un momento en que las criptomonedas todavía eran poco conocidas en España. De hecho, yo empecé a manejar bitcoins con una ingenuidad total, ni siquiera sabía muy bien lo que era, nadie o casi nadie lo sabía en realidad, sólo se hablaba de que era un proyecto a largo plazo, de que era el dinero del futuro, de que se harían grandes fortunas con él... Otra cosa muy atractiva era que por entonces podías fabricar bitcoins en casa, con tu ordenador y con muy poco dinero, simplemente conectándote a la red de Bitcoin, que te pagaba una comisión por contribuir a su funcionamiento. A eso, a fabricar bitcoins, se le llamaba minar. De modo que, mientras vivía con mi padre y mi madre y me ganaba la vida dando clases particulares, me puse a minar bitcoins y en muy poco tiempo miné más de mil. ¿Sabes cuánto dinero sería eso al cambio actual? Millones de euros. Pero en aquella época los bitcoins no tenían ningún valor, ni siquiera se sabía si con el tiempo lo iban a tener o no... El caso es que al cabo de unos meses minando me reventó el ordenador y dejé de tener acceso a mis bitcoins, que se convirtieron en bitcoins durmientes, bitcoins que existen, pero de los que no puedes disponer. Esto me jodió, claro. Aunque lo que me jodió de verdad fue descubrir años más tarde, cuando ya estaba casado, que el bitcoin ya se podía cambiar por euros... Eso sí que fue una putada, eso sí que me jodió de verdad, de repente comprendí que tenía un dineral en bitcoins, sólo que era como si no lo tuviese porque estaba enterrado en mi viejo ordenador. Así que me puse a intentar desenterrarlo, hasta que me di cuenta de que no podía, de que era totalmente imposible recuperar mis bitcoins.

»Ya te digo que aquello sí que me jodió de verdad, y si no me jodió más, si no me jodió del todo fue porque estaba demasiado ilusionado con el proyecto de la empresa de paquetería y demasiado absorbido por él... La locura empezó después, cuando la empresa quebró y todo se fue a la mierda y, como te decía, me empeñé en resarcirme como fuese del desastre y demostrarle a todo el mundo que podía triunfar y me lie a dar palos de ciego buscando un buen negocio, aunque mientras tanto no dejaba ni un momento de acordarme de mis bitcoins enterrados, cada vez más furioso de rabia por no tener lo que era mío, tan furioso que al final, poco después del intento fracasado de las apuestas on-line, decidí reengancharme en serio al bitcoin y recuperar como fuese la fortuna que había perdido.

»Ese fue el error más grande de todos, el error definitivo... Durante los años que siguieron viví atrapado por una obsesión enferma, dando vueltas en un torbellino sin salida: me convertí en un habitual de los foros especializados en criptomonedas, me hice un nombre como gurú del bitcoin, compré en Estados Unidos, para volver a minar, máquinas que nunca llegaban o que, cuando llegaban, ya estaban obsoletas, hice inversiones ruinosas, me estafaron no sé cuántas veces... Qué sé yo... Pero lo peor es que, mientras todo esto pasaba, el precio del bitcoin subía sin parar y yo me ofuscaba con la idea venenosa de que había montones de hijos de puta forrándose a mi alrededor y de que la gallina de los huevos de oro se me estaba escapando de las manos... La ansiedad de aquella montaña rusa era adictiva, pero me agotaba y me estaba destrozando los nervios, así que en determinado momento conseguí bajarme de ella y empecé a operar como intermediario, que era mucho más sencillo y más tranquilo, mucho menos arriesgado también: me limitaba a comprar y vender bitcoins, y a cobrar una comisión a los compradores y otra a los vendedores. Yo sabía que así no iba a hacerme rico, claro, pero al menos llevaba una vida más tranquila y me ganaba la vida mientras llegaba la oportunidad que estaba esperando.

»La oportunidad llegó cuando conocí al intermediario de un narco gallego que manejaba bitcoins y empecé a trabajar con él... Lo conocí en un foro de internet, Bitcointalk se llamaba. El trabajo consistía en lo de siempre, sólo que, como el intermediario no podía decirme de dónde salían los bitcoins del narco, todas las operaciones debía hacerlas en dinero negro y mi margen de beneficio era mucho más alto. El negocio funcionaba a las mil maravillas hasta que un día, mientras estaba a punto de cerrar una transacción para aquel cliente, el precio oficial del bitcoin pegó un bajón brutal, en cuestión de segundos pasó de doce mil a seis mil euros, y los compradores se echaron para atrás... Le expliqué al intermediario del narco que la operación se había ido al garete y que no podía pagarle lo que habíamos acordado, pero él me contestó que no quería saber nada y que me buscase la vida. "Yo ya le he dicho a mi cliente que sus bitcoins valen ciento cincuenta mil euros", me advirtió. "Si ahora le digo que valen la mitad, nos mata a los dos. Así que espabílate y localiza esos ciento cincuenta mil que faltan." No los localicé, claro, y un día, al llegar a mi casa, me encontré a tres tipos que se llevaron mi dinero, destrozaron todo lo que pillaron y me pegaron tal paliza que pasé dos semanas en el hospital.

»Así acabó mi relación con los bitcoins. Y así toqué fondo... Dejé mi piso de Gràcia, alquilé otro más barato en el Raval y conocí a Marga, que me echó una mano y me ayudó a buscarme la vida... No mucho después murió mi padre. Mi madre había muerto años atrás, y desde entonces él estaba deprimido y enfermo, o más deprimido y enfermo de lo que lo estaba desde que salió de la cárcel. Seguía viviendo en Torredembarra, pero su pensión de jubilado ni siquiera le alcanzaba para que una asistenta fuera a limpiar su piso y a cocinarle dos veces por semana, así que yo le ayudaba con lo que podía. Por eso me extrañó tanto descubrir a su muerte que, durante todos aquellos años, él había seguido pagando el alquiler de una caja de seguridad del Banco de Santander en Barcelona, y lo achaqué a un olvido o un error.

»Pero no era ni una cosa ni la otra... Lo supe cuando fui a cancelar el alquiler de la caja de seguridad después de arreglar los asuntos de mi padre, de vaciar su piso y de llevarme las dos o tres cosas que quise llevarme. La caja estaba en una sucursal del Santander en la calle Calabria, muy cerca de nuestro antiguo piso del Ensanche, y al abrirla me llevé la sorpresa de mi vida. ¿Sabes lo que encontré dentro?

—¿Qué?

—Mi herencia.

—¿Tu herencia?

—Eso es. Lo que había en aquella caja, lo adiviné al primer vistazo, eran todos los vídeos que habíamos grabado en León XIII... Imagínate mi sorpresa, durante un rato fui incapaz de creer lo que tenía delante de mis narices. Yo me había olvidado por completo de aquello, creía que las cintas habían desaparecido hacía años. ¿Cómo iba a pensar que las tenía mi padre...? Eso sí, en cuanto salí de mi asombro pensé que, si mi padre había conservado aquel material durante tanto tiempo, pagando un dinero que no tenía por alquilar aquella caja, era porque sabía que era valioso, porque pensaba que podía sacarse un provecho de él.

—¿Y entonces fue cuando decidiste chantajear a la alcaldesa?

—No, entonces fue cuando decidí chantajearlos a todos. A Casas, a Vidal, a Rosell. A todos... Bueno, en realidad a todos menos a la alcaldesa, eso no fue idea mía.

—¿De quién fue idea?

—Te lo cuento enseguida. Pero antes me gustaría que entendieses cómo me sentí cuando hice aquel descubrimiento. Piénsalo bien... Mi padre había muerto, me acababan de pegar una paliza tremenda, había abandonado la idea de dar un pelotazo y forrarme de la noche a la mañana, había dejado incluso de comprar y vender bitcoins y sobrevivía trapicheando con marihuana y ayudando a un par de conocidos del barrio a llevar las cuentas de sus locales. Y precisamente entonces, en el peor momento de mi vida, cuando pensaba que ya no podía caer más bajo, mi padre me regalaba después de muerto la posibilidad de hacerme rico de golpe, por lo menos de solucionarme la vida, y también la posibilidad de ajustarles las cuentas a mis viejos amigos de Esade... Pensé que por fin iba a hacerse justicia, pensé que tenía en mis manos lo que necesitaba para cumplir mis sueños. Imagínate cómo me sentí...

»De todos modos, a aquellas alturas yo ya estaba muy resabiado y era consciente de los riesgos que iba a correr, así que traté de tomar todas las precauciones... Mi intención era chantajearlos a los tres, ya te digo, uno detrás del otro, pero empecé por Casas porque era el único que no tenía un cargo político y me pareció el más vulnerable: Rosell se había convertido en regidor del PP en el Ayuntamiento después de pasar por Barcelona Global y de haberse hecho allí la clase de reputación que suele hacerse en política la gente que no sirve para nada (una reputación de hombre prudente, razonable, conciliador), y hacía tiempo que Vidal había dejado de ser líder del grupo socialista en el Ayuntamiento, se había integrado en el partido de la alcaldesa y ocupaba el cargo que ocupa ahora... De modo que conseguí el correo electrónico personal de Casas, creé una cuenta anónima y desde un locutorio le mandé un mensaje donde le decía que, si no quería que hiciese público un vídeo grabado en León XIII, dejase trescientos mil euros en billetes de cien en un lugar concreto de la Carretera de las Aguas. Yo estaba seguro de que mis amigos pensaban que aquellas grabaciones habían desaparecido hacía años, igual que lo pensé yo hasta la muerte de mi padre, y, aunque contaba con que Casas pudiera sospechar quién era su extorsionador, también contaba con que no podría demostrarlo, y sobre todo contaba con que pagaría para quitarse cuanto antes el problema de encima...

»Con lo que no contaba es con lo que pasó.

»Una tarde, poco después de mandar aquel mensaje a Casas, me encontré con dos tipos a la puerta del edificio donde vivía. Me obligaron a subir de mala manera a mi casa, empezaron a pegarme y pensé que el narco gallego había descubierto mi escondite y había mandado a sus matones a terminar el trabajo... Aún estaban pegándome cuando aparecieron otros dos tipos y les mandaron parar. Los dos tipos que me pegaban se marcharon y los otros dos se quedaron. Uno de ellos era Hematomas, el otro era Vidal.

»Hacía casi veinte años que Vidal y yo no estábamos juntos, pero él ni siquiera fingió que se alegraba del reencuentro... Se lo agradecí. "¿Qué hay, Ricky?", me preguntó. "Cuánto tiempo sin vernos, ¿no? ¿Te acuerdas de mí?" Yo estaba en el sofá del comedor, bastante perjudicado, y Vidal le pidió a Hematomas que fuera a por un vaso de agua. El inspector trajo el agua de la cocina y, mientras yo me incorporaba y bebía, Vidal volvió a preguntarme si me acordaba de él. Le dije que sí. También debí de preguntarle qué estaba haciendo en mi casa o por qué había ido a verme o algo por el estilo, porque me contestó: "No te hagas el tonto, Ricky. Estoy aquí porque no te conformas con estafar a la gente vendiendo bitcoins y maría. Encima, tienes que chantajear a tus viejos amigos". Yo intenté defenderme. "No sé de qué me estás hablando", le dije. Vidal chasqueó la lengua y puso cara de disgusto, y Hematomas empezó a pegarme. Cuando se cansó, Vidal me preguntó si ahora sabía de qué le hablaba, y yo escupí sangre y le dije que sí. "¡Qué desastre, Ricky!", dijo entonces: hablaba como si estuviese cumpliendo una tarea desagradable o un deber doloroso. "Mira que tener que vernos así, a nuestra edad, después de tantos años..." Estaba gordo y tenía la cara inflada y colorada, igual que si llegara de un banquete donde se había puesto hasta el culo de todo... Ya estábamos en mayo, pero llevaba puesta una gabardina y, debajo de la gabardina, traje y corbata. A su lado, Hematomas todavía se secaba el sudor de la paliza, pero no parecía furioso ni cansado: parecía aburrido. Mientras me dejaba recuperarme, Vidal siguió hablando. "Lo que no entiendo es que pudieras creer que ibas a salirte con la tuya", me dijo. "Como si no fuese la cosa más fácil del mundo rastrear un correo, por muy anónimo que sea, y el locutorio desde el que se mandó, por muy público que sea. Eres un chapucero, Ricky, igual que tu padre... Así le fue. Y así te va."

»Acordarse de mi padre en aquel momento fue lo que se llama una puñalada a traición... Me entraron ganas de llorar, pero no quise darle ese gusto a aquel hijo de puta y conseguí aguantarme. "Mira, Ricky", dijo, cuando pensó que yo volvía a estar en condiciones de procesar lo que iba a decirme. "Tengo mucho trabajo y poco tiempo, así que te pido por favor que no me lo hagas perder. ¿De acuerdo?" Moví la cabeza arriba y abajo: qué remedio... "Estupendo", dijo entonces. Cogió una silla, se sentó frente a mí y fue al grano mientras Hematomas escuchaba con las manos en los bolsillos de los pantalones, a su espalda y de pie, sin mirarnos, como si aquello no fuera con él. "Tranquilo", empezó Vidal. "No te voy a preguntar cuántos vídeos de aquella época tienes. Ni cómo es que los tienes. Ni dónde los tienes... Todo eso me da igual. Lo único que me interesa es una cosa: ¿tienes el vídeo de Virginia?" La pregunta me pilló por sorpresa, pero naturalmente supe de inmediato a qué vídeo se refería y, como yo ya no estaba en condiciones de volver a hacerme el tonto, enseguida le contesté que sí. "Estupendo", volvió a decir. "Te felicito. Te ha tocado la lotería. Te voy a hacer una propuesta para que salgas del agujero donde tú solito te has metido. Escúchame bien." Vidal me explicó entonces que me había equivocado de víctima, que no debería haber intentado chantajear a Casas sino a la alcaldesa, y que lo que debía hacer era amenazarla con difundir aquel vídeo si no me pagaba el doble del dinero que le había pedido a Casas. En resumen, eso fue más o menos lo que me dijo.

»La cara que puse debió de ser un poema... Como te puedes imaginar, lo que menos podía esperarme yo es que el primer teniente de alcalde de Barcelona, la mismísima mano derecha de la alcaldesa, me pidiese lo que me estaba pidiendo... Vidal me dijo entonces: "Supongo que te estarás preguntando varias cosas. La primera es qué interés tengo yo en que chantajees a mi jefa. La segunda es qué garantías hay de que vas a cobrar el rescate. Y la tercera es qué garantías tienes tú de que Virginia, o quien sea, no te va a pillar intentando chantajearla como te he pillado yo intentando chantajear a Casas. ¿A que sí?". No dije nada, pero mi silencio era fácil de interpretar... Vidal continuó: "A la primera pregunta no voy a contestarte, porque no es asunto tuyo, pero a las otras dos sí". Para contestar a la segunda pregunta, Vidal me explicó que, una vez que la alcaldesa recibiese la amenaza, podían pasar tres cosas. "La primera", dijo, "es que pague sin rechistar creyendo que así va a resolver el problema. Entre tú y yo: conociéndola, me parece la más probable." La segunda posibilidad consistía en que la alcaldesa le encargase resolver el problema a él, como había hecho Casas, con lo que el problema estaría resuelto, porque él la convencería de que lo mejor sería que pagase y punto. Y la tercera posibilidad era que os encargase resolver el problema a los Mossos d'Esquadra, que erais los que, según dijo, en teoría debíais ocuparos de resolver un caso así. Vidal me aseguró también que la segunda opción no era muy probable, porque hacía tiempo que la alcaldesa y él no se llevaban bien y porque era probable que sospechase que él estaba relacionado de cerca o de lejos con el chantaje... Quedaba la tercera opción, los Mossos, y Vidal me dijo que, si la alcaldesa hablaba con vosotros, tampoco tenía que preocuparme, porque él y su gente me ayudarían. "Nosotros te hemos pillado enseguida", dijo, "pero los Mossos no te van a pillar, porque te enseñaremos cómo tienes que hacer las cosas, lo supervisaremos todo para que no te pillen. Y nosotros no somos unos chapuceros, ¿verdad que no, Lomas?" El inspector se había cansado de estar de pie y se había sentado detrás de él, estaba tristón y cabizbajo y dijo que no: fue la única palabra que le oí pronunciar aquella tarde... Vidal se quedó mirándome y pensé que estaba calculando si me había convencido. Yo le aguanté la mirada hasta que sacó el argumento que había reservado para el final. "Hay otra cosa que me hace estar seguro de que nadie va a pillarte", dijo. Le pregunté a qué se refería, y entonces Vidal sonrió y de golpe reconocí en aquella sonrisa de lobo a mi amigo de veinte años atrás. "A que es imposible pillar a un muerto", contestó.

3

Sentado al volante de su coche, Melchor escribe en el navegador del móvil una dirección (Passeig de les Acàcies, 18, Rupià) y sale del complejo Egara.

La noche anterior ha estado hasta muy tarde buscando en internet información sobre Ricky Ramírez. No encontró demasiada. En lo esencial ha averiguado que en 2015 fundó una empresa de paquetería llamada Mercurio, en la que figuraba como consejero delegado, y que en 2019 tuvo que cerrarla por quiebra técnica; que se casó con una mujer llamada Herminia Prat; que más tarde se dedicó a la compraventa de bitcoins y que en todas partes figuraba como graduado en dirección de empresas por Esade, aunque Vidal le había asegurado (y ninguna razón tenía para mentirle) que abandonó los estudios sin terminarlos. Escaseaban las entradas sobre él, sin embargo, relativas a los últimos años, y no encontró mención alguna de su muerte, lo que no le extrañó. También había buscado noticias sobre Herminia Prat. Apenas localizó dos. Una aseguraba que era profesora en la escuela de arte de Torroella de Montgrí, un pueblo del Ampurdán; la otra, que había creado o contribuido a crear, en esa misma comarca fronteriza con Francia, una asociación llamada Artistes a Cel Obert, que promovía la relación entre ceramistas y creadores de otras disciplinas.

Así que aquella mañana, nada más llegar a Egara, había llamado a la escuela de arte de Torroella de Montgrí, pero nadie le contestó y la imaginó cerrada por vacaciones. No obstante, volvió a llamar sobre las diez y le contestó una mujer. Melchor preguntó por Herminia Prat; la mujer le dijo que no estaba allí y que lo más probable era que no volviese hasta el mes de septiembre, cuando se reanudasen las clases. Melchor pidió su teléfono y la mujer le contestó que no estaba autorizada a dar las señas de los docentes. Melchor reveló entonces que era policía. «¿Ha pasado algo?», inquirió la mujer, alarmada. «No», la tranquilizó él. «Sólo necesito hablar con la señora Prat.» Sin más preguntas, la mujer le dictó su teléfono, su correo electrónico y su dirección. «Ahora en verano sale poco», le informó. «Si va usted esta mañana, seguro que la encuentra.» Melchor dio las gracias, colgó el teléfono, lo descolgó y llamó al número que acababa de anotar. Nadie contestó. Al cabo de un rato volvió a llamar, con idéntico resultado. Finalmente fue a ver a Blai, le anunció que no podría ocuparse de vigilar a Vidal y le pidió que le consiguiera un sustituto. «No me jodas, españolazo», protestó Blai. «¿No habíamos quedado en que el segundo turno era tuyo?» Melchor le explicó que había localizado a la exmujer del supuesto autor del vídeo de la alcaldesa y que no había podido hablar por teléfono con ella. «Pero tengo su dirección», prosiguió. «Vive en un pueblo del Ampurdán. Me han dicho que, si voy a verla esta mañana, podré hablar con ella.» No sin antes haberse cagado en sus muertos, Blai aceptó buscarle un sustituto, pero antes de que pudiera salir de su despacho le preguntó: «¿No se te ha pasado por la cabeza que a lo mejor esos tres no tienen nada que ver con esto?» «Muchas veces», admitió Melchor. «Pero no me lo creo.» «¿Por?», preguntó Blai. «Porque casi siempre la explicación más sencilla es la mejor», contestó Melchor. «Y yo por lo menos quiero descartarla. Además, estamos a miércoles, faltan tres días para que se cumpla el plazo que nos han dado esos cabrones y no tengo otro sitio adonde agarrarme.» Añadió: «¿Y tú?». Blai lo miró un segundo en silencio; luego, de mala gana, señaló la puerta. «Anda, lárgate de una vez», le espetó. «No vaya a ser que me arrepienta.»

Aún no son las doce y media cuando Melchor toma la autopista de Francia. Tres cuartos de hora más tarde, la abandona por la salida de Gerona Norte, se incorpora a la carretera general, atraviesa Celrà y Bordils y, poco después del cruce de La Pera, tuerce a la izquierda por una carretera secundaria y casi enseguida tuerce a la derecha para entrar en Rupià. Es un pueblito de viejas casas de piedra arracimadas en torno a una iglesia románica, al que se accede por una calle larga y recta que desemboca en una encrucijada de callejones. Guiado por el navegador de su móvil, Melchor toma el callejón de la izquierda, recorre un paseo flanqueado por el cauce seco de un riachuelo y, al llegar frente a unos columpios, identifica la casa que busca: la última.

Faltan pocos minutos para las dos, y el pueblo se diría desierto bajo el sol intratable de julio. Melchor se asoma por encima de una portezuela que da a un jardín: césped recién regado, una acacia, un olivo, una bignonia, jazmines y enredaderas, un huerto pequeño y tratado con mimo; también dos edificios de tamaño desigual, y en el pequeño, más allá de una puerta entreabierta, una mujer que justo entonces, como si hubiera notado que la están observando, se vuelve hacia Melchor. La mujer abandona su tarea, coge un paño y, mientras se limpia las manos, con un ademán le anima a entrar. Melchor cruza el jardín por un sendero de tablones (una densa vaharada de perfume le envuelve cuando pasa junto a una mata de jazmines) y, al llegar a la puerta del pequeño edificio, saluda, pide disculpas por la intromisión y le pregunta a la mujer si es quien cree que es. La mujer responde que sí.

—Soy policía —se presenta él—. ¿Podría hablar un momento con usted?

Herminia Prat deja de limpiarse. Sonríe vagamente, como deslumbrada por el resol; más que sorpresa, su sonrisa delata curiosidad.

—Es sobre su exmarido —explica Melchor, terminando de llegar hasta ella—. Sobre Ricky Ramírez.

La puntualización altera el rostro de la mujer, cuyas facciones parecen desmoronarse. No es mucho mayor que él, pero lo parece: luce un pelo largo y gris, casi blanco, una cara pecosa y surcada de arrugas y un aire de fatigada fragilidad. Es pequeña, delgadísima, con una mirada sin brillo y unos pechos que apenas abultan bajo el estampado de flores rojas de su vestido manchado de barro y pintura. Un brazalete de piedras azules rodea su muñeca izquierda.

—Murió hace unos meses —le informa Herminia.

—Ya lo sé —replica Melchor—. Por eso quiero hablar con usted.

La mujer se limpia otra vez con el trapo, no tanto tal vez por higiene como por apaciguar su desasosiego. Conjetura:

—Si se trata de dinero...

—No es eso —la ataja Melchor—. Es sobre un caso que estoy investigando. Un caso importante.

En la cara de la mujer vuelve a haber más curiosidad que inquietud; sus ojos opacos ya no escrutan a Melchor como a un intruso.

—Le advierto que desde que nos divorciamos nos veíamos poquísimo —explica—. De hecho, cuando se murió hacía casi un año que no sabía nada de él.

—No importa.

Con un gesto de indiferencia o desgana, la mujer le invita a pasar.

Melchor se adentra en un rectángulo iluminado por ventanas que dan a una vasta extensión de árboles y trigales, donde reina el orden abigarrado de un taller de ceramista. Ocupan el centro dos mesas de trabajo sobrevoladas por sendos fluorescentes y rodeadas de sillas desparejas; más allá se yerguen dos grandes hornos, uno azul y otro gris, y una laminadora manual, diseñada para aplastar y estirar el fango. A la izquierda de la entrada, junto a una vieja nevera con una radio polvorienta encima, hay un torno de metal, un armario con innumerables cajones desbordantes de muestras de colores y una estantería llena de platos, jarrones, cuencos ensartados en puntas de acero y esculturas de aire un poco daliniano, que representan seres de pesadilla: brujas, dragones, centauros, unicornios, hipogrifos. Otras dos estanterías ocupan la pared de enfrente. Una de ellas contiene piezas de barro crudo, sin cocer (tazas, cuencos, teteras, platos profundos); la otra, botes de plástico repletos de esmaltes de colores. Sólo un ventilador de aspas orientado hacia las mesas de trabajo mitiga un poco el sofoco de la estancia.

—¿Se gana la vida así? —pregunta Melchor—. Con la cerámica, quiero decir.

—Claro —contesta Herminia, lavándose las manos bajo el grifo del fregadero—. ¿Le parece raro?

Melchor no dice nada; sigue observando, casi fascinado, la profusión artesanal que le rodea. A derecha e izquierda del fregadero, en un poyo de piedra que sobresale de la pared, hay dos balanzas para medir los esmaltes, pigmentos, óxidos y colorantes con que se fabrican los colores, y varios cuencos erizados de instrumentos de trabajo: cuchillos, tijeras, pinceles, tenazas, cúteres, bolígrafos, lápices, esponjas, reglas, cartabones, escuadras, trapos, punzones.

—Antes me la ganaba mejor —asegura Herminia, como si el silencio de Melchor hubiera valido por una respuesta—. Esta es una zona de ceramistas, en la comarca siempre ha habido mucha competencia. La cerámica de La Bisbal, ya sabe... No me vine a vivir aquí por eso, pero la cerámica me gustaba desde la escuela, y este es un sitio ideal para aprender. Hace unos años hacía muchas piezas y las vendía muy bien, en tiendas de turistas, ferias populares y mercados callejeros, por todas partes. Pero ahora las cosas ya no son lo que eran. Ya no hay tanta gente que compre, y, la que compra, compra en Ikea y sitios así, a unos precios ridículos. Yo no puedo competir con eso, así que produzco muy poco. Durante años gané bastante dinero con esas figuritas que se ponen en los pasteles de bautizos, comuniones y bodas, sabe a lo que me refiero, ¿verdad? —Melchor, que no ha visto nunca esas figuritas, o que no se ha fijado en ellas, compone un gesto mínimo, que parece de asentimiento y no lo es—. Las hice a miles, me las encargaba un mayorista. Pero eso también se acabó. O casi. Ahora sólo hago figuritas para pasteles de boda de parejas que llevan veinticinco o cincuenta años casados. Cuando se me muera esa gente, adiós.

Herminia cierra el grifo del fregadero, coge un trapo limpio y vuelve a secarse.

—¿Entonces de qué vive ahora? —pregunta Melchor.

—¿Le interesa de verdad o sólo lo pregunta para ganarse mi confianza, como hacen los polis de las películas?

Melchor no se anima a contestar con una mentira y Herminia apaga el ventilador.

—Venga conmigo.

A la zaga de la mujer, Melchor sale del obrador, desanda el sendero de tablones y entra en la casa, cuya planta baja resulta ser una estancia exenta, de aire hippie y paredes completamente blancas, que hace las veces de sala de estar y cocina. Herminia le indica un sofá tapado con una manta color hueso, abre el frigorífico y le ofrece una cerveza. Melchor la rechaza y la mujer le pregunta qué puede ofrecerle.

—Agua —contesta el policía.

Herminia saca de la nevera una jarra de agua helada y le sirve un vaso a Melchor; luego se abre un botellín de cerveza, se sienta en un sillón frente a él y, apeándole el tratamiento, le anima a hablar.

—Estoy interesado en saber qué relación tuvo tu marido con Virginia Oliver —dice Melchor, pasando igualmente a tutearla.

La mujer da un trago de cerveza a pico; Melchor bebe también.

—¿La alcaldesa? —pregunta Herminia.

—Sí.

—Ninguna, que yo sepa.

—¿Nunca te habló de ella?

—No —duda un segundo—. No que yo recuerde.

—¿Y de Enric Vidal?

—Si te refieres al político...

Melchor asiente.

—Sí, de ese sí —reconoce Herminia—. De él y de sus amigos.

—¿Daniel Casas y Gonzalo Rosell?

—Esos.

—También fueron amigos de tu marido, ¿verdad?

—Es lo que decía él, yo no los vi nunca. Pero sí, hablaba mucho de ellos, sobre todo al final, cuando, en fin... —La mujer mueve una mano como quien limpia el aire de telarañas—. Los había conocido en Esade, de estudiante, pero, por lo que yo sé, luego los perdió de vista. ¿Por qué te interesa esto?

Melchor se disculpa: no puede explicárselo.

—Dices que tu marido te hablaba mucho de sus amigos —prosigue—. ¿Qué te contaba de ellos?

Antes de contestar, Herminia encoge las piernas, las sube a su sillón y, con los pies descalzos y el botellín de cerveza perlado de humedad en las manos, se ovilla como una gata. Tiene las uñas de los pies pintadas de rosa, y hay en su rostro una irónica expresión de abatimiento, como si Melchor le estuviese interrogando sobre un infortunio amortizado. Detrás de ella, una puerta abierta sobre el jardín deja entrar una brisa tibia, lo que explica que, aunque no haya aparatos de refrigeración en la estancia, allí haga mucho menos calor que en el taller. Herminia da otro trago de cerveza.

—Depende de la época —explica—. Al principio hablaba maravillas. De ellos y de sus años en Esade. Se sentía muy orgulloso de haber estudiado allí y de haber tenido esos amigos. O esa impresión tenía yo. Claro que entonces era tan ingenua... Pero no, es la verdad, cuando nos conocimos cualquier excusa le parecía buena para hablar de sus amigos, para contar anécdotas suyas... Todos sabíamos más o menos quiénes eran, claro, ellos o sus familias. Supongo que, en parte, así deslumbró a mis padres, y desde luego así me deslumbró a mí: me parecía como un príncipe que llegaba de una galaxia desconocida, de un sitio donde las cosas eran mejores, no sé, más brillantes y más fáciles. Me imagino que todo el que se enamora siente algo así, ¿no? Pero eso sólo fue al principio, cuando nos conocimos.

—¿Cómo os conocisteis?

—Trabajábamos juntos en una empresa de alimentación. —Herminia pronuncia un nombre, que no dice nada a Melchor, y se remueve en su asiento en busca de una postura más cómoda—. Fabricaba pan de molde. Fue mi primer trabajo, recién acabada la carrera. Estudié economía, ¿sabes? La economía me importaba un pito, la verdad, pero mi familia insistió en que estudiara algo útil y... En fin, ya te digo que en aquella época yo era muy ingenua. El caso es que nos casamos y montamos por nuestra cuenta otra empresa, una empresa de paquetería, Mercurio se llamaba. Al principio nos fue bastante bien, pero luego las cosas se torcieron y todo se fue al garete. Y cuando digo todo quiero decir todo. —En este punto la voz de la mujer parece quebrarse y ella desvía la mirada hacia el ventanal de la cocina. El ventanal encuadra una inmóvil extensión de trigo maduro y, más allá, el suave perfil de una sucesión de colinas cubiertas de vegetación. La mujer carraspea y vuelve a mirar a Melchor: no ha llorado, al menos no tiene los ojos húmedos—. Antes me preguntaste cómo me gano ahora la vida... Me la gano dando clases a niños. También hago otras cosas, pero esa es la que más me gusta. ¿Y sabes por qué? —Melchor reprime el impulso de decirle que se están desviando de su tema—. Porque nunca he aprendido tanto sobre cerámica como enseñándola. Sobre cerámica y sobre todo lo demás. Los niños, claro, también aprenden, y encima aprenden cosas que muchos adultos no aprenden jamás. Por ejemplo, que una cosa es lo que intentas hacer, lo que imaginas, y otra es lo que te sale, y que hay que aceptar lo que te sale, hay que verle la parte buena y pensar que quizá no es lo que querías, pero a lo mejor es mejor que lo que querías, porque lo que querías no era bueno. Es lo que me ha pasado a mí: que nunca pensé que llevaría la vida que llevo.

—¿Y qué es lo que le pasó a tu marido?

—Eso también lo explica la cerámica —responde Herminia, y a Melchor le asalta por un momento la sospecha de que está hablando con una loca, tan loca que resulta casi imposible detectar su locura—. Hacer una pieza de cerámica consiste en coger un pedazo de barro y transformarlo en otra cosa —continúa la mujer—. El barro es el mismo, pero la cosa es distinta. Y eso es lo que nos pasa muchas veces a las personas. Que al principio somos de una manera, pero luego nos convertimos en otra. Que llevamos el mismo nombre y tenemos la misma cara, pero en realidad no somos los mismos.

—¿Eso es lo que le pasó a Ricky?

—Exactamente. Lo que le pasó fue que el fracaso le envenenó, le convirtió en otra persona. Una persona horrible, obsesionada con el dinero, enferma de dinero, o de la falta de dinero. Esto tampoco es raro, ¿no crees? Mientras las cosas van bien, la gente no suele ser mala; se vuelve mala cuando las cosas van mal. Y, además de volverse mala, empieza a responsabilizar a todo el mundo de que las cosas le vayan mal.

—¿Me estás diciendo que, aunque ya no tenía ninguna relación con sus amigos de Esade, tu marido les echaba la culpa de su fracaso?

—A ellos y a todo el mundo. Menos a él mismo, claro: me echó la culpa a mí, le echó la culpa a mi familia, les echó la culpa a los pocos amigos que aún tenía, y hasta a los que ya no tenía. No te imaginas lo que fue aquello. Quien no lo ha vivido no puede imaginárselo.

Como intentando que Melchor se lo imagine, Herminia habla de procesos judiciales, de abogados trapaceros, de deudas impagadas, de trabajadores despedidos, de trifulcas familiares y de acreedores golpeando su puerta, insultándolos por teléfono y persiguiéndolos a gritos por la calle.

—Una pesadilla —resume—. Yo estaba embarazada y perdí al bebé, y después los médicos me dijeron que ya no podría tener hijos. Me hundí en una depresión de dos años. Por suerte tenía unos primos viviendo aquí cerca, en Verges, que me sacaron de aquel infierno. Si no hubiera sido por ellos...

La voz de la mujer se quiebra o parece quebrarse de nuevo, y ella desvía otra vez la mirada de Melchor, que siente que Herminia no ha amortizado su infortunio, que hay infortunios que tardan eternidades en amortizarse.

—Desde que me fui de Barcelona le he visto muy poco —continúa al cabo de unos segundos la mujer, sin resentimiento, volviendo a mirar a Melchor y pasándose un índice fugaz por un párpado; apura de un trago el botellín de cerveza y deposita el casco vacío en el suelo, junto al sillón—. Cuando nos separamos yo ya casi no reconocía en Ricky al hombre del que me había enamorado. Era, ya te digo, como si fuese otra persona. Un hombre roto, egoísta, obsesionado por su fracaso y cegado por el dinero, un hombre que hablaba pestes de todo el mundo.

—¿También de sus amigos de Esade? —insiste Melchor.

—De ellos, sobre todo. Niños de papá, mediocres mimados, pijos de mierda que nunca habían tenido que esforzarse, que se lo habían encontrado todo hecho. Eso empezó a decir de ellos cuando las cosas empezaron a torcerse. Bueno, eso era lo más suave. Los odiaba como si de verdad le hubieran hecho algo. Para colmo bebía mucho... En fin, yo la mitad de las veces no le hacía ni caso, la verdad, a aquellas alturas estaba agotada.

—¿Sabes si volvió a verlos?

—¿A sus amigos? No. No lo creo. No lo sé. —Se queda un par de segundos con la vista fija en Melchor, pero este comprende que no lo ve, que sólo ve sus propios pensamientos. Luego, regresando a la realidad, sigue contando—: Lo que sé es que se metió en el mundo de las criptomonedas. Bueno, la verdad es que ya se había metido antes, cuando todavía estábamos juntos, era un viejo proyecto suyo, en aquella época yo lo veía como una especie de entretenimiento, pero entonces se metió a fondo... Compraba y vendía bitcoins.

313

Hacía negocios raros. O lo intentaba... No quería un trabajo fijo, quería hacer dinero fácil, dar un pelotazo, como él decía. Pero el caso es que nunca salió del pozo. De vez en cuando me llamaba, y a veces quedábamos a tomar un café cuando yo iba a Barcelona a ver a mis padres. Me acuerdo de la última vez que lo vi. —Baja los pies del sillón, recoge el botellín del suelo y parece que va a levantarse; pero no se levanta—. Fue hace casi un año. Un día me llamó por teléfono y me dijo que estaba ingresado en el hospital del Valle Hebrón y que me necesitaba. De modo que fui a verle. Me lo encontré en una cama, con la cara vendada y con una pierna y un brazo rotos. Le pregunté qué le había pasado y me explicó no sé qué de un accidente. Le creí, claro, pero luego me enteré de que era mentira: en realidad, le habían pegado una paliza. Aquel día conocí a su novia.

—¿Tenía una novia?

—Yo le conocí esa. Quizá tuvo otras. El caso es que me dijo que estaba en un apuro y me pidió dinero. No era la primera vez que me lo pedía, pero le vi tan mal que se lo di, no es que fuera mucho, aunque para mi economía de subsistencia era bastante. Y ya no le vi más.

—¿Te devolvió el dinero?

—No.

—¿Sabes cómo se llamaba la novia?

—Tampoco. —Herminia parece vacilar—. Aunque... Espera un momento.

Se levanta con el botellín en la mano, lo deja en la cocina y sube al piso superior por unas escaleras de madera. Melchor consulta su buzón de WhatsApp, donde se le acumulan mensajes de Vivales, de Blai, de Cortabarría y de Vàzquez, que le anuncia que está listo para volver a trabajar al día siguiente. Ya ha contestado tres de ellos cuando oye que Herminia baja las escaleras mientras anuncia:

—Estás de suerte.

Le entrega a Melchor un pedazo de papel arrancado de un cuaderno con espiral, donde figuran un nombre, un número de teléfono y otro de una cuenta bancaria del Banco de Sabadell. El nombre es de una mujer: Marga Isern.

—¿Puedo quedármelo? —pregunta Melchor, blandiendo el papel.

—Claro —contesta Herminia—. Me lo dio Ricky para que ingresara el dinero en esa cuenta, y para que llamara a su novia si tenía algún problema. Lo conservaba en mi agenda.

Melchor se guarda el papel, pero Herminia no vuelve a sentarse.

—Bueno —dice la mujer—, voy a preparar la comida. ¿Quieres acompañarme?

Melchor piensa que Herminia hace aquel ofrecimiento por pura educación; también, que ya la ha molestado lo suficiente. Así que, levantándose del sofá, le da las gracias y le asegura que tiene que marcharse. La mujer no insiste y, al tiempo que le acompaña hacia la salida, le dice que vuelva a verla o la llame por teléfono si la necesita; Melchor le recuerda el número de teléfono que le dieron en la escuela de Torroella de Montgrí y le pregunta si es el suyo.

—Sí —asiente Herminia—. Aunque lo desconecto cuando estoy trabajando.

Han llegado al final del sendero de tablones y la mujer le abre la portezuela del jardín. Mientras se estrechan la mano, el olor de los jazmines le trae un recuerdo al policía.

—Corre el rumor de que tu marido se suicidó —dice, eligiendo con cuidado las palabras—. Lo sabes, ¿verdad?

Inesperadamente, Herminia se ríe, y Melchor vislumbra por un momento, en esa risa clara y sin malicia, que excava un par de hoyuelos idénticos en aquellas mejillas consteladas de pecas, a la muchacha que debió de ser antes del calvario que padeció junto a Ricky Ramírez.

—¡Qué disparate! —exclama—. Yo no fui a su funeral, me enteré de su muerte cuando ya lo habían incinerado, pero te aseguro una cosa: Ricky no era de los que se suicidan. Era un superviviente. Hubiera sido capaz de vivir debajo de un puente antes que suicidarse. Eso te lo aseguro.

Mientras sale de Rupià, Melchor marca el número de Marga Isern, pero una voz enlatada le comunica que ese teléfono ya no está operativo. Luego llama a Cortabarría y le pide que busque dos cosas: las señas de Marga Isern y el certificado de defunción de Ricky Ramírez. Luego se pasa un rato dando vueltas a su conversación con Herminia Prat y, mientras circula ya por la autopista de Barcelona, decide llamar a Vàzquez, pero en el último momento cambia de idea y llama a Blai.

—No me jodas, españolazo —exclama el antiguo jefe de la Unidad de Investigación de la Terra Alta cuando Melchor le expone su teoría.

—No digo que sea verdad —puntualiza él—. Digo que es posible. —A continuación, resume—: Ricky Ramírez los odiaba a muerte, los intentó chantajear y le pillaron. Eso les dio la idea de chantajear a la alcaldesa, y el material con que chantajearla. Y a Ramírez se lo quitaron de en medio para que no molestara.

—Brillante —reconoce Blai—. Lástima que no tengas una sola prueba de lo que dices.

—Eso es verdad —acepta Melchor—. Pero Ramírez fue quien grabó el vídeo, así que, si alguien podía conservarlo, ese era él. Además, se muere y le incineran deprisa y corriendo, y para colmo Vidal intenta venderme la moto de que se suicidó, a su mujer le pareció una broma cuando se lo conté... En fin. A mí me parece que no está mal.

Blai no dice ni que sí ni que no. Melchor le da tiempo para reflexionar; pasados unos segundos, pregunta:

—Blai, ¿sigues ahí?

—Te falta una cosa —reacciona el inspector.

—¿Qué cosa?

—La mujer que llamó a la alcaldesa.

Melchor ralentiza bruscamente la marcha, saca el papel que le ha dado Herminia Prat y verifica en el móvil si el número de Marga Isern es el mismo desde el que los chantajistas llamaron a la alcaldesa, o el de la tarjeta SIM que el Francés hizo a nombre de Farooq Hoque. No es ni uno ni el otro.

—No te preocupes —dice por fin Melchor—. La estoy buscando.

Antes de llegar a Barcelona le llama Cortabarría para informarle de que ha localizado la dirección de Marga Isern.

—Toma nota —dice.

Melchor memoriza las señas. Cortabarría añade:

—También tenemos una foto de la mujer. Hace un par de años la pillaron vendiendo marihuana. ¿Te interesa?

—Claro. ¿Puedes mandármela por WhatsApp?

—Ahora mismo.

—Estupendo. ¿Y el certificado de defunción?

—Estamos en ello —responde Cortabarría.

Marga Isern vive en un edificio de la Ronda de Sant Antoni. Melchor aparca casi enfrente, en doble fila, sale de su coche y llama al piso de la mujer por el interfono, pero nadie contesta. Caminando de regreso a su coche, ve cómo otro coche abandona su aparcamiento y se apresura a ocupar su sitio. Es un observatorio perfecto y, sentado al volante, el policía escruta desde allí, al mismo tiempo, la entrada del edificio y la foto policial que acaba de mandarle Cortabarría, una instantánea de una mujer de unos cuarenta años, muy delgada y vestida con un chándal, de pelo pajizo, cara de susto y ojos enrojecidos. Lleva un rato examinándola cuando siente una punzada de hambre. Se acerca a un bar cercano, pide un frankfurt y una botella de agua y vuelve al coche. Mientras se come el bocadillo recuerda que el locutorio del Francés queda muy cerca, y tiene, a la vez, un pálpito y una idea. Termina de comer de camino al locutorio, y antes de entrar arroja la botella vacía en una papelera.

El muyahidín sigue detrás del mostrador, absorto en su teléfono móvil, pero levanta la vista y le dice algo a Melchor cuando cruza frente a él. Melchor finge no oírle: se dirige directamente al despacho del Francés, entra sin llamar, saluda con lo primero que se le pasa por la cabeza («¿No habíamos quedado en que un negocio que no da para levantarse a las once de la mañana no es un negocio? ¿Y la siesta, qué?») y el Francés levanta la vista con cara de malas pulgas. Al reconocer a Melchor, sin embargo, la expresión del antiguo bibliotecario de la cárcel de Quatre Camins se ilumina y, quitándose las gafas de leer, suelta una risotada feroz y le invita a sentarse. Melchor se deja caer en una silla mientras el Francés despotrica contra sus clientes y prepara dos cafés en su Nespresso. Cuando le entrega el suyo al policía, pregunta:

—Bueno, ¿qué te trae por aquí?

—Nada. —Melchor se encoge de hombros y se lleva el vaso de papel a los labios—. Estaba trabajando cerca y tenía un rato libre.

—A otro perro con ese hueso, chaval —se burla el Francés, arrellanándose en su butacón con el café en las manos. Añade—: ¿Averiguaste lo del otro día?

318

Es la pregunta que esperaba, aunque llega antes de lo que esperaba, lo que interpreta como una confirmación anticipada de su pálpito. Contesta:

—¿El qué?

—Hazme el favor de no hacerte el tonto conmigo, ¿eh? —le riñe el Francés—. Es una falta de respeto.

Melchor bosqueja un ademán de disculpa.

—Perdona —dice—. ¿Qué querías saber?

—Si averiguaste lo de la tarjeta SIM a nombre de aquel paquistaní.

—Ah, es verdad —finge recordar Melchor—. Claro que lo averigüé. Era una tontería. Se la hicisteis a una mujer que vive aquí al lado, en Ronda de Sant Antoni. Se llama Marga Isern.

Petrificado por la sorpresa, el Francés mira un segundo a Melchor con el vaso suspendido a un centímetro de su boca; luego, sin dejar de mirar a su antiguo compañero de cárcel, se toma el café de un trago, abandona el vaso en la mesa atestada de papeles y pregunta:

—¿Cómo te has enterado?

Melchor adelanta su cara hacia el Francés y le guiña un ojo.

—Porque acabas de decírmelo tú.

Termina de tomarse la bebida y se levanta de su silla mientras el Francés suelta otra risotada.

—¡Qué hijo de puta! —exclama—. Me has engañado como a un chino.

—Tranqui, tronco —dice Melchor, que busca un hueco donde abandonar su vaso vacío en la mesa y acaba encajándolo en el vaso vacío del Francés—. Esto queda entre tú y yo.

Da las gracias por el café, pero, antes de que pueda abrir la puerta del despacho, el Francés pronuncia su nombre. Melchor se vuelve: su viejo amigo y mentor continúa repantingado en el butacón, con su aire eterno de cetáceo; no queda rastro de risa en su cara, dominada ahora por un rictus severo.

—Esa chica no ha hecho nada malo —asegura.

—¿Cómo lo sabes?

—Porque lo sé. Ya te dije que yo sé distinguir a los hijos de puta de los que no lo son. Y esa mujer no es una hija de puta. Es una infeliz. Una desquiciada que se gana la vida como puede. Nada más. Encima, hace un par de meses se murió su novio.

—¿Le conocías?

—Lo suficiente para saber que ese sí que era peligroso.

—¿Sabes de qué murió?

—Ni idea: a ver si te crees que estoy al tanto de todos los chismes del barrio. Se murió y punto. De un día para otro. Eso es lo único que sé. Eso, y que esa mujer es incapaz de hacerle daño a nadie.

Melchor observa un instante al Francés, y se pregunta si Marga Isern también ha sido su novia, o algo parecido a su novia; a punto está de preguntárselo a él, pero se dice que ese es un asunto que, por lo menos de momento, no le atañe.

—No te preocupes —intenta calmarlo de nuevo.

Y, antes de que pueda despedirse del Francés, este le sorprende con otra pregunta:

—¿Estás ocupado esta noche?

Melchor lo mira sin entender.

—Te invito a cenar —aclara el Francés.

—Lo siento —dice Melchor: sinceramente—. Mi hija me está esperando.

—Seguro que tienes con quién dejarla. —Uniendo a esta conjetura una seña de súplica, insiste—: Vamos, chaval, por los viejos tiempos.

De regreso en la Ronda de Sant Antoni, vuelve llamar al timbre de Marga Isern. Esta vez sí le contestan. Pregunta por Marga Isern.

—Soy yo —dice ella.

—Policía —dice él—. Ábrame, por favor.

Hay un silencio.

—¿Oiga? —pregunta Melchor.

—¿Qué quiere?

—Hablar con usted.

Otro silencio.

—¿Tiene una orden de registro?

—No quiero registrar su casa. Sólo quiero que hablemos un momento. Ya se lo he dicho.

—Yo no he hecho nada. No tengo nada que hablar con la policía.

—Se equivoca. Ábrame, por favor.

—¿De qué quiere hablar?

—De Ricky Ramírez.

—No sé quién es.

—Claro que sabe quién es.

—Está muerto.

—Por eso quiero hablar con usted. También quiero hablar de una tarjeta SIM que hizo a nombre de un tendero paquistaní en un locutorio del barrio.

Ahora el silencio es más prolongado. Son las siete y pico de la tarde, la luz natural ha empezado a declinar y por la acera opuesta de la Ronda de Sant Antoni cruza una bandada de turistas orientales, chinos o japoneses, con una guía al frente.

—¿Marga? —pregunta Melchor.

La puerta se abre con un chasquido metálico, y Melchor sube por unas escaleras estrechas y oscuras hasta el tercer piso, donde encuentra una puerta entornada. La abre también, cruza un pequeño descansillo y enseguida ve a la mujer: está en la cocina, de pie junto a un fregadero rebosante de platos, fumando. Visiblemente nerviosa, la mujer señala a Melchor con la cabeza y pregunta:

—¿Qué quiere?

Melchor entra en la cocina, muy pequeña e iluminada por un fluorescente que parpadea de forma casi imperceptible; en el aire flota un olor insalubre, a queso podrido o a pies. Junto al fregadero hay una cocina de gas y una nevera minúscula; pegada a la pared, una mesa con una botella de litro y medio de Coca-Cola, varios vasos sucios, un cenicero atestado de colillas (donde se lee: RECUERDO DE CALATAYUD), un librito de papel de fumar y un paquete de tabaco de liar abierto. No se ve una silla por ninguna parte, pero Melchor pregunta:

—¿Podemos sentarnos?

—No —contesta la mujer, dando una calada intranquila a su cigarrillo—. Pregunte lo que tenga que preguntar y lárguese de una vez.

Está tan escuálida como en la foto policial, y lleva el mismo pelo amarillento, aunque más corto; su cara sigue siendo de susto, pero un susto que intenta disfrazarse de desagrado, casi de indignación, por tenerle allí, en la cocina de su casa. Tampoco va en chándal: viste unos vaqueros holgados y una camiseta roja que le marca los senos, flácidos y abundantes. No es atractiva, pero Melchor piensa que lo fue o que pudo serlo, y toma la decisión de entrarle por derecho.

—Está usted metida en un lío —le advierte.

—Ah, ¿sí? —responde Marga; mueve la pierna izquierda

a una velocidad histérica—. ¿Qué lío? Si se refiere a lo de la tarjeta SIM...

—A eso me refiero.

La mujer echa mano al bolsillo trasero de sus pantalones, saca su móvil y, con una mirada desafiante, se lo entrega a Melchor, que en un par de segundos lo desarma y comprueba que la tarjeta SIM no es la que busca.

—¿Contento? —pregunta la mujer—. Ahora coja la puerta y lárguese.

Melchor arma otra vez el móvil y se lo devuelve a su dueña.

—Usted y yo sabemos que fue usted quien hizo esa tarjeta —le advierte.

—¿Quién se lo ha dicho? —vuelve a preguntar la mujer—. ¿El Francés?

Melchor se calla. Luego miente:

—No sé quién es el Francés.

—Sí lo sabe —dice la mujer—. El dueño del locutorio. Ha sido él, ¿verdad? —Melchor vuelve a callarse—. Pues yo le voy a contar por qué se lo ha dicho: porque es un viejo verde que quería meterse en mi catre y no le dejé. Por eso. El muy cabrón está vengándose de mí.

Melchor no la cree, pero finge dudar.

—Desde el móvil que lleva esa tarjeta se está chantajeando a la alcaldesa de Barcelona —constata.

—¿Y a mí qué me cuenta? —replica Marga.

Melchor avanza un paso hacia ella, que se pone en guardia. La pierna izquierda de la mujer deja de moverse. Melchor enseña las palmas de sus manos: va armado, pero es como si quisiera demostrarle a su interlocutora que va desarmado.

—Se está equivocando —reitera—. Si me ayuda, puedo ayudarla.

Quizá porque ha comprendido que Melchor no tiene intención de agredirla, la mujer urde un simulacro de sonrisa, da una rápida calada a su cigarrillo y, sin apenas expulsar el humo, se gira hacia el fregadero para arrojar la ceniza.

—¿No me diga? —pregunta, volviéndose otra vez hacia él.

Melchor deja vagar la vista por la cocina: se da cuenta de que hay un gato acurrucado en un rincón, junto a un cuenco de plástico vacío, acechándolo con ojos incandescentes.

—Puedo demostrar que fue usted la que hizo esa tarjeta —dice él—. Con eso me basta para detenerla. ¿Sabe por qué no lo voy a hacer?

—¿Por qué?

—Porque no me creo que se haya metido sola en esto. Hay alguien más. Está usted protegiendo a alguien. Dígame a quién está protegiendo y la ayudaré.

Marga Isern escudriña a Melchor, que siente que la mujer intenta calibrar su grado de sinceridad. Tras unos segundos, ella vuelve a sonreír, da otra calada a su cigarro, lo apaga bajo el chorro del grifo, deja la colilla empapada de agua sobre el fregadero y enfrenta de nuevo al policía.

—¿Ha terminado ya?

—No. —Melchor improvisa un cambio de estrategia—. Hábleme de Ricky Ramírez.

—Ya le dije que está muerto.

—¿De qué lo conocía?

—Del barrio. Vivía muy cerca de aquí.

—¿Qué clase de relación tenía con él?

—La que hubiese querido que tuviese con él el Francés.

—¿Sabe de qué murió?

—De un ataque al corazón.

—¿Está segura?

—Es lo que dijo el médico.

—¿Y si yo le dijera que no es verdad?

La mujer calla como si un escalofrío le recorriera el cuerpo. Su pierna izquierda se mueve todavía más rápido que antes.

—¿Qué? —pregunta.

—Tengo razones para pensar que lo mataron —explica Melchor—. Y que usted está protegiendo sin querer a los que lo mataron.

Ahora la mujer lo observa con aire descreído, o tal vez desorientado. Se aparta del fregadero, saca un taburete de debajo de la mesa y se sienta en él. Parece un poco aturdida.

—¿Por qué piensa eso? —pregunta la mujer.

—No puedo explicárselo —contesta Melchor—. Pero ya le digo que tengo razones para pensarlo. Razones poderosas. Y, si es verdad que esa gente mató a su chico, también puede matarla a usted en cuanto deje de serles útil. Por eso necesita que yo la proteja.

La mujer ha sacado tabaco de liar del paquete que hay en la mesa y se ha puesto a toquetearlo, igual que si estuviese preparándose para liar un cigarrillo. Todo indica que sigue en estado de shock. Todo indica que trata de asimilar la noticia, o más bien la hipótesis, y por un momento Melchor acaricia la posibilidad de decirle que está seguro de que fue ella quien llamó por teléfono a la alcaldesa exigiéndole dinero y su dimisión; pero al momento siguiente decide que ya la ha presionado bastante, y que ahora lo mejor es dejarla reflexionar un rato. Así que saca un papel de fumar del librito y garabatea en él su número de móvil.

—Piénselo bien —le ruega, entregándole el papel—. Y avíseme cuando tome una decisión.

Al salir a la Ronda de Sant Antoni llama a Blai, le cuenta cómo están las cosas y le pregunta si pueden pinchar inmediatamente el teléfono de Marga Isern.

—Ni de coña —le contesta Blai—. No voy a llamar ahora al juez por una cosa así. Despídete del pinchazo hasta mañana por la mañana. Eso si nos lo concede, claro.

—¿Tú crees que no nos lo concederá?

—No, yo creo que sí, pero...

—Mañana por la mañana a lo mejor es tarde —reflexiona en voz alta Melchor—. Me juego lo que quieras a que esa mujer está llamando ahora mismo por teléfono a alguno de los malos.

—Puede ser —admite Blai—. Pero yo me juego lo que quieras a que ninguno de los malos va a ponerse a hablar con ella por teléfono sobre este asunto. No por lo menos en mucho rato. ¿Por qué no te quedas ahí a controlarla? Si no te quedas tú, busco a alguien.

—Me quedo yo. Tengo una cena esta noche en el barrio.

—Guay del Paraguay. Si la cosa se alarga, avísame y te mando un relevo.

Melchor se mete en su coche y aguarda. Cuando lleva un rato en el automóvil parado, sin perder de vista un segundo el portal de Marga Isern, llama por teléfono a Vivales y le dice que no le esperen a cenar.

—¿Te has metido en un lío o has ligado? —pregunta Vivales.

—Ninguna de las dos cosas —contesta Melchor—. Anda, dile a Cosette que se ponga.

—Está jugando con una amiga —replica Vivales—. No le toques las narices. Por cierto, la madre de la amiga me ha preguntado por ti. Me ha dicho que quería hablar contigo para disculparse, pero no me ha dicho por qué. ¿Quieres que le diga algo cuando vuelva a buscar a la niña?

Melchor le pide a Vivales que le diga a la madre que no se preocupe, que no tiene por qué disculparse, cuelga y se pone a esperar de nuevo, pero aún no ha localizado en la radio una emisora que le apetezca escuchar cuando ve salir por el portal a Marga Isern. Baja del coche y la sigue. Caminando con paso vivo, la mujer se interna en el Raval por la calle Joaquín Costa, y Melchor presiente que se dirige al locutorio del Francés. No es así: pasa de largo del local con el letrero INTERNET BEGUM y continúa andando en dirección a la Rambla y el barrio gótico. A la altura de la calle Ferlandina suena el teléfono de Melchor. Es Cortabarría.

—¿Todavía estás en la oficina? —le pregunta Melchor, con la vista fija en Marga Isern, que camina a unos veinte metros de él.

—No —contesta Cortabarría—. Pero le pedí a Sudrià que me llamase en cuanto supiese algo del certificado de defunción de Ricky Ramírez. Creí que era urgente.

—Y lo es —reconoce Melchor—. Dispara.

—Todo en orden —anuncia Cortabarría—. Murió de un ataque de corazón. No hay nada raro.

—¿Estás seguro?

—Es lo que dice Sudrià. Llámalo, si quieres. ¿Tienes su número?

—No. Pero no hace falta. Gracias por la información.

Cuando corta, Marga Isern acaba de torcer por la calle Hospital. Acelera el paso para no perderla, pero al doblar la esquina la busca y no la encuentra. Maldiciéndose, corre arriba y abajo entre el gentío que abarrota la calle, turistas y vecinos del barrio y usuarios de la Biblioteca de Catalunya que entran o salen de ella, hasta que, a punto ya de darse por vencido, reconoce a la mujer a través de las grandes cristaleras de un bar de techos muy altos que se halla casi enfrente de la fachada de la biblioteca. Por un momento piensa que Marga Isern le ha reconocido, pero enseguida comprende que no; por un momento piensa entrar en el bar y controlarla desde allí, pero enseguida comprende que es demasiado peligroso, se aleja de la cristalera y se pone a vigilar la entrada del local sentado en un banco del parque que se abre enfrente. Permanece así un rato, viendo entrar y salir clientes del bar y acercándose de vez en cuando y con el máximo cuidado a la cristalera con el fin de cerciorarse de que la mujer sigue allí y de que nadie se ha sentado con ella. Está empezando a considerar la posibilidad de que sólo haya salido de su casa para airearse un poco cuando reconoce al individuo regordete, achaparrado y bigotudo que se acerca al bar procedente de la Rambla.

—Bingo —murmura.

Es Hematomas. Melchor duda unos segundos, pero al final decide que debe correr el riesgo, entra en el bar, se sienta en un extremo de la barra, pide una botella de agua con gas y la paga. Marga Isern y Hematomas están sentados a unos metros, en una esquina del local, la mujer casi frente a él y el inspector dándole la espalda. Melchor se embosca tras un ejemplar del diario *La Vanguardia* ensartado por los propietarios del bar en una vara de madera y, tomando todas las precauciones posibles, les hace un par de fotografías con su móvil y se pone a espiar a la pareja.

Marga Isern se ha bebido ya una cerveza y, cuando llega la camarera, Hematomas no pide nada. En medio del fragor de música y conversaciones que resuena en el bar, Melchor no puede oír lo que hablan; tampoco lo hubiera oído sin él: está demasiado lejos de la pareja. Pero la ve a la perfección, sobre todo a la mujer, que parece demasiado ofuscada o interesada en el hombre sentado ante ella para reparar en nada de cuanto ocurra a su alrededor. Al principio Marga Isern habla sin parar, muy deprisa y gesticulando mucho, como si tuviera algo importante que contarle a Hematomas, quien le permite desahogarse, o quizá esté en verdad interesado en lo que ella le cuenta. Luego es el inspector quien habla y Marga quien escucha, no sin interrumpirle de vez en cuando, muy agitada, hasta el punto de que en un par de ocasiones Hematomas la coge de una muñeca, tal vez intentando calmarla. En un determinado momento la mujer desvía la vista hacia la barra y levanta una mano. Rápidamente, Melchor se tapa la cara con el ejemplar de *La Vanguardia*. Cuando vuelve a mirar, Marga Isern se está sirviendo su segunda cerveza en un vaso mientras habla, cada vez más alterada, y Hematomas vuelve a cogerla de la muñeca, pero esta vez la mujer le aparta la mano de mala manera y, con el impulso, derrama entre la mesa y su regazo lo que queda de cerveza en el vaso, cosa que parece sacarla todavía más de quicio. Entonces Hematomas vuelve a cogerla de la muñeca y murmura algo que, de golpe, la tranquiliza; más que tranquilizarla: Melchor tiene por un instante la impresión de que el policía es un encantador y ella una serpiente, o quizá un conejo deslumbrado por los focos del coche que está a punto de atropellarlo. A partir de aquel momento Marga Isern escucha a Hematomas sin interrumpirlo, bebiéndose a sorbitos y en silencio el resto de la cerveza, como si por fin se hubiera apaciguado y estuviera dispuesta a seguir las instrucciones que el inspector le está dictando, suponiendo que el inspector le esté dictando alguna instrucción.

Es sólo una tregua, o un espejismo. De repente la mujer se levanta, le dice algo al inspector (o más bien parece escupírselo a la cara) y se precipita hacia la salida. Melchor alcanza a ver que Hematomas, sentado de espaldas a él, intenta en vano retenerla, pero enseguida debe esconderse de nuevo tras su ejemplar de *La Vanguardia*, que sólo le permite entrever la salida de Marga Isern a la calle, de estampida. El inspector la sigue hasta la puerta; luego, con cachaza funcionarial, regresa a la barra, paga las dos consumiciones que Marga Isern ha dejado a deber y abandona el local.

Melchor deja transcurrir unos segundos y sale disparado del bar. Vislumbra a unos cincuenta metros a Hematomas, alejándose entre la multitud en dirección a la Rambla, pero no ve a Marga Isern, y sólo se le ocurre desandar a toda prisa el trayecto que hizo tras ella, hora u hora y media atrás, con la esperanza de pillarla regresando a su casa. No es una esperanza infundada. Poco después de cruzar por delante del locutorio del Francés, Melchor desemboca en la Ronda de Sant Antoni y casi se da de manos a bruces con la mujer, que aguarda a que el semáforo de los peatones se ponga en verde. Melchor retrocede unos metros y, poco después, la ve cruzar el paso de cebra y seguir por la acera de enfrente hasta que entra en su portal.

Son casi las nueve, la hora en que se ha citado a cenar con el Francés, pero necesita pensar sobre lo ocurrido y, con el fin de aislarse, se encierra en su coche. Allí, espiando el portal de Marga Isern, reflexiona. En las últimas horas ha reunido algunas certezas y muchas preguntas. Tiene la certeza, por ejemplo, de que Marga Isern está involucrada en el chantaje a la alcaldesa, pero no podrá probarlo a menos que el Francés testifique que le amañó la tarjeta SIM en su locutorio, lo que de momento no le parece probable, o a menos que sea la propia mujer quien confiese, lo que le parece menos probable todavía. Tiene la certeza, asimismo, de que Hematomas está involucrado en el chantaje a la alcaldesa, porque le ha fotografiado con Marga Isern justo después de que esta hablase con él y de que sepa que él la tiene identificada, y le parece imposible que pueda justificar ese encuentro por motivos ajenos al chantaje. Ahora bien, ¿la implicación de Hematomas significa que Vidal también está implicado en el caso? No necesariamente. Como intuyó Blai, el jefe de los Vidal Boys podría estar operando a su aire, sin las órdenes ni la anuencia de Vidal, y, después de haber cobrado trescientos mil euros del chantaje a la alcaldesa gracias al truco de la fiambrera abandonada en la playa de Gavà, podría haber exigido la dimisión de la alcaldesa (además de otros trescientos mil euros) para desviar la atención, de tal manera que la policía muerda el anzuelo político y crea que todo es cosa de Vidal, quien estaría de ese modo intrigando para quitarle el sitio a su jefa. Lo cual explicaría que el primer teniente de alcalde le haya ofrecido dirigir a él, Melchor, los Vidal Boys: ya no se fía de Hematomas, tal vez incluso sospecha que está tratando de jugársela a sus espaldas. Nada de esto es imposible, se dice Melchor. Más aún: de golpe le parece probable. Más probable, en cualquier caso, que la hipótesis que hasta entonces ha manejado, según la cual todo obedece a un plan concebido por Vidal, Casas y tal vez Rosell para extirpar a la alcaldesa de su cargo y terminar con su carrera política.

Visto desde esta óptica, el caso presenta una fisonomía distinta. De acuerdo con ella, Ricky Ramírez había conservado el vídeo después de grabarlo y, al morir de un fallo cardíaco, Marga Isern lo había encontrado entre sus efectos personales y le había comunicado el hallazgo a Hematomas, que había decidido usarlo en provecho propio, tal vez porque sabía o sospechaba que Vidal está buscándole sustituto y quería asegurarse un finiquito a la altura de los servicios prestados. Pero aquí es donde los interrogantes empiezan a acumularse: ¿por qué no chantajeó el propio Ricky Ramírez a sus amigos mientras aún estaba vivo? ¿No se había atrevido a hacerlo, a pesar del resentimiento que incubaba contra ellos? ¿O pensaba que con ese vídeo no podría chantajearlos, como pensaba el propio Casas? ¿Por qué no chantajeó entonces a la alcaldesa? ¿Tampoco tuvo el valor de hacerlo? En ese caso, ¿por qué guardar la grabación? ¿Por si algún día juntaba el arrojo o la desesperación suficiente para chantajearlos? ¿De verdad había muerto Ricky Ramírez de muerte natural? ¿No era relativamente fácil, sobre todo para personas como Vidal y Casas, hacer pasar por natural una muerte provocada? Y, si la muerte había sido provocada, ¿por qué la provocaron? ¿Qué hizo Ricky Ramírez para que lo mataran? ¿Tratar de chantajearlos a ellos? ¿Estuvo Marga Isern implicada en esa muerte? Y, si no lo estuvo, ¿por qué protege a Hematomas (o a Hematomas y a Vidal, o a Hematomas, a Vidal y a sus dos amigos)? ¿Se da cuenta aquella mujer del peligro que corre? ¿Recurrirá a él para que la proteja?

Melchor consulta la hora en el reloj del coche, se baja y echa a andar en dirección a Joaquín Costa. El locutorio del Francés sigue abierto, aunque parece vacío (incluso el muyahidín ha desertado del mostrador de la entrada); pero sólo lo parece: el antiguo presidiario sigue allí, tan enfrascado en sus papeles que ni siquiera advierte la entrada del policía.

—¿Qué pasa? —pregunta Melchor, irrumpiendo de nuevo en su cuchitril—. ¿Este garito no cierra nunca o qué?

El Francés acaba la noche borracho como una cuba, y Melchor tiene que llevarlo a su casa —un piso semivacío de un viejo edificio cercano a la plaza Urquinaona— y meterlo vestido en la cama, porque casi no se tiene en pie. Han cenado en el Amaya, un restaurante tradicional de la parte baja de la Rambla. La primera mitad de la cena ha sido un tira y afloja. Melchor se dio cuenta enseguida de que, tal y como sospechó desde el principio, el Francés le había invitado para averiguar por qué buscaba a Marga Isern y qué había hecho ella con su tarjeta SIM falsificada. Por su parte, él también intentó sonsacar al Francés, pero lo único que consiguió que le contara fue bastante inocuo: que había conocido a Marga en el locutorio, en compañía de Ricky Ramírez; que ambos lo usaban de tarde en tarde, a veces juntos y otras veces por separado; que los dos se dedicaban al trapicheo de marihuana aunque él en realidad se ganaba la vida comprando y vendiendo bitcoins; y que en una ocasión le había propuesto a él que comprase.

—¿Aceptaste? —preguntó Melchor, no porque le interesara sino para que el viejo expresidiario continuase hablando.

—¿Me tomas por loco o qué? —contestó el Francés.

Melchor se acordó de Herminia Prat y le preguntó a su amigo si sabía que a Ricky Ramírez, poco antes de morir, le habían pegado una paliza que lo había tumbado medio muerto en una cama de hospital.

—No —contestó el Francés—. Pero no me extraña. Ya te dije que el tipo era chungo.

—¿Lo dices por lo de la marihuana y los bitcoins?

—No sólo por eso.

—¿Entonces por qué?

El Francés se tocó el pómulo derecho con un índice y dijo:

—Ojo clínico.

Cuando iba por el tercer whisky y el enésimo plato de jamón de Montánchez con pan con tomate y pimientos del padrón, el Francés empezó a rajar de su tercera exmujer, que según él le había desvalijado. Luego volvió a hablar de Marga Isern.

—Se hace la dura —opinó el Francés, con la voz pastosa de alcohol—. Pero en realidad es un cacho de pan. Se dice así, ¿no?

Melchor asintió.

—Ese tipo la tenía abducida —continuó el Francés—.

Hacía con ella lo que le daba la gana. Si no hubiera sido por él...

El policía acudió en su ayuda:

—Me ha dicho que querías llevártela al catre.

El Francés sonrió con su boca cavernosa de cachalote albino.

—¿Eso te ha dicho? ¡Qué jodida!

—¿No es verdad?

—Claro que es verdad. A ella y a cuatro o cinco clientas más, me las llevaría al catre. Pero tú sabes cómo son las mujeres. Siempre eligen al hombre equivocado.

El Francés se bebió el cuarto y el quinto whisky hablando, de forma cada vez más confusa y menos lúbrica, sobre las clientas del locutorio, y, cuando salieron a la calle, Melchor pensó que su amigo no le había invitado a cenar sólo para intentar convencerle de que, hubiera hecho lo que hubiera hecho, Marga Isern no representaba un peligro para nadie (de lo que dedujo que, además de querer llevársela al catre, estaba enamorado de ella como un verraco), sino también para combatir con su compañía el veneno de la soledad, que le estaba matando.

Ahora Melchor camina sin prisa hasta su coche desde la casa del Francés, aspirando el relente de la madrugada. Siente sueño, cansancio y ganas de meterse en la cama, y lo único que atina a pensar con claridad sobre el chantaje a la alcaldesa es que quizá al día siguiente, después de cuatro o cinco horas de descanso, lo verá de otra manera.

Sólo yerra en parte. Se ha sentado al volante de su coche cuando, a punto ya de arrancarlo, advierte que una mujer sale del portal de Marga Isern. Enseguida la reconoce: es Marga Isern. Apenas abre la puerta del coche, dispuesto a ir tras ella a pie, ve que la mujer se monta en un Opel Corsa estacionado muy cerca, así que cierra la puerta, arranca el coche y sigue al Opel Corsa, a una distancia prudente, hasta la plaza de la Universidad y luego Aribau arriba hasta Vía Augusta, donde dobla a la izquierda en dirección a Sarrià. Siempre a la zaga del Opel Corsa, Melchor sale de la ciudad por la autopista C-16, deja atrás Sant Cugat, Sabadell y Tarrasa y prosigue en dirección a Manresa, momento en el cual el tráfico, que hasta entonces ha sido escaso, se vuelve más escaso todavía, lo que le obliga a extremar las precauciones y a conducir a más distancia aún del Opel Corsa, para no despertar las sospechas de Marga Isern. El sueño y la fatiga se han disipado en cuanto empezó la persecución, pero vuelven a acosarle en las cercanías de Manresa; para ahuyentarlos, prende la radio: pone música, pone una cadena de noticias, pone un programa en el que hablan de fantasmas y platillos volantes, y de golpe, como si se hubiera dormido y estuviera soñando, se sorprende preguntándose por qué está persiguiendo a aquella mujer. Por fortuna, al cabo de poco el Opel Corsa se desvía hacia una estación de servicio abierta; Melchor aguarda, protegido por la penumbra de la entrada, mientras Marga Isern reposta gasolina y paga, tras lo cual, en vez de reincorporarse a la autopista, aparca el coche frente a la cafetería y entra. Melchor se dice que está de suerte, porque puede aprovechar para poner él también combustible y sacar un café de una máquina expendedora, pero, en cuanto vuelve a su coche, siente que la suerte se le agotó: el Opel Corsa ya no está aparcado frente a la cafetería. A toda prisa regresa a la autopista y acelera en dirección a Berga; por fin, después de unos minutos de angustia, reconoce el coche de Marga Isern. Sólo entonces, serenado, prueba el café: está frío y sabe a agua sucia, pero le despierta.

Son más de las cuatro y media de la mañana cuando se adentra en el túnel del Cadí. Al otro lado se abre, sumergido en una tiniebla cerrada, el valle de la Cerdanya. Allí, en vez de torcer a la derecha hacia Puigcerdà, el Opel Corsa tuerce a la izquierda en dirección a la Seu d'Urgell. Melchor se acuerda de Vàzquez, de la falsa enfermedad de la madre de Vàzquez y de que, en teoría, a la mañana siguiente Vàzquez se reincorpora a Egara. También se dice que debería avisar a Vivales de que aquella noche no dormirá en casa. Manejando el volante con una mano y su teléfono móvil con la otra, escribe un wasap: «Esta noche no duermo ahí». Y se lo manda al picapleitos. Este contesta casi a vuelta de correo, como si hubiese estado esperándole, desvelado: «¿Qué pasa?». Entonces, por un instante, cruza la mente de Melchor una idea peregrina, que durante ese lapso de tiempo infinitesimal le parece, sin embargo, la idea más natural del mundo. Piensa que, dado que Vivales está despierto, podría llamarle por teléfono, hablar con él y forzar entre los dos una intimidad que nunca se ha atrevido a buscar y que, piensa, sería más fácil encontrar a aquellas horas improbables de la madrugada, a muchos kilómetros de distancia el uno del otro, ambos sumidos a oscuras en su respectiva soledad (Vivales en la soledad insomne de su cuarto de eterno solterón, él en la soledad de un coche que circula por un valle remoto de montaña, persiguiendo a una mujer atormentada que huye no se sabe hacia dónde), podría hablarle a Vivales de lo que nunca le ha hablado, piensa Melchor, de su madre y su infancia de huérfano e hijo de prostituta en el barrio de Sant Roc y de todos los padres espectrales que, igual que fantasmas o platillos volantes, inquietaron las madrugadas de su infancia —el hombre que taconeaba con pasos de propietario en el pasillo de su casa, el que caminaba de puntillas tratando de pasar inadvertido, el que tosía y expectoraba como un enfermo terminal o un fumador impenitente, el que sollozaba sin consuelo tras un tabique, el que contaba historias de aparecidos o el que salía al amanecer abrigado en su chaquetón de cuero—, piensa que podría buscar o forzar esa intimidad y preguntarle a Vivales lo que nunca se ha atrevido a preguntarle, y es si, a pesar de que siempre ha sido incapaz de poner su rostro a ninguno de esos rostros invisibles, él es su padre.

Pero se trata sólo de un instante. Pasado el cual, Melchor teclea un segundo wasap: «Tranquilo. He ligado». Vivales contesta otra vez a vuelta de correo. «Ya era hora», escribe. «Pero ten cuidado, que hay por ahí mucha lagarta suelta.» Melchor contesta con un emoticono que muestra una cara redonda, amarilla y sonriente.

El Opel Corsa no para en la Seu d'Urgell, patria chica de Vàzquez, ni siquiera entra en la ciudad, sino que la bordea para enfilar hacia Andorra. Poco después cruza la frontera; Melchor la cruza tras él. Amanece. Circulan por una carretera que serpentea entre picachos rocosos, se adentra en Sant Julià de Lòria mientras el pueblo se despierta y, antes de salir del casco urbano, el Opel Corsa se aparta de la carretera y enfila una calle asfaltada que acaba desintegrándose en un camino de tierra que se pierde hacia el monte. Melchor, que ha apagado hace rato los faros de su coche, para no despertar sospechas, frena junto a las últimas casas —un par de inmuebles gemelos, de dos plantas y de construcción reciente— y, desde allí, a la luz cerúlea del alba, observa cómo el Opel Corsa estaciona frente a una masía. La mujer baja del coche, llama a la puerta de la finca, la abren y entra.

Melchor espera unos minutos. Luego aparca entre dos coches, en un lugar desde el que controla a distancia la masía, y sale a la calle y se acerca a ella. No es ni vieja ni grande ni lujosa, no por lo menos a simple vista, pero dispone de una buena chimenea, la rodea un grueso muro de piedra y alberga un jardín en cuyo centro se yergue un cerezo. Melchor comprueba que no tiene más entrada que la puerta principal (una puerta sin mirilla, advierte), aunque, si fuera preciso, se podría salvar el muro apilando piedras en una esquina y saltando al jardín desde allí. Una vez inspeccionado el terreno regresa a su coche y, seguro de que la mujer necesita dormir tanto como él, con la esperanza de que nadie salga de la masía en las próximas horas se recuesta en el asiento del conductor y cierra los ojos.

Su reloj le despierta tres horas más tarde, después de un sueño compacto, exento de pesadillas. Comprueba que ha recibido varios wasaps, entre ellos dos de Blai, que le pide a Melchor el teléfono de Marga Isern con el fin de solicitar permiso al juez para intervenirlo; él se lo da. «¿Dónde paras?», le pregunta Blai. Melchor no contesta y el otro no insiste. Sale a estirar las piernas y a oxigenarse con el aire puro de la montaña, y enseguida divisa una panadería-cafetería a apenas unos metros en dirección al pueblo. Camina hasta el local, entra en él, pide un capuchino y se lo lleva al coche. Luego, durante más de dos horas, aguarda sin que nadie salga de la masía; de hecho, apenas dos o tres automóviles y un par de motocicletas circulan por el camino de tierra. En algún momento, Blai le llama por teléfono, y él vuelve a no contestar. No quiere hablar con el inspector porque no quiere verse obligado a dar explicaciones, a confesarle dónde se encuentra ni qué hace allí: Melchor carece de jurisdicción en el territorio de Andorra, lo cual significa que, en caso de que tuviera que actuar, sus superiores deberían advertir previamente a la policía andorrana, que se prestaría o no se prestaría a colaborar, lo cual significa a su vez que todo podría complicarse y retrasarse mucho, con lo que todo podría irse al traste. Obrando por su cuenta y riesgo, en cambio, goza de total libertad para hacer y deshacer sin demoras, sin problemas y sin que nadie sepa que lo está haciendo: si la cosa sale bien, perfecto; si no, perfecto también.

338

Al cabo de un rato ve salir de la masía a Marga Isern; no está sola: la acompaña un desconocido con barba y vaqueros. Los dos se montan en el Opel Corsa, bajan en dirección al pueblo y pasan a unos pocos metros de Melchor, quien, venciendo la tentación de espiarlos con el rabillo del ojo, esconde la cara mientras finge que consulta el teléfono. Melchor duda: puede dejarlos ir con la esperanza de que vuelvan y aprovechar su ausencia para averiguar si hay alguien más en la masía o, suponiendo que esté desierta, para registrarla; o puede seguirlos con el coche. Decide que es más prudente seguirlos.

Así que da media vuelta y conduce tras ellos. Toman la calle principal de Sant Julià de Lòria y luego, sumándose a un lento torrente de turistas, la carretera hacia Andorra la Vella, donde veinte minutos después ingresan por la avenida Meritxell, el eje mercantil más concurrido de la ciudad. Allí circulan entre bloques de pisos repletos de tiendas, hasta que se desvían hacia un centro comercial y dejan el coche en su aparcamiento. Melchor aparca también, los sigue hasta el supermercado y los ve coger un carrito y empezar a llenarlo de provisiones. Es entonces cuando, camuflándose entre los clientes que abarrotan los pasillos flanqueados de paneles multicolores desbordantes de artículos de consumo, Melchor consigue aproximarse un poco al acompañante de Marga Isern, quien de cerca resulta ser un tipo de unos cuarenta años, de pelo crespo y barba boscosa, vestido con ropa muy holgada y chanclas playeras. Para mimetizarse con la multitud que lo rodea, Melchor adquiere algunos productos al azar —una bolsa de pan de molde, unas lonchas de queso envasadas, unas tortitas de arroz con chocolate, una lata de atún— y se dirige a pagar en una caja alejada de aquella ante la que ya hace cola la pareja, que ha llenado hasta los topes el carrito de la compra. Llega antes que ellos a su caja, pero no quiere acabar de pagar demasiado pronto, así que se entretiene hojeando un tabloide inglés en cuya portada sobresale una foto de Elvis Presley presidida por un gran titular según el cual algunos testigos confirman que el cantante todavía está vivo y, con más de noventa años, reside en las estribaciones de las Montañas Rocosas, en la Columbia Británica. Melchor lee el titular varias veces, hasta que la cajera le arranca de su abstracción.

—Son doce euros cincuenta, señor.

Mientras conduce de nuevo en pos del Opel Corsa, sólo que esta vez hacia la salida de Andorra la Vella, Melchor llama a Cortabarría, que lo primero que le dice es que Vàzquez está de vuelta. Melchor le pide que le ponga con él.

—Espera un momento —reclama Vàzquez al coger el teléfono.

Melchor deduce que el sargento necesita tiempo para refugiarse en su oficina. Pasado el momento, saluda a Melchor, que le devuelve el saludo:

—¿Qué tal estás tú?

—De puta madre —asegura Vàzquez—. Listo para empapelar hijos de puta. Gracias por cubrirme, Melchor.

—De nada —contesta él—. Ahora te toca a ti cubrirme a mí.

—Lo que haga falta —dice Vàzquez—. Todo por el héroe de Cambrils.

—No te rías, cabrón —dice Melchor—. Necesito que me consigas una foto de Ricky Ramírez.

—¿Quién coño es ese?

Melchor se lo explica, vuelve a mencionar la foto.

—Es urgente —concluye.

—Cuenta con ella —dice el sargento—. Ahora mismo pongo a toda la peña a buscarla. Alguna encontraremos.

—Cuando la encuentres, me la mandas por WhatsApp. Otra cosa. Hemos puesto vigilancia a los tres tenores.

—Me lo acaba de contar Torrent.

—Yo esta tarde no podré vigilar a Vidal, porque tengo una entrevista con Rosell.

—No te preocupes. Pondré a alguien.

—Tampoco puedo entrevistar a Rosell.

—No te preocupes. Iré yo.

—Llévate a Cortabarría, está al tanto de todo. La entrevista es a las cuatro, en su despacho del Ayuntamiento.

—Okey. ¿Algo más?

—Sí. Hoy no pasaré por Egara.

—Eso ya me lo imaginaba. Blai te buscaba hace un rato. ¿Puedo preguntar dónde andas?

—Claro. Pero no te voy a contestar.

La foto de Ricky Ramírez comparece en el WhatsApp de Melchor a las cuatro y media, cuando lleva varias horas aparcado de nuevo a la vista de la masía y está devorando el segundo sándwich de queso consecutivo; la acompaña un mensaje de Vàzquez. «El tipo tiene cara de santito, pero es un elemento», reza. «Un juicio por quiebra fraudulenta, otro por estafa y otro por tráfico de marihuana.» Refiriéndose a la entrevista con Rosell, agrega: «Pavarotti nos está haciendo esperar». Vàzquez lleva razón: en la foto, también un retrato policial, Ricky Ramírez tiene aspecto de inocente, que es el aspecto que tienen casi todos los culpables. No lleva barba, pero Melchor está casi seguro de que es él, recuerda a Elvis Presley y de repente, con un punto de euforia que se apresura a contener, siente que todo encaja.

Termina de engullir el sándwich, abre el paquete de tortitas y se come un par, busca en la radio una emisora musical. Poco después de las cinco llama a Vivales, que acaba de recoger a Cosette en el casal, y habla un rato con su hija. Ella quiere saber por qué no durmió en casa anoche; Melchor le responde que porque está a punto de coger a los malos. Cosette pregunta quiénes son.

—Los de siempre —contesta Melchor—. Los que parecen buenos.

—¿Los malos siempre parecen buenos?

—Casi siempre.

—¿Y los buenos parecen malos?

—También.

—Uf, qué difícil.

Continúan hablando un rato, y al despedirse de la niña le advierte que quizá aquella noche tampoco duerma en casa. «Díselo a Vivales», añade. Apenas cuelga, suena su móvil: otra vez Blai; otra vez no contesta. Segundos después le llega un wasap del inspector. «Me cago en tu padre, españolazo; cógeme de una puta vez el teléfono», dice. «Es urgente.» Melchor llama a Blai.

—Acabo de hablar con el comisario Vinebre —le anuncia sin saludarlo el inspector—. La alcaldesa está a punto de convocar una rueda de prensa. Va a dimitir.

Hay un silencio.

—¿Se sabe cuándo será la rueda de prensa? —pregunta Melchor.

—Mañana. El ultimátum vence pasado mañana, así que...

—¿Quién se lo ha dicho a Vinebre? ¿Ella?

—No. Alguien cercano a ella. No sé quién. Pero está claro que ella no quiere que lo sepamos.

—Ve a verla. Convéncela de que no dimita.

—Es lo que pensaba hacer. Te llamo para que me des argumentos. Por cierto, ¿dónde te has metido? Llevo todo el día buscándote.

Melchor no contesta, pero esconde su falta de respuesta entre argumentos contra la dimisión de la alcaldesa. A medida que los formula, sin embargo, todos le parecen insuficientes para persuadir a una persona dominada por el miedo, de manera que, cuando se despide de Blai, alberga pocas dudas de que el antiguo jefe de la Unidad de Investigación de la Terra Alta fracasará. Apenas se ha dicho lo anterior cuando la puerta de la masía se abre y Melchor ve salir a Marga Isern acompañada del hombre.

Son poco más de las siete y la fuerza del sol empieza a flaquear. El hombre y la mujer conversan un momento junto al coche, se dan un beso en la boca, el hombre abre la puerta del conductor y la mujer se monta, arranca y se aleja de la masía mientras Melchor la observa alejarse. Esta vez no duda. En cuanto desaparece el hombre en el interior de la masía, él arranca también su coche y sigue al Opel Corsa, que en vez de tomar la dirección de Andorra la Vella toma la de la Seu d'Urgell. Melchor lo escolta hasta poco antes de la frontera, pero, apenas comprende que Marga se dispone a regresar a Barcelona, da media vuelta y regresa a la masía, aparca donde antes y aguarda hasta el anochecer. Entonces, cuando ya sólo queda un resto de luz violeta en la cumbre de las montañas que asedian el valle, baja del coche, camina hasta la masía y llama a la puerta. No responden enseguida, así que repite la llamada. Por fin contesta un hombre.

—Soy del Super U —anuncia Melchor, con una voz vagamente cantarina: es el nombre del supermercado donde han hecho la compra aquel mediodía—. Se han dejado una bolsa en la caja.

El hombre tarda de nuevo en contestar.

—No hemos echado nada de menos —dice por fin.

—Pues aquí le traigo la bolsa.

—Déjela a la puerta.

—Lo siento, señor. Tengo que dársela en mano.

La puerta se abre y, antes de que pueda reconocer al hombre, Melchor ya le ha puesto el cañón de la pistola en la frente mientras, con un dedo en los labios, le ordena que se calle. Así, en silencio absoluto, agarrando a Ricky Ramírez por la nuca y apuntándole con la pistola a la cabeza después de haberle registrado y quitado el móvil, recorre Melchor la masía para cerciorarse de que, aparte de ellos dos, allí dentro no hay nadie. Es grande, pero casi todas las habitaciones están desiertas, y, acabada la inspección, Melchor empuja al sofá del comedor a Ramírez. Este entiende que el final exitoso del registro equivale al final de la prohibición de hablar, así que, resollando y con ojos de pánico, mientras se hace friegas en el cuello lastimado pregunta:

—¿Quién eres?

—Tranquilo. —Melchor devuelve la pistola a la sobaquera—. Soy policía. No te va a pasar nada.

Ni la promesa ni la información parecen tranquilizar a Ramírez, que no deja de resollar ni de frotarse el cuello.

—Te estás equivocando —se defiende—. Yo no he hecho nada.

—Claro —dice Melchor—. Y yo soy la madre Teresa de Calcuta. ¿Dónde guardas la grabación? ¿Te la has traído aquí o la tienes escondida?

—¿Grabación? ¿Qué grabación?

Melchor coge una silla y se sienta a horcajadas en ella, cruzando sus brazos sobre el respaldo.

—¿Vienes de Barcelona? —pregunta Ramírez—. ¿Has seguido a Marga? Si vienes de Barcelona no puedes detenerme, no tienes derecho a actuar aquí. Esto no es España.

—No —admite Melchor—. Pero te sorprenderías de lo bien que colaboramos con las autoridades andorranas de un tiempo a esta parte. —Muestra su móvil y lo deja sobre la mesita que los separa, donde hay un cenicero vacío y un par de libros usados; luego completa su mentira—: Vamos, que hago una llamada y en cinco minutos los tenemos aquí. ¿Quieres verlo?

Ramírez observa a Melchor con una suspicacia de fiera acosada. Tiene un aspecto descompuesto, desaliñado, con su pantalón de pijama gris a rayas y su camiseta de manga corta, blanca y deshilachada; está descalzo, y sus pies lucen unas uñazas sucias y sin cortar. Trata de recomponerse un poco, recobra el aliento, se arrellana en el sofá, un mueble barato, incómodo y más apto para un apartamento de costa que para una masía de montaña, con el armazón y los reposabrazos de madera, y el asiento, el respaldo y los cojines de una tela estampada de colores chillones. Igual que el resto de la casa, el comedor delata una provisionalidad desangelada e impersonal: su único mobiliario es, además del sofá, unas cuantas sillas anodinas, una televisión prehistórica y un aparador sin gracia; de las paredes pintadas de blanco sólo penden un par de acuarelas convencionales con paisajes alpinos.

—Te repito que estás cometiendo un error —insiste Ramírez.

Melchor suspira.

—Mira, Ricky —dice, armándose de paciencia—. ¿Puedo llamarte Ricky?

—Llámame como quieras.

—Pues, mira, Ricky —asiente Melchor—. ¿Por qué te crees que he seguido a tu amiguita? ¿Por qué te crees que estoy aquí? Yo te lo digo. Estoy aquí porque sé lo bastante de los dos para empapelaros.

—Tú no tienes ni idea de nada.

—Ni idea, no, hombre: sé poco, pero algo sé. Por ejemplo, sé que tú y tu chica estáis chantajeando con un vídeo sexual a la alcaldesa de Barcelona. Que tú filmaste ese vídeo. Que casi seguro cobrasteis el primer rescate y que sin la menor duda habéis cobrado el segundo, porque se pagó a un teléfono móvil de tu chica. El que lleva encima ahora, no, otro que habréis tenido la precaución de tirar, o que os habrán dicho que tiréis... Ítem más. Sé que estáis en contacto con el inspector Lomas, el jefe de los Vidal Boys, lo cual significa que estáis en contacto con Enric Vidal y seguramente con Daniel Casas y con Gonzalo Rosell, que también aparecen en el vídeo. ¿Quieres que siga?

Ramírez se queda mirando a Melchor como si tratara de asimilar lo que acaba de escuchar, pero enseguida aparta la vista y la pasea en torno a él sin detenerse en ningún objeto, tal vez sin ver ninguno. Volviéndose de nuevo hacia el policía, dice, desafiante:

—No puedes demostrar nada.

—No puedo demostrar que Vidal, Casas y Rosell sean culpables —reconoce Melchor—. Pero sí puedo demostrar que sois culpables tú, tu chica y Hematomas. Así es como llaman...

—Todo el mundo sabe cómo le llaman —le corta Ramírez.

Melchor se esfuerza en sonreír.

—Claro —dice. Y continúa—: En fin, tal y como yo lo veo, tienes dos opciones. ¿Quieres que te las explique?

Ramírez guarda silencio mientras cruza los brazos, expectante. Es obvio que ha recobrado en parte la confianza en sí mismo.

—Primera opción. —Melchor blande de nuevo su móvil—. No colaboras conmigo, yo hago una llamada y en diez minutos tenemos aquí a los amigos andorranos. En este caso te empuramos a ti, a tu chica y, con un poco de suerte, a Hematomas. O sea, que tú y tu chica os coméis solitos el marrón, y los demás se libran. —Melchor abre un silencio a la espera de la reacción de Ramírez, que no llega—. Por suerte, hay otra opción. Consiste en que colaboras conmigo y me lo cuentas todo. Y cuando digo todo quiero decir todo, de pe a pa, desde el principio hasta el final, clarito y sin trampas, para que yo lo entienda. A mi modo de ver, esta opción tiene dos grandes ventajas. La primera es que, si la aceptas, yo te doy mi palabra de honor de que haré lo posible para que salgas lo mejor parado de este asunto... Bueno, tú y tu chica. Es más, según lo que me cuentes, siempre que me lo crea y luego resulte que es verdad, a lo mejor ni siquiera hace falta que os empapele y podéis seguir haciendo vuestra vida.

Ramírez descruza los brazos y dice:

—No te creo.

—Créeme.

—¿Por qué debería hacerlo?

—Porque no me trago que todo esto lo hayas organizado tú solo. Ni lo de fingir tu muerte, ni lo de cobrar el rescate en la playa de Gavà, ni nada de nada. No te lo tomes a mal, pero todo esto te viene grande. Enorme. Y a tu chica no digamos. Esto no es cosa de un par de infelices como vosotros, dicho sea con el máximo respeto. En resumen, que estoy dispuesto a echarte una mano a cambio de que tú me ayudes a pillar a los que han montado este lío.

Melchor deja de hablar, pero Ramírez no abandona su aire de hosquedad reflexiva. Tiene unos ojos muy claros, que observan a su interlocutor con aprensión desde una cara comida por su barba lacia y descuidada. Se la rasca como si le picase.

—¿Cuál es la otra ventaja?

Melchor esperaba la pregunta, así que vuelve a sonreír, esta vez sin esfuerzo.

—¿De verdad crees que tus colegas te van a dejar en paz cuando esto se termine? —inquiere—. ¿Después de todo lo que ha pasado? ¿Sabiendo todo lo que sabes? —Pese al camuflaje parcial de la barba, la expresión de Ramírez revela que él también se ha formulado aquellas preguntas; o eso le parece a Melchor—. No seas ridículo. En cuanto la alcalde-

347

sa dimita, se desharán de ti y de tu amiga. Pase lo que pase y tengas lo que tengas. Esa gente es así, no va a correr ningún riesgo con vosotros. Deberías saberlo.

Melchor adivina que Ramírez lo sabe, pero no quiere saberlo o prefiere olvidarlo, y que sus palabras acaban de enfrentarle de nuevo a la realidad. Imagina el torbellino que gira en su mente; imagina la flojera de sus piernas, su miedo agarrado al estómago, su corazón alborotado.

—¿Quieres un vaso de agua? —pregunta.

Ramírez no contesta. Melchor se levanta y se dirige a la cocina, que resulta ser grande y estar inesperadamente limpia. Encuentra dos vasos, los llena de agua del grifo, regresa al comedor. Ramírez se bebe el agua de un solo trago y pregunta en tono exigente:

—¿Cómo vas a ayudarme?

Melchor reitera lo que ya le ha dicho, lo amplía procurando no hacer promesas inverosímiles; luego insiste en que quiere ayudarle. Añade:

—Piensa que a mí me interesa tanto como a ti. O más.

Ramírez asiente: parece creerle. Deja el vaso vacío sobre la mesa, junto al de Melchor, que todavía está lleno, y se queda mirando a los dos, un poco ensimismado. Después se rasca de nuevo la barba y al cabo de unos segundos se pone en pie.

—Necesito un whisky —anuncia.

Se acerca al aparador, regresa con una botella mediada, se sirve dos dedos de licor en su vaso y se los bebe de un sorbo. Vuelve a servirse y aspira hondo.

—No sé por dónde empezar —se excusa, buscando los ojos de Melchor.

—Empieza por el principio. Háblame de tus colegas. Cuéntame cómo los conociste. Qué clase de tipos son. No tengas prisa, hay tiempo, quiero saberlo todo.

Ramírez vuelve a asentir y deja pasar unos segundos mientras intenta encontrar una postura cómoda en ese incómodo sofá y su mirada se extravía o se enturbia, igual que si se hubiera sumergido en sus recuerdos en busca de un tesoro enterrado. Transcurrido un tiempo que Melchor no sabría si computar en segundos o en minutos, Ramírez da otro sorbo de whisky, vuelve a rascarse la barba y alza la vista hacia él.

—Los tres son sobre todo unos hijos de papá —empieza en un tono distinto, como si acabara de enfundarse un disfraz—. Unos hijos de puta también, desde luego, pero sobre todo unos hijos de papá. Nacieron así y se morirán así... La gente rica es de otra especie. ¿Nunca has oído decir eso? Bueno, pues es la verdad. Te lo digo yo. El mundo se divide en dos clases de personas: los ricos y todos los demás, incluidos aquellos que aspiran a ser ricos, que son la mayoría. Aquí donde me tienes, yo fui uno de ellos.

Epílogo

1

—Me quedé helado... Estaba en el sofá de mi casa, con el cuerpo dolorido después de la paliza que me habían pegado Hematomas y sus chicos, y Vidal acababa de decirme que yo podía chantajear a la alcaldesa sin que nadie me pillara, porque es imposible pillar a un muerto. ¿Cómo me iba a quedar...? Aparté la vista de Vidal y miré al inspector. Seguía sentado detrás de su jefe, cabizbajo y tristón. Luego volví a mirar a Vidal, que se rio. «Tranquilo, Ricky», me dijo. «Nadie te va a matar. Sólo tendrás que hacerte el muerto. Pero tendrás que hacerlo tan bien que será como si te hubieras muerto de verdad...» Ahí empezaba la segunda parte de su plan para chantajear a la alcaldesa o más bien para que yo chantajease a la alcaldesa por él.

—¿Entonces la idea de fingir que estabas muerto no fue tuya?

—No, fue de Vidal. Lo había planeado todo para que yo no tuviese más remedio que aceptar. Me dio hasta los detalles de mi muerte. Habló de un ataque de corazón inventado, de un par de funcionarios corruptos, incluido un forense, y de un par de empleados del tanatorio del Ayuntamiento. Habló de los Vidal Boys, aunque él no los llamó así, claro, y habló de mi propio funeral y mi propio entierro, y también habló de alquilar un piso lejos de Barcelona, fuera de España pero no demasiado lejos, en algún sitio discreto donde yo pudiese esconderme sin problemas, aún no había decidido cuál, tenía varias posibilidades en mente... Sobre todo, habló de una identidad nueva y de una nueva vida. «Nueva y mucho mejor que la que tienes», me dijo. «Eso seguro.» Miró a su alrededor con aire de lástima y siguió hablando: «Mira dónde vives, Ricky. Mira en lo que te has convertido... Pues se acabó. Se acabó el sobrevivir en este cuchitril vendiendo marihuana y mangoneando con bitcoins. Con el dinero que te dé la alcaldesa podrás empezar otra vez... Reinventarte. Resetearte». Eso me dijo. Yo debí de poner cara de pasmo, porque Vidal siguió: «No me mires así, Ricky. Hablo en serio. Te estoy dando una oportunidad, una oportunidad de oro... Y no pienses que lo que te estoy proponiendo es imposible, porque no lo es. Al contrario, es más fácil de lo que crees. Además, nadie te va a echar de menos. ¿Quién quieres que te eche de menos? ¿La drogata esa con la que te acuestas? ¿Cómo se llama? ¿Marga...?». Aquí se calló, yo no dije ni que sí ni que no y él se volvió hacia Hematomas, que dijo que sí con la cabeza. Y él continuó: «No te preocupes por ella. Si hace falta, la subiremos al barco...». De repente le pareció una idea buenísima. «Claro», dijo. «Nos será útil. Será nuestro contacto, así tú y yo no tendremos que volver a vernos las caras.» Y siguió insistiendo. «Piénsalo bien», dijo. «Una oportunidad como esta no se presenta dos veces», dijo también. «Volver a empezar en un sitio donde nadie te conoce, con dinero y sin pasado... Piénsalo bien, Ricky...»

»Eso fue más o menos lo que me dijo, y yo intenté hacerle caso, intenté pensarlo, pero no pude, me dolía todo, estaba demasiado ofuscado para pensar... Aunque no tanto como para no darme cuenta de que había algo que no cuadraba. Se lo dije. "¿Qué es lo que no cuadra?", me preguntó. "¿Qué sacas tú de todo esto?", contesté. Y añadí: "¿Y qué saca Casas?". Vidal volvió a sonreír... Creí que sonreía porque yo había intuido que Casas y él estaban conchabados, pero en realidad sonreía porque acababa de adivinar que se había salido con la suya. "Iba a contártelo más tarde", me dijo. "Pero, como vamos a ser socios, te lo cuento ahora. Para que veas que confío en ti." Lo que me contó fue que, además de pedirle dinero a la alcaldesa, yo le pediría que dimitiera de su cargo. No se lo pediría al principio, para que ella no supiese de entrada de qué iba de verdad todo aquello y no sospechase de él ni de Casas. La dimisión se la pediría después, cuando ya hubiera hecho el primer pago, o el segundo, eso ya lo veríamos, en cualquier caso cuando la jugada estuviese ya más madura y ella viese que la cosa iba en serio y no se esperase algo así y no tuviese tiempo de reaccionar... Eso me dijo Vidal, y así supe cuál era el verdadero propósito de la operación: echar a la alcaldesa de su cargo y ponerle a él en su sitio. Él era el primer teniente de alcalde, el segundo responsable del Ayuntamiento, así que, si la alcaldesa dimitía, pasaba a ser su sustituto lógico. Vidal ocuparía su lugar y, con dos años por delante hasta las nuevas elecciones, tendría tiempo suficiente de consolidarse en la alcaldía para poder ganarlas... Ese era el plan, para eso quería usarme Vidal. Casas quería usarme para lo mismo, claro, él también quería que Vidal fuese el nuevo alcalde, mi intuición había sido exacta, los dos estaban compinchados, pero no hacía falta ser un lince para comprender que en su caso la dimisión de la alcaldesa tendría además un beneficio colateral, digámoslo así, serviría para demostrar que, sin él a su lado, ella no era nadie, no era más que una pobre mujer vulnerable que sólo había sido alguien porque él había querido, y la prueba era que, sin él, su carrera política estaba acabada... En resumen, aquellos dos hijos de la gran puta querían usarme para demostrarle a todo el mundo quién mandaba allí, y de paso estaban volviendo a hacer conmigo lo que habían hecho siempre: tratarme como si fuera un sirviente.

»Todo aquello me dio náuseas, sentí que un trago de bilis me subía a la garganta y a punto estuve de mandar a la mierda a Vidal... Pero no lo mandé a la mierda... No me dejé llevar por mi primer impulso... Me tragué la vergüenza y la furia y me dije que yo no tenía nada que ver con aquella historia, que allá se las compusieran con sus rivalidades de mierda aquellos dos y la alcaldesa, que aquella pelea de gallos no iba conmigo y que, si la propuesta de Vidal era viable y me convenía, me daba lo mismo quién se beneficiase de ella. La cuestión era: ¿me convenía de verdad la propuesta? ¿Era viable? Y, si lo era, ¿de verdad estaba dispuesto a dejar de ser quien era, a cambiar de vida y abandonarlo todo, a largarme de Barcelona, a desaparecer, a empezar de cero...? Le hice dos últimas preguntas a Vidal. La primera, cuánto tiempo me daba para responderle. La segunda, si tenía alternativa. Vidal había previsto las preguntas, claro, y llevaba preparadas las respuestas. Me dijo que me daba veinticuatro horas para responder. También me dijo que por supuesto que tenía alternativa. "Los cinco años de cárcel con que el código penal castiga el delito de extorsión", me dijo. "Más lo que te caiga por tus trapicheos con la marihuana y los bitcoins. Tranquilo, Ricky, me encargaré de que tengas un juez como es debido", añadió el hijo de puta. Y acabó: "Así que ese es el dilema: un montón de años de cárcel o una nueva vida, una vida tranquila y con dinero suficiente para vivirla. Tú eliges...".

»No recuerdo cómo se despidió Vidal, si es que se despidió. Lo que sí recuerdo es que dediqué las veinticuatro horas siguientes a pensar. Y que pensé en muchas cosas, pero sobre todo en una. ¿Sabes en cuál...? En el fracaso español, en ese fracaso del que antes te hablaba, sucio e intransferible, sin gloria ni redención, sin el más mínimo glamour ni la más mínima dignidad, en ese fracaso a fondo y de verdad, que yo conozco tan bien... Pensé que, cuando se fracasa así, sólo se fracasa una vez, ya te lo dije, en España, quien fracasa, fracasa para siempre. Pensé también que Vidal tenía razón, si me moría nadie iba a echarme de menos, ni siquiera estaba seguro de que fuera a echarme de menos Marga, en todo caso, pensé, si aceptaba la propuesta de Vidal yo podría empezar otra vez, con Marga o sin Marga, tendría el privilegio de una segunda oportunidad, un privilegio increíble en España, casi un milagro, Vidal lo sabía igual que yo, un privilegio tan increíble como que uno siga vivo después de muerto, tan increíble como una resurrección... Pensé en esas cosas y en otras. Hasta que se me ocurrió que quizá la propuesta de Vidal no era una oportunidad, sino una trampa. Quiero decir que pensé en lo que tú decías, en que esta gente no se anda con bromas y en que, después de todo lo que había pasado y sabiendo todo lo que yo sabía, no me dejarían en paz así como así.

—¿Lo pensaste?

—Claro que lo pensé... O sea, pensé que, suponiendo que la propuesta de Vidal fuese factible y que yo la aceptase, en cuanto la alcaldesa dimitiese y Casas y Vidal tuvieran lo que buscaban yo dejaría de serles útil y encima me convertiría en un peligro para ellos, pensé que podrían hacer conmigo lo que quisiesen, incluido librarse de mí sin que nadie me echase de menos, porque para todo el mundo yo ya estaría muerto... Por eso me habían hecho aquella propuesta, pensé. Y pensé que me tenían agarrado por los huevos. Que estaba perdido... Eso es lo que pensé... Hasta que, después de darle muchas vueltas al asunto, me di cuenta de que no era verdad, no del todo por lo menos, me di cuenta de que sólo estaría perdido y en sus manos si dejaba de tener el control de los vídeos. Porque el de la alcaldesa era demoledor para ella, pero todos los demás eran demoledores para Casas y Vidal, también para Rosell, y, mientras los tuviera en mi poder, era yo el que los tenía agarrados por los huevos a ellos, no ellos a mí... Eso fue lo que pensé en aquel momento. Que los vídeos que me había legado mi padre ya no sólo eran mi herencia. También eran mi seguro de vida.

»Fue entonces cuando tramé mi plan, un plan alternativo o paralelo al de Vidal, el plan que debía permitirme contrarrestar el suyo y sobrevivir a él... Lo primero que hice fue hablar con Marga... Se lo conté todo. Al principio puso el grito en el cielo, se asustó mucho, se negó en redondo a participar en aquello. Pero al final comprendió que yo no tenía otra salida y la convencí de que, con Hematomas y los Vidal Boys metidos en el asunto, ella correría pocos riesgos, mientras que correría muchos si se negaba a participar. Así que aceptó ayudarme.

»El resto casi te lo puedes imaginar... Vidal llevaba razón en una cosa: es increíble la facilidad con que se puede fingir que un hombre está muerto. También tenía razón en otra: nadie me echó de menos, nadie lamentó mi desaparición. No que yo sepa... Unos días después de decirle a Vidal que aceptaba su propuesta, dejé mi casa como estaba, me vine aquí con un carnet de identidad nuevo, un nuevo pasaporte y un permiso temporal de residencia, y me instalé en esta casa. Desde entonces no he salido de Andorra.

—¿Quién decidió que vinieras aquí?

—Yo. Me pareció un buen lugar para esconderse y para empezar una nueva vida, me pareció que estaba lo bastante lejos de Barcelona para no encontrarme a nadie conocido y lo bastante cerca para que Marga pudiese venir de vez en cuando... Vidal no puso ningún reparo, y ahí se acabó nuestra relación, como mínimo nuestra relación directa. No he vuelto a verle ni a hablar con él. Tengo su teléfono, pero todo lo que nos decimos nos lo decimos a través de Marga, que tampoco habla con él sino con Hematomas o con alguno de los hombres de Hematomas... No hace falta que te diga que Marga me ha tenido al corriente de todo y me ha ayudado muchísimo, gracias a ella pude sacar los vídeos de la caja del BBVA y traerlos para acá... La pobre Marga... Hematomas y sus chicos la han obligado a intervenir mucho más de lo que yo quería, ha tenido que hacer de todo o casi de todo, incluido amenazar por teléfono a la alcaldesa, eso no entraba en ningún plan, desde luego, ni tampoco otras cosas, la han usado para no tener que mancharse ellos las manos y poder controlarlo todo a distancia, pero, en fin, la idea era que Marga también iba a beneficiarse de esto, y el caso es que a pesar de todo parecía contenta, las cosas estaban saliendo bien, cobramos los trescientos mil del primer rescate y esta semana los trescientos mil del segundo, con ese dinero hubiésemos podido empezar de nuevo, aquí o donde fuera... Pero ayer apareciste tú y se asustó. Me llamó por teléfono, intenté tranquilizarla y le dije que hablara con Hematomas, pero no hubo manera, al final tuve que decirle que viniera a verme. Y la jodí.

—No la jodiste.

—Si Marga no hubiera venido, tú no nos habrías pillado.

—Os hubiera pillado de todos modos... Y, si no os hubiera pillado, peor, tus amigos os habrían quitado de en medio.

—Puede ser... En todo caso, quiero que sepas una cosa. Marga no ha hecho nada, salvo ayudarme. No tiene ninguna culpa de nada. Sería una injusticia que ella pagase por...

—Te creo.

—No he tenido suerte con las mujeres, bueno, más bien han sido las mujeres las que no han tenido suerte conmigo.

Ellas me quieren, pero yo no sé quererlas a ellas, Herminia decía que es porque no sé quererme a mí mismo... Suena a frase de libro de autoayuda, ¿no? Pero a lo mejor es verdad.

—Tranquilo, a Marga no le va a pasar nada. Y ya te he dado mi palabra de que haré lo posible para que salgas lo mejor parado de este asunto. Y para que tus amigos paguen por lo que han hecho.

—Con eso me conformaría, con que al menos paguen por lo que hicieron... Pero el único que pagaré seré yo. Ya te lo he dicho, siempre acabamos pagando los mismos. No falla.

—Eso ya lo veremos. Dime una cosa, ¿tienes aquí los vídeos?

—¿En esta casa? Ni hablar. ¿No te he dicho que eran mi seguro de vida...? Están en una caja de seguridad de una sucursal del Andbank, en Llorts, cerca de aquí. Han dejado de ser mi herencia, pero...

—Siguen siendo útiles.

—Puede ser, aunque ¿para quién? Para mí, no, en la cárcel no hacen falta los seguros de vida.

—No es verdad... Pero no hablo de ti. Hablo de mí.

—Ojalá. Ojalá te sirvan... Ya veremos... No lo creo... Lo que creo es que, con vídeos o sin vídeos, esos tres se irán de rositas de este asunto como se han ido siempre de todos... En fin, ahora sí, ya te he contado todo lo que te tenía que contar. Estoy muerto de sueño. Necesito dormir.

—Recuerda que todavía no me has contado el incidente.

—¿El incidente?

—El que hizo que dejarais de salir a cazar chicas y a grabaros con ellas. Me dijiste que ocurrió después de que grabarais a la alcaldesa. Además, hay una cosa que sigo sin entender... Por qué tu padre conservaba los vídeos que grabasteis en León XIII, cómo los consiguió.

—Las dos cosas están relacionadas... El incidente y lo de mi padre.

—Ah, ¿sí?

—Sí.

—Pues cuéntamelas... Si no me lo cuentas, no hay trato... ¿Hay algún problema...? ¿No quieres contármelo...? Me lo has contado todo, ¿no? ¿Por qué esto no?

—Porque esto es distinto... Ni siquiera debería haberlo mencionado. Ya te lo he dicho. Me equivoqué. Fue un error.

—¿Te refieres al incidente o a lo de tu padre? ¿Tu padre tuvo que ver con el incidente?

—En cierto modo.

—¿Y por qué esto es distinto? ¿Por qué no me lo quieres contar?

—Porque es distinto. Porque es..., en fin.

—No creo que sea peor que lo que ya me has contado.

—Sí que lo es.

—Entonces a lo mejor por eso se te escapó.

—No te entiendo.

—A lo mejor sí me lo quieres contar. A lo mejor necesitas contármelo... Sea como sea, ahora estás obligado. Recuerda nuestro trato. Además, si no me lo cuentas...

—Te lo contaré, no hace falta que me amenaces... Déjame que me sirva un poco más de whisky... A lo mejor tienes tú razón y... En fin, supongo que a estas alturas da igual, al fin y al cabo yo estoy muerto, así que lo que te cuente ya no puede hacerme daño, pero a mis amigos sí. Y de eso es de lo que se trata, de hacerles todo el daño posible, ¿no?

—Te escucho.

—... No sé cómo contarte esto, la verdad, me da vergüenza, me horroriza contártelo. Además, me parece tan irreal... O quizá es que me parece demasiado real, a veces he pensado eso, que aquel fue el momento más real de mi vida, o incluso el único real, el momento de la verdad. De la verdad de mis amigos y también de la mía. No es que me sienta culpable de lo que pasó. Bueno, no del todo... Aunque supongo que alguna responsabilidad sí tengo, uno no es sólo responsable de lo que hace sino también de lo que deja hacer o de lo que presencia y no impide, uno es incluso responsable de lo que otros hicieron y le ha beneficiado a él, eso de que sólo somos responsables de lo que nosotros hacemos es lo que dicen los que no quieren ser responsables de nada, ni siquiera de lo que ellos hacen... En fin.

»Ocurrió en el tercer curso de carrera, el último que hice en Esade, cuando mi padre todavía era diputado en Madrid y estaba en la cima de su carrera, aunque faltaba muy poco para que estallara el caso de las tarjetas fantasma y todo se jodiese. O a lo mejor había estallado ya, pero aún no se lo había llevado todo por delante... Sea como sea, fue un sábado, una noche de sábado que empezó como tantas, si acaso la única diferencia es que salimos los cuatro solos, ya te he contado que en aquella época no era tan frecuente que saliéramos los sábados por la noche sin las novias de Vidal y Rosell. Pero el resto fue más o menos como siempre. Quedamos en casa de Vidal, cenamos en el Jumilla y después nos metimos en el Sutton... Ahora me acuerdo de otro detalle: íbamos en el BMW del padre de Vidal, no en el coche de ninguno de mis amigos, lo recuerdo porque el BMW era un coche muy grande y tenía los cristales de las ventanillas tintados, lo que se llama un cochazo. Pero ya te digo que al principio todo fue más o menos como siempre... Hasta que salimos del Sutton y Casas y Vidal propusieron que nos lleváramos una puta a León XIII.

—No me habías dicho que también os llevabais putas allí.

—No me lo habías preguntado... De todos modos, tampoco lo hicimos muchas veces. Sólo cuando no nos quedaba otro remedio.

—¿Y eso qué significa?

—Significa que sólo nos llevábamos putas allí cuando no conseguíamos engatusar a ninguna de las otras. O cuando nos apetecía... Porque, claro, en teoría con las putas todo era distinto.

—¿Quieres decir que no las violabais?

—En teoría les pagábamos y punto.

—¿Y en la práctica?

—También. Aunque aquella noche fue distinta... Como te decía, Casas y Vidal tuvieron la idea y, aunque Rosell y yo nos resistimos, terminamos aceptándola, aquellos dos habían bebido mucho, supongo que no tenían ganas de andar buscando por ahí, o simplemente tenían ganas de hacerlo con una puta... Qué sé yo... No fuimos a un puticlub, las putas de puticlub no aceptaban salir del local y venirse con nosotros, por lo menos es lo que nos había pasado alguna vez, me imagino que se lo habían prohibido o que tenían miedo y no se fiaban de los clientes... A donde fuimos fue al campo del Barça, que quedaba cerca y que además estaba lleno de putas, allí había mucho donde escoger, dimos una vuelta de reconocimiento por los alrededores del campo y el tanatorio de Les Corts, y al final elegimos... Me acuerdo muy bien de aquella mujer, no hay un solo día que no me acuerde de ella... Tenía unos cuarenta años, conservaba un buen cuerpo y debía de haber sido guapa, iba muy pintada, era morena... Casas y Vidal estuvieron un rato negociando con ella, pero, cuando ya parecía que habían llegado a un acuerdo, la mujer se lo pensó mejor y dijo que no, también hizo algún comentario... No sé qué les dijo (o lo supe y lo olvidé enseguida), pero lo que sí sé es que a Casas y Vidal no les gustó nada, les puso furiosos... Eso, y que les dijera que no.

»No intentamos llevarnos a otra puta. Nos marchamos del campo del Barça y estuvimos tomando copas en algún bar de Sants, no recuerdo dónde, aunque recuerdo que Casas y Vidal seguían muy cabreados con la puta que les había dado calabazas. También recuerdo que ni siquiera se molestaban en tirarles la caña a las chicas con que nos cruzábamos... El caso es que, al cabo de un rato, debían de ser las dos o las tres de la madrugada, volvimos a montarnos en el BMW del padre de Vidal y, en vez de irnos cada uno a su casa, volvimos al campo del Barça y enseguida reconocimos a la puta de antes, rondando todavía por los alrededores. "Ahí está", le dijo Casas a Vidal. "Acércate a esa zorra, que se va a enterar..." Fue el mismo Casas el que negoció con ella, dobló o triplicó la oferta que le había hecho y acabó convenciéndola.

»Lo que pasó a continuación lo recuerdo mejor de lo que me gustaría, porque uno no olvida lo que quiere sino lo que puede... En León XIII todo fue muy rápido, como te puedes imaginar nos saltamos los preparativos de costumbre y fuimos al grano, una puta es una profesional del sexo, aunque lo que yo terminé grabando no tuvo mucho que ver con el sexo... De entrada sí, claro, todo empezó como una sesión de sexo en grupo, yo había grabado cosas parecidas, tampoco muchas, porque lo normal en León XIII no era el sexo en grupo sino la violación en grupo, que es en lo que enseguida se convirtió aquello, yo creo que la mujer intuyó muy pronto la que se le venía encima, pero tenía experiencia y debió de pensar que, para que no se le fuera la cosa de las manos, lo mejor era tratar de dar una apariencia de normalidad a lo que cada vez era menos normal, hasta que comprendió que eso era imposible y trató de resistirse, se quejó, pidió explicaciones, gritó, hubo forcejeos... Pero en algún momento debió de darse cuenta de que de esa forma sólo estaba empeorando las cosas, porque se calló y se dejó hacer, a aquellas alturas ya debía de ser consciente de que esa era la actitud más sensata para no salir mal parada de allí... No le sirvió de nada. Primero el sexo en grupo se convirtió en violación en grupo y después la violación en grupo se convirtió en otra cosa, algo que no sabría cómo llamar, la verdad, a veces he pensado en lo que pasó como si fuera una ceremonia o un ritual o un carnaval macabro, como si hubiera sido un aquelarre espeluznante, lo que es seguro es que yo lo seguí fascinado desde mi escondite, espiando lo que pasaba al otro lado de la pared sin creer lo que estaba viendo pero sin dejar de grabar, hipnotizado por el espectáculo, recuerdo por ejemplo a aquella mujer a cuatro patas, desnuda y llorando y atada de pies y manos, aterrorizada, recuerdo a mis amigos fuera de sí, insultándola, gritándole, pegándole bofetones y empujones y patadas y escupiéndole mientras se la metían por todos los agujeros o le orinaban encima, igual que si se hubieran vuelto locos o igual que si siempre hubieran estado locos y yo no me hubiese dado cuenta hasta entonces, miraba aquel delirio sádico sin poder apartar la vista, ya te digo, fascinado, embrujado, aunque no creo que se me pasara por la cabeza la posibilidad de que acabase como una película de terror, que es como acabó cuando Casas, que había desaparecido de mi campo de visión, volvió a aparecer desnudo y empapado de sudor, vociferando con la cara tiznada y con los ojos desorbitados y con un ladrillo o una piedra en la mano, no sé de dónde la sacó, supongo que fue a buscarla al jardín, el caso es que empezó a pegar con ella a la mujer, le pegó en la cabeza hasta que Rosell le quitó la piedra y él también empezó a pegarle, y luego le pegó Vidal, aunque de eso no estoy seguro, a lo mejor me he inventado ese recuerdo, de lo que sí estoy seguro es de que, al cabo de un rato, la mujer estaba muerta y su cuerpo tirado en una postura imposible, entre las colchonetas empapadas de sangre, con los rockeros y las estrellas de cine mirándola desde los pósters de las paredes... Parecía una muñeca de trapo, o una muñeca rota... ¿Por qué pones esa cara? ¿Qué estás pensando? Ya te advertí que...

—No estoy pensando en nada. Continúa.

—Oye, ¿no decías que no bebías whisky? Sírveme a mí también, en el aparador hay otra botella, está llena... Ya te dije que lo que te iba a contar era un horror, pero creí que los polis estabais acostumbrados...

—Continúa.

—... Cuando me di cuenta de lo que había pasado, me aparté de la cámara y dejé de grabar. Me temblaban las piernas... Creo que durante algunos segundos intenté convencerme de que no había visto lo que había visto, de que no había pasado lo que había pasado, de que lo había soñado o algo así. Luego, temblando todavía, fui al cuarto de las colchonetas, y al entrar mis amigos me parecieron tres supervivientes de un huracán o de una explosión nuclear... O tres enfermos terminales... O tres drogadictos incapaces de volver de un viaje de ácido... Qué sé yo... Recuerdo que Rosell estaba en el suelo, acurrucado en una esquina como un feto, y que no supe si lloraba o reía. También recuerdo la mirada de Casas, era una mirada implorante, de pánico y de incomprensión total, una mirada de desamparo absoluto... En el cuarto había un silencio que nunca he vuelto a escuchar... Vidal fue el primero que habló. Señaló a la muerta como si acabara de verla, con una expresión ausente en la cara y con la piedra embadurnada de sangre en una mano, y dijo: «Tenemos que hacer algo». Era evidente que los tres estaban fuera de combate... Yo me sentía atrapado, asquerosamente cómplice de aquel horror, pero era el único que conservaba alguna claridad mental, alguna capacidad de reacción.

»Esto explica lo que pasó luego... Esto y mi instinto servil, las ganas que siempre tuve de hacerme valer ante ellos, de serles útil y ganarme su gratitud y su afecto para pertenecer algún día a su círculo... "Arrímate a los buenos y serás uno de ellos", me había dicho mi padre. Y allí estaba yo, atado a mis amigos por aquella muerta, imposible arrimarme más a ellos, y por eso alguna vez me he preguntado si, en aquel momento, la muerte de aquella mujer no me pareció una oportunidad, la ocasión de sacar a mis amigos de un buen aprieto y de que me debieran un gran favor... Es posible que lo pensara, y que precisamente por eso tomé la decisión que tomé. La decisión consistió en llamar a mi padre. Se lo dije a mis amigos. "Voy a llamar a mi padre", les dije. "Él nos ayudará..." Ninguno de los tres dijo nada, ni que sí ni que no, ya te digo que los tres estaban como idos, así que lo hice, llamé a mi padre.

»Era muy tarde, mi padre estaba en la cama, debió de pegarse un susto tremendo... Intenté explicarle lo que había pasado, le conté con quién estaba, me escuchó sin interrumpirme y, cuando terminé de hablar, me pidió la dirección de León XIII. "No os mováis", me dijo. "Voy para allá."

»En cuanto colgué el teléfono sentí que me había equivocado, porque pensé que lo primero que mi padre iba a hacer era llamar a la policía, pero también sentí que ya era tarde para rectificar y que, aunque volviese a llamar para decirle que no viniese, iba a venir de todas maneras... ¿Y sabes una cosa? Muchos años después, la única vez que mi padre y yo hablamos de aquella noche, en su apartamentito de Torredembarra, poco antes de su muerte, él me dijo que aquella había sido exactamente su primera intención, que había sido aquello lo que había pensado hacer, y que si no lo hizo fue porque después de que yo le llamé, mientras se vestía a toda prisa para ir a León XIII, se dijo que, si nos denunciaba a la policía, nos juzgarían a los cuatro y nos condenarían a un montón de años de cárcel, y en el último momento prefirió cargar en su conciencia con la muerte de aquella mujer antes que con la destrucción de su hijo y de otros tres chavales que tenían toda la vida por delante, porque la muerte de la mujer no tenía remedio, mientras que la destrucción de los cuatro chavales, nuestra destrucción, sí lo tenía... Y aquella vez en Torredembarra también me dijo otra cosa. Me dijo que pensaba que no había hecho bien, que habría debido llevarnos a la policía, que nosotros deberíamos haber pagado por lo que hicimos, y que, después de que el caso de las tarjetas fantasma se le llevara por delante, más de una vez pensó que aquel desastre era el castigo por su equivocación... ¿Qué te parece...? Mi padre era un hombre justo, pensaba que en esta vida uno recoge lo que siembra y que tarde o temprano todo se acaba pagando... O a lo mejor sólo era un hombre supersticioso. Yo no lo soy.

—Continúa.

—O no bebes o te bebes el whisky como si fuera agua. No tienes término medio.

—Continúa.

—No hay mucho más que contar... Cuando mi padre apareció en León XIII se hizo cargo de la situación. Sin un reproche. Sólo quiso saber lo que había pasado, le conté lo de la grabación, o más bien lo de las grabaciones, nos preguntó sobre el local (de quién era, quién lo usaba, para qué lo usábamos), obligó a mis amigos a ducharse, hizo lo posible por tranquilizarnos y nos mandó a casa mientras él se quedaba allí... Antes de que saliéramos nos dijo: «Lo que ha pasado esta noche es como si no hubiera pasado». Y añadió: «Hacedme caso y todo saldrá bien».

»Le hicimos caso... Nunca volvimos a hablar de aquella

noche, de allí en adelante nos comportamos como si hubiera sido una noche más, aquello no cambió nada en absoluto, ni entre nosotros ni con los otros, es asombroso, ¿no te parece?, con qué facilidad podemos decidir que no ha pasado una cosa que sí ha pasado, aunque sea tan horrible como la que pasó aquella noche...

»No sé cómo limpió mi padre el local de León XIII, supongo que pediría ayuda a alguien, en aquella época conocía a mucha gente, aunque no lo sé, en realidad ni siquiera sé si limpió de verdad el local, o si lo hizo limpiar, simplemente me lo imaginé, nunca lo supe con seguridad y nunca se lo pregunté, tampoco la única vez que hablamos sobre el asunto en su apartamentito de Torredembarra, de hecho aquella vez ni siquiera me contó que se había quedado con los vídeos de León XIII, quizá no supo cómo contármelo, quizá se arrepentía también de habérselos quedado, o quizá prefirió que yo me llevara una sorpresa con ellos cuando él se muriera... Quién sabe... Lo que es seguro es que, como te decía, cumplimos a rajatabla la promesa de pasar página, tan a rajatabla que no volvimos a llevar a ninguna mujer a León XIII. Ni siquiera volvimos a pisar el local... Y no hace falta que te diga que mis amigos jamás me dieron las gracias por lo que había hecho, ni a mí ni a mi padre, nunca se acordaron de que aquella noche les sacamos las castañas del fuego, de que sin mi padre y sin mí su vida se hubiese ido a la mierda, eso no se les pasó jamás por la cabeza, tampoco cuando el asunto de las tarjetas fantasma destruyó a mi padre y yo dejé de estudiar en Esade, entonces tampoco tuvieron ni una palabra ni un gesto. Nada... Lógico, ¿verdad?

—¿El vídeo del asesinato está entre los que conservó tu padre?

—No.

—¿Cómo lo sabes?

—Porque fue el primero que busqué.

—Y no estaba allí.

—No... Quizá se perdió aquella misma noche, la noche que lo grabé, quiero decir. O quizá mi padre lo tiró para asegurarse de que nadie lo veía, porque le pareció demasiado peligroso. Ya te digo que no lo sé. El caso es que no está ahí. Si hubiera estado...

—¿Vidal no te preguntó por él?

—No. A lo mejor ni siquiera sabe que existe... O no se acuerda de que yo lo grabé.

—¿Tu padre no te contó lo que hizo con el cuerpo de la mujer?

—No. Lo único que sé es lo que dijeron los periódicos, y es que al día siguiente encontraron su cuerpo en un descampado de La Sagrera, en Sant Andreu... Debió de dejarlo allí mi padre, o quienquiera que lo ayudase.

—¿Sabes cómo se llamaba?

—¿Quien ayudó a mi padre?

—La mujer.

—Claro. Eso no se me olvida. Los periódicos no traían el nombre, pero busqué por internet hasta que lo encontré.

—¿Cómo se llamaba?

—Rosario Marín.

2

—Si esa gente no ha difundido el vídeo ya, no creo que lo difunda —razona Blai.

—Yo tampoco —conviene Vàzquez.

—Claro que lo más probable es que no lo tengan —prosigue Blai—. Si lo tuvieran, lo habrían hecho público. Es lo lógico, ¿no? Un ultimátum es un ultimátum.

—Es verdad, a lo mejor no lo tenían —concede Vàzquez—. A lo mejor iban de farol. Es lo más probable.

—Si iban de farol, les ha salido de puta madre —acepta Blai—. Se han llevado el pastón de los dos rescates.

—Es lo más probable —repite Vàzquez.

—¿Tú qué opinas, españolazo? —inquiere Blai. Antes de que Melchor pueda contestar, añade—: Y, por cierto, ¿dónde coño te habías metido? Aquí todos como locos con el asunto de la alcaldesa y tú, mientras tanto, tocándote los huevos. ¿Se puede saber por qué ni siquiera contestabas el teléfono? ¿Para eso te traje aquí? ¿Para que te escaquees?

Gracias a Vàzquez, que le echa un capote, Melchor esquiva la bronca y se muestra en todo de acuerdo con el antiguo jefe de la Unidad de Investigación de la Terra Alta. Ha llegado al amanecer a Barcelona, después de pasarse tres noches en vela, la segunda de las cuales se le fue en escuchar la confesión de Ricky Ramírez en su masía alquilada de Sant

Julià de Lòria, Andorra. Y, tras dormir un par de horas, le ha hecho una visita a la alcaldesa, ha comido con su hija y con Vivales y ha dormido un rato hasta que Blai le ha despertado para darle la noticia y convocarle a una reunión urgente en Egara.

—Bueno, yo ya he cumplido mi parte del trato —le recordó Ricky Ramírez—. ¿Qué vas a hacer tú ahora?

—Cumplir la mía —aseguró Melchor.

Desde hacía unos minutos no paraba de arder en su cerebro incendiado por el whisky la última frase que su madre le había dicho a su amiga Carmen Lucas la noche en que la mataron, quince años atrás, después de que se negase a subir en el BMW que conducían sus asesinos: «Una panda de niños bien que han salido a divertirse con el coche de papá».

—Lo que no entiendo es por qué estás tan seguro de que el chantaje a la alcaldesa no tiene nada que ver con el incendio de La Pleta de Bolvir —continúa Blai, dirigiéndose a Melchor.

—¿Se sabe ya si fue intencionado? —se interpone Vàzquez.

—Parece que no —contesta Blai—. Todo indica que fue un cortocircuito. Pero por lo visto la casa era de madera y, con este calor, ardió como una yesca. Encima era de noche, así que debió de pillarlos durmiendo, porque no se salvó ni uno. La casa estaba en medio del bosque, y cuando los bomberos llegaron ya era un montón de ceniza.

—¿Cuántos cadáveres han encontrado? —pregunta Vàzquez.

—Dos, además de los de los tres tenores —contesta Blai—. Todos carbonizados. Uno era el de Hematomas. El otro no lo han identificado todavía.

—Hematomas debió de subir a La Pleta de Bolvir por su cuenta —aventura Vàzquez—. Los tres tenores fueron en el mismo coche. Torrent y Estellés los seguían, pero los perdieron a la salida de Barcelona. Normal, era viernes por la tarde y los túneles de Vallvidrera estaban colapsados.

—¿Cómo te comunicas con Vidal? —le preguntó a Ricky.

—Ya te lo he dicho —contestó este—. A través de Marga, que está en contacto con Hematomas. Pero tengo su teléfono. El de Vidal, quiero decir. Si es urgente, puedo mandarle un mensaje. Si es muy urgente, puedo llamarle. Aunque desde que estoy aquí todavía no lo he hecho.

—Pues hazlo ahora —le instó Melchor—. Es muy urgente.

—No has contestado a mi pregunta —insiste Blai.

—Porque no creo que ninguno de los tres estuviese metido en la extorsión —contesta Melchor.

—Hace unos días sí lo creías —le recuerda Blai.

—Sí —reconoce Melchor—. Pero ya no.

—El jueves yo también saqué la conclusión de que Rosell no tenía ni repajolera idea de lo que le estaba hablando —tercia Vàzquez—. Eso sin contar con que me pareció un idiota.

—Es un idiota —confirma Blai—. O lo era. Todo el mundo lo sabe. Pero Vidal y Casas no, esos eran bien listos. Y algunas pistas sí los vinculaban al chantaje.

—¿Por ejemplo? —pregunta Vàzquez.

—¿Qué quieres que le diga a Vidal? —preguntó Ricky.

—¿Sabes si conserva la cabaña de La Pleta de Bolvir, aquel sitio donde os reuníais los fines de semana y veíais los vídeos?

—Ni idea.

—Pues averígualo. Y, si la conserva, pídele una cita allí. Dile que tenéis que veros. Dile que tienes que decirle algo muy importante. O mejor, dile que tienes que enseñárselo.

—¿Por qué? ¿Para qué?

—Tú díselo y déjame que yo me encargue de lo demás.

—No aceptará.

—Claro que aceptará. Dile que es algo relacionado con las grabaciones. Algo que no le habías dicho hasta ahora pero que ahora quieres decirle. Algo que tiene que ver con el chantaje a la alcaldesa y que él debe saber antes de que se acabe el plazo que le disteis para que dimita. Dile que el asunto también es importante para Casas y Rosell, y que se las arregle para que los dos vayan con él. Díselo así.

—Por ejemplo —aduce Blai—, Marga Isern, la amiga de Ricky Ramírez, hizo en un locutorio una tarjeta SIM a nombre de Farooq Hoque, el propietario del móvil...

—Es falso —lo ataja Melchor—. El dueño del locutorio me engañó. Está enamorado de esa mujer, pero ella no le hace ni caso y él quiso vengarse contándome esa milonga.

—¿Y Hematomas?

—¿Qué pasa con Hematomas?

—Me dijiste que él y Marga Isern se veían.

—Y es verdad. Pero no se veían por lo de la alcaldesa.

—¿Cómo lo sabes?

—Porque Marga Isern era desde hace tiempo una confidente de Hematomas. La reclutó cuando estuvo en la cárcel. En el barrio es de dominio público.

—¿Vendrás conmigo a la cabaña? —preguntó Ricky.

—Claro —contestó Melchor.

—Y qué piensas hacer cuando estemos allí.

—No te preocupes, eso es cosa mía. Tú haz lo que te digo y olvídate de lo demás. Si lo haces, te dejaré ir.

—¿Qué?

—Ya lo has oído: te dejaré ir. Te soltaré. Y a Marga también. Y esta vez tus amigos no se saldrán con la suya. Pagarán por lo que hicieron.

—Me alegro. Pero me has dado tu palabra de que harías lo posible porque Marga y yo saliésemos bien librados de esta, no de que me dejarías ir.

—Te la doy ahora.

—¿Cómo sé que no me engañas? ¿Cómo puedo estar seguro de lo que dices?

—No puedes.

—Entonces —concluye Blai, reprimiendo su satisfacción—, si ya no hay nadie que extorsione a la alcaldesa y no tenemos ninguna pista que relacione a los tres tenores con el chantaje...

—Se acabó —completa la frase Vàzquez—. Sólo queda por averiguar quién es el listo que se ha quedado con la pasta. Pero, a enemigo que huye, puente de plata.

—Menos mal que ayer la alcaldesa terminó cancelando la rueda de prensa que había convocado para anunciar que dimitía —dice Blai—. Todavía no me lo explico. El jueves, cuando hablé la última vez con ella por teléfono, no fui capaz de quitarle la idea de la cabeza. En fin, supongo que acabó recapacitando sobre lo que le dije, al fin y al cabo uno tiene una cierta capacidad de persuasión, ¿no os parece?

—Dame un motivo convincente para no dimitir —le pidió por teléfono la alcaldesa.

—Si no hubiera visto el vídeo —dijo Melchor—, le diría que un vídeo sexual no puede hacerle tanto daño como su dimisión. Y que nadie le asegura que, a pesar de dimitir, no difundan el vídeo.

—¿Me estás diciendo que lo has visto?

—Sí.

—¿Cuándo? ¿Cómo? ¿Dónde?

—Eso ya no se lo puedo decir. Lo que sí le aseguro es que mañana por la mañana puedo entregárselo en mano.

—Dámelo este mediodía y desconvoco la conferencia de prensa.

—Lo siento, este mediodía no puedo. Tendrá que esperar hasta mañana. Tendrá que confiar en mí.

—Bueno, esto es todo, ¿no? —pregunta Melchor—. Me están esperando en casa.

—Sí —responde Blai—. Supongo que sí. Caso cerrado, como dice el inspector Gadget. ¿No, Vàzquez?

—Claro —asiente Vàzquez—. El héroe de Cambrils ya puede volver a la paz de la Terra Alta, que es en lo único que piensa. No te preocupes, nosotros seguiremos buscando la pasta. Aunque, francamente, ahora mismo me parece bastante difícil que la encontremos. Sean quienes sean, esos cabrones seguro que ya han cogido las de Villadiego y a estas alturas vete a saber dónde andan.

—¿Cuándo tengo que citarlos en La Pleta de Bolvir? —preguntó Ricky Ramírez

—Mañana por la noche. Antes de que venza el plazo del chantaje —contestó Melchor.

—De acuerdo —accedió la alcaldesa—. Confío en ti. Ven mañana por la mañana a mi casa con el vídeo y yo desconvoco la rueda de prensa.

—Allí estaré —prometió Melchor—. A cambio debe hacerme un favor.

—Tú dirás.

—No le diga a nadie que hemos tenido esta conversación.

—¿A tu jefe tampoco? Me ha estado llamando.

—Tampoco. Usted y yo no hemos hablado, ni nos hemos visto. Nadie le ha devuelto el vídeo. ¿De acuerdo?

—¿De verdad vas a dejarme ir? —preguntó Ricky—. ¿Estás seguro de que no me pasará nada?

—Completamente —respondió Melchor.

—Nos vemos en la Terra Alta, españolazo —dice Blai.

—Un abrazo, tío —dice Vàzquez—. Cuídate mucho.

—Júramelo por lo que más quieras —dijo Ricky.

—Te lo juro por mi madre —dijo Melchor.

Melchor y Cosette pasan la primera semana de agosto en El Llano de Molina, Murcia, alojados en casa de Pepe y Carmen Lucas, la amiga de la madre de Melchor.

Es una semana feliz. Melchor se lleva su manoseado ejemplar de *Los miserables* y los relatos que le faltan por leer del concurso literario del Instituto Terra Alta. No ha vuelto a la novela de Hugo desde el fallecimiento de Olga, y desde las primeras páginas le atrapa otra vez de tal modo que abandona los relatos y la lee a todas horas: por la mañana, cuando acompaña a Cosette a la piscina municipal, donde se baña con las amigas que hizo en el pueblo el año anterior (y que siguen llamándola «Cosé», lo que a Cosette le encanta); por la tarde, después de comer en casa con Carmen y Pepe, mientras Cosette ve una película en la televisión o juega con sus amigas en el corral, y más tarde, cuando el sol ha bajado un poco y la lleva a jugar al fútbol con el equipo del pueblo en un descampado de las afueras, o en los pueblos vecinos; sobre todo se sumerge en *Los miserables* de noche, después de leerle a Cosette un capítulo de *Los hijos del capitán Grant* —la novela de Julio Verne que ha sustituido en sus lecturas nocturnas a *Miguel Strogoff*— y de que Cosette se duerma, cuando permanece despierto hasta las tres o las cuatro de la madrugada, siguiendo en vilo las peripecias de Jean Valjean, que se sabe de memoria. Una noche, mientras Cosette está ya a punto de dormirse después de su dosis cotidiana de Verne, llega desde el dormitorio de Carmen y Pepe un rumor inconfundible.

—¿Qué es eso? —pregunta la niña, alarmada.

—¿El qué? —contesta Melchor, tratando de ganar tiempo.

—Ese ruido.

Melchor finge aguzar el oído: el rumor sigue siendo inconfundible, pero ahora llega mezclado con inconfundibles gemidos.

—¿Qué ruido? —insiste Melchor—. Yo no oigo nada.

Cosette mira el techo de la habitación con la boca fruncida, como si estuviera reflexionando o más bien como si quisiera que su padre, que no le quita ojo, comprendiese que está reflexionando.

—¿Carmen y Pepe están haciendo un niño? —pregunta.

Melchor siente que toda la sangre del cuerpo le afluye al rostro y da gracias al cielo por estar tumbado en una cama. Mentalmente implora que el ruido cese mientras busca una respuesta aceptable a la pregunta de su hija, pero no la encuentra. Apenas acierta a rogarle:

—Anda, duérmete de una vez. Que es muy tarde.

Al día siguiente, el último de su estancia en El Llano de Molina, Cosette insiste en que sea Pepe quien la lleve a jugar al fútbol, y, para no quedarse solo en casa, Melchor decide acompañar a Carmen al huerto que tiene en propiedad no lejos del pueblo, y que sigue cuidando a diario. Al principio intenta ayudarla, pero, a la vista de su manifiesta torpeza, ella le señala entre risas el cobertizo donde guarda los aperos de labranza y le ruega que deje de incordiar y se ponga a leer aquel tocho del que no se separa.

Melchor obedece. Se sienta en la tierra, con la espalda pegada a una pared del cobertizo y observando faenar a la mujer, hasta que se cansa y retoma la lectura de *Los miserables*. Ha llegado al celebérrimo episodio en que Jean Valjean, cargando a hombros con Mario, el prometido de Cosette —al que acaba de salvar la vida en la barricada de La Chevreuse—, huye a través de las alcantarillas de París perseguido por Javert, y, cuando lleva ya un rato leyendo, levanta la vista del libro, ve a Carmen a unos metros de él y de golpe se dice que nadie como ella merece saber que finalmente se ha hecho justicia, que el asesinato de su amiga ha sido por fin vengado.

—Carmen —murmura Melchor.

Ella suspende la tarea y le mira, un poco jadeante. Está inclinada sobre un surco recién abierto, blandiendo en el aire un azadón.

—¿Qué? —pregunta.

—¿Te acuerdas de mi madre?

Carmen Lucas apoya su herramienta de trabajo en la tierra removida y, sin dejar de jadear, se seca la frente con un antebrazo. Atardece en la huerta, y una luz de oro viejo envuelve a la mujer, igual que si fuera un ángel. Por un momento, Melchor siente que ya ha vivido esa escena.

—No pasa un solo día sin que piense en ella —responde Carmen. Tras un silencio añade—: ¿Por qué?

Mientras dura el remordimiento dura la culpa, piensa Melchor. Sigue sin saber dónde ha leído esa frase, pero se da cuenta de que, a pesar de haber matado aquel verano a cinco hombres, no alberga el más mínimo remordimiento, ni la más mínima culpa, y se asombra de haberse sentido alguna vez culpable de la muerte de Olga, de haber pensado durante años que le falló a su mujer. No le falló, comprende. No es culpable de nada. Y comprende también que Carmen no necesita saber y él no necesita aliviarse, ni con Carmen ni con nadie, que debe cargar él solo con el peso de aquellas muertes, y que puede hacerlo con alegría.

—Por nada —contesta.

Dos días más tarde, cuando se reincorpora a su puesto de trabajo en la comisaría de la Terra Alta, a Melchor le resulta más evidente que nunca que no quiere seguir siendo policía: al fin y al cabo, se dice, sólo quiso serlo, después de leer *Los miserables* en la cárcel de Quatre Camins, para encontrar a los asesinos de su madre; ahora que los ha encontrado, se dice también, no tiene el menor sentido que continúe ejerciendo ese oficio. Poco después de llegar a esta conclusión, mientras aguarda ilusionado que se abra una plaza en la biblioteca de Gandesa o en cualquier biblioteca de la Terra Alta o sus alrededores, para poder presentarse a ella, Melchor recibe una llamada de Manel Puig, el amigo de Vivales, que le comunica que el abogado ha muerto.

—Tenía un cáncer desde hace dos años —explica Puig—. Antes del verano lo desahuciaron.

—No lo sabía —atina a decir Melchor.

—No lo sabía nadie. A Chicho y a mí nos llamó una semana antes de morir, cuando ya llevaba unos días ingresado en el hospital.

—Qué raro. Yo hablé un par de veces con él y las dos me dijo lo de siempre: «Todo controlado».

—Y lo estaba. Pero por los médicos, que sabían que se iba a morir. Igual que él.

Melchor deja a Cosette en casa de Rosa Adell, que se ha ofrecido a cuidar de ella durante su ausencia, y se marcha a Barcelona. En el tanatorio de Sancho de Ávila se encuentra con Puig y Campà, que le reciben con lágrimas en los ojos y se lo llevan a cenar. Durante la cena comentan los últimos días de Vivales.

—Nos prohibió que te dijéramos que estaba ingresado en el hospital —refiere Puig.

—No quería que tú y la niña le vierais —afirma Campà.

—¿Tan mal estaba? —pregunta Melchor.

—Qué va —contesta Puig—. Le tenían en cuidados paliativos, a base de cortisona, así que estaba como Dios. Ese era el problema.

Melchor los mira sin entender.

—Nos obligó a meterle whisky y puros en la habitación —relata Campà.

—De matute —aclara Puig, innecesariamente.

—Un día se pilló una cogorza de padre y muy señor mío —continúa apesadumbrado Campà.

—No paraba de mirarles las tetas a las enfermeras —dice Puig.

—Un impresentable —resume Campà.

—El muy cabrón —dice Puig—. Nos hizo quedar como el culo hasta el último día.

—Lo que más le preocupaba era tener un funeral católico —cambia de tercio Campà—. Me lo dijo mil veces.

—A mí, tres mil —apostilla Puig.

—No sabía que Vivales fuera creyente —reconoce Melchor, que, muy a su pesar, no puede quitarse de la cabeza a Ortega y Gasset.

—Y no lo era —asegura Campà—. Gracias a Dios, era ateo y anticlerical. Pero precisamente por eso. A mí me dijo que quería asegurarse de que, antes de enterrarle, alguien hablara bien de él. Se refería al cura, claro.

—Puro Vivales —dictamina Puig—. ¿Sabes lo que me dijo a mí? —Campà le interroga con una media sonrisa intrigada y, a continuación, Puig imita la voz inconfundible del abogado, ronca de alcohol y de tabaco—: «Sobre todo, nada de funerales laicos, Manel», me dijo. «En esto de mandar a la gente al otro barrio no hay nadie tan bueno como los curas: llevan siglos haciéndolo.»

—Puro Vivales también —opina Campà.

Aquella noche Melchor se aloja en casa del picapleitos. Desvelado, pasa las horas registrando cajones. Busca fotos de su madre, pero no encuentra ninguna. En cambio, encuentra varias fotos de Vivales, solo o con desconocidos; también alguna con conocidos. Encuentra, por ejemplo, una foto de su propia boda tomada a la puerta del Ayuntamiento de Gandesa: él y Olga, visiblemente embarazada de Cosette, ocupan el centro del grupo, y a su lado posan Salom y sus hijas y Carmen y Pepe, a quien Vivales le pasa un brazo ufano por el hombro, sonriendo con todos los dientes; asimismo encuentra una foto de Vivales muy joven, vestido de recluta y rodeado de una bandada de reclutas, entre los cuales le parece reconocer a Puig y Campà. Esa madrugada también descubre, a altas horas, que Vivales pagaba doscientos cincuenta euros mensuales a Cáritas y otros doscientos cincuenta a Open Arms, una organización de ayuda a los refugiados. «Puro Vivales», piensa.

A la mañana siguiente termina de resolver los trámites de la muerte con los que Puig y Campà empezaron a lidiar la víspera. Detrás de una mesa de despacho, una empleada del tanatorio, mientras rellena un formulario, se refiere al muerto por su nombre verdadero.

—Vivales —la corrige Melchor—. Se llamaba Vivales.

La empleada sonríe con dulzura profesional y muestra el certificado de defunción que le han entregado.

—Aquí pone Perales —le hace notar a Melchor.

—Ya —asiente Melchor—. Pero ponga usted Vivales.

Come un menú en un restaurante cercano al tanatorio y, para matar el rato a la espera del funeral, da un paseo por el barrio. Se le hace tarde sin darse cuenta, y cuando regresa al tanatorio piensa que se ha muerto algún famoso, algún actor o algún político, porque la entrada está abarrotada de gente; hasta que, abriéndose camino entre la multitud, se da cuenta de que la mayoría son inmigrantes y nacionales con muy mala pinta —chorizos, prostitutas, gente de la noche y de mal vivir—, y comprende que todos vienen al funeral del abogado.

—Este Vivales sólo se codeaba con la *crème de la crème* —murmura Puig, pasando revista a la concurrencia.

La capilla del tanatorio se llena enseguida, y numerosos

asistentes a la ceremonia se resignan a permanecer en el exterior. Por su parte, el sacerdote pondera durante el sermón las virtudes del fallecido, a quien no conoció: elogia su honradez probada, su sacrosanto respeto por los tribunales y su gallarda e indeclinable defensa de la ley; al final, arrebatado por el ímpetu de su propio panegírico, acaba elevándolo al rango de «paladín de la justicia». En algún momento Melchor intuye que Puig y Campà, sentados junto a él en primera fila, están realizando ímprobos esfuerzos para que no se les escape la risa; en otro momento deja de escuchar al cura. Recuerda entonces la mañana en que, siendo poco más que un adolescente, conoció a Vivales en un locutorio de la cárcel de Soto del Real, junto a Madrid, donde estaba encerrado a la espera de juicio por pertenencia a un cártel de narcotraficantes colombianos que introducía droga al por mayor en España, y aquella otra mañana en que, años después, recién salido en libertad mucho antes de lo previsto, gracias a una de las martingalas jurídicas de Vivales, empezó a sospechar que aquel trapacero impenitente era su padre. Recuerda también otro día, esta vez en un locutorio de la cárcel de Quatre Camins, cerca de Barcelona. Por entonces hacía ya tiempo que su madre había sido asesinada y que Vivales le pagaba la matrícula de sus estudios de educación secundaria en el IOC, el Institut Obert de Catalunya, además de encargarse de su defensa sin cobrarle un céntimo, como había hecho desde el principio; una tarde Melchor, escamado de tanta generosidad, se resolvió a preguntarle por qué hacía por él lo que hacía, y Vivales, después de contestarle si quería saber la verdad o prefería una trola, y de advertirle que la verdad no le iba a gustar, le espetó: «Porque eres un muerto de hambre, chaval. Y si no te echo una mano yo, no te la va a echar nadie». Y en ese momento Melchor cree por fin comprender, en un fogonazo de lucidez, justo allí, en pleno funeral de Vivales, rodeado de montones de muertos de hambre como él, que después de todo Vivales no era su padre, o que sólo lo fue en sus ensoñaciones de huérfano irredento, pero que fue lo más parecido a un padre que es posible tener.

Al terminar la ceremonia, Puig y Campà le invitan a tomar algo con sus amigos. Melchor se dice que lo más probable es que no vuelva a ver en su vida a Ortega y Gasset, así que acepta, y los tres se acercan a una cafetería situada en la misma calle Sancho de Ávila. Allí los aguarda un grupo de hombres. Son los compañeros de Vivales en el regimiento Arapiles 62, donde hizo la mili el abogado y, mientras Puig y Campà se los presentan y uno por uno le dan el pésame, Melchor se pregunta si aquellos viejos son los jóvenes reclutas de la vieja fotografía que encontró la víspera en casa de Vivales. Luego pide una Coca-Cola y se sienta junto a ellos. Todos beben whisky, todos cuentan, indistintamente, historias de Vivales y de la mili, como si en su recuerdo (o en su imaginación) ambas cosas fueran la misma; algunos se ríen hasta las lágrimas. Cuando uno de ellos se levanta y, evidentemente ebrio, empieza a entonar el himno de la infantería española, y los otros le secundan, Melchor se levanta sin llamar la atención, paga lo que ha consumido el grupo y sale a caminar.

En la sala de actos del Instituto Terra Alta no cabe un alfiler. Es la víspera del primer día del nuevo curso académico y alumnos de todas las edades, muchos de ellos acompañados por sus progenitores, ocupan los asientos de la platea y hasta los pasillos laterales, algunos de pie y otros sentados. Llevan más de una hora encerrados allí, han escuchado discursos y música y han asistido a la entrega de los cuatro premios del concurso literario, así como de los doce accésits, es la una y media pasada y, quien más quien menos, todo el mundo está hambriento y deseoso de que la ceremonia concluya cuanto antes. Así que, cuando la subdirectora del colegio y conductora de la gala anuncia que, como colofón, un miembro del jurado pronunciará unas palabras en elogio de la lectura, un rumor de motín recorre de punta a punta la sala.

En medio del guirigay, Melchor se levanta de su asiento y sube al escenario como quien sube al cadalso. No hay aplausos, la subdirectora se esfuma a toda prisa y Melchor se coloca detrás del atril y saca del bolsillo de su camisa el papel donde ha escrito a mano las notas que tomó para su parlamento. Tiembla como una hoja. Con la esperanza de poner fin a aquel viacrucis cuanto antes, traga saliva y, sin esperar a que se haga el silencio, empieza a hablar.

—Me llamo Melchor Marín y soy policía —se presenta—. Muchos de vosotros me conocéis. He sido jurado del premio y por eso me han pedido que diga unas palabras. Por eso y porque nadie más quería decirlas. —Melchor levanta un poco la vista hacia el auditorio: cuando preparaba el discurso, pensó que sería bueno empezar diciendo algo gracioso, para que los chicos se rieran; pero nadie se ha reído: tal vez lo que ha dicho no era gracioso, o nadie lo oyó. El alboroto sigue siendo considerable, aunque los profesores recorren arriba y abajo los pasillos intentando acallarlo—. Y también porque me gusta leer novelas —continúa—. Esto no es muy habitual, me parece. Quiero decir que no es muy habitual que los policías leamos novelas, seguramente porque mis compañeros piensan que es más útil y más entretenido leer sobre cosas reales que sobre cosas inventadas. Quizá tienen razón, y por eso entiendo que algunos, a veces, se rían de mí. Al principio, cuando era más joven, eso me molestaba; ahora ya no, porque me di cuenta de que un hombre que se molesta porque los demás se rían de él no es un hombre. —Melchor carraspea, vuelve a espiar con aprensión el patio de butacas y advierte que un silencio casi perfecto se ha adueñado de él; por un momento piensa que ha ocurrido algo, o que alguien importante acaba de irrumpir en la sala—. De pequeño no me gustaba leer —prosigue—. Me gustaba hacer el gamberro, como a todo el mundo. —Aquí brotan algunas risas: cohibidas, aisladas, burlonas, inseguras—. Descubrí las novelas en la cárcel, cuando era más o menos como vosotros, como los mayores de vosotros, por lo menos, quizá un poco mayor. La cárcel es un lugar muy malo, no os lo recomiendo. —Ahora la risa es general, y, un poco sorprendido, Melchor deja de hablar y aguarda otra vez el silencio. Retoma la frase desde el principio y la termina—: Pero, a veces, incluso en un lugar tan malo pasan cosas buenas. Por ejemplo, Cervantes tuvo en una cárcel la idea del *Quijote;* bueno, eso dicen, yo no lo sé porque no he leído el *Quijote.* Es probable que haya hecho mal, al fin y al cabo todo el mundo dice que es una novela muy buena. Pero, no sé por qué, siempre he pensado que no estaba hecha para mí, y otra cosa que he aprendido con los años es que uno sólo debe leer las novelas que están hechas para él.

»Pero volvamos a la cárcel. Empecé a leer novelas por culpa de un hombre que conocí allí. Se llamaba Gilles y los funcionarios le llamaban Guille, pero, como era francés, los demás reclusos le llamábamos el Francés. Es una de las mejores personas que he conocido en mi vida, aunque estaba en la cárcel porque había matado a martillazos a su mujer y a un amigo suyo. Este verano volví a verle otra vez, en Barcelona, y estaba enamorado, que es lo mejor que le puede pasar a uno. —Melchor hace una pausa, nota la boca seca

386

y comprende que se la ha secado el miedo. Por desgracia, nadie tuvo el detalle de dejar un vaso de agua en el atril y, en medio del silencio, trata de infundirse ánimos diciéndose que ya falta poco para acabar—. El caso es que el Francés era el bibliotecario de la cárcel y se pasaba el día leyendo. Yo quería ser como él, así que me puse a leer novelas. Al principio no me gustaron mucho, la verdad, pero luego leí *Los miserables*, la novela de Victor Hugo. Es muy famosa, no sé si habéis oído hablar de ella... Yo la leí porque un día la vi en la mesa del Francés y me acordé de mi madre, que siempre se quejaba de mis malas notas en la escuela y me decía: "Si quieres ser un miserable como yo, no estudies". —Las risas le obligan a detenerse de nuevo, pero no se atreve a mirar a la platea y, en cuanto regresa el silencio, sigue hablando—. De modo que leí *Los miserables*, y en ese momento todo cambió. Me encantaría contaros cómo cambió, pero la verdad es que no lo sé, no soy capaz de explicarlo. Durante años pensé que fue porque esa novela hablaba de mí, pero luego vine a la Terra Alta y conocí a mi mujer, que me dijo que todas las buenas novelas hablan de nosotros. Tenía razón, claro, cuando se trataba de libros mi mujer siempre tenía razón, se llamaba Olga y era bibliotecaria aquí al lado, en la Biblioteca Municipal, algunos de vosotros todavía os acordaréis de ella, gracias a Olga empecé a colaborar con la biblioteca, a llevaros libros a la piscina en verano y cosas así... Bueno, creo que me he perdido. —Durante los dos o tres segundos en que Melchor permanece callado, no se oye en la sala ni el vuelo de una mosca—. Ah, sí, os estaba contando que, según mi mujer, todas las buenas novelas hablan de nosotros. Y también decía que *Los miserables* no era distinta, que no hablaba especialmente de mí. Claro que eso sólo lo decía al principio, luego nos casamos y cambió de idea, empezó a pensar que a lo mejor yo tenía razón y que *Los miserables* sí que era una novela especial, pero no porque hablara de mí sino porque hablaba de nosotros, de ella y de mí. Es que mi mujer y yo nos queríamos mucho... En fin, todo esto es muy complicado, como veis, y a mí no se me dan muy bien los discursos. Por suerte, este ya se está acabando. Así que, para terminar, os contaré otra cosa que he aprendido leyendo novelas. Lo que he aprendido es que las novelas no sirven para nada. Ni siquiera cuentan las cosas como son, sino como hubieran podido ser, o como nos gustaría que fueran. Por eso nos salvan la vida. —Melchor se calla, abstraído, y el auditorio aguarda expectante, dudando si ha terminado o no; por fin añade, casi como para sí mismo—: Bueno, eso es todo lo que os quería decir: que las novelas no sirven para nada, excepto para salvar vidas.

Otro silencio aún más compacto que los anteriores saluda el final del discurso, un silencio roto primero por una palmada solitaria, luego por otra y otra, y enseguida por una salva estruendosa de aplausos. Antes de que Melchor pueda bajar del escenario, suben a darle la enhorabuena compañeros del jurado, padres, profesores, un grupito embelesado de alumnos, a los que no sabe qué decir. Aún no ha acabado de agradecer los parabienes y de tratar de contestar las preguntas, cuando, en la sala ya casi vacía, divisa a lo lejos al inspector Blai recostado en una columna, observándolo con los brazos cruzados y una sonrisa sardónica en los labios. Melchor baja en último lugar del escenario y, al llegar junto a Blai, este descruza los brazos y le pasa uno de ellos por los hombros.

—Estás hecho un bergante de cuidado, españolazo —le felicita el antiguo jefe de la Unidad de Investigación de la Terra Alta—. Qué manera de meterte a las criaturas en el bolsillo. Y anda que eso de que te aficionaste a leer novelas en la cárcel... Menudas tragaderas tienen los pobres.

388

Melchor continúa agradeciendo las felicitaciones de los rezagados que se le acercan y, ya en el hall, cuando los dos policías vuelven a quedarse a solas, señala a Blai con la cabeza:

—¿Y tú qué haces aquí?

Su viejo amigo le quita el brazo de encima.

—Acabo de matricular en el Instituto a Toni y Laura —anuncia—. Mañana empiezan.

—¿Aquí?

El inspector asiente. Los dos se sopesan con la mirada y, antes de que Blai hable de nuevo, Melchor adivina lo que va a decirle.

—He aceptado el puesto de jefe de la comisaría de la Terra Alta —dice.

Es la mejor noticia que podía darle Blai, pero Melchor no se inmuta.

—Ya lo sé —intenta anticiparse el otro—. Lo que estás pensando es que he aceptado el cargo por la familia, para que mi mujer deje de darme la vara con la Terra Alta y tal. ¿A que sí? —Mueve la cabeza a un lado y a otro, como si censurara a Melchor sin palabras—. Y una mierda. ¿Tú qué te crees, que soy un calzonazos o qué?

Melchor continúa callado.

—No me pongas esa cara —le recrimina otra vez Blai—. Hablo en serio. Ya estaba hasta los huevos de Egara. Tanto pijo, tanto pijo... ¡Pero si no saben de la misa la media, hombre! Además, ya no podía más de andar todo el puto día con el agua al cuello, eso no hay quien lo aguante... En fin, qué te voy a contar a ti.

Aparte de los dos policías, no queda nadie en el hall, salvo un conserje que, sin dejar de barrer, les ruega que salgan a la calle. Así lo hacen, y, después de intercambiar unas últimas palabras con un par de profesores y un par de miembros del jurado que remolonean a la puerta del instituto, echan a andar en dirección al casco antiguo de Gandesa.

—Por cierto —dice Melchor—, ¿a que no sabes quién viene este fin de semana? —Blai le interroga con un gesto—. Vàzquez.

—No jodas.

—Viene con la jefa de prensa.

—¿Verónica? ¿La que te persigue para hacer la película sobre los atentados?

—La misma.

—Creía que no querías hacerla... La película, digo.

—Y no la voy a hacer.

—¿Entonces?

Melchor se encoge de hombros sin dejar de caminar.

—Me llamó por teléfono hace unos días, quería venir a verme para hablar del asunto. Le di largas... Hasta que Vàzquez se enteró y me pidió que aceptara, con la condición de que él la acompañase.

Blai se detiene, Melchor lo imita y los dos hombres se observan un segundo; luego el inspector suelta una carcajada.

—¡Menudo hijo de puta!

Melchor sonríe un poco, feliz de ver feliz a su amigo, y ambos reanudan el paseo. Melchor hunde las manos en los bolsillos del pantalón.

—Bueno —suspira—, bienvenido a la Terra Alta.

—Sí —asiente Blai—, es lo que dice siempre mi mujer: como en la Terra Alta, en ninguna parte.

Esta frase los sume a los dos en un silencio embarazoso, porque ha sonado como un desmentido flagrante a todas las anteriores protestas de independencia salidas de la boca de Blai. Consciente de la pifia, el jefe inminente de la comisaría de la Terra Alta se apresura a tratar de enderezar el entuerto.

—Pero, eso sí, españolazo —le advierte, con una súbita alegría vengativa, aferrando a Melchor por la clavícula y susurrándole al oído—, ya os podéis ir preparando en comisaría: voy a poneros a todos derechos como velas.

Al salir del cementerio, Melchor busca a Rosa Adell bajo la cruz de piedra de la rotonda. No la encuentra, y lo primero que piensa es que está de viaje, que no está en la Terra Alta. Luego piensa que Rosa ha olvidado que es sábado, o que cree que él, aquel fin de semana, está de guardia. Luego, con melancolía, piensa que por fin se ha cansado. Y que lo extraño es que no se haya cansado antes.

Baja caminando por la avenida Joan Perucho hasta la avenida de Catalunya y, poco después de la estación de autobuses, un descapotable rojo frena a su lado. Lo conduce Rosa Adell.

—¿Adónde vas, poli? —pregunta.

Melchor se arrima al coche. Aunque el otoño está a punto de llegar, hace una mañana calurosa y radiante, y Rosa lleva un vestido blanco, veraniego, y unas sandalias también blancas; unas gafas de sol ocultan sus ojos. Como Melchor se limita a observarla, apoyado en la puerta del copiloto, la mujer pregunta:

—¿Piensas quedarte ahí como un pasmarote? —Se inclina hacia la puerta y la abre—. Anda, sube.

Melchor monta a su lado y Rosa Adell enfila hacia el interior de Gandesa.

—¿Dónde está Cosette? —vuelve a preguntar.

—Todo controlado —responde Melchor: no es la primera vez que se sorprende repitiendo el latiguillo de Vivales, como si lo hubiera heredado de él—. Está en Arnes, jugando al fútbol.

—¿Y no vas a verla?

—No quiere. —Melchor se encoge de hombros—. Dice que, si voy yo, se pone nerviosa y juega mal.

Bordean lentamente la plaza de la Farola mientras Rosa niega con la cabeza.

—A esa niña se le cae la baba con su padre —dice. Luego, en otro tono, añade—: Por cierto, me han contado que el otro día estuviste muy bien en la entrega de premios del instituto.

—Lo pasé fatal.

—Pues lo que a mí me han dicho es que la gente salió encantada y que todo el mundo te aplaudió a rabiar. —Separa la mano derecha del volante y señala con el pulgar el asiento trasero—. Y hablando de literatura: mira lo que llevo ahí detrás.

Melchor se da la vuelta y ve un libro.

—Cógelo —le anima Rosa.

Melchor lo coge. El libro es una novela. La portada muestra a un hombre y a una niña cogidos de la mano y recortados contra un crepúsculo pálido, distante, nuboso y azul. Lee el nombre del autor y el título: *Terra Alta*.

—¿La has leído? —pregunta Melchor.

—No. ¿Y tú?

Niega con la cabeza mientras Rosa comenta:

—He oído que habla de ti.

—Yo también lo he oído.

—¿Conoces al autor?

—No le he visto en mi vida.

—Dicen que todo lo que cuenta es verdad.

—Yo en cambio he oído que todo es mentira.

Rosa sonríe: el sol le da en la cara, y el viento alborota su pelo. Melchor piensa que está preciosa cuando sonríe.

—¿Te acuerdas de Vivales? —pregunta.

—Claro —contesta Rosa.

—Le gustaban mucho las películas del Oeste —explica Melchor—. En una hay un vaquero que acaba de descubrir que está enamorado. Pero no entiende lo que le pasa, y le pregunta al encargado del *saloon:* «¿Tú has estado alguna vez enamorado?». Y el encargado le contesta: «No. Yo siempre he sido camarero».

Rosa estalla en una carcajada. Melchor sonríe mientras deja el libro en el asiento trasero.

—¿Adónde vamos? —pregunta la mujer.

—Adonde tú quieras —contesta Melchor.

Están saliendo del pueblo. Rosa acelera.

NOTA DEL AUTOR

Debo dar las gracias por su colaboración a las siguientes personas: Cristóbal Fernández Zapata, Joan Llinares, Jordi Martí, Néstor Pavón y Montse Seró. También a Patrícia Plaja, directora de comunicación de los Mossos d'Esquadra, al inspector Jordi Domènech, al sargento Enric Martínez, al intendente Antoni Rodríguez y a la comisaria Marta Fernández. Pero sobre todo al inspector Carlos Otamendi, que tuvo la paciencia y la generosidad de leer el manuscrito de este libro.